湘警故事

（一）

《湘警故事》编委会 编

中国人民公安大学出版社

图书在版编目（CIP）数据

湘警故事．一／《湘警故事》编委会编．—北京：中国人民公安大学出版社，2021.3

ISBN 978-7-5653-4165-6

Ⅰ.①湘…　Ⅱ.①湘…　Ⅲ.①故事—作品集—中国—当代　Ⅳ.①I247.8

中国版本图书馆 CIP 数据核字（2021）第 039048 号

湘警故事（一）

《湘警故事》编委会　编

出版发行：中国人民公安大学出版社
地　　址：北京市西城区木樨地南里
邮政编码：100038
经　　销：新华书店
印　　刷：北京市科星印刷有限责任公司

版　　次：2021 年 3 月第 1 版
印　　次：2021 年 3 月第 1 次
印　　张：17.5
开　　本：787 毫米×1092 毫米　1/16
字　　数：331 千字

书　　号：ISBN 978-7-5653-4165-6
定　　价：39.00 元

网　　址：www.cppsup.com.cn　　www.porclub.com.cn
电子邮箱：zbs@cppsup.com　　zbs@cppsu.edu.cn

营销中心电话：010-83903991
读者服务部电话（门市）：010-83903257
警官读者俱乐部电话（网购、邮购）：010-83901775
文艺分社电话：010-83903973

《湘警故事》编委会

前言

吹响新时代湘警前进的号角

罗国文

金牛奋起春色丽，艳阳高照新年喜！

在神州大地喜迎新春之际，中国人民公安大学出版社给湖南警察送来了一份大礼——《湘警故事》。《湘警故事》是反映湖南警察故事的公安文学丛书，她的诞生犹如一个新生儿在三湘大地呱呱坠地，给湖南人民增添了新年的喜庆气氛。

习近平总书记在湘考察时勉励湖南打造“三个高地”、践行“四新”使命，从战略和全局高度对湖南作出科学指引，构成了“十四五”乃至更长一个时期湖南发展的指导思想和行动纲领。湖南警察在大力实施“三高四新”战略、奋力建设现代化新湖南的伟大实践中责无旁贷。《湘警故事》将借此东风，在三湘四水着力打造思想精深、艺术精湛、制作精良的公安文学精品佳作，讲好湖南警察故事，讴歌湖南警察精神，唱响时代主旋律。

文艺是时代前进的号角，也是时代的忠实记录者。党的十九届五中全会提出2035年把我国建成社会主义文化强国，阅读一定会成为人们的一种生活方式。随着物质生活的改善，人民群众对文化艺术的需求越来越高，文艺对人民群众生活的影响也越来越大。《湘警故事》面向大众的期望，将始终坚持以人民为中心的创作导向，聚焦弘扬中国精神和中国价值，凝聚中国力量，自觉地为人民群众提供更多更喜爱的精神食粮。

《湘警故事》熔纪实性、文学性于一炉，是一部具有较高艺术价值的可读性较强书籍。罗曼·罗兰有句名言：“艺术的伟大意义，基本上在于它能显示人的真正感情、内心生活的奥秘和热情的世界。”《湘警故事》是一部丛书，更是一门艺术，艺术能提升人的境界，点亮人的心灵，丰富人的生活。

《湘警故事》是一部奋斗者的书，是新时代湘警前进的号角，将以高亢的歌喉传颂动人的故事，以高雅的艺术形式传播湖南警察的铁血豪情，奏出湖湘文化的灿然华章！

讲好湘警故事

維护警察形象

羅國文題書

目　录

侦探小说

湘警先锋

大案追踪

警营随笔

侦探小说

生死决

易卓奇

这是一个发生在南方某城市的真实故事。

一、拒绝出庭做证

沈家睿安排重案队侦查员程小龙给他刚刚从乡里调来的同学林仲平做搭档，由林仲平配合程小龙。

林仲平才来，什么都不熟悉，什么都得学，一切都得从头开始，就耐心听从程小龙的使唤。

接触多了，林仲平发现沈家睿说的还真是那么回事，程小龙是个人才。上个月东城信用社被人挖洞入室盗走了51万，全局上上下下忙了一个月还是没找到像样的线索。一天，程小龙跟朋友吃饭，林仲平也在场。那朋友说，他的一个老乡也不知发了什么财，置了摩托，还了债务，还准备起房买车。最初谁都没在意，天天有人发财，也天天有人跳楼，不足为怪。可程小龙却警觉了，觉得这人有些反常，就追问了那人的情况。还没听完，他就扔筷子走人，骑着摩托一口气跑到乡下，先进行外围调查。一了解，此人极为可疑，他立即报告沈家睿，说犯罪嫌疑人找到了。接着便是抓人、审讯，果然盗贼就是此人。

这以后，林仲平跟着程小龙形影不离，的确学到了不少。如果要说有什么长进，这个时候在公安业务方面他是最有长进的。遇到一个案子如何下手、如何寻找突破，程小龙毫不保留地传授给了他，使他以后受用多年。

有天上午十一点，程小龙和林仲平正走在街上的时候，突然前面有人喊抓抢劫的。他们本能地抬头看，正有一个人拼命地往这边跑来，程小龙就小声跟林仲平说：“堵住他，别让他跑了。”

两个抓一个，对他们来讲很容易。等那抢劫的跑过来时，程小龙用脚轻轻一扫，那人就“啪”一声跌倒在地。林仲平“咔嚓”一下就给那人上了手铐。

正要把人带走的时候，突然闪出几个手持砍刀的人来，围住他们就砍。

程小龙大吼："住手！我们是警察！"

为首的说，我们砍的就是警察。

程小龙眼尖，一看那人认识，骂了句："张秀峰，你这个王八蛋，吃豹子胆了，再敢乱来我毙了你！"

张秀峰像什么都没听见，飞刀就朝林仲平砍去。程小龙反应非常敏捷，一把推开林仲平，刀却落在他自己的手臂上。程小龙"哎哟"一声倒在血泊中，张秀峰随即逃之夭夭。

程小龙和林仲平是出来吃饭的，都没带枪，眼睁睁看着歹徒逃走心急如焚，他们立即报告了市局刑侦支队副支队长兼重案队队长沈家睿。重案队迅速出动，不久就将张秀峰一伙抓了。

这伙歹徒绝对应该从严惩处。当街抢劫，公开拿刀砍警察，一起严重的袭警事件，警方不会放过。

可奇怪的是，张秀峰并没有受到应有的处罚，公安机关以最快的速度把案子办理移送到检察院后，检察院却以证据不足为由，不予批准。

什么叫证据不足？人证物证齐全啊。

最直接的证据，就是林仲平的证词。他是受害者，又是现场最直接的目击证人。可谁都弄不明白，被砍后林仲平先是一口咬定程小龙的刀伤就是为首的张秀峰砍的，过不了两天他却含糊其词说，当时混乱他没看清楚；再过两天，他就干脆拒绝出庭做证，说他根本就没看见是谁砍的，当时他自己也受伤流血了。

林仲平的证词至关重要，直接涉及对张秀峰的定罪量刑。

沈家睿找了林仲平，叫他大胆出庭做证。这不是为了程小龙一个人，而是为了整个警队。

林仲平说，他真的什么都没看见，他一样流着血，根本不知道谁砍了谁。

沈家睿说什么都无济于事。

这件事很快传到林仲平的妻子梅蓉的耳朵里。梅蓉在电视台做记者，对张秀峰的所作所为早就看不惯了，就耐心地劝丈夫，说你怕什么，一个普通公民还有出庭做证的义务，何况你一个警察，何况还是为你的师父、你的战友？

林仲平依然是什么都不知道。

梅蓉就气愤了，说你还是个人吗？看着自己的同事受伤，你连出来说句话的勇气都没有，你还有点人性吗你……

就差没打他了，什么话都说尽了，可都没用。

林仲平不出来做证，上面领导又多次出面打招呼，催公安机关赶快结案。

不到一个月，程小龙还在医院里躺着，张秀峰就被取保候审出来了。除了林仲平，公安局所有人谁都不服，却都没办法。上面有领导批示，林仲平又不肯出庭做证，原本愿意出庭的目击证人也纷纷退缩，一起大庭广众之下抢劫、袭警的案子就这么不了了之。

二、别无选择

你为什么不出庭做证？是不是有人威胁你？是不是有人利诱你？究竟为什么？

梅蓉这么问林仲平，沈家睿也这么问林仲平，队里所有的人都这么问林仲平。林仲平却一再说，他没看见，什么都没看见。

他不可能没看见。他就站在程小龙的旁边，程小龙就是为了保护他才挨了张秀峰一刀，他看得比谁都清楚。可他不能说，更确切地说，是不肯说，他宁肯当龟孙，宁肯背着千古骂名。

只有他自己知道，究竟为了什么。

最初，他对张秀峰这伙流氓是深恶痛绝的，积极配合队里广泛搜集证据，发誓要将他们绳之以法。可一个人的出现，使他改变了主意。

这个人就是市委常委、常务副市长欧阳寒冰的秘书小张。张秘书并不认识林仲平，而是通过局里一个同事吴大为的介绍找上门来的。彼此认识后，张秘书开门见山，说市长有个事情要请他帮忙，她自己不好出面，她的一个远方亲戚张秀峰被重案队抓了，希望通融通融。

林仲平一开始并没答应。一是他的搭档、师父就是被这个王八蛋砍伤的，他气还没有消，恨还恨不过来，他能通融吗？一下子他怎么也转不过这个弯来。二是他实在不能通融什么，在公安局哪有他说得上话的地方？

吴大为就把他叫到一旁，如此这般地说了一通，无非告诉他一些厉害关系，叫他先别急于回答，斟酌斟酌再说。

他斟酌了一个晚上，还是觉得不能满足张秘书的要求，不能在案子上搞通融。张秀峰太嚣张了，连警察都敢砍，眼睛里还有什么人？还有什么王法？再说市长秘书的话也不能全信，不少领导的秘书打着领导的幌子干了不少违纪违法的事，到头来领导根本就不知道。所以尽管吴大为再怎么阐明这中间的利害关系，林仲平还是觉得不能原谅张秀峰，不能昧着良心，不能在案子上搞什么通融。他还是打算该怎么办就怎么办，该取证还照样取证，该调查还照样调查，该自己出庭还照样自己出庭，一切都没准备改变。

可他最终并没守住自己设置的防线。他的最后防线被欧阳市长的一张字条冲得荡然无存。

第二天，张秘书把他约到了市局门外的一个小楼上，递给他欧阳市长亲笔写的一张字条，字条是直接对他写的：小林，张秀峰一案请在法律范围内酌情处理。

看着眼前这行字，他不得不考虑如何落实欧阳市长的这张字条。

昨天还希望，更确切地说，是刚刚还希望严惩张秀峰一伙，现在他觉得这似乎是个机会。在这个城市，他没有任何后台，没有任何靠山。他很清楚在官场上混，上面没人是很难混出个样子来的，甚至根本就没有什么希望。他从小就在乡镇机关院内长大，看到的太多了，多少叔叔伯伯不走不送，一辈子原地不动，多少哥哥姐姐钻山打洞找关系走门子而青云直上，说白了都是关系，都是看“娘家”有没有人。他在乡下还算娘家有人，父亲大小是个镇长，县里多少还认识些人，关键的时候还能说上话，可进了省城就什么关系都没有了，没人认识他这个乡里警察，林仲平很希望找到这种关系。现在有市里的领导直接给他写条子，他能轻易放过这个机会？他不会那么天真幼稚，他必须牢牢把握住这个机会。

张秘书就如此这般跟他提示了一番。

他恍然大悟。尽管在这一刻，他心里非常矛盾。一方面他不忍心违心说假话，把明明看见的东西说成没有看见。不说别的，仅仅凭一个人起码的良心道德，他也不应该保持沉默，他也应该大胆地站出来出庭做证。他平时对他的当事人不就是这么说的吗？不能违背事实说话。可另一方面他又做不到，他可以打发市长的秘书，可不能打发市长的条子，这是多大的一棵树，他不是那种甘于现状的人，他不甘心永远做一个普普通通的警察，所以他最终作了另一种选择：沉默，不出庭。

几乎没人知道他为什么作出这种选择。他不会说出去，不会告诉任何人，他坚信他所做的一切绝不会白做。

他知道不肯出庭要遭到多少人的唾弃，会受到多少人的白眼，在重案队没人会再把他当同志当朋友，只会把他当叛徒当缩头乌龟。这一点他比谁都清楚。他做好了忍受一切的准备。

果然是这样，他没出庭做证，重案队没人理他，没人看得起他，没人把他放在眼里，没人安排他工作，什么案子都没他的份，他像个多余的人。

能不能给我换个地方？他跟沈家睿说。

换哪儿？换来换去还只能在重案队，还是好好反思反思吧，为什么会这样！沈家睿说。

什么地方也没换，就让他在队里闲着。

他忍受了很长一段时间，就像是经历了百年孤独，很痛苦，很难受。他希望欧阳市长给他一点什么回报，却什么也没得到。张秀峰出去以后，仅仅是张秘书打了个电话叫他好好干，就什么也没有了。

他觉得自己不能老这么等下去。天上没馅饼掉，还是要靠自己来改变这一切。

要想再在这公安局待下去，他就必须做出点像样的事情来，这样才有可能冲淡人们对他形成的恶劣印象，才有可能抬起头来，甚至有可能出人头地。

他开始寻找新的途径，捕捉新的机会。

也许是有心，机会终于遇到，还真惊心动魄。

那天他正好下班回家，看见两伙流氓为争夺一个三陪小姐在楼外楼宾馆前大打出手，几名过路的无辜行人也被歹徒用刀捅伤。他完全可以绕过去，装作什么也没看见，最多以普通市民身份打个电话给110报警，他什么事也不会有。可他没这么做。他一直在寻找做件惊天动地的事情的机会，眼前不就是机会？

他几乎没考虑会受伤会有危险，把这些全都置之度外，挺身而出，大声吼道："住手！我是警察，谁也不许再动手！"

最初双方停顿了片刻，可一瞬间，他们就反应过来了。

"我们的事，我们自己解决，你就别管了。"一个为首的说。

"不行，我是警察，既然这事让我碰上了，我就非管不可。你们谁也别走，都跟我去市局！"他说。

"哟，想管闲事是吗？弟兄们，上，打死他！"几人挥动刀棍便朝他劈头盖脸砍来，顷刻之间他就成了血人。

他奋力冲出重围，掏出手枪向天鸣枪示警。

可对方无动于衷，为首的继续挥刀向他猛砍过来，口里大叫："把他的枪缴了……"

他已经别无选择，要么被对方砍死，要么制服对方，最终他选择了后者。"啪啪！"为首的应声倒下。

"谁敢再来！"林仲平用枪对着肆意妄为的流氓吼道。

没人敢再上来，刀再锋利也没有枪快，棍棒再粗也抵不过子弹。警察动真格的了，地上已经死了一个，谁都不敢把自己的生命当儿戏。

"都把刀放下！"林仲平的口气不容置疑。

没人再反抗，纷纷把刀放下，举起了双手……

十八个人乖乖就范，林仲平身上被砍二十一刀，始终在流血……

幸亏巡警及时赶来，把林仲平送进了医院，他才与死神擦肩而过。

林仲平成了英雄。

这是个千载难逢的机会，做出了这么惊天动地的事情，怎么宣传都不过分，不能轻易放过。

林仲平想借这件事，驱散过去所有的乌云，让所有的人刮目相看。他总是能恰到好处地介绍自己的英雄壮举，省市领导频频看望慰问，"新长征突击手"

“忠诚卫士”“全国学雷锋标兵”，各种光环纷纷落到了他的头上，各大报纸、电台、电视台相继作了连篇报道，一时之间林仲平这个名字传遍大江南北，他很快成了这个城市家喻户晓的当代英雄。

不久，林仲平被提拔为南区分局副局长。

三、侠肝义胆的樱花

程小龙出院后，第一个要找的就是他所谓的徒弟林仲平。

他根本就不相信林仲平会拒绝出庭。莫说是自己人被砍了，就是看到普通的市民被砍了，受到了伤害，都有义务出庭做证。同样，莫说是警察，就是普通的市民，也有责任出庭做证。可林仲平最终还是拒绝了出庭，结果让真正的凶手逍遥法外，自己的战友白受伤害。

程小龙气得血管都要破裂。躺在医院里的时候，他几次忍着剧痛要爬起来去质问林仲平，为什么这么做。几次都被沈家睿制止。沈家睿叫他什么也别管，好好把伤养好。他只得无奈地躺在医院。他打算一出院就找林仲平算账。

可当他出来的时候，林仲平已经躺进医院。和他那次一样，身受重伤，也是被歹徒砍的。

听了他的事迹，程小龙的心又软了，一肚子的气不知不觉又消了。人都这样了，还算什么账，他总不至于再去伤害一个英雄。

他为林仲平勇斗歹徒的行为感到欣慰。在这一点上，他佩服他，在危难的时候他没有退缩，是个男人。可在拒绝出庭的事上，他仍痛恨他，看不起他。

他无法理解，为什么一方面他是个缩头乌龟，另一方面他又是个临危不惧大义凛然的英雄？这叫谁都无法看懂。

他不打算再去找他了。既不想问他为什么看着战友为他受伤他还能沉默，也不想问他怎么又有那么大的胆量跟十几个人拼命。什么都懒得问了，就让它过去吧。

可有些现象让他疑惑不解，逼得他不得不想。

在他受伤的时候，除了同事，除了局里的领导来看望来慰问，再没有别的人走进他的病房。电视台的梅蓉来采访过，沈家睿请她把这次袭警事件报出去，可最终却泥牛入海无消息。而同样是被歹徒砍伤，林仲平的事迹却被传得沸沸扬扬，尽人皆知。市里的各级领导看望，媒体轰炸式的宣传，随后又是提拔，前后形成强烈的反差，这让程小龙心里极不是滋味。

为什么会是这样？为什么自己被人砍了，就像被鬼砍了一样，连抓到的凶手都莫名其妙地放了，案子也不了了之？人家同样受伤，怎么就那么风光？他不是嫉妒，以前跟沈家睿队长一块儿破过许多惊天动地的案子，有过无数次被宣传的机会，每一次他都躲得远远的。可唯独这一次，他希望有人宣传，有人报道，有更多的人来支持他，然而却没有。

程小龙无法理解。他想不出更多的原因和理由，看不出这一系列事件有什么内在的奥秘，只觉得心寒。

尽管局里的同事也好，领导也好，谁都气愤，谁都不满，谁都为他打抱不平，可又有什么用？谁都不能改变现实，除了气愤，除了安慰，再也没有别的。

他有些心灰意冷，干什么都没有兴趣。

上网吧，他一头沉在网里，企图在那个虚无缥缈的世界里寻找慰藉。

他不知道自己是怎么进入那个温柔网站的，陪他聊天的是个叫樱花的女子。可她说话，一点也不像她的名字那样好听。粗野，找不到温柔，开口就那么俗不可耐。

哪里人？干什么的？他说，别问我是谁，就叫我无赖，我是个流氓，你怕，就别跟我说话。樱花说，我这人什么都怕，就不怕流氓，我就喜欢真正的流氓。

他一下就觉得这个女孩够胆大的，居然连流氓也敢喜欢，就说，那好，有种就陪我玩下去，谁也不能反悔。樱花说，她愿奉陪到底。

就这么搭上了。一个无赖，一个樱花，在网上说些不着边际的话，神聊。

樱花说，看得出来，你受了很大的委屈，受了很大的伤害。说吧，告诉我，是谁欺负了你，我给你出头。

她大胆地告诉了她的电话，还发来了照片。

照片很漂亮，一副文静的样子，不像她说话那么粗野。

程小龙就觉得这女孩怪有意思的，也怪好笑的。一个姑娘家，说话就跟黑老大似的，什么事轮到她出头？她能出什么头？可有一点他觉得很让他感动，就是樱花讲道义，一身侠气。这是他在网上碰到的所有人身上都不曾见到的。

他有种想见她的感觉，他也留下了电话，也发去了自己的照片。当然，这一切都与警察的职业无关。在网上，在与任何陌生人交往的时候，他决不会轻易告诉对方他是警察。

他说，我们见见面吧，好好谈谈。

说了这话，他又觉得自己幼稚，见什么见？网上的事情能当真？上次队里就破了个网上诈骗案，现在有多少人在打网上的主意？警察干这么多年了，怎么越干越回去了？

没什么好见的，有话在电话里说。先告诉我，谁欺负你了，我先把他解决了，咱们再见面。

你是不是神经有毛病，你解决什么？你能解决什么？一个女流之辈，疯话。

什么？疯话？还看不起人？王八蛋，说，谁欺负你了？

程小龙就喜欢这种性格，爽快。没哪个女人会这么骂他王八蛋，也没哪个女人会这么侠肝义胆，什么还不知道就要给他出头，有点意思。

他当然不会告诉她受过什么委屈，人都没见过，他跟她诉什么委屈？再说，跟女人去诉委屈，这是他的性格吗？别说她解决不了什么，他比谁都清楚，公安局还没解决的事，你一个姑娘能解决？就是真能解决，他也不会要她解决。

他说，我什么委屈也没受，算了吧，没事就陪陪我说话，比什么都强。

就这样，她不见他，他也没那么强烈要求见她。就是电话手机，她居然给了他很多的安慰。尽管安慰得蹩脚，缺乏女人的温柔，可每一句都是那么真实，他觉得舒服。

慢慢地，他发现自己一天没跟她通话，就有点憋得慌，看来自己是喜欢上她了，他感觉。

终于有一天，她来电话说，咱们见见面吧，就约在天上人间。

实际上，樱花比照片还要漂亮，个子比程小龙要高，打扮新潮。

程小龙一看就心动了。

两人第一眼碰在一块儿，就都有一股暖流往上走的感觉，心口怦怦直跳。

谁也没问对方姓甚名谁，住哪儿什么职业，什么都没打听。樱花就说，喝酒去吧，我想喝酒。

程小龙没有拒绝。近一段时间，他老一个人喝酒，喝的都是闷酒，一个人宣泄。现在有个人陪他，他当然高兴。

喝的是洋酒。樱花说，她从不喝国产酒。

一开始就是个下马威。程小龙喜欢喝酒，可又喝过几回洋酒？他是喝洋酒的人吗？一个月的工资一个洋酒瓶盖还不够买。

樱花一说喝洋酒，他心里就打鼓，碰到什么人了？胃口这么大，这是他要找的人吗？他想退，可一个男子汉能在这个时候退吗？那还是他？豁出去了，进来了总不能空手出去。

樱花说，别紧张，就一瓶人头马，喝完跳舞。

也不等程小龙说话，开酒，一人一半，三下两下就喝了。程小龙几乎没有选择的余地。

喝完酒蹦迪，全身心投入，尽情宣泄。

一个年轻人缠着樱花，在她身上乱摸。樱花抓住摸在她身上的那只手，“啪”一个耳光就打在那人的脸上，骂了声臭流氓找死呀。

那人恼羞成怒，就要挥拳打过来。程小龙眼快，一手堵住那拳，借势将那只手扭到了背后，问，想打架是吗？

本来也就震住了对方，不料突然从后面冒出个人来，手里拿着个啤酒瓶，劈头盖脸就朝程小龙后脑砸过去。

只听“啪”一声，啤酒瓶被砸得粉碎，程小龙的脑袋立即就冒出了血来。

程小龙身上是带着枪的，自从上次赤手空拳被砍之后，他就枪不离身了。作为一名刑警，随时都可能遇到特殊情况，吃了一回亏，决不能再犯同样的错误。

可现在他并不想拿出枪来。一来这里是公共场所，人多，根本就不好用枪；二来他不想让樱花知道，也不想让任何人知道他是警察。何况现在是跟人打架，用枪那不是他的性格。尽管挨了一瓶子，啤酒流了一脸，头上还冒着血，但他并不觉得有什么可怕。

他抹了把脸，迅速推开了手上抓的那个人，闪开了抓啤酒瓶的人猛刺过来的玻璃片，跟那两人拉开了架势。

这时，只听樱花吹了几声口哨，立即就有三四个身材彪悍的男人跑过来问，小妹怎么回事？

樱花指指那两个人说，给我教训教训他们，他们竟敢非礼老娘。

那几个人就不容分说，“啪啪啪”一顿拳脚，把那两人打得趴在了地上。还是程小龙叫了声，够了，别打了，再打就把人打死了，樱花这才喊住众人。

她又问地上的两人，还要不要玩？还想不想动手动脚？

两人忙说，不敢了，再也不敢了，显出一副可怜巴巴的样子。

樱花便问，程小龙你说吧，赔多少钱，你一句话。

程小龙摸摸自己的脑袋，也没流多少血，心想毕竟是打架，不想再节外生枝，便对地上趴着的人说，走吧，以后规矩点，别动手动脚的。

两人爬起来拱手作揖，连连赔着不是，诚惶诚恐地退了出去。

几个帮忙的个个疑惑：“怎么……这……”

他们正要去阻拦，却被樱花叫住：“让他们走。”

末了，樱花向程小龙介绍说，这是我的几位朋友，经常陪我在这儿跳舞，又大言不惭地跟她的朋友介绍，这就是我男朋友。

弄得程小龙哭笑不得。

四、谈“张”色变

程小龙终于打听到，那次林仲平之所以不出庭，原来是常务副市长欧阳寒冰亲自出面干涉，直接跟林仲平打了招呼，叫他不要出庭。拿他这个小警察和常务副市长比较，林仲平最终选择了沉默。

过去他对林仲平恨之入骨，知道了缘由后，他倒不那么恨他了，甚至还有些理解。林仲平也是无奈，他不照办又能做什么？

张秀峰出来后，就有了一个宏伟计划。三年一百万，不盗文物，家门口就有个建材市场，一天人来人往，车水马龙，生意看好，就从建材做起。

他当然不会老老实实一个子儿一个子儿去挣钱，他缺少这种耐性。要干，就要垄断市场，就要独此一家，别无分店。

怎么才能在这个市场独占鳌头？他一没资金的优势，二没技术的优势，三没人缘的优势，要循规蹈矩，要按部就班，他不知何年才能出头。

他唯一的所谓优势，就是手上有一批“五不烂”。“五不烂”是这个城市对一个群体的特称，是指那些流氓地痞、受过打击死不悔改的人员。他们什么都不怕，什么都做得出来。张秀峰要发家，就少不了这些人。张秀峰依靠这些人打垮对手，招揽客户，控制市场，不久就成了这个市场的总经理。

根本无须三年，几个月他就“挣”足了一百万。并不一定在市场，并不一定要做什么生意，最关键的是要有势力，势力就是钱。

一次，他的手下在金凤凰娱乐城与保安发生纠纷，被保安打了，吃了点亏，回来报告张秀峰。这还了得？张秀峰纠集了一百多人把金凤凰娱乐城团团围住，逼着对方交出保安，否则血洗娱乐城。

金凤凰娱乐城原本是市里最火爆的娱乐场所，老板精明而且还算本分，从没看过这么大的阵仗，自己的保安本来就理亏，没办法，投降。当然不能把那个保安交出去，交出去就没命，只能赔礼道歉，请吃请喝。

张秀峰也并不一定要人，就要个气势。既然对方就范，行，拿钱来，十万。对方说，能不能少点？张秀峰说，行，把那个保安的一条腿拿过来，一分钱也不要。对方无奈，认输，当即给了十万。

临走，张秀峰的手下王一兵在金凤凰娱乐城的门口放了三枪，把所有来玩的全都吓跑。派出所民警跑来的时候，金凤凰娱乐城连案都不敢报。

张秀峰的势力越来越大，也越来越猖狂。派出所、分局都曾有过行动，几次抓过张秀峰。可他人刚到派出所、刚到分局，上面就有领导批条子打招呼。他很快就出来了，依然干着他想干的事，仿佛没人能管着他。在那个市场，在那块天地，他成了真正的龙头老大。人们谈“张”色变。

张秀峰用的是黑道上惯用的手段，完成了他早期资本的原始积累。

五、堕落

程小龙怎么也沉不住气了。

一个盗墓贼（张秀峰过去是盗墓的），一夜之间成了百万富翁，在这个城市耀武扬威，翻手为云，覆手为雨，成何体统？

程小龙几次都想抓住张秀峰犯罪的把柄，却很难找到有力的证据。

他的一个警校同学叫陈东，正好在张秀峰所在辖区派出所工作，本来掌握了张秀峰大量的犯罪证据，还掌握了个别民警袒护张秀峰犯罪行为的重要证据，他跟分局反映好多次了，一直没有结果。

看来依靠分局解决，已经毫无希望。陈东决定把材料交给市局纪委，不料在来的路上突然出了车祸，人和材料都不复存在了。

陈东是来纪委反映重要情况的，途中却突然出了车祸，市局纪委觉得这起车祸出得蹊跷。看似意外，实际人为因素很大。

纪委书记马上召集已经提拔为市局刑侦支队支队长的沈家睿，叫他参与车祸案件的调查。

沈家睿叫程小龙具体配合纪委调查，业务上的事情由他负责。

沈家睿知道，程小龙已经在悄悄关注张秀峰了。何况牺牲的是他同学陈东，只要逮着张秀峰的尾巴，他就绝不会放过张秀峰。现在正好是个机会，纪委调查，名正言顺。

可调查了两个星期，除了意外，找不出任何与张秀峰有关的线索，也没发现任何内部民警的问题。调查不了了之。

程小龙说，干脆直接拘捕他。仅凭上次敲诈勒索金凤凰娱乐城的事，就足够判他几年了。这个人一天不除，这个城市就一天不得安宁。

沈家睿说，别幼稚了，多少次他被警察抓了，不都放出来了？上上下下都有“保护伞”，你能拿他奈何？对这种人最重要的，是掌握他致命的证据，不给他以任何喘息的机会。

程小龙说，那怎么办？就让他们这么横行霸道？

沈家睿说，决不能让他们肆无忌惮，但必须讲究方法。跟那些人斗，仅仅凭勇敢还远远不够，仅仅像陈东一样揭露也远远不够，还得讲究策略，该隐蔽隐蔽。

隐蔽？

对，隐蔽。不能像你一样冲动，动不动就要把人先抓起来，你傻不傻你？

程小龙说，我已经没什么信心了。以后会更难，林仲平当上了市公安局副局长，我们干什么都要向他汇报。还想找到张秀峰犯罪的证据？做梦吧。

你就这么没信心？你忘了当年被张秀峰砍的那刀？你能让陈东的血白流？那你还在公安局待着干什么？你别干呀！

程小龙突然想起什么，说，队长，我们这样耗下去，永远找不到张秀峰的犯罪证据，要抓到张秀峰的把柄，我倒有个想法。

程小龙就如此这般地说了自己的打算。

两人琢磨了很久，找不到比程小龙说的更好的办法。最后沈家睿说，就按这个思路。他会单独跟韦局长汇报。

从那以后，程小龙就不再是过去的程小龙了。他极少来队里上班，不是喝酒就是打牌，整天带着樱花满世界疯。

最心痛最焦急的，是他的母亲。看到他一天到晚无所事事，母亲心里就像刀割一般。

母亲说，程小龙你不能这样，当警察要像个警察的样子。你看你，现在成什么了，打牌、喝酒，天天和那些不三不四的人来往，这样危险。

程小龙心里有种流血的感受。他有苦衷，却又不能告诉母亲。他还要变本加厉地演好他的角色，继续坏下去，坏到像个彻底堕落的警察。

鉴于程小龙的“一贯表现”，韦局长宣布辞退程小龙。

六、空前劫难

全国人大代表、西汉药业公司董事长兼总经理宋百康是个敢作敢当的著名企业家，对张秀峰的所作所为十分反感。他搜集了很多张秀峰犯罪的证据，直接到市公安局向局长韦振山举报。

这个人坑害的人太多了，不能让他再这么横行霸道下去了。他说。

放心吧，宋总，只要我还在这个位置，非把这个毒瘤挖掉不可。韦振山说。

其实，公安局局长韦振山早就在做这个准备了，只是一直没找到张秀峰犯罪集团犯罪的有力证据。

他认真看了宋百康的举报，很有价值。只要那些受害者愿意提供情况，出庭做证，张秀峰及其团伙成员绝对罪责难逃。

韦振山立即叫来了林仲平。他是主管刑侦治安的副局长，关于案子上的事情，“一把手”也得跟他商量。

韦振山先把宋百康的举报材料扔给林仲平，说，你看看吧。

林仲平接过材料看了一会儿，越看越震惊。看完了，他狠狠地骂道，这批流氓，无恶不作，你说怎么行动吧，局长。

局长说，先别急于谈行动的事。张秀峰是政协委员，要行动也要先向上面报了，等批下来才能行动。这样吧，你先搞个方案，尽量考虑周全一点，对谁都别说。最近几天，我要到省厅开会，等我回来，好好研究研究，再向市里有关领导汇报。这一次，无论如何要把张秀峰这伙人打掉。

林仲平说，好，我立即着手制订方案。这些人实在太可恶，真恨不得今晚就行动，把他们一网打尽。

韦振山说，别操之过急，心急吃不了热豆腐。这不是简单地抓个扒手，抓个抢劫犯，这是个特大的团伙，尽可能把准备工作做扎实些，把证据搞稳妥些。还是那句话，在行动之前，对谁都不能说这事，要绝对保密。

林仲平点头答道，好的好的，一定一定。

韦振山再三叮嘱了林仲平才离去。

一个星期后的一天，林仲平打电话给韦振山说，他的方案已经弄出来了，有些设想没写到方案里面，想口头跟他汇报汇报。

韦局长还在省厅开会，就让他明天上班到他办公室研究。

然而，谁都没有想到，一场空前劫难就发生在第二天上班的时候。

第二天，林仲平如约来到了局长办公室，二人正在聚精会神地商量摧毁张秀峰犯罪集团的行动方案，突然“轰隆”一声巨响，二人顿时倒在血泊之中……

惊天大案！

公安局长办公室发生爆炸，局长韦振山被当场炸死，副局长林仲平身受重伤，被送进医院抢救。

这别说在全省，就是在全国都罕见。省、市领导立即赶往现场指挥抢救，省公安厅、公安部爆破专家、侦查专家迅速赶来市局，由省厅牵头组成专案组全力破案。

市纪委调查组也同时开赴公安局进行调查。

勘查现场。现场一片狼藉，桌椅、文件、书籍被炸得粉碎，碎片四处散落。韦局长和林仲平分别躺在办公桌的两边。

爆炸的中心部位，应该就是办公桌摆放的地方。炸药是从办公桌里发生爆炸的，办公室的窗户是开着的，门也是开着的，没有发现任何指纹痕迹，可以肯定炸药是早就安装在里面的。

专家认为，犯罪嫌疑人对炸药十分精通，使用的是民用炸药，用量不超过五公斤，应是经过精心计算，有效杀伤力在一米之内。采用何种引爆装置一时还难以判断。

现场找到了一根断头的轮胎线，专家分析很可能是用来引爆炸药的拉线。合理的分析是，韦局长打开抽屉时，拉动了引爆装置，从而发生了爆炸。

沈家睿被任命为侦破组副组长，是侦破组的核心人物。他一方面安排力量在全市范围对炸药的来源进行排查，一方面立即访问林仲平。

没事吧？沈家睿问。

没事，阎王不要我，林仲平说。

沈家睿问了他一些当时的情况。

林仲平说，当时我和韦局长正研究严打整治方案。局长坐在他的办公桌旁，我坐在他对面的沙发上，坐了大约半个小时，没发现任何异样，也没任何人进来，一切都很正常。他打开抽屉来拿烟，一开抽屉就发生爆炸了。

沈家睿就问，爆炸前听到过什么声音？闻到过什么气味？窗外门外是否有人走动?

林仲平说，没有，什么都没有，一切都和往常一样，没有任何征兆。

沈家睿又问，你是和局长一同进门，还是局长先进你后进?

林仲平说，是局长先进他后去的。局长还倒了杯茶给他。进去之后，局长还问了最近的几项工作进展怎么样。

沈家睿再请他介绍一番当时他看到的屋内摆设的情况，林仲平一一做了回答。

一系列的问题需要解答，为什么要炸局长办公室?是仇杀、报复，还是别的?犯罪嫌疑人是怎么进来的?炸药是怎么装进局长办公室的?是什么时候装的?

门窗没有撬过的痕迹，这说明犯罪嫌疑人是开门或爬窗进来的，那么他是怎么开的门?什么时候开的门?又是什么时候爬的窗?

案发时门窗都是打开的，可以肯定门是局长自己开的，如果发现门早就开了局长肯定就会怀疑，就不一定会发生这场惨案。那么窗是不是局长进门后开的呢?

一切都要调查。

首先是能进出局长办公室的人，秘书、司机、机要收发员等，都问到了，没有任何嫌疑。接着是查能进出公安局的外来人员。原本门卫制度是比较严格的，门卫还有武警，一般人很难进来，可最近一段时间局里办公楼搞装修，进出的闲杂人员比较多，门卫也看得不那么紧了，一些拖材料的、运垃圾的，门卫连登记都懒得登记了，这无形中就给犯罪嫌疑人提供了机会。专案组进行了大量的调查访问，能找的都找到了，就是没发现有价值的线索。

沈家睿又从犯罪动机入手，对老局长曾经重点打击过而又扬言要报复的对象做了摸排，忙活了一阵，也没找到什么可疑的线索。

外围组对全市所有的炸药仓库，生产厂家，烟花鞭炮的生产、销售摊点，进行了全面的摸排调查，耗费了大量人力物力寻找炸药来源。可一个多月过去了，同样没有太大的突破。

七、市委书记“钦点”

公安局不能一日无主。案子要破，主事的人也不能老那么缺着，市委市政府一边敦促专案组全力破案，一边抓紧物色局长人选。

首先考虑的是林仲平。欧阳市长跟有关方面负责人说，林仲平这人很不错嘛，虽然任职的时间短了点，可业绩突出，两次流血，差点儿命都送了，多不简单。

也是，这个城市谁都知道，林仲平两次都是站在与犯罪分子斗争的最前线，两次都身负重伤，差点儿送命。这就是在战争年代，也是重点提拔的对象，何况和平年代？

林仲平也很会把握时机，借着被炸受伤的机会好好展示了自己一回。他先是绑着纱布在新闻媒体上频频露面，介绍经过，描述惊心动魄的过程，使所有的人都跟着他提心吊胆，跟着他感动不已，跟着他泪流满面。随后又有市里各级领导来看望慰问，他一次又一次汇报了被炸的经过，还一再主动请缨出院指挥破案。这让所有的领导都很感动。

为帮林仲平再次提升扫清道路，欧阳寒冰代市长在听取专案组汇报后，对专案工作很不满意，质问为什么这么久案件侦破基本没有进展，又说考虑到林仲平同志伤势基本好转，本身又主管刑侦工作，破案是当前的头等大事，决不能懈怠，市局的工作暂时由林仲平同志负责，并再三申明，这只是临时的，整体工作怎么安排，等市委决定。

就这么定下了基调，不显山，不露水，浑然天成。

在许多人的心里，这个继任的局长，完全应该就是副局长林仲平。他勇敢，不怕死，最危险的时候能冲锋在前，公安机关就要这样的好干部，何况人家本来就是副局长了，又懂业务。连林仲平自己也这么觉得。

然而，林仲平并没有等来他期待的消息。

市委常委开会的那个晚上，他一直在医院等待，等待欧阳市长给他回电话，等待局长任命的通知。

直到凌晨一点，常委会才散，欧阳市长还是来了电话，告诉他局长的事已经定了。当时他还感到全身热血沸腾，心脏都快跳到嗓子眼儿了。

可欧阳市长的话锋很快就转了，说，不过不是你，是……市纪委副书记赵杰，局长书记由他一肩挑。

林仲平不肯相信自己的耳朵，问，为什么？为什么会这样？

欧阳市长说，她都不知道为什么，刚把公安局长拟任名单一提，市委钟书记就在常委会上大发雷霆，说公安局的一个都不能提，局长副局长都被炸说明了什么？说明了我们市治安形势非常严峻，说明了犯罪分子的嚣张气焰已经到了登峰造极的地步。公安局的工作是怎么做的？警察都干什么去了？案子发生这么久了，为什么还迟迟不能破案？严重的工作不力，公安局副处以上的干部在爆炸案未破之前，谁也别想提拔，不追究他们的责任就不错了。林仲平原地不动，局长另派他人。

派谁？政法委和组织部原本就只提出了林仲平这一个候选人。现在唯一的人选给否了，一下子到哪里找人？

钟书记说，市纪委的赵杰在常务副书记的位置上好几年了，工作很不错，他年轻一点，工作也有魄力，又是学法律的，先把他调出来，到公安局任局长吧。

同时，为了显示对侦查破案工作的重视，沈家睿被任命为局党委委员、局长助理，仍然兼着刑侦支队支队长职务。

谁都没想到，半路上杀出个程咬金来。

赵杰自己都没想到。

前几天市委钟书记到纪委检查工作，单独找他谈了一次话。

钟书记叫他谈谈怎么整治当前我市的黑恶势力和打击内部保护伞。

赵杰天天想的，就是这些事情，所以回答得有板有眼。

钟书记很满意，说，做好挑重担的准备吧，你的工作可能要变动一下。

怎么变，书记没说，只说到时就知道了。

两天之后就有了结果。市委组织部长和市政法委书记分别找他谈话，告诉他，市委决定调他到市公安局任局党委书记兼局长，叫他两天之内做好移交，立即上任。

也许，在许多人的眼里，这是个再好不过的差事。一呼百应，要多威风有多威风，多少人虎视眈眈，多少人垂涎三尺。

可他却高兴不起来。

他觉得这不是什么好差事，而是个烫手的山芋。前任局长被炸死在办公室里，副局长被炸伤，这是多大的事情，全国都是第一例。

局长为什么被炸？是怎么被炸的？凶手是谁？一切都还是个未知数，这说明破案是多么艰难，罪犯是多么狡猾。

就是这么个烂摊子，等他去收拾。这是破案，需要很强的专业知识。他虽然懂点法，可对公安业务并不熟悉，怎么当好这个局长？那么多专家都没破出来，他能做得了什么？

一想起这些，他心里就发怵，就感觉没有一点底气。

八、这与盗墓有关吗

沈家睿秘密地约见了一次程小龙，这是谁都不知道的事情。

程小龙的辞退，其实是一场戏。

沈家睿和程小龙都已经发现张秀峰集团作恶多端却又十分狡猾，陈东很可能就死于他们的手上。可就是找不到证据。

鉴于以前几经抓获却未得到应有的打击，他俩觉得仅仅停留在单个案子的侦破上远远不够。要彻底铲除这个社会的毒瘤，必须从深层次上做文章，必须把他们所有的犯罪事实看作一个整体，作为本市最大的黑恶势力予以摧毁。

这就需要证据，需要大量确凿的证据。

证据怎么来？靠过去一般的途径、一般的方式方法根本就行不通了。对方太狡猾，你还没开始行动，他就知道你要干什么了。他总能得到最机密的消息，总能赶在你行动之前，采取对付你的办法。

要解决这一切问题，也必须像对方“打入”我们内部一样，打入到他们内部去。沈家睿说。

程小龙突然眼睛一亮。现在正好有这个机会，原来，对程小龙爱得死去活来的樱花，就是张秀峰的亲妹妹，名叫张文文。程小龙知道这层关系后，本来不想再理张文文的，这让他十分矛盾。

一方面，他的确已经爱上了张文文；另一方面，张文文的哥哥又跟他有血海深仇，他身上还背着张秀峰的刀伤。从情理，从警察纪律上，他不能继续这场爱情。

他大骂张文文，你为什么不早告诉我你是张秀峰的妹妹？你为什么要骗我？

张文文说，我为什么一定要告诉你我哥是谁？我哥是谁，与我俩的爱情有什么关系？你是跟我谈恋爱，不是跟我哥。

程小龙说，你知道你哥是谁吗？

张文文说，不就是我哥吗？还是谁？

程小龙说，算了吧，咱们好聚好散吧，以后还是朋友。

张文文说，你什么意思？就因为我哥是张秀峰，你就跟我散伙？我知道我哥不好，可他是他，我是我。他管不了我，我也管不了他。

程小龙挽起衣袖，露出手臂上的那块刀痕，说，看见了吗？这就是你哥干的好事。

张文文好一阵没说话，不知说些什么好。这是她根本就没想到的。

程小龙说，我还要告诉你，我是个警察，是个刑警。你哥明明知道我是警察，还要砍，你说我能原谅他吗？

那你想怎么办？她说。

咱们分手吧，我跟你哥势不两立。他说。

不行，那不是我的错。你不能把仇记在我头上。你要是因为这事跟我分手，我就死给你看。说着，她就要往旁边的桥下跳。

别傻！文文！

来的正是张秀峰。其实他一直在跟踪程小龙。他想看看程小龙到底想干什么。

张秀峰的出现，让程小龙和张文文都感到突然，都惊讶地问：“你怎么在这儿？”

张秀峰说，实不相瞒，我跟踪你们好几天了，我不放心我妹妹。

程小龙说，你现在可以放心了，趁你妹妹还没怎么样，你把她带回去吧，算我交给你了。

慢，还是把话说清楚。你是真喜欢我妹妹，还是假喜欢？张秀峰问。

不错，过去我是喜欢文文，可那时我并不知道她是你妹妹。现在就不同了，就算我还喜欢她，现实吗？我们的账还没算呢。程小龙说。

那好，我们的事归我们的事，别影响我妹妹。只要你对她好，你说怎么了断，就怎么了断。张秀峰说。

程小龙顿时感到震惊，他还真没想过跟张秀峰来做什么了断。作为警察，他很清楚，同这种人唯一的了断，就是把他送上法庭，让他得到应有的惩罚。

程小龙说，你应该知道我会怎么跟你了断。

别多说了，还是按江湖规矩办吧，不就是砍你一刀吗？动手吧，我让你砍两刀，我不会还手的。张秀峰说着，“啪”一下从背后掏出一把匕首，挽起了衣袖。

程小龙说，你别做梦了，我会上你的当？

张秀峰说，你以为我跟你闹着玩的？那好，你不动手我动手。说着，他手起就是一刀砍在自己的手腕上。

程小龙和张文文赶紧扑过去，可已经晚了，刀已经砍进了肉里，鲜血直流。

张文文责备道，哥你怎么这么傻？什么事不能说，非要动刀子？

张秀峰把妹妹扒到一边，对程小龙说，程小龙你听着，你那一刀，我还给你了，好好对我妹妹，你要欺负她，我跟你没完！

说完，他便扬长而去。

这让程小龙感到有些不知所措。一方面他爱张文文，另一方面他又不能接受她那个哥哥张秀峰。姑且就按江湖上的规矩，张秀峰自己砍自己那一刀抵一笔债，可还有很多债，张秀峰是永远也没办法抵消的。在原则问题上，程小龙是永远不会妥协的。

他心里矛盾极了。

偏偏这个时候，已经升为市局副局长的林仲平对他耿耿于怀，时刻提防着程小龙会把过去的事捅出来，抓住他多次“违纪”的事情大做文章。

程小龙觉得这是个机会，就跟沈家睿说，反正林仲平不会放过他，不如“牺牲”他一个，利用与张文文这层关系，打入张秀峰集团内部，获取他的犯罪证据。

沈家睿心情很沉重，他不想这么做。可一听程小龙有那层关系，最终他只好痛苦地抉择，委屈程小龙。

这就有了程小龙一日不如一日的表现，就有了程小龙母亲的焦虑，就有了程小龙被公安机关“辞退”的事情。

被公安局辞退之后，程小龙在家躺了三天，一副痛苦绝望的样子。

这让两个人为他焦急万分。

一个是程小龙的母亲。母亲得知消息后气得大病了一场，痛骂儿子一通。可痛骂之后，她又来做儿子的工作，叫他振作，重新站起来。可他根本就听不进去，像彻底麻木了，这便更加深了母亲的焦虑和失望。

另一个则是张文文。张文文来过无数次，程小龙都不理她，还叫她再也别来了，他现在成了无业游民，他不想再连累她。

她哪肯跟他分手。她说，你是不是警察一点都不重要，我要找的是你这个人，而不是警察。也许这样更好，你不用担心我会利用你跟我哥说情，也不会因为我哥影响你的工作，对谁都好。

程小龙说，好什么好，我不干活，喝西北风呀？你还跟着我，以后怎么过？

张文文说，你不就是要个工作吗？说吧，想做什么？

程小龙说，我想做什么？能由得我想吗？我想到你哥公司去当经理，可能吗？

张文文说，等着吧。

她转身就去找她哥。

张秀峰说，你跟他说什么说，有种叫他自己来跟我说。

程小龙有些无奈。

如果是以前，他是绝不会低这个头的。可现在不同，为了实现一个预定的目标，他必须低下自己高贵的头，跟他最不愿意说话的人说好话，跟他最痛恨的人求情乞讨，他必须这么做，没有选择。

他找了张秀峰。

一个被开除的警察，没有任何利用价值，纯粹是因张文文的关系，张秀峰接纳了程小龙，让他在集团内当上了保安部经理。

这事不知怎么传到了程小龙母亲的耳朵里，母亲更气了。

什么地方不好去，非要进南方集团？一个张秀峰已经臭名在外。母亲说，你要还在那里，你就永远别再回这个家。

程小龙选择了后者。从此他就再没有回过家。

只有被开除，只有众叛亲离，张秀峰才会把他当自己人看待。

局长办公室爆炸案发生后，沈家睿问程小龙，张秀峰有什么表现？有什么动静？

没有任何反应，他就像什么也没发生。

会不会与他有关？

这也把他扯在一起？太牵强了吧？

你忘了，他们最早是干什么的？

干什么的？盗墓的呀。

这不就对了！

对什么对？我怎么听不明白？这与盗墓有关吗？

你怎么这么木鱼脑袋？被张秀峰弄傻了？盗墓要用什么？炸药呀，他们本身就是爆炸专家呀。

啊？这……

给我好好地盯着他们。

不对，要真是与张秀峰有关，林仲平又怎么会受伤？难道他会不知道？他会跑去送死？

沈家睿一时无语。程小龙说得不错，张秀峰要去炸韦局长，不会不告诉林仲平，这根本就不可能。

这是个结，他们再怎么想，谁都解不开。

这时，程小龙接到了张文文的电话。她说她哥叫他们一块儿吃饭。

沈家睿就不再跟他多说了，给了他最先进的微型窃听、摄像等设备，又如此这般地叮嘱了一番。

九、莫哆出山

最近赵杰非常伤脑筋，几乎碰到所有的领导、熟人，第一句话就是问，那起爆炸案破了吗？政法委石书记每天来一次公安局，问情况问进度，还时常亲自督阵。其他的领导也不时打电话询问案子进展，其中包括市委钟书记。

可他所有的回答，都只有一个“没”字，连他自己都感到难以启齿，无地自容。他一次一次责备自己，你干什么来着，破这么久怎么没一点进展？

他听了两次专案组的案情分析会。其实案件并不复杂，周一上班，林仲平来商量工作，韦局长打开抽屉就发生爆炸了。局长当场牺牲，副局长倒地受伤，就这么简单。

现场没有痕迹，没有指纹，没有留下任何对破案有价值的东西。

专家分析，仇杀的可能性比较大。凶手既熟悉韦局长的起居习惯，又非常精通炸药。

他不是内行，但常识性的东西他还知道。这种案子无非一是从人入手，凶手为什么要下此毒手？跟韦局长有什么过节？作为一个公安局长，肯定打击处理过许多违法犯罪人员，要说仇家，所有罪犯都可能成为他的仇家。在这个城市里，被打击处理过的人虽然是极少数，但分布在城市的每个角落；虽然企图打击报复的也只有极少数，但肯定会非常隐蔽。虽然摸排会有很大的难度，可排查了那么多对象，怎么就没一个像样的？

另外，从炸药的源头去查。局长办公室的炸药是怎么来的？哪个地方生产这种炸药？通过什么途径运到现场的？这种侦查方向是对的呀，为什么就没一点结果呢？

他一边感到焦虑，一边感到困惑。想来想去还是去找林仲平。

“怎么办？老林，案子的压力太大了，你得帮我想办法突破。”

“你放心，我们在全力以赴调查，案子肯定能破的。”

“可是……”

“专案组的人也是人，谁都没闲着，总得有个过程吧，局长。”

他不好再说什么了。有时看到专案组的民警没日没夜地干，案发后多少人没回过家，没洗过澡，没吃过一顿像样的饭菜，赵杰心都碎了。他们谁都不容易，他不能也不忍心去责备他们，他们又何尝不想把案子破了？炸死的是他们的局长，炸伤的是专案组组长，谁咽得下这口气？要是有一点点线索，他们会轻易放过吗？

可总不能就这么拖下去，案子一天不破，他就一天不得安宁。

这天，他正坐在办公室为案子的事发呆，烟蒂烧到手指了都没感觉。正好办公室副主任李小敏送材料进来，说，局长你的烟！

赵杰这才“哎哟”一声感到了疼痛。

李小敏知道局长又在想案子的事，就劝他别一个人干着急，还是多听听专家的意见。

赵杰叹了叹气，说，什么专家都分析了，公安部的、省厅的，就是没结果。

李小敏说，要不听听莫哆的看法，他是老专家、老刑侦队长、沈家睿的师父。

赵杰有些心动。他详细问了莫哆的情况，心里就有了些打算。

他不是不相信林仲平的破案能力，但凭直觉，他感到林仲平一开始对他就有种敌对情绪，就把他当外行瞧不起。虽然站在对方的角度讲，他可以理解他，他的到来，好像直接从他手里夺走了“一把手”的位置，可这并不是他赵杰要这么做的。

而从工作的角度讲，林仲平既然是副手，就应该积极配合“一把手”工作，特别在案子上，哪怕平时再有意见，对待罪犯的态度应该是一致的。可赵杰已经明显地感到，林仲平根本就和他想不到一块儿。林仲平管业务，却没主动跟他汇报过一次进展，谈过一次案情。

不错，他是说过，业务上的事情，全由他林仲平做主，可他也不能当他赵杰不存在呀。什么也不跟他说，还要他这局长干什么？

沈家睿不知为什么，也不太跟他这个新局长汇报案子上的事情。一去问他，他就说，局长您放心，到时候向您专题汇报，一定把案子破了，一定把凶手抓到。

可天天在破案，就是没结果。

现在赵杰就特别想见到莫哆。等李小敏一出门，他就去找莫哆了，请他出山。

莫哆犹豫了好一阵，最后还是勉强答应试试看。

赵杰紧紧地握着他的手，什么也没再说。这个时候，他感觉比宣布他当公安局长还兴奋和激动。多好的老头儿，在关键的时候他没有沉默。赵杰真是从心底敬佩这个老警察。

赵杰说，这个安排对谁都别说，只对他一个人负责。

莫哆点点头，就这么接受了这个秘密的任务。

十、不谋而合

莫哆单独找赵杰局长汇报了一次，谈了一些他的分析和判断。

自从接受了赵局长交给他的秘密任务之后，他一刻也没闲过。他分别向刑侦支队支队长沈家睿和支队技术科科长详细了解了韦局长办公室爆炸案的情况，又仔细地查看了局长办公室的案发现场。

他觉得，这种安装炸药的手法似曾相识。他把过去所有工作笔记都找来了，翻了三天，终于翻到了五年前南江县的一宗盗墓案。盗墓贼是从古墓的底下挖洞进去的，接近棺木时，就怎么也挖不开了。整座墓葬都是用煮熟的糯米粘成的，比现代的水泥还坚固。盗墓贼就选好了古尸的脚尖处装好了炸药，刚好炸开能进一个人的小洞，就像人工挖成的一样，计算得滴水不漏。里面的东西什么也没炸烂，盗墓贼连一块瓷片都没留下，把古墓洗劫一空。

莫哆很快就记起了一个人——王一兵。

不想不像，越想越像。王一兵的老家，是著名的花炮之乡。市局刑侦队曾经想深挖这起案子，莫哆曾派人去王一兵老家调查过，发现王一兵从小就是玩炸药长大的，对炸药的安装、威力了解得非常透彻。

莫哆觉得，王一兵有重大作案嫌疑。

莫哆把这一切告诉赵杰后，赵杰非常兴奋，就要把王一兵传来审问。

莫哆说，不行，不说现在没证据，就是有证据，也千万不能轻举妄动。王一兵能跑到公安局来安装炸药，就说明作案的根本不止他一个人。这么大的行动，他装装炸药还可以，整个策划是他永远也想不出来的。就算现在可以肯定是王一兵干的，又能怎么样？仅仅抓一个王一兵有什么用？还是什么也不说，权当什么也没发现，继续秘密调查。现在最最重要的是要找到证据。

姜还是老的辣，赵杰这时真体会到了。他听了老侦探的，装作什么也不知道，也不采取任何行动。

不管怎么说，总算是有个眉目了。虽然不能肯定，但却无法排除。他一方面有些喜悦，另一方面又还嫌远远不足；一方面寄希望于莫嗲，另一方面又觉得不能只吊在一棵树上。

他又把沈家睿找来。沈家睿不是说在适当的时候要跟他专题汇报一次吗？又一个星期了，怎么没看他汇报半个字？

沈家睿刚进办公室门，赵杰便问，案子进展情况怎么样？

沈家睿回答，本来是想等侦破有十足的把握，再跟局长汇报的，既然局长问到案子上了，就干脆把所有侦查行动的进展情况，全都做个专题报告，也好让局长心里有个底。

沈家睿说，最大的嫌疑对象，是南方集团建材门市部经理王一兵。一是韦局长办公室爆炸案作案手段，与王一兵以往盗墓手段有惊人的相似之处；二是经过调查发现，王一兵案发前一个星期没在公司，在他家乡做过爆炸实验，完全有作案的可能；三是如果是王一兵作案，远远不止他一人，可能牵涉很深的背景。

赵杰顿时感到十分震惊。这才是突破，既与莫嗲分析得不谋而合，又更深了几个层次。

他要沈家睿再说详细点。

沈家睿说，暂时还没有更详细的内容，所有的侦查活动都只能秘密进行，还没任何直接的证据。等有进一步的进展，再向他作详细汇报。并请求他，在案子没破之前，千万别向任何人透露案子侦破的情况，包括本局内部领导和专案组其他成员。否则可能前功尽弃。

赵杰似乎看出这中间的玄机。

沈家睿说，局长，我知道您想了解所有的一切，从情理上，从组织原则上，我都有责任，也应该把一切都跟您汇报，可事实上，有些情况现在还无法说清。还是等有了眉目，再向您详细汇报吧。

赵杰说，好吧，我不勉强你，希望你给我个满意的答案。

他不说，赵杰也多少能猜出一些。王一兵有重大嫌疑，那么张秀峰肯定脱不了干系。联系莫嗲、沈家睿侦查的情况，赵杰已经隐约地感觉到，张秀峰、王一兵不仅是本市最大的黑恶势力，也很可能是局长办公室爆炸案的罪魁祸首。跟他们的斗争，一开始就是你死我活。事实已经证明，仅仅靠勇气，靠疾恶如仇，还远远不够，还得讲究策略。明明知道他们有这样和那样的问题，可就是没有证据。现在最最关键的，就是要搜集证据。

市局有一个由林仲平负责的专案组在侦查破案，天天喊有进展，却天天没有结果。赵杰越来越意识到，对这个专案组根本不能抱希望。

赵杰对莫哆、对沈家睿寄予了很大的希望，甚至是全部希望。

一切都在悄悄进行。

他很清楚这意味着什么，若按违反组织原则、违反工作纪律来上纲上线，只要走漏风声，后果就不堪设想。所以他再三叮嘱同志们要绝对保密，不准透露任何风声，一切都要做到极其隐蔽，做到天衣无缝。

他相信他们能够做到，同时会给出满意的答案。

尽管两个月前，他们谁也不认识他这个纪委干部，谁也不是他的亲信，更谈不上朋友或亲戚，可他感觉到，他们都有一颗赤诚的心，都有强烈的事业心和责任感。不该说的，他们一句也不会去说；不该做的，他们绝不会去做；而该做的，他们绝不会含糊。

十一、直奔花炮之乡

自从上次与沈家睿分手后，程小龙就把工作的重点放在了两个盗墓贼的身上。

程小龙虽然没办法去看老局长办公室的爆炸现场，但沈家睿已经明确告诉他，局长办公室的爆炸手段与张秀峰两个盗墓贼炸墓的手段有惊人的相似之处。那么，只要找到那两个盗墓贼最近动用炸药的迹象，就可以确认他们是否与局长爆炸案有关。

而两个盗墓贼中，真正盗墓的行家里手是王一兵。王一兵负责把墓里的东西挖出来，张秀峰则负责销售。

在没有发生爆炸案之前，程小龙就已经有意接近王一兵了。

因为要深入对方的核心，首先就要取得王一兵的信任。王一兵是张秀峰最贴心的助手，很多事情他都知道。在感情上，程小龙知道要有个过程，不能由开始时的刻骨仇恨，一夜之间就变得俯首帖耳，那样会引起张秀峰的怀疑。还得慢慢来，甚至刚进来的时候，他依然表现得仇恨张秀峰，还是经张文文多次劝说，他才慢慢对张秀峰“改变”了态度。

对王一兵呢，程小龙结识他之后，便和他一块儿抽烟、喝酒、搓麻将。王一兵有个最大的爱好，就是好赌。程小龙知道这一点之后，就找到了与王一兵建立感情的捷径。

什么保安部经理，程小龙根本就不把这个职位放在心上。他先是和张文文疯疯癫癫玩，到处游荡，接着就是找王一兵打牌，拼命地赌。一是告诉全世界的人，他这个警察已经完完全全堕落了，没救了；二是拖住王一兵，使他对自己绝对相信，成为哥们儿。

他从不愁没钱赌，输多少，张文文就会给他送来多少，只要他高兴。

玩的次数多了，他与王一兵的距离就近了。酒喝多了，王一兵就常常漏出些秘密来，说什么时候教训过谁，什么时候又捞过一把，但说的都不是要害的。就算醉了，他也不会泄露绝顶秘密。每当喝到迷糊的时候，张秀峰就会打电话来，或者张秀峰秘书把他叫去，似乎一切都在张秀峰控制之中。

听了沈家睿的提示后，程小龙决定从老局长的爆炸案上打开缺口。要判断王一兵有没有作案的可能，一要看他有没有作案的时间，二要看他有没有作案的工具。

为了弄清王一兵有没有作案时间，程小龙在他的门市部打了一天麻将。先套一下王一兵最近做了些什么生意，货卖了多少，钱赚了多少，看有没有什么破绽。王一兵答得很自然，没任何破绽。

程小龙又背着王一兵悄悄问店里员工，王一兵是不是天天在店里打理生意，有没有经常跑到外面打麻将。

员工不敢说。程小龙就掏给他几张刚赢的钞票，说，说吧，是老大要问的，说真话，老大有奖；说假话，老大割了你的舌头。

听说是老大要问的，来的又是老大的妹夫，对方就不敢隐瞒。一个员工就说了，其实就只上个月初王一兵有好几天没在家，平时都在店里。

程小龙说，干什么去了，怎么老大不知道？

员工说，听说跑到乡下看母亲去了，还叫我们对谁都别说。

程小龙说，好吧，你也别跟别人说，我再去问问。想起还有什么情况随时告诉我。

程小龙心里一琢磨，上个月月初，正是韦局长办公室爆炸案的前夕，从时间上就吻合了。

程小龙决定马上去王一兵的老家，看他究竟干了些什么。

可不能让任何人产生怀疑。程小龙便叫了张文文，说，跟我到乡下的亲戚家走走吧，城里玩腻了，去那里住几天。

张文文对程小龙已经百依百顺，他说到哪里，她就会跟到哪里。

于是没告诉任何人，提了两大袋补品，他们开着车从城里到乡下，直奔王一兵的老家。

到王家的门口了，程小龙才对张文文说了实话，跟你说吧，是去王一兵家。王一兵的母亲病了，一来看看他母亲，二来换换新鲜空气。

张文文说，那为什么不把王一兵一起叫来，不是更好玩吗？

程小龙说，你怎么就这么傻，咱们就是要找个清静的地方，把人都叫来还安静得了？你以为我真天天要打麻将？我是心烦，看到你哥哥更烦。正好有这个事，告诉人家干什么？怕不热闹？怕人家不感谢你？那还是朋友吗？再说，告诉人家了，还有什么意义？

他说得在情在理。张文文还挺佩服的，就什么也不说了。

在王一兵家住了两天，奉上大包的补品，还有一两千块钱的红包，把老的和小的（王一兵的小侄子）哄得团团转。

暗地里，程小龙的侦查取得了重大突破。

沈家睿向赵局长汇报的线索，就来源于此。在局长办公室爆炸案发生前的几天里，王一兵跑到了老家乡下，跟手下人说是看母亲，其实是做爆炸实验。王家湾本身就是花炮之乡，家家户户都做花炮，炸药雷管什么的，都是现成的，把火药配起来就行。王一兵只要是干与鞭炮有关的事，白天黑夜都行，家里人不会怀疑，外面的人更不会怀疑。他做了两天的炸药实验，在村子里也响过几声爆炸，没人觉得奇怪，如同家常便饭。

程小龙悄悄包了两包王一兵做过实验的黑炸药，又拿了两根导火线，像什么都没发生，静悄悄地来，又静悄悄地离去。就算回到了城里，他也不让张文文告诉任何人这次乡下之行。

他随即把东西交给了沈家睿。检验、比对，结果令人震惊：老局长办公室爆炸案所用的炸药，正是王一兵做实验用的炸药，连那条康瓦斯轮胎线都和程小龙从王家带回来的一模一样。

至此，沈家睿判断王一兵有重大作案嫌疑。

十二、天机是怎么泄露的

必须立即对王一兵采取措施，局长办公室爆炸案的侦破刻不容缓。

沈家睿再次向赵杰汇报对王一兵行动的打算。

赵杰说，什么都别说了，立即行动，抓不到王一兵就别回来见我。

沈家睿就迅速组织力量。动身的时候，他正要打手机给程小龙，叫他把人先悄悄地控制，程小龙的电话来了。

他急急忙忙地报告说，王一兵突然被南区分局的吴欣抓去了，也不知什么原因，叫他马上去南区把人弄到手再说。

沈家睿就立即跟赵杰联系，可打了一阵电话，就是打不进去。

过了一阵，局长才打手机过来，告诉他，抓王一兵的事不要去了，城南派出所已经把案子破了。老局长办公室的爆炸案，正是王一兵所作，与沈家睿的分析相差无几。

这个消息太突然了。

事前没任何迹象，突然案子就破了。不是市局，不是分局，而是派出所破的，让人不可思议。沈家睿没办法相信。

可一切都是真实的。不久的专案组会上，林仲平通报了案子的侦破情况和主要案情：

南区分局城南派出所所长吴欣接到群众举报，说南方集团建材门市部经理王一兵两个星期前的一天晚上，把西汉药业集团工地上的一座桥给炸了。举报人当时就在现场不远，看得清清楚楚，肯定没错。派出所立即传讯了王一兵，并对他的门市部和仓库进行了搜查。结果在王一兵仓库的地下室里搜出了一包炸药，经过技术部门鉴定，发现其与韦局长办公室爆炸案所用的炸药完全一致。派出所立即进行深挖，在强大的攻势和铁的事实面前，王一兵终于交代了自己安装炸药炸死韦振山局长的犯罪事实。

两个月前，王一兵为了报复韦振山局长曾经对他的多次打击，看到电视里报道全省公安局长都在省厅开会，就觉得有了机会，便从老家拿来了炸药。当时他有个朋友正在公安局搞装修，他就打扮成搞装修的混进了公安局，悄悄把局长办公室的窗户弄开了。在案发前的第三天晚上，他溜进局长办公室，想办法打开了抽屉，把炸药装了进去，结果就发生了局长被炸的事情。

几乎所有的细节都跟现场勘查相吻合，找不到任何破绽。

惊天大案终于得以侦破。派出所扬眉吐气了，吴欣扬眉吐气了，整个公安机关都扬眉吐气了。

接着是宣传，论功行赏，表彰奖励。

吴欣被提拔当上了刑侦支队副支队长，成了沈家睿的助手。

破案专家沈家睿却大惑不解。案子谁破都是好事，没半点可说的，问题在于这起案子破得叫人无法理解，无法接受。

沈家睿的秘密侦查已接近收网了，就要行动了，却有人抢先破获，怎么就这么巧？这仅仅是一种偶然，还是有别的什么原因？

沈家睿一时无法揭开这个谜。他想，还是问问程小龙，也许他能知道点什么。

迫不得已，他俩又一次秘密见面了，还是在那个秘密的地方。

这是为什么？怎么会是吴欣抓了王一兵？沈家睿问。

你还问我？我正要问你呢。专案组怎么知道我们怀疑上了王一兵？又怎么知道我们要抓王一兵？程小龙问。

专案组知道我们的行动？不，不可能，没人会知道。沈家睿说。他最清楚，这种绝密的行动只有极少数几个人知道，在公安局就只有他和赵杰知道，在外面就只有程小龙知道。怎么会传到专案组去？难道是赵杰把什么都告诉了专案组？

沈家睿说，专案组怎么知道的，现在我们没办法查证。你快说说，怎么会有吴欣抓王一兵？

程小龙说，肯定我们内部有人知道了，也告诉了张秀峰。

前天晚上，他听到张秀峰跟人通电话，说专案组已经怀疑上王一兵了，很可能马上就要行动。张秀峰说，实在不行了，只好把王一兵交出去，多花点钱把他的后事解决好。

于是就有了上面的一切，王一兵落网，通天大案告破。

就这么完了？案子就这么结束了？仅仅就是一个王一兵？与张秀峰没有任何关系？与南方集团没任何关系？与公安内部的人没任何关系？怎么会这么巧？

一切的一切都是谜团。

沈家睿想知道这一切，想揭开这一个一个谜底。尽管已经明显意识到揭开这些谜底非常艰难，对方的堡垒强大而又坚固，可他不能气馁，不能后退，不能半途而废。已经走到这一步了，开弓没有回头箭。想想牺牲的韦局长、陈东，能退吗？能就此罢休吗？

只能也应该毫不犹豫地一直走下去。

他想，一定要弄明白是谁泄露了天机。如果不从内部堵住源头，以后任何行动都无法进行。不仅如此，程小龙会非常危险，只要有一个信息传到对方的耳朵里，后果就不堪设想。

他怀疑局长，除了局长他想不到第二个人。当然，不一定是有意泄露，无意透露是完全可能的。局长和专案组经常要商量工作，只要有一点影子，别人就能嗅出局长什么意图、什么想法，潜伏在公安内部的人就可以及时采取相应的对策。

他突然想起了他的师父莫哆。他不是也在悄悄地侦查局长办公室爆炸案的事吗？还是问问师父，也许他能告诉他一点什么。

听着沈家睿的陈述，莫哆的脸色越来越难看，变得像纸一样白。

沈家睿发现了问题，怎么回事，莫哆？是不是哪里不舒服？要不要紧？

莫哆摆着手说，别说了，什么都别说了。泄密的不是别人，是我，就是我。

莫哆就说了过程。

早两天专案组负责人开碰头会，是赵局长亲自主持的，几个局领导都参加了，正好沈家睿有事外出了，没有参加。专案组特意邀请了莫哆参加。

听完了情况，局长就问莫哆有什么看法。

莫哆说，从作案的手段来看，很像是原来南区那个盗墓的王一兵干的。局长办公室的爆炸案，跟他以前盗墓的手法一模一样，建议把侦查的重点马上放在王一兵身上。必要的话，可以立即对王一兵采取措施……

大机就这么泄露了。

他从来就没怀疑过参会的任何一个人。局里的领导，其他破案的专家，有的还是他的手下，没一个像是泄露机密的人。

而正是这里面的某一个人，把天机泄露了出去。这才有了王一兵被抓。

什么也别说了，怪谁也没用。以后的路还长，也许所有的人都会以为局长办公室爆炸案就这么结束了。唯独沈家睿和程小龙真正清楚，其实破案才刚刚开始。

要紧的是，以后自己和程小龙要更加谨慎。沈家睿想。

十三、谁可信赖

自从爆炸案发生之后，宋百康就觉得问题非常严重。张秀峰黑恶势力已经猖狂到了无以复加的地步。

第一个怀疑局长被炸与张秀峰有关的，不是警察，不是专案组的破案专家，而是他这个全国人大代表。只有他最清楚，公安局长在被害前，向他许下诺言，一定对张秀峰犯罪集团严惩不贷。可是一切还没开始，局长就被害了。这不是张秀峰干的还会有谁？

他没有任何证据，只有一种最朴素、最简单、最原始的想法，那就是公安局长要摧毁张秀峰，张秀峰就决不会坐以待毙，很可能就趁着公安局还没动手之前，抢先下手加害于局长。

表面上看，就这么简单。他本来准备把这个想法告诉专案组，想必对破案多少会有用的。可想来想去，还是没有说。一是他没有任何证据，纯粹是他主观臆断。破案是要讲证据的。二是他已经觉察到问题的严峻。如果像他想象的那样，既说明了犯罪分子肆无忌惮，同时也说明了张秀峰的邪恶势力已渗透到了公安的内部。要在公安局长办公室安装炸药实施爆炸，没有公安内部的人策应配合，可能吗？

所以，他什么都没说，而是广泛地搜集张秀峰及其同伙的犯罪证据。只有掌握了充足的证据，才有可能彻底摧毁他们。

也许他所做的这一切，与他的企业没有任何关系，可他觉得，他应该为所有的受害者、为整个社会，行使他这个全国人大代表的权利，尽他应尽的义务。

他找了凡是能找到的被张秀峰及其手下伤害的对象，劝说他们出来揭露张秀峰犯罪团伙的罪行。在他的一个秘密记录本上，密密麻麻写满了各个举报人的电话，记满了张秀峰及其团伙犯罪的大量事实，包括金凤凰老板的控诉，也包括已经牺牲的陈东的妻子提供的重要情况。陈东妻子表示，只要宋百康能告倒张秀峰，她愿意再冒一次生命危险完成丈夫未竟的事业，提供极为重要的证据。

宋百康把所有搜集到的证据进行了整理，写出了长达万言的举报信，上有一百零八人的亲笔签名。他没有将信再交给新来的公安局长，他担心历史的悲剧重演。他把万言书一份寄到了省委，一份寄到了公安部。

一个星期后，公安部领导和省委领导的重要批示以最快的速度转到了市委书记钟原的手中。上级领导态度非常明确：严肃查处，严惩不贷！

钟书记没有把上面的批示传达下去，因为宋百康在举报信中，已经指明个别市领导和公安局的某些领导都是张秀峰的“保护伞”。在没行动之前、在没调查之前，此信不能传到任何涉嫌人员的手里。否则，将会带来无尽的麻烦，甚至前功尽弃。

钟书记秘密召见了市委副书记、市纪委书记李民生，市委常委、市政法委书记石刚和公安局长赵杰。先是什么也没说，就是把公安部领导和省委领导的重要批示连同宋百康的举报信递给他们传阅。

看完了宋百康的举报信和领导的批示，几人表情都非常严肃。

钟书记说，说吧，有什么想法？

纪委书记李民生说，查！要一查到底！早就有反映了，就因为市里的个别领导干预，几次调查都无法进行下去。

政法委书记石刚说，该是动手的时候了，再让他们猖獗下去，市委市政府就形同虚设了。

钟书记又看看赵杰，问，你呢？也说句话。

赵杰说，您就下令吧。不瞒您说，我一到公安局，就想把这个钉子拔掉。只要市委一声令下，我们赴汤蹈火，在所不辞。

钟书记说，那好，就这么定下来了，坚决按照公安部领导和省委领导的批示办，市委立即成立特别调查组，成员就是在座的各位，由我担任组长。先由公安秘密调查，哦，对了，公安局对这起案件的侦破，由赵杰同志负总责，具体案件承办交给沈家睿。不瞒大家，市纪委的调查事实上早已进行，老韦在的时候，就已经布置了秘密调查组，沈家睿一直在进行秘密调查，从来就没中断过，只是一直没有充足的证据。现在有足够的证据证明这个犯罪团伙的犯罪事实，行动刻不容缓！破案牵涉市委干部和民警的，一律由纪委调查处理，事不宜迟，马上行动！

拿着宋百康沉甸甸的举报信，赵杰一时竟有些不知如何处理。早就盼着这一天了，现在这一天终于来了，赵杰又感到不知从哪里下手好。

按照正常的程序，他必须首先同常务副局长林仲平商量。他既主管刑侦，又是局长爆炸案专案组的组长。可赵杰越来越觉得，林仲平的许多行为都与他离心离德。有分歧不要紧，只要出发点是一致的，只要真心实意解决问题，什么事都好说，可赵杰已经明显感到，在关键问题上林仲平永远不能和他同步。

另外，宋百康在举报信中已经提到，市公安局有极少数人是张秀峰集团的“保护伞”。虽然没有任何材料证明林仲平与张秀峰集团有关，可赵杰不是生活在真空之中，关于陈东，关于程小龙，赵杰已经早有所闻。他希望他所听到的不是真的，希望林仲平与张秀峰没有任何瓜葛，但在心里，他找不到否定的理由。

所以，一接到市领导的秘密任务，他就本能地把林仲平剔除出可信任的范围。无论如何，他不能首先告诉他。不能还没开始，就把事情搞砸。

在公安局的时间也不短了，谁可信赖，谁可重用，谁能干事，他已经有了一个非常明确的认识。无论从能力，还是从个人素质，沈家睿都是他绝对可信赖的手下。更何况钟书记已经明确表态，由沈家睿全权负责，迅速秘密侦查张秀峰及南方集团。

沈家睿接受任务后，没有一点惊讶之举，反应得非常平淡。他说，其实这项工作早在进行，而且一直没有中断过。

接着他就把陈东为伸张正义不幸牺牲、程小龙忍辱负重卧底等事情都向局长作了汇报。这一切，在公安局除了他，谁也不知道，也不能告诉任何人。

直到这时，赵杰才真正了解他的手下沈家睿，才真正了解公安工作的复杂和艰难。

除了不知道宋百康在老局长遇害前有过举报之事外，宋百康举报的事情，沈家睿基本都已掌握，缺少的就是证据。

随后沈家睿立即找到了宋百康。把情况一问，沈家睿有了一个重要的发现：老局长的被害与张秀峰有密不可分的关系。

如果宋百康把老局长的被害与张秀峰联系起来仅仅是一种猜想的话，那么，沈家睿就把这种猜想上升到了科学的逻辑推理：

宋百康向老局长反映的是张秀峰及其南方集团的问题，而实施爆炸的却是王一兵。如果没有张秀峰的指使，王一兵会在这个时候搞爆炸？他要报复老局长，为什么那么多年没报复，偏偏等到公安局长要采取行动了，才想起要报复？可能吗？现在一切都明了了，正是因为宋百康的举报，老局长才决意要铲除这股黑恶势力，这才有了老局长办公室的爆炸案。

所有的分析判断都合情合理，唯独让沈家睿无法理解的是，张秀峰要炸老局长，林仲平怎么会在现场？

难道张秀峰的行动没有告诉林仲平？林仲平几次从“水深火热”中把张秀峰和王一兵救出来，他能去炸他？绝对不可能。

那又为什么会有这种结果？

沈家睿绞尽脑汁在思考这个问题。

他又跑到老局长办公室去揣摩爆炸的现场。他重新审读着看过无数次的现场，看到那些飞落的木块和纸片，他又再次回到从前的问题上来了：

王一兵为什么要安装定向炸弹？真像王一兵交代材料中所说的，仅仅是想集中爆炸力量对准老局长？为什么要在老局长的抽屉后面竖立一沓书本？为什么还要装上一块铁板？反过来想，与其是要集中火力对准局长一边，倒不如说是要保护另一边。另一边是谁？不就是林仲平吗？这么说，一开始就都是计划好了的，要炸死一个局长，要“保护”一个副局长？

为什么要这么做？“保护”副局长的目的又是什么？是不是就是要把这个副局长推上去，推到局长的位置上去？

这么残酷、这么歹毒，简直叫人不可思议，想起来都后怕。

沈家睿想象不出他们还会有什么别的意思。

十四、战胜病魔的良药

庚子年，中国人无法躲过的一个劫。近两百年来，每每遇到这个年号，中国从来不曾安宁，而且总是灾难重重：1840 年鸦片战争爆发；1900 年，八国联军迫使清王朝巨额赔款——庚子赔款；1960 年三年自然灾害；2020 年年初，新型冠状病毒疯狂肆虐。能否战胜这个病毒恶魔，打赢这场抗击疫情的战役，中国政府和人民面临着严峻的考验。

灾难来临的时候是谁站到了最前线？是党，是政府，是所有的医务人员，是许许多多有良知、有觉悟的人们。他们用各种方式，采取各种措施，抵抗新冠病毒。

这中间就包括程小龙的母亲，市中心医院一个普通的呼吸科医生。

她本可以不接近新冠肺炎病人的。院长张伯黎说，你就别去了吧，在一般病室值值班就行。

她知道，这是医院照顾她。老医生，还有一个月就要退休了，就不要上这个有着极大生命危险的战场了。可她偏不。她说，自己是几十年的老共产党员了，又是专门研究呼吸道疾病的，无论如何要到第一线去。

结果她第一个写了请战书，第一个站到了救治新冠肺炎病人的最前线。

程小龙的母亲干起活来常常不要命。五十几岁的人了，还跟年轻人一样拼搏。她太累了，连续几天在病房里没有出来，研究治疗的最佳方案。没有任何一本书上有现成的治疗方案，也没任何一本医书介绍过新冠病毒，一切都要靠自己摸索。像要忘记一切，又像要弄明白一切，程小龙的母亲一天到晚全身心扑在治疗上。

过分的疲劳，又频繁接触新冠肺炎病人，有两次为了帮助病人吸痰，她竟被病人弄了一脸的痰水，结果不幸染上了病毒，自己也躺到了病床上。

开始的时候，她没跟儿子说。她不想告诉儿子，心想要不了多久就会好的。可一时半刻也没见好转。她好多天没见儿子了，虽然恨铁不成钢，但毕竟是自己身上掉下的肉。程小龙是她唯一的亲人，丈夫早两年去世了，剩下他们母子俩相依为命。这个时候她就特想儿子。

实在憋不住了，她才打电话给儿子。

她根本就没说自己生病的事，还是像过去一样，唠叨儿子的工作，叫儿子别再在那个鬼地方，跟着张秀峰不会有什么好结果，离开南方集团，也离开那个姑娘。以前的事情，她都不怪他。

程小龙本来就是个贼精的人，一听母亲说话就有些不对劲，隐约能听到母亲的哭声。那种哭有种撕心的痛楚。

程小龙就问，妈，你怎么啦?

没什么，儿子，你可要好好做人呀。

程小龙知道母亲一直在为他的“堕落”伤心。尤其是被辞退后，进了张秀峰的公司，又找了张秀峰的妹妹做女朋友，他一次一次伤透了母亲的心，他分明地感到母亲对他的绝望。好一段时间母亲都懒得理他，他也没办法跟母亲解释，唯一的选择就是等待。现在只能背着不孝逆子的骂名，等待把任务完成了，一切都“不攻自破”，那时再给母亲一个惊喜。

可程小龙这时感到有些异样，追问，妈，到底怎么了?

母亲说，没什么，你自己照顾好自己吧。

程小龙再打手机，母亲已经关机。他冥冥中总感到有种不祥的预兆，他什么都顾不了了，就往医院里跑。

张文文说，你干什么去?

程小龙说，看我妈去。

张文文说，我也要去。

程小龙说，你就省了吧，我妈最烦的就是你们兄妹。你又何必哪壶不开提哪壶?以后吧。

张文文说，不行，我非去看看她不可。我在她眼里就那么坏?

无奈，只得让她去了。带着她也好，也许张秀峰就是这么考虑的，反正有张文文看着，只要对他有一点不利就会被发现。

程小龙也像过去一样，什么招呼也不打就去找妈妈。可这次一进门就被拦住了。

门卫是新来的，不认识程小龙。他说，谁也不能进去，医院已经封闭，作为全市的新冠肺炎疫情定点医院。

程小龙说，我找我妈，她是这里的医生。

门卫一听，就客气多了，问，谁？

程小龙就说了妈妈的名字。

门卫说，你怎么才来？你妈已经被隔离了，感染上新冠病毒了。

程小龙顿时便有一种五雷轰顶的感觉。

门卫很客气，说，你进去吧，在隔离区外能看到你妈。

程小龙和张文文就进了大门。在隔离区外，由母亲科室的同事安排，隔着十来米，母亲戴着口罩在二楼的窗台前挥手，什么话也没说。

程小龙分明看见母亲在流泪。他也一样，泪像泉水一样流下，心都碎了。他真想告诉妈妈，他不是个坏儿子，不是她想象得那么不听话，那么堕落。他还是过去的他，他不是真的被开除，不是真想在南方集团混，不是真想要跟张秀峰打成一片。他比她还清楚这些人不是东西，除了对张文文是真心的，其他一切都是假的，都是有目的的。他真想把一切都告诉妈妈，让她安安心心养病，可是他什么也不能说，这是纪律。

他只能看着妈妈，看着妈妈流泪，他也跟着流泪，什么也说不出，什么也不能说。

程小龙只喊了一句，妈，挺住，你一定要挺住！

母亲点点头，似乎在说什么，却一点也听不清，只留下擦泪的动作在程小龙的心里。

程小龙还想说什么，却不知说什么好。张文文便在旁边喊，伯母，保重。

程小龙的母亲本来没在意张文文，她这一叫，使程小龙母亲突然记起什么，脸色马上沉了下来，伤心地转过脸去。

尽管程小龙拼命地喊着："妈！"她却头也没回，走了。

张文文很难过，说，都是我不好，让你妈生气了。

程小龙说，别往心里去，妈还不了解你，把你当你哥看，以后我再慢慢跟她解释。

张文文知道，在这个时候，老人最需要的是安慰。她便跟程小龙说，别上班了，多去看看妈吧，给她做点什么。

程小龙说，医院根本就不准看护。要不辛苦辛苦你，买点好吃的，托护士给妈带去。听说新冠肺炎病人最需要营养。

于是，张文文就什么事也不干，每天炖些补品送到医院，请护士带给程小龙的母亲。可程小龙的母亲连看都没看一眼，就让护士把东西提回来了，叫她以后别再来了。

一连三天，护士都把张文文挡在医院的门外，叫她别再来，这里是隔离区，非常危险。

张文文很伤心，跟程小龙说，她真没用，这点事都没干好。

程小龙说，别急，哪天咱们一块儿去吧。

很快，程小龙就约见了沈家睿，说无论如何他不能在南方集团待了，他必须离开那里，离开张秀峰，回到公安局，回到刑侦队来。只有这样，才是母亲战胜病魔的良药。只要把这些消息告诉母亲，就是不吃药，她的病也要好转一半。

沈家睿比谁都清楚，程小龙说的不是假话。

在这个时候，程小龙的母亲最需要儿子的安慰。而如果能恢复他的本职工作，让他穿着制服去见她，绝对比什么灵丹妙药都有效。

沈家睿可以做到这一切，只要跟局长一说，特殊情况特殊处理。可要是那样做了，案子还怎么破？一切努力都等于白费，现实准许他这么做吗？

费了多大的工夫，张秀峰已经很信任程小龙了。在这个时候，能把他抽出来吗？他想那么干，可他不能。他们谁都不能那么做。已经到了关键的时刻，谁都不能动摇，谁都不能气馁，一切都得按计划行事。不能向任何人，包括程小龙的母亲透露半点风声，否则后果不堪设想。

沈家睿说，你的心情，我完全理解。如果能够做到这一切，我也高兴。可是行吗？一切都按部就班吧，我们没有别的选择。

末了他还跟他通报了案件的进展，叫他密切注意张秀峰与林仲平的联络动向，有什么情况及时报告。

见什么问题也解决不了，程小龙心如刀割。

这时，沈家睿接到宋百康一个电话，说他有重要的新情况向他反映。

沈家睿只得告别程小龙，叫他什么也别想，务必坚守岗位。母亲的事，到时由组织出面解释，最终她会明白的。

十五、复印件成了孤本

见面就在宋百康的办公室。等沈家睿一进来，宋百康就跟秘书打好招呼，任何人不见，闭门谢客。

沈家睿问，什么事？这么神秘。

宋百康拿出一沓材料，说，你先看看吧。

这是关于一起伤害案最初案卷的复印件和林仲平、吴欣几次批准放走张秀峰、王一兵的批示复印件，就是以前陈东口头向沈家睿谈过，并要交给纪委而没有交出的所有证据材料。

沈家睿感到奇怪，他问，这份东西怎么会在你的手里？

宋百康说，这是一个警察的妻子交给我的，请我一定交给可靠的人。听说她的丈夫为了交出这份东西，已经献出了年轻的生命。

她丈夫叫陈东，是个非常优秀的警察。沈家睿说。

你知道？宋百康问。

沈家睿说，岂止是知道，还有一段悲惨的故事。接着就把陈东当初出车祸前后的情况告诉了宋百康。

宋百康恍然大悟，说，难怪陈东的妻子叮嘱又叮嘱，千万不能随便交给警察，公安局的人一个都不能相信，陈东就是被自己人害死的。她对警察已经不抱任何希望，看我是全国人大代表，又找过她几次，还知道我也在告张秀峰，她才肯把材料交给我。我知道你正在搜集他们的犯罪证据，所以还是决定把它交给你，相信对你的侦查会有用的。

沈家睿很感激。在关键的时候，宋百康提供了极为重要的证据；同时也感到悲哀，一个警察妻子对警察这么失望，是他根本就没想到过的。也不能怪她，当初陈东不是也相信他的领导吗？一而再，再而三地向他的主管领导反映，结果怎么样？一再被排挤，一再被打击，最后被弄得在公安局都无立锥之地了。他哪一点做错了？陈东也相信过他这个刑侦支队长，可怎么样？关键的时候，他就要把这份材料交出来了，不料一场灾难夺取了他宝贵的生命。他的妻子还能再相信警察？

沈家睿真不知道说些什么好。多么不可思议，经过了那么艰难曲折的过程，转来转去最后还是转到他手里来了。这究竟是为什么？

对了，他想起来了，当初陈东不是将材料带在身上了吗？车祸现场沈家睿也去看了，什么东西都没留下，显然是有人从他身上窃走了这份东西，而且很有可能落到了张秀峰手里。可怎么还会在陈东的老婆手里呢？

他感到了疑惑，便直言不讳地把疑惑告诉了宋百康。

宋百康说，你不知道，其实陈东的爱人也和她丈夫一样，一直在配合丈夫与公安内部的贪官、与张秀峰黑恶势力斗争。不错，最初她是反对丈夫管闲事的，可她的反对根本不能动摇陈东的信念，没办法，与其反对无效，还不如支持。就在陈东要把材料交到纪委的时候，陈东的老婆多了一个心眼，把那份材料多复印了一份。她自己也万万没想到，这份复印件竟成了孤本。

多么不容易，为了同那些社会的蛀虫、败类斗争，丈夫倒下了，妻子又站起来了。与丈夫不同的是，她不像丈夫那么直露，她已经学会了隐蔽。

沈家睿本来有很多话要说，感激、敬仰、佩服……可来不及了，这是极为重要的证据，他必须立即向局长汇报。

从宋百康办公室出来，他便径直去了赵杰办公室。

他把材料放到了局长的桌前，请局长先看。

局长认真看完那份复印材料，说，这是一份非常重要的材料，没想到林仲平和吴欣、张秀峰会有千丝万缕的联系。

沈家睿说，不只有千丝万缕的联系，可能还有别的。

还有别的？还有什么别的？

沈家睿说，他现在还只是直觉，还是等有了突破再跟局长汇报吧。

赵杰已经习惯了，他这个最信赖的手下不愿多说，自有他的理由。他从不勉强他。该说的时候，他肯定会跟他说的。

十六、两大疑点

沈家睿决定再审王一兵。可他去看守所提审王一兵时，却吃了闭门羹。

看守所所长说，对不起，没有林副局长的批示，谁也提审不了王一兵。这是重大案犯，林副局长再三叮嘱，任何人提审都要经过他的同意。沈家睿这个刑侦支队长也不例外。

这是沈家睿没有想到的事情。

以往任何时候，只要是他支队长来提人，看守所所长从来没说过半个不字，可这一回，突然变得这么认真，铁面无私。

沈家睿还想蒙混过去，说，我就核对一起盗窃案，也要不了几分钟，就通融通融吧。

可看守所所长说，你就别为难我了吧，我通融了你，谁又来通融我？你办了案子，我下了岗，值不值得？要不这样，你就跟林副局长打个电话，只要他一句话就行。

沈家睿问，现在提审，是不是每个对象都要林副局长批示？

所长说，那倒不是，除了王一兵，你提谁都行。

沈家睿这才感觉到问题不是那么简单。

他没有再坚持，也没打电话。那样什么问题都解决不了，弄不好侦查还没开始，就得结束。

他立即返回局里，简单把提审受阻的事跟赵杰局长作了汇报。

赵杰说，别急，再等一天，就等一天，王一兵就是你的了。

沈家睿问，怎么回事？

赵杰说，石书记已经把林仲平抽到市委党校学习去了，明天就走，两个月，这对咱们的调查，是个再好不过的机会。另外，我也跟吴欣说了，叫他先别到你那里上班，市里几家单位联合治理高校周边环境，先安排他去那里。我会跟看守所所长打好招呼。可能不能从王一兵口里掏出点东西，就全靠你自己了。

意想不到，一切都来得这么顺利。沈家睿激动而又兴奋，只说了声谢谢，就干他的事去了。

还是提审王一兵。

像以前的多次交代一样，王一兵滴水不漏。

为什么要炸老局长，怎么安装炸药，怎么引爆，王一兵已经倒背如流。

沈家睿偏不按他的程序去提问。而是倒过来问，炸药爆炸最大杀伤力有多大范围？爆炸点会在什么位置？装炸药时，抽屉里有些什么东西？炸药怎么摆放？采取什么方式引爆炸药？怎么进的局长办公室？局长办公室里有些什么摆设？等等。

没有人这么提审过王一兵，他原来背的供词派不上用场了，答出来的东西漏洞百出。

最解释不清的，一是引爆方式。

王一兵说，他用的是拉式引爆，一根线一头连着炸药，一头挂在局长办公桌的抽屉里面，只要一拉抽屉就会引爆炸药。炸药装在抽屉的中间，离开抽屉的人不会超过一米，设计的最大杀伤力就是一米以内。韦局长开了抽屉，正好在一米之内，必死无疑。

沈家睿就问，用的是什么拉线？爆炸发生后，拉线还会不会存在？

王一兵说，是一种废旧轮胎线，只要爆炸，拉线肯定会被烧掉的。

沈家睿一下就发现了破绽。

现场留下的一根拉线，不仅没有被烧掉，连炸都没有炸断，连烧过的痕迹都没有，这是怎么回事？难道炸药没有燃烧？没有燃烧怎么又爆炸了？

这是一个谜团。

沈家睿拿出了从现场收集来的那根拉线，问王一兵，是不是这根拉线？

王一兵接过那根拉线一看，顿时惊讶起来，不可能，这不可能，那根线早该烧了，绝不会留在现场。

沈家睿说，你就告诉我，是不是这根拉线？

王一兵说，这的确是他装在炸药和抽屉上的那根拉线，但绝对不应该还存在。

这就成了一个最大的疑点。连装炸药的人自己都无法明白。

二是定向爆炸。

沈家睿问，为什么要装定向爆炸？

王一兵说，就是要炸死你们局长，不想伤及无辜。

沈家睿问，你怎么知道还有无辜？

王一兵说，肯定会有很多人跟你们局长汇报。我不想他们跟着你们局长同归于尽，我跟其他人没仇。

假话，狡辩，你连公安局长也敢害，你还会顾及其他人？可能吗？沈家睿心里想。

他没时间跟他争辩。先弄清他怎么装的再说。

怎么装的？就把几本书躺着放在抽屉的里面，挡挡弹片，也不是特意做的。

又是差异，极大的差异。其实，抽屉里的书刚好不是躺着放的，而是竖着放在靠近抽屉里面的挡板旁，外加一块铁板，隔在挡板的后面。设计者的目的非常明确，就是要保护桌子对面的人。

王一兵越是想解释得跟现场相吻合，就越是不吻合。表面上看天衣无缝，如果不认真吃透现场，十有八九会被王一兵蒙混过关。

可沈家睿早就把现场勘查过无数次，你一个王一兵能哄得了他？王一兵是交代了全部的犯罪过程，可存在上面的两大疑点，怎么解释都不能自圆其说。

可以肯定，首先引爆的方式不是拉式，而是别的；其次定向爆炸的装置根本不是王一兵所为，而是另有其人。

沈家睿就觉得，一种可能是作案的不止王一兵一个人；另一种可能是王一兵在装好炸药之后，还有人动过现场。

再怎么问王一兵，都无突破。他发誓，所有的事都是他一个人干的，没有第二人参与，也没第二人知道。他要说了半句假话，天打雷劈。

无须再问，疑点已经越来越明显。

还是那句话，案子表面上破了，实际上根本就没破，或者掩盖着更大的罪恶。

沈家睿重新回到现场，重新找来爆炸专家研究爆炸过程。

经过无数次的现场演练和案情分析，沈家睿和专家终于有了新的发现：可以排除拉式引爆。犯罪嫌疑人采用的是一种新型的声控引爆装置，现场声音达到一定分贝就会发生爆炸。另外，安装炸药的不止王一兵一个人。

这就使破案工作变得愈加复杂起来。

究竟是什么声音引起了爆炸？除了王一兵参与了爆炸，还会有谁？

凭经验，沈家睿觉得王一兵绝不是有意隐瞒另外的人。他可能隐瞒指使他干的人，却绝不会隐瞒同他一起干的人。可能他真的不知道，在他装好了炸药之后，又有另外的人改变了装置。更确切地说，是帮他改变了引爆装置，变线拉式为声控式，同时帮他加上了定向爆炸装置，竖立的一沓书本和那块铁板根本就不是王一兵装的，而是后补者。

后补者会是谁呢？

沈家睿百思不得其解。

突然有一天，沈家睿的中学同学、林仲平的爱人梅蓉打电话来，说有急事要找他。

梅蓉找他干什么？尽管过去他们情投意合，可现在他真的不想再见到她。他心里所受到的伤害至今没有抚平，往事不堪回首。

关于他们三个人，还有一段非同寻常的爱情故事。

沈家睿、林仲平和梅蓉原本是高中同学。还在读中学的时候，沈家睿就和梅蓉好上了。

沈家睿考上了公安大学，原本和梅蓉约好，等他毕业，参加了工作，当上了警察，他们就结婚。可他刚刚当上警察，他就收到梅蓉简短的来信，说他们的事已经不可能了。她对不起他，她不能跟他结婚，已经决定嫁给别人。

梅蓉要嫁的不是别人，正是沈家睿的高中同学林仲平。

梅蓉嫁给林仲平，完全是一种无奈。

在她对未来充满幻想的时候，一场意想不到的灾难降临在她的头上。父亲在自家建房时从几米高的屋顶跌落下来，人被埋在砖堆和架板里。挖出来的时候，他已血肉模糊，人事不知。幸亏林仲平来帮忙，及时把父亲送到了县医院。进院就要先交两万。梅蓉家本来就困难，这对于他们家来说，不是个小数目。可没钱医院就不让住院。幸亏林仲平在关键时刻解囊相助，当即从家里拿来了两万，使梅蓉父亲得到了及时治疗。

她很清楚，接受林仲平的帮助意味着什么。因为林仲平一直在追她，他总是劝梅蓉现实点。沈家睿远在北京，又是公安大学的高才生，以后根本就不会回来，跟他好，不会有结果的。相反，他们才最合适。梅蓉是镇中学的民办老师，根据她的能力和表现，她很可能以后转为公办教师。而林仲平在镇派出所工作，他们的结合才是最佳组合。

梅蓉早就劝林仲平死了这条心。她对他没有感觉，不会爱他。她和家睿说好了，等他毕业就结婚。

可人算不如天算，很多事情都是不以人的意志为转移的。她等待的人没有消息，而她拒绝的人却时时在她身边。她不想接受林仲平的帮助，可她自己又解决不了问题。无奈，她别无选择，为了父亲，她只能接受林仲平的帮助，借了两万又两万，渡过了难关。

她开始动摇，心里一会儿是沈家睿，一会儿是林仲平，她不知道自己该选择谁。

女人心动就好办。林仲平开始看到曙光。

这一回他不像以往那么直接，而是先做好梅蓉父亲的工作，把心思表达给了她父亲。

这比他对她说一万句还有效。一个老实巴交的农民，看着人家几万几万拿钱给他治病，他能不动心？钱，他很难还起，女儿的婚姻，他却能决定。多好的小伙，还是镇长的儿子，就怕人家不要。现在人家求上门来了，还有什么好说的？何况还有六万块的债务，只要女儿嫁过去了，谁还问他这老丈人要钱？

父亲比谁都实际，几乎不假思索就答应了，行，你就是我女婿。

不久，梅蓉的父亲就跟梅蓉说了这事。

梅蓉说，她早有对象了。她跟沈家睿商量好了，等他毕业就结婚。

可父亲反问，你跟姓沈的，可能吗？

真是无奈。能跟父亲说什么？说爱情？说理想？说前途？说什么都没用。站在父亲的角度，甚至除梅蓉之外，任何人都会觉得林仲平是她最理想的选择。

她矛盾极了。

林仲平又来了，约她出去走走，老在医院闷得慌，散散心。

她没有反对。她想跟林仲平说清楚，她很感激他，六万块钱她一定会还他，只求他多给点时间。关于婚姻和爱情，她要郑重地告诉他，她喜欢的是沈家睿，而不是他林仲平。她快要跟家睿结婚了，希望他能明白和谅解。

可一到和他单独在一起的时候，她就不知怎么开口。人家毕竟有恩于自己，怎么跟人家摊牌？

还是林仲平自己先说了，叫她什么也别说，他能理解，不会强求，一切都尊重她的选择。还让她该轻松轻松，伯父也快好了，她也可以安心地回学校教书了。

也是该轻松一回了。不管怎么说，父亲都快出院了，最困难的时期总算过去了。她便同意和林仲平一起去唱歌、喝酒。

也许是太兴奋了，那晚她喝醉了。

一切怎么发生的，她自己都不知道。直到第二天早上，她发现自己躺在林仲平的身旁，什么都没穿……

她抓住林仲平歇斯底里地捶打，用嘶哑的喉咙喊着，为什么？为什么你这么卑鄙？

一切都晚了。失去的东西已经永远失去，无法弥补，无法挽回，就算她非常非常爱沈家睿，可她怎么面对现实？更确切地说，她还凭什么爱他？

林仲平说，放心吧，梅蓉。我对自己做出的一切绝对负责。

他跪在地上郑重向她求婚。她还能说什么？还有什么选择？

留给她的，只有无奈……

沈家睿已记不清多少日子没看见梅蓉了，他不想单独见她，免得发生误会。

她会有什么事？难道又跟林仲平闹翻了？他不想再去充当什么调解员了，都老大不小了，再说人家现在是副局长，他是人家的手下，怎么去调解领导夫妻间的矛盾？

他跟梅蓉说，如果是家里的事，你就别跟我说。

梅蓉说，什么家里的事？她早已没家了，是有重要的情况。

听她这么说，沈家睿就去跟她见了面。他们约在了公安局旁边。

说吧，什么事？他直奔主题。

她叫他把手里的烟熄了，帮他把烟蒂扔得远远的，然后掏出一小包黑乎乎的东西摆在他的面前，说，你看看吧。

沈家睿有些惊诧，问，什么东西？

梅蓉说，你仔细看看就知道了。注意，别点烟。

沈家睿用手摸了摸，又用鼻子闻了闻，说，炸药？哪里来的？你怎么把这东西带在身上？多危险，你有毛病了你？

梅蓉说，你才有毛病呢。告诉你，这是在我家里找到的。

沈家睿莫名其妙，说，你家里找到的？你家里怎么会有这种东西？你让我看这东西，是什么意思？

梅蓉说，我只要你看看是不是你们老局长办公室爆炸的那种炸药，其他你什么也别问，行吗？

沈家睿惊愕了。正在这个时候，沈家睿接到了程小龙的紧急电话，叫他赶快去613号废旧仓库营救宋百康。宋老现在危在旦夕。

来不及看了，沈家睿拿起那包东西就急忙跑了出去。

梅蓉在后面喊道，注意安全，那可是炸药。

沈家睿头也没回，好像什么都没听见。

十七、收网行动

程小龙的母亲来过一次电话，说话的声音很微弱。程小龙的心都碎了。

母亲说，小龙你能来医院看看妈吗？妈很想你，真的很想你。

程小龙说，我现在不能来，妈，我正有要紧的事要办，等我忙完了，就马上来看您。

母亲就在那边叹息，你跟张秀峰能干出什么好事？你什么时候能不让妈担心？

程小龙说，到时候我会给您个满意的答复，妈。

母亲说，到底怎么回事？你跟我把话说清楚。

程小龙说，我现在没有时间跟您解释，妈。也没等母亲说完，程小龙就挂电话了。

他要立即跟沈家睿联系。

他刚刚看到，张秀峰在他的人员关系联络图里一些人的名字上画上了红圈。按照惯例，只要在这张联络图上被张秀峰画上红圈的，不久就会消失。陈东已经被画了，韦局长也被画了，下一个就是宋百康，再下一个就是沈家睿。

沈家睿震惊不已，指令程小龙务必弄到那张联络图。那就是张秀峰犯罪的重要证据，他马上带人对张秀峰采取行动。

程小龙一听，便劝沈家睿道，没必要看到自己名字上了张秀峰的联络图就紧张，这个时候需要理智和冷静。现在就是弄到那张联络图也没有用，那不是真正意义上的证据。在那张图上，有你的名字，也有我的名字，还有市里许多领导的名字，钟书记、欧阳市长、赵局长、林副局长、吴副支队长，很多很多，我们谁拿到都没用。除了张秀峰自己，没有几个人知道那是干什么的。

程小龙也只是断断续续听王一兵和张文文透露过一些，张秀峰没事就研究那张图。在那张图上，所有人名字下面都有电话号码、职务、家庭情况、爱好、进攻方式。有的名字上写了钱，有的名字上写了权，有的名字上写了女人，有的名字上打了“?”，有的打了“!”，有的什么也没写。

沈家睿就问了几个熟悉的人名上都做了些什么记号。

程小龙说了几个。林仲平名字上是一个“官”字；吴欣名字上是两个字，一个“色”字，还有一个“钱”字；赵局长名字上是个“?”，你的名字上画了红线，我则什么都没有……

程小龙说，看来现在已经到了非常时期。没有不透风的墙，我们的调查他们早已知道。张秀峰说，别把他逼急了，逼急了，他什么事情都做得出来。

沈家睿于是如此这般叮嘱了一番，才结束了秘密通话。

其实，除了公安这一条线在紧锣密鼓进行全面侦查外，纪委的公开或秘密调查一刻也没松懈，而且取得了重大突破。

市纪委经过调查发现，全市公、检、法、工商、税务、卫生、国土、建筑、城管、规划、质量监督、银行等职能部门里，有十一个正副处长和近二十个科级干部在张秀峰的公司里拿干股，直接或间接为张秀峰服务。

省纪委也掌握了几个省管干部收受张秀峰贿赂的重要证据。省委一位主要领导在纪委一份汇报材料上作了重要批示：对支持、参与张秀峰犯罪集团犯罪活动的党内腐败分子一定要严惩不贷，发现一个查处一个，决不心慈手软。

为贯彻公安部和省委领导的重要批示，省、市纪委和政法部门决定几家联合行动。

正好有个机会。张秀峰的第四个老婆生了个男孩，准备大张旗鼓办满月酒。

得到这个消息，钟书记找来了有关部门负责人，亲自部署收网行动。

两条线，同步进行。一条是由公安武警出面，对前来参加张秀峰儿子满月酒的黑社会成员实施秘密或公开逮捕，包括张秀峰本人。另一条是由纪委出面，凡来“出席”张家儿子满月酒的党政干部，一律带回纪委谈话审查。

联合行动就在张秀峰儿子的满月酒会上进行。

非常有效，张秀峰手下的七八个干将瞬间落网；已经列入张秀峰犯罪集团“保护伞”名册的二十几个吃喜酒的党政干部纷纷被请到了市纪委接受调查。

然而，遗憾的是，几个关键的“人物”都没到场。张秀峰自己，还有公安内部的几个特殊对象，连影子都没看见。

为什么？天机被提前泄露。

临近吃中饭了，欧阳市长的秘书从钟书记的秘书那里得到联合行动的消息，欧阳市长秘书马上告诉了正在准备人大会议发言材料的欧阳市长。

欧阳市长立即意识到问题的严重性。这么大的事情，钟书记居然没有跟她通气，表面上是说不影响她准备政府工作报告，实际上说明钟书记甚至更上一层领导已经怀疑上她了。无论张秀峰也好，别人也好，一旦误入满月酒会的“圈套”，不仅他们自己死无葬身之地，她这个代市长也就玩完了，以后会是什么结果可想而知。

已经来不及通知更多的人了，她立即给张秀峰、林仲平发去了信息：千万别参加那个满月酒会。

这条消息，表面上救了几个人的命，实际上却加速了这几个人的灭亡。

沈家睿感到了形势严峻。他们面对的不只是一个社会上的张秀峰，还有内部的干部。有的落网了，有的还没有，更麻烦的是他们内外的联手行动。

还没等到上面的行动命令下来，林仲平就提前从市委党校回来了。

防控新冠肺炎疫情工作压倒一切，党校这一期研讨班都是各局部委主要领导，非常时期不能再待在学校。钟书记一个电话打到党校，叫他们终止培训，所有学员立即回单位参与防控工作。

林仲平依然当他的常务副局长，依然分管他的刑侦、治安，外加担任全市防控新冠肺炎疫情保卫组组长。

仿佛什么也没发生，平静如水。而事实上，平静的海水底下是巨大的旋涡在形成。

南区分局接到报案，说西汉药业集团董事长宋百康突然失踪。寻遍了所有能寻的地方，家里、公司、亲戚朋友处，谁也没有看到他。

情况很快报到了市局，报到了市委市政府。市委市政府高度重视，要求公安机关全力寻找。

联系到程小龙反映的情况和宋百康的多次举报，沈家睿首先想到的是绑架，而且很可能是张秀峰所为。

沈家睿立即打电话给程小龙，通报宋百康失踪的情况，询问张秀峰最近活动情况。

程小龙说这两天他一直和张秀峰在一起，没发现什么异样变化。

这让赵杰、沈家睿反倒觉得心里没底了。

由于与张秀峰没直接关系，赵杰就把林仲平、沈家睿找到一起研究对策，分析会有哪些可能，布置大面积寻找。

结果，程小龙那里很快就来消息了：林仲平刚刚打电话给张秀峰，问宋百康是不是在他手里。

张秀峰回答，这事你就别管了，我会摆平的。

林仲平说，你他妈王八蛋！你能摆平吗？他是全国人大代表，他要出了什么差错，咱们谁都别想活。你给我听着，找个机会，立即放人！

沈家睿立即将情况报告给局长赵杰。

赵杰又向政法委石书记作了汇报。经石书记征得钟书记同意，指示迅速出击，在确保人质绝对安全的前提下，力争将对方一网打尽。

沈家睿和赵杰商量，组织最精干力量，一是命令程小龙赶快打听宋百康的位置，秘密解救；二是借此机会抓获张秀峰。具体行动由沈家睿负责。

程小龙很快发回信息：他和张秀峰已经到了郊外一个秘密仓库，什么方位还说不清楚。进来的时候都蒙上了眼睛。

张秀峰刚刚跟宋百康谈了条件，一是撤回他的告状，以后不准他再到处胡说，否则就要他的命。二是逼迫他让出西汉药业20%的股份。南方集团已经在市场上购买了31%的西汉股份，这样张秀峰实际上就有了西汉药业51%的控股权，名副其实地成为西汉药业的最大股东，从而达到南方集团资产的合理转换。这实际上是黑社会洗钱的一种最新表现形式，是一种新的犯罪手段。

只要宋百康答应，马上可以让他回去。他还可以继续当他的董事长，而且条件十分优厚，他可以个人名义参股10%~20%，实际成为除张秀峰以外的第二大股东。

如果换成另一个人，也许会签下这个协议。他可以什么也不做，仅仅签个字，就能获得他干一辈子也无法获得的收益。

可宋百康就是宋百康，他要变节，他就不是宋百康了。

他什么都不答应，说，你有种就把我杀了，不然，只要等我出去，你就不会有好日子过。

张秀峰气得牙齿咬得咯咯直响，几次要用刀捅了宋百康，却又没下手。

林仲平在电话里再三命令他，千万不能伤害宋百康。不然，他饶不了他。张秀峰自己也很清楚，绑架只是为了威胁，目的是要宋百康签下协议，为集团洗钱。

张秀峰说，你也别把话说死了，什么都可以谈。对你个人的条件，还可以优惠，好好想想吧。

宋百康说，没什么好想的，你动手吧。

张秀峰反而不好动手，只说，给你机会，你再想想。

林仲平又打来电话，问张秀峰的具体位置。他马上以公安局的名义带人来解救，到时会帮他安排后路。

张秀峰有些无奈，只好答应林仲平来解救。

不过，他不会就这么白绑架，总得捞点什么。他很清楚，等宋百康签字，已经不可能了。就是给他一个亿，他也是那么倔强，不会答应任何条件的。

他干脆叫人蒙上了宋百康的眼睛，捆住他的手脚，强行捉住他的手，逼着他在早已写好的协议上，签上了他的名字。

宋百康除了吼叫和怒骂，没有别的办法。

就在张秀峰与林仲平联络的时候，程小龙已经从张秀峰口里获取了仓库的具体位置，再生公司的 613 号废旧仓库。

他立即告诉沈家睿，叫他无论如何赶在林仲平之前来解救人质，并将张秀峰残余势力一网打尽。

沈家睿一边请局长速召林仲平回市局，自己则以最快速度赶往郊外。

可当林仲平走进局里的大门时，正看见沈家睿飞车而出。他忙打电话问沈家睿匆匆忙忙去干什么。

沈家睿说，刚接到报案，大桥下发现一具尸体，他先去看看，回来再跟他汇报。

林仲平刚从大桥那边过来，根本就没看见什么死尸。他又打电话问 110，是不是刚刚有报案，大桥下发现了死尸。

值班员说，没有呀，今天还没接到发现尸体的报案。

林仲平马上意识到沈家睿在撒谎。如此鬼鬼祟祟，肯定有什么事瞒着他。根据以前几次沈家睿的秘密调查，林仲平知道沈家睿甚至是赵杰都已经把矛头对准了张秀峰，也同样对准了自己。

林仲平不会坐以待毙。他比谁都清楚，一旦沈家睿抢先解救了人质，后果就不堪设想。他立即掉转车头，尾随沈家睿的车追去。

在路上，他一边开车一边打手机给吴欣，叫他马上去郊外的 613 号仓库解救宋百康。

刚刚出了城区，沈家睿的车就直奔613号废旧仓库。

林仲平想，要是吴欣不能赶在沈家睿前面，同样非常麻烦。他距离沈家睿也就是两三百米，他完全可以赶上去，超过沈家睿的警车，可他没有，他不会那么傻，超过他的手下去搞所谓“解救”，弄不好会泄露天机。

他干脆打电话给张秀峰，说，你的行踪可能被发现，立即撤离。

张秀峰得到消息，拉着宋百康就跑。他们离开仓库不到一刻钟，沈家睿开着警车就到了门口。

正准备下车，程小龙发来信息：目标已走，方向往南，去哪儿暂时不清。

沈家睿迅速撤离，却不知下一站该往何处。

这时，完全是由林仲平指挥一切。他感觉奇怪，沈家睿怎么会知道张秀峰在郊外的613号仓库，这是绝顶机密的事情。

他便感觉张秀峰身边可能有警察，或者他的交通工具、通信工具已被警方监控。

林仲平没有再打手机，他担心有人窃听。已经到了这个时候，来不及改用别的途径了，他立即打开手提电脑，在网上发出指令，叫张秀峰带宋百康立即赶往南郊沙场。他会安排吴欣接应。

林仲平接着又跟吴欣联系，如此这般作了一番交代。

他想，这回应该是万无一失了。

真是该程小龙掌握一切。张秀峰会读信息，打字速度却很慢。平时都是秘书为他操作电脑。可今天秘书给他张罗酒席去了，结果就遇到了麻烦，一时半刻发不出信息，他很是着急，就叫张文文替他操作手提电脑回信息。

张文文不回，她从不接触他的业务，就把手提电脑扔给程小龙，说，你给他发吧，我才不管他的烂事。

张秀峰也无奈，只得叫程小龙回信息说，知道了。

程小龙借此机会就看到了那条信息，帮张秀峰回了信息之后，随即悄悄发了条信息给沈家睿：“南郊沙场！”

沈家睿迅速通知重案队队长匡正，安排最可靠的警力化装去南郊沙场待命。不管遇到谁接走人质，一律拦截，包括林仲平副局长。要确保人质绝对安全。务必完成两项任务：解救人质，抓捕张秀峰。

林仲平没去现场，他想这一次布置得十分机密，没人会知道，应该万无一失，便去了南方集团，乐滋滋地等待着好消息的到来。

张秀峰也好，吴欣也好，看到南郊沙场不时有便衣在晃动，都以为是林副局长安排的，都是自己人。

人质被带出来后，吴欣就喊：“不许动，警察！”

原准备留出一条路来让张秀峰逃跑的，不料自己人不认识自己人，整个沙场的便衣警察已把所有人全都包围了，叫里面的人都把枪放下。

吴欣就吼道："不许乱来！我是市公安局刑侦支队副支队长，我代表局长在执行任务，所有人都听我指挥，把枪放下！"

没人听他的。

匡正说，吴副支队长，我们是赵局长安排来的，把人质交给我们吧，这是局长的命令。

吴欣说，不，这不可能，局长明明安排我来的。你们谁也别过来，不然，别怪我不客气。说着，就推弹上膛，枪口对着周围的人。

这时，沈家睿已经赶来，说，吴副支队长，把人交给匡队长吧，这是赵局长的命令。

吴欣一听，有些无奈地说，这，这……

就在这时，张秀峰突然举起枪对准了吴欣的脑袋，大声叫道，别动！谁都别动，给我让开路，不然这两个人都没命！

沈家睿瞬间紧张起来，对张秀峰说，别乱来，别伤害人质，什么都好说。

张秀峰说，没什么好说的，都把枪放下，让开路，我带这两个人走。

沈家睿和程小龙对视了一下，慢慢放下手里的枪。

就在这一瞬间，程小龙像闪电一样举起手枪对准了张秀峰的太阳穴，说，别玩了，老大，你已经无路可走了。

张秀峰惊恐万状，你……

程小龙说，我仍是警察，你的劫数到了，放下枪，是你唯一出路。

张秀峰还想负隅顽抗，说，程小龙，你别逼我，大不了一块儿死，你要不让我走，我就一枪把你们吴副支队长打死。

程小龙说，你开枪吧，我不会拦你。

张秀峰顿时惊讶起来，像什么都不明白似的，说，你……

程小龙说，别演戏了，吴副支队长是谁，你比我还清楚，你敢开枪吗？

张秀峰这时似乎什么都明白了，无奈地看了看程小龙，说，你有种，我还是栽在你们手里了。说完，他只得把枪扔到了地上，乖乖地举起了双手。

程小龙控制住张秀峰，迅速给他上了手铐。

吴欣想说什么，沈家睿已把枪顶在他的腰上，说，对不起，吴欣，把枪放下。

吴欣恼怒地吼道，你什么意思？我是副支队长。

沈家睿说，你应该知道你做过些什么，我是奉局长命令带你回去的，希望你能配合。

完了，吴欣心里想，只得无可奈何地扔下了手枪……

十八、两个被弄坏的引爆器

梅蓉再一次打电话给沈家睿，问他到底看了那包东西没有。

沈家睿这时才想起梅蓉给他的那包炸药。他实在是没时间看，更没来得及想，那包东西还一直放在车上。虽然分量不是很多，但足以把那辆车炸翻，现在想起来才有些后怕。

他忙回答，看了看了。

看了怎么样？是不是你要找的东西？

什么？我要找的东西？

你怎么婆婆妈妈的，你到底看了没有？

沈家睿没挂手机，说，我正在看。他这才认真地看了那包炸药。

不看什么也不会想，过去顶多也就怀疑林仲平知道张秀峰作案，或者默认，或者睁只眼闭只眼。看了这包炸药，不由他不想，林仲平与这起爆炸案有多么密切的关系：梅蓉拿来的黑炸药，就是局长办公室爆炸现场用的那种炸药。更直接地说，林副局长家里就存着这种炸药。这说明什么？

沈家睿不敢想象，也不敢相信。

不，这不可能。林仲平再跟张秀峰关系密切，也不应该参与爆炸，也不会去炸自己的顶头上司。

假设林仲平与爆炸有关的话，他怎么会和老局长在一起？难道他不知道会爆炸？

沈家睿说，别胡思乱想吧，蓉蓉，也许这只是一种巧合。这些炸药是仲平用来做别的用的，与局长办公室爆炸案没有任何关系。

梅蓉说，好吧，就算巧合。你赶快过来，这里还有东西，也许对你破案会更有利。

沈家睿不能再有任何犹豫，更不能迟缓。

飞车，直奔林副局长家。

没等沈家睿进屋，梅蓉就拿着一些东西交给沈家睿：你看看这个，看对你们破案有没有帮助？

这是两个被弄坏了的引爆器。

沈家睿在老局长办公室的爆炸现场看见过被炸碎的引爆器碎片，和眼前看见的引爆器颜色、式样一模一样。

沈家睿不再是震惊，更多的却是沉思。

如果说炸药是巧合，那引爆器也是巧合？天底下会有这么巧的事情吗？

他宁肯相信林仲平帮张秀峰做过许多坏事，却不愿意相信他参与了这起爆炸案。可现实正在告诉他，林仲平与这起通天大案有着千丝万缕的联系，甚至……

他不愿相信。可他不能不相信，东西就摆在他眼前，他无法否定。

怎么样？是不是？她问。

叫我怎么跟你说？他说。

你就说一个字，或者两个字，是，还是不是？她说。

我不能不告诉你。蓉蓉，仲平有很大的嫌疑。既然你把这些都告诉我了，我不能保持沉默，我必须立即进行调查，希望你能理解。他说。

你以为我是来跟你求情的？世界上会有这么求情的吗？拿着证据来求你放人？我会这么傻？跟你说白了吧，我早就觉得林仲平不正常了。过去，我总想原谅他。为了巴结欧阳市长，他不肯出庭，让程小龙和你们蒙冤受屈，我原谅了他。为了往上爬，他什么坏事都做得出来。为了保护张秀峰，竟让你们一个警察不明不白地被车撞了，我虽然不能肯定与他直接有关，但我敢肯定他绝对知情。我没向任何人说过，包括你。我不想再跟他争吵，也不想把他说得一塌糊涂，唯一的想法就是跟他离婚。

我在清理东西的时候，意外地在地下室里发现了这些东西。我只是有种直觉，他会不会与你们局长办公室爆炸案有关？如果那样，我无论如何不能视而不见。我不能丧失起码的良知，我不能再原谅他。再原谅他，真是对人民的犯罪。

你不必怀疑，我不是为了报复，也不是为了表示我有多么崇高伟大，一切都不能再容忍。如果再让他们黑下去，这个城市就完了，这个社会就再无正义可言。所以，我才来找你，才把这些东西带给你。我想这些对你可能有用，我希望这起案子由你来侦破。如果说有私心，就这一点是私心。

沈家睿说，现在别说了，走吧，我需要你的配合。

沈家睿直接跟局长作了全面的汇报。他明确说道，林仲平与张秀峰是一伙的。在一些重大案件上，林副局长很可能直接参与了作案。

赵杰震惊了，说，他直接参与了作案？说具体点。

沈家睿决定把局长办公室爆炸案的种种分析判断，全都报告给局长。

从梅蓉那里获得炸药和引爆器之后，沈家睿就立即安排技术科对样品进行了全面的技术鉴定，结论是：林仲平家地下室的炸药、引爆器，与现场所用的器材完全相同。沈家睿当时就认定，林副局长有重大作案嫌疑。

这种怀疑，需要很大的勇气。因为这涉及内部，涉及公安局的领导。沈家睿的怀疑，是在怀疑他的顶头上司，怀疑他的同窗好友。

可沈家睿觉得不会有错。从宋百康的介绍，从梅蓉的控诉，从自己多年的观察，特别是陈东老婆交出重要材料后，沈家睿觉得，他过去的那个同学已经完全变了，变得谁都不认识了。

为了谨慎，为了更缜密地分析案情，他还请来了莫嗲。他只对莫嗲强调，这一次对谁都别透露，这是绝顶机密。

沈家睿把侦查的进展作了介绍，特别是林仲平家炸药和引爆器的发现，对破案将带来重大的推进。

沈家睿认为，老局长办公室的爆炸案，绝非王一兵一人所为。他的背后，是一个团伙，是一个组织，这个团伙组织就是张秀峰及其手下。根据宋百康的举报，在案发前他曾专门到市公安局找过韦局长，目的就是举报张秀峰集团的犯罪事实。韦局长当时态度十分坚决果断，发誓要摧毁张秀峰犯罪集团，但是一切还没开始就发生了爆炸惨案。为什么会有这起爆炸案的发生？从因果关系上可以找到答案。老局长发誓要铲除张秀峰集团，张秀峰不会坐以待毙，便趁公安局还没行动就先下手为强，实施了爆炸。根据老局长一向的工作方法，他要进行一个大的行动前，肯定要做好周密考虑，要制订切实可行的行动方案。在这个阶段，他不会告诉任何局外人，最多可能跟主管领导商量。从宋百康报案，到爆炸案件发生，中间整整十天。这十天他正在省厅开会，他自己不可能制订方案，按惯例，他会交给主管刑侦的林仲平负责起草方案。

莫嗲插话，可以肯定是交给林仲平。在他当刑侦副局长时，老局长就一直是这样做的，所有大的行动方案都是他制订的。

沈家睿说，这就可以肯定，老局长接到举报后，就把制订行动计划的任务交给了林仲平副局长。林副局长在这个阶段可能做了两件事，一件是确实制订了对付张秀峰集团的行动计划，另一件则是把一切都告诉了张秀峰本人。这种判断不是凭空捏造，是有充足根据的。张秀峰几次从公安局走出去，都是在林仲平手上审批的。早在张秀峰发迹之前，他们就有千丝万缕的联系。正是得到了林仲平的消息，才有了十天后的爆炸案。从时间上分析，也完全吻合。张秀峰得到林仲平的重要情报后，立即安排了王一兵到乡下进行爆炸实验。王一兵经过多次实验，觉得有把握后，才回到城里。还是林仲平提供情报，告诉他们老局长的行踪，这样，在老局长散会前三天，王一兵在老局长办公室安装了炸药。

赵杰毕竟不是搞刑侦的，一时半会儿还弄不明白这个作案过程，这与林仲平家的黑炸药有什么关系？又与那两个没有用的引爆器有什么关系？

沈家睿说，表面上看，没有任何关系。因为王一兵已经交代了，案子都到检察院了，公安已经办结了。王一兵的交代与现场也大致相同，检察院一般不会深究。可作案的人，自己也忽视了两个关键细节，首先是引爆装置。

事实上根本就不是用康瓦斯线做拉线引爆的，那根线爆炸后，还完好无损，那是与客观不相符的。什么都炸了，还会留着一根线？这是假象，蒙骗了很多人，让我们走了许多弯路。事实上，真正的引爆装置，正是林仲平家地下室还留着的同类型声控引爆器。爆炸专家已经作出了最新判断，完全证实就是这种声控引爆器，引爆了老局长办公室的炸药。

另外，老局长办公室抽屉里装的书和铁板，完全可以排除是王一兵所为。他连抽屉里的书怎么摆的都不知道，他那份口供，只是办案人员根据现场勘查结果杜撰上去的，是假的。

这两大疑点说明了什么？说明了林仲平与这起爆炸案有更为直接的关系，甚至有可能直接参与。

什么?！家睿，什么人都可以怀疑，林仲平可是这个案件专案组的组长，连他都怀疑，那就……莫嗲不敢相信。

沈家睿说，我们现在是在探讨。正因为不能乱怀疑，我才只在这小的范围内说。从侦查的角度来说，无论是谁，我们都必须这么分析。这是非常痛苦的，却是不可逾越的。无论是谁，只要他有嫌疑，就不能放过。包括我，也包括我们大家。

赵杰其实已经很有兴趣了，说，说下去。

沈家睿继续说，采用声控引爆器，是对老局长有相当的了解。据我们调查，老局长那几天正好感冒，老咳嗽。犯罪嫌疑人正是掌握了这一情况，才采用了声控引爆。

这是王一兵无法知道的。谁知道？林副局长最清楚。因为案发前，他几乎每天都要跟老局长汇报。老局长的每一声咳嗽，他都能分辨有多少分贝。所以才设计了超过五十分贝就会爆炸。不是根据对话，对话只要不吼，一般不会超过五十分贝，只有咳嗽才完全有这种可能。

我不敢肯定，就是林副局长直接装了炸药，也许还有另外的人。但可以肯定，他至少提供了工具，提供了局长咳嗽的情报。至于另外的人是谁，现在还无法判断。这正是我们下一步要侦查的对象。

莫嗲说，就算像你说的，那他为什么还要自己跟老局长去汇报？他明明知道很危险，明明知道抽屉里的炸药会爆炸，他还去送死干什么？

沈家睿说，这就是林仲平过人的地方。我太了解他了。他也知道，我们会怀疑到张秀峰身上，也可能会把他连在一起。他早就想到了。

所以他才设计了一个圈套，自己钻进去。他也在现场，他也被炸了，他能与张秀峰他们有关吗？

他太聪明了，他想到了把自己送到现场，更想到了把自己炸伤，而又没有生命危险，这就有了定向爆炸。为什么要装定向装置？就是要保护站在局长对面的人，也就是他林仲平自己。那么，谁去装了这个定向爆炸装置？只有两个人，一个是林仲平自己，还有一个是林仲平安排的人，但绝不是王一兵。

还有一点，是梅蓉提醒的，就是林仲平政治上的目的。他其实用的是苦肉计。局长炸死了，自己炸伤了，谁来接替局长的位置？

也许他认为，只有他是最佳人选，他才最终冒了这么大的风险。

十九、大势已去

林仲平在南方集团总经理办公室等了一阵，没有听见张秀峰的回音，就马上打吴欣的手机。

吴欣手机已经关机，怎么打也是白打。

林仲平就有些纳闷儿。按道理，吴欣做完事，是会跟他回个话的。可等了快一个小时，什么消息都没有。不仅没有消息，连手机都关了，这是任何时候都不会出现的。

林仲平感觉似乎有些不对劲。

他又发了条信息给张秀峰，问他怎么样了。

对方很快就回了信息，一切顺利，下一步怎么办？

林仲平回信息说，等会儿再联系。

虽然张秀峰回了信息，林仲平却已经很怀疑了。既然一切都顺利，为什么吴欣还把手机关了？

他多了个心眼儿，打电话给局里的传达室，问沈支队长回来了没有。

门卫一听是林副局长打电话，有些受宠若惊，忙说，回来了回来了。又唯恐解释不够，补充说，张秀峰已被抓获，宋百康也解救出来了。

林仲平听了，心里顿时开始颤抖起来。

直到这个时候，林仲平才感觉自己大势已去。

只要张秀峰一交代，就什么都完了。即使张秀峰什么也不说，他相信沈家睿也掌握了很多他的情况。他的末日已经到了，现在唯一能做的，是自己解救自己。

取钱，不是在银行，而是在南方集团。他早就跟张秀峰达成了默契，不管张秀峰在不在，也无须张秀峰签字，只要他需要，他随时可以到公司把他名下那份“存款”取走。

现在是非常时期，很可能再过几小时，甚至几分钟，沈家睿就会带人来查封南方集团。他十几年的“积蓄”将会荡然无存。趁着现在谁都不知道，一切还来得及。他取走了剩下的几百万。

取完钱，他第一个想到的，自然是欧阳市长。他立即打电话给欧阳市长，报告张秀峰被抓的情况。

欧阳市长到底是市长，镇定自若，说，别惊惶，放心吧，张秀峰什么也不会说。只要你自己不暴露，谁也不会把你怎么样。人最大的敌人，不是别人，而是自己。记着，这几天别打电话，也别跟我联系，人大就要开会，就要通过我的市长任命提案，别让人家抓到什么把柄。

她倒像什么也没发生一样，连张秀峰倒下都没放在心上。

林仲平做不到。他总感觉，他的末日就在眼前。他不能像欧阳市长那么等待，他得想办法逃过这场劫难。

他很清楚，真正能对付他的是沈家睿。虽然他目前还是常务副局长，还是沈家睿的领导，但论真正的破案能力，他这个副局长根本不是沈家睿那个刑侦支队长的对手。看来沈家睿不仅掌握了张秀峰犯罪的证据，同时也可能掌握了他这个顶头上司的犯罪证据，他最终可能会落到自己这个少年同窗手上。

想起这些，他有些不是滋味。可一想起对方是过去的同窗，他似乎又看到了一线希望。他觉得，要抓他的是沈家睿，也许能放他的也是沈家睿。只要沈家睿不追他，或者不追得那么急，他还有喘息的机会。

他想起了一个人，梅蓉，他的老婆。尽管他们一直不和，但每当困难的时候，她不会看着他不管，总是会帮他的。这一次，他想也一样。更何况在她心里一直有着沈家睿的位置，他知道他们那才是爱，只要梅蓉跟沈家睿说，外面的人都能放过，何况是内部的人？

他立即约了梅蓉回家，说有急事，要她无论如何回来一趟。

一是要她回来劝说沈家睿，在关键的时候帮他一把。二是实在不行就和梅蓉一起跑。梅蓉从来不知道他有多少钱，如果把一千万放在她的眼前，他相信，她绝不会犹豫，会义无反顾地跟他走。

半个小时后，他回到了家里，简单收拾了东西，做好了逃亡的准备。

梅蓉回来了，问他到底发生了什么事？她正在采访欧阳市长，准备给她做个专集。明天就要开人大会了，她就要当市长了。

林仲平说，什么人也别采访了，赶快帮我找一趟沈家睿吧，求他手下留情，看在多年同学的分上。你跟他说说，兴许能行的。

梅蓉装作什么都不知道，说，说什么呀，神神秘秘的？

林仲平就把自己的一些事情告诉了梅蓉，包括以前怎么放走张秀峰和王一兵，又怎么包庇张秀峰一伙人……

梅蓉说，你不是副局长吗？你是他的领导，你自己跟他说吧，我才不会跟他说呢。

林仲平说，实话跟你说吧，我已经不能回公安局了。我只要他给我一点时间，只要他不追得太急，就什么都好说了。

梅蓉说，你到底干过些什么？至于这么害怕吗？

林仲平说，还是别问吧，知道了，你会害怕的。

梅蓉说，你既然现在还瞒着我，那你还要我给你找人干吗？

林仲平说，你别逼我。我可以告诉你，老局长办公室的爆炸案是我干的。现在你总该明白，我为什么不能回局里了吧？

梅蓉异常惊讶，是你……

林仲平说，不错，是我干的。还要我找沈家睿吗？

梅蓉还是不敢相信，说，这不可能。

林仲平说，已经到这个地步了，我还有必要骗你吗？我有必要把那么大的案子，往自己身上揽吗？去吧，为了我，也为了你。

梅蓉终于冷静和清醒了，说，别做梦了，仲平，趁现在还来得及，自首吧。这是你唯一的出路，找任何人都没用。

林仲平歇斯底里地喊着，不，我不能自首。我一自首，就什么都完了！

梅蓉说，你不自首，会完得更快，何必负隅顽抗？

林仲平说，别动员我了，梅蓉。咱们也是十几年的夫妻了，虽然我有很多对不起你的地方，但我心里一直是爱你的。过去我对你不好，现在让我来弥补吧。你看，钱都给你准备好了，这里有一千万，足够我们过一辈子的。走吧，跟我一块儿离开这里，找一个安静的地方，咱们好好享受下半辈子吧。

梅蓉说，别傻了，仲平，你做了这么大的案子，你能逃到哪里？就算沈家睿肯放过你，政法机关能放过你？国家能放过你？别幼稚了，仲平，自首吧。

林仲平沉思了片刻，说，你真的不肯跟我走？

梅蓉说，我不会跟你走。我劝你也别走。你跑不掉的，无论你逃到哪里，都逃脱不了法律对你的制裁。

他看了看梅蓉，失望地摇摇头，说，我真没想到，这么多钱，你都不动心。梅蓉，别怪我心狠手辣，别怪我残忍，既然你不肯跟我走，我只能对你不客气了。

林仲平掏出了手枪，推上了子弹。

梅蓉有些惊恐，说，你想干什么？

林仲平说，你知道得太多了，我不能让你留在这个世界上。别怪我，梅蓉。

说完，他把枪顶住了梅蓉的太阳穴，慢慢地开始扣动扳机。

也就在这一瞬间，同样一把枪口对准了林仲平的脑袋。

沈家睿说，放下枪吧，你已经被我们包围了。

这时，程小龙等人都已经赶来，枪口都对准了林仲平。

林仲平彻底绝望了，无奈地慢慢把枪放到了地上，说，没想到，你们来得这么快。

沈家睿说，我也想不到，你会走到这一步。走吧，你应当知道该怎么做。

林仲平伸出了自己的双手，沈家睿拿起一副沉甸甸的手铐……

程小龙从林仲平的家里出来，就没再去公安局。他要急着去看他的母亲。

可一切都已经晚了。程小龙赶到医院的时候，母亲正在接受抢救。

程小龙乞求医院领导，让他看一眼母亲。出面接待他的，是张伯黎院长，母亲的同事。

张伯黎院长说，根本就不可能，除了医护人员没人能进隔离区。

他说，你有一个伟大的母亲。医院第一个接触新冠肺炎病人的，是你母亲。第一个治疗新冠肺炎病人的，是你母亲。第一个报名参加抢险队的，也是你母亲。她是我们医院的骄傲。我们正在尽全力抢救她。

程小龙为母亲的壮举所感动，也为自己未尽到儿子的孝道感到惭愧。只有他清楚，母亲为什么会义无反顾地申请上前线。就因为有他这个不孝的儿子。

程小龙心里痛苦极了。他想跟母亲解释一切，可是已经没有了机会。

赵杰局长来了，沈家睿来了，张文文和梅蓉都来了，问程小龙母亲的情况怎么样。

程小龙什么也不说，只是流泪。

抢救室里打来电话，说程小龙母亲一直断断续续喊着程小龙的名字，叫程小龙有什么话说，赶快写纸条递进去。

程小龙知道母亲最需要什么。她一直希望她的儿子，是个好警察，是个合格的警察。

程小龙觉得自己应该算个合格的警察。他于是急忙写了几个字：妈，我还是警察!

程小龙的母亲躺在病床上，已经奄奄一息。她尽量不让医护人员靠近，弥留之际，接过儿子的字条，看了又看，似乎有些欣慰，脸上露出了久违的笑容。可慢慢地，那张字条从她的手上滑落了，她带着微笑，离开了这个世界……

程小龙随即接到了张伯黎院长的电话，说他母亲已因抢救无效，停止了呼吸……

程小龙的手机掉在了地上，他眼前一黑，身子一晃，就要倒地。

沈家睿忙把他扶住，喊道：“程小龙！程小龙!”

程小龙慢慢地苏醒过来，口里喊着：“妈，妈!”

“节哀顺变吧，小龙。”梅蓉轻声安慰道。

程小龙歇斯底里地喊了起来：“不，我妈没死，我妈还活着。走，让我去看看我妈。”说着，就要往隔离区冲。

大家把他拦住，劝他冷静点，前面已不能进去。

程小龙只能在隔离区外痛苦地呼喊：“妈妈！妈妈！”

（本文作者曾连续三次获公安部金盾文学奖、中国法学会首届法制文学大赛一等奖）

谁是凶手

郭一红

这几天，吴昊总是觉得半年前他和唐强、赵志明破获的那起命案还有一些蹊跷，一些细节总是在他脑海中抓扯，让他寝食难安。他甚至萌发了要复查一下这个案子的念头。这件看似因情杀人的案件，背后却隐藏着太多不为人知的秘密，一旦透露自己与案件中的某个嫌疑人有着不宜公开的千丝万缕的联系，那就会被好事者炒得沸沸扬扬，成为街头巷尾的一个爆炸新闻……

吴昊觉得他越是和案件中的某个嫌疑人有着某种关系，他越要将这个案件查个水落石出。可是，这桩命案早已侦查侦结，经检察机关公诉后，市中级人民法院已对凶手判处了死刑，且被告对判决也没提出上诉。公安机关没有权力撤回案件，如果真怕枉杀一条人命，他唯一可以做的就是赶在最高人民法院下达死刑命令之前，抓到真正的凶手。他想征求一下唐强和赵志明的意见。唐强和赵志明都说，现在还查这起案件不是自讨苦吃，费力不讨好吗？明明嫌疑人交代得清清楚楚了，要是真翻了案，不是打了自己脸吗？说不定还会有人说，当初做什么去了……

作为公安局的刑侦大队大队长，吴昊觉得一个警察如果办错一起命案，那将是一生不可饶恕的罪过，也会让头顶的警徽蒙上灰尘。他决定要做的事谁也阻挡不了，他心中只有一个信念，那就是愿以牺牲个人生命的代价来捍卫国家法律的尊严与神圣！

吴昊从警 20 多年，一直在县局刑侦大队工作，从侦查员干到了大队长职务，破获过许多大案要案，从来都是依法办案，从未搞过逼供信，也未出过一起冤假错案，他讲求的就是法律与事实。可唯独对这起命案的侦办还有些放不了心。尤其是他最近从电视报纸网络上看到了十多年前外地两起命案冤假错案报道后，越发觉得对这桩命案有复查的必要。

吴昊把想法向局长罗志辉作了汇报，罗局长感到很惊讶。“这个案件难道还有疑点？凶手判了死刑，也没提出上诉啊。”罗局长对吴昊说。“这个案件之前也是我带领几名侦查人员侦办的，当然从侦查、起诉到判决所有程序都是合法的。”吴昊答道。“那你怎么想起还要复查呢?”罗局问。“最近，这起案件的许多细节总在我脑海中挥之不去，我越想越觉得某些地方有些不合常理。案件最关键的是侦查第一关，第一关错了，第二关、第三关很难发现问题，命案出了点差错，杀错了人那是无法弥补的损失。”吴昊说道。“现在复查还来得及吗？案件已经法院判决了，没有有力证据，公安机关是没权力撤回的呀。”罗局说道。“我知道复查这起命案的工作难度，但我愿不惜一切代价，抢在最高院下达执行死刑命令前找到新的证据，甚至抓到真正的凶手。虽然我们现在没有权力撤回案件重新侦查，但我们只要有新的重大证据，还是来得及的。”吴昊对罗局说。“既然你认为有必要复查，你也有决心，为防止枉杀他人，那你就抓紧复查吧。”罗局同意了吴昊的想法。

吴昊回到大队，迅速安排了一下单位的工作，准备带领侦查员唐强和赵志明复查这桩命案。

这桩命案看似并不复杂，但其背后却隐藏着人们难以想象的秘密。

半年前的一个晚上，吴昊和技术侦查员唐强刚从一个案发现场勘查完回到县城，还没来得及吃晚饭，就接到罗局长电话：“你在哪里？叫上技术侦查员唐强立即赶到城南路梨园小区，D3 栋 702 室内发生一起凶杀案。”罗局说完就挂了电话。

吴昊他们迅速开车赶到了现场。车进入梨园小区时，看到有一栋楼前已挤满了人。吴昊和唐强没多想就将车开到了那栋楼下，刚下车就听见有人议论：“死者是被人用刀捅死的，在那女的腹部捅了好几刀。”这证明在警察赶来之前，有群众进入了现场。吴昊和唐强一边听着群众的议论，一边拿起勘查设备直接上了电梯。先一步到达的几名刑警已在现场拉起了警戒线。吴昊和唐强小心翼翼地进入 702 室，熟练地戴上白色手套，然后拿出设备开始对现场拍照取证。房内一名女性倒在客厅沙发附近，已经没有气息，地上多处血迹……

现场勘查，提取了三种不同鞋印，但都是室内拖鞋的鞋印，其余没有提取到有价值的痕迹物证。随后两名法医赶到现场，经过简单讨论后，就开始了尸体解剖。经解剖鉴定：被害人左侧胸部被锐器刺破肋间心包膜伤及心脏，并贯通至左心室腔内，引起了心包积血及左侧胸腔积血，由于大量出血导致失血性休克，从而引发循环功能障碍死亡。法医还从死者的身体内提取了精液，说明被害人当晚与他人发生了性关系。通过解剖还发现，被害人曾经有怀孕与生育史。

案件侦查工作迅速展开，当晚就成立了专案组。被害人身份很快查明，死者叫梅小燕，女性，27 岁，大学文化，身高 1.6 米，在常远公司驻外销售部工作。

县公安局局长罗志辉一边对案件部署侦查，一边将情况报告了市局主管刑侦的副局长陆国华和刑侦支队支队长柳新建。第二天上午，第一次案情分析会在县局小会议室召开。会议由罗志辉主持，市局陆国华副局长、刑侦支队支队长柳新建以及县局主管刑侦的副局长谭正明、刑侦大队大队长吴昊等人参加了会议。会议首先由吴昊介绍了案发后前期所做的工作和法医尸检鉴定与现场勘查情况。然后与会人员围绕案件性质及侦查方向进行了讨论。一般凶杀案件不外乎奸杀、情杀、谋财害命、仇杀以及杀人灭口，等等。被害人的同事及公司领导反映梅小燕生前性格非常温和，和任何人打交道都是笑脸相迎，工作上也未发现与他人有任何竞争，仇杀可能性可以排除。陆国华指出，此案重点应该放在凶手的作案动机上，应查明被害人生前社会关系，重点查清被害人有无特殊关系的男性朋友，迅速查清当晚与被害人发生性关系的人是谁。与会人员都阐述了自己的意见，大部分都集中统一在市局陆副局长的意见上。具体侦查工作由刑侦大队大队长吴昊负责。

吴昊带领专案组侦查人员，按照陆副局长的意见，围绕被害人的社会关系，采取秘密调查与公开调查相结合的手段，很快查明被害人梅小燕与公司老总游建国和公司副总经理蔡佑波联系较为密切，除此之外，梅小燕并无其他关系密切的异性朋友。

吴昊有些惊讶地发现，蔡佑波、梅小燕为夫妻关系，他们在民政局办理过结婚登记，可奇怪的是他们之间的夫妻关系却不为外人所知。侦查人员为核实这一情况，还秘密走访了蔡佑波的父母。而蔡佑波的父母也对儿子结婚的事实一点不知情。这令侦查人员感觉更加奇怪。

经查，案发时，蔡佑波正在远隔江北县千里之外的北海出差，但已在火车站售票窗口购买了一天之后回江北的火车票。为了核实蔡佑波是否确实在外地，侦查员还采取了必要的技术手段，确认蔡佑波在北海无误。

根据目前所掌握的情况，专案组在公安局小会议室召开了由市局参与本案指挥的领导和县局相关领导及刑事侦查负责人参加的案情分析会。会议统一了一个思想，就是首先查清蔡佑波与被害人到底是什么关系，并决定不管案件是否与蔡佑波有关，都先不向其透露案情，等他回江北时，再秘密控制他。可当侦查人员到火车站接站时，却没有找到蔡佑波，莫非蔡佑波没有回来？

吴昊将情况汇报给了领导。领导指示，先赶到蔡佑波单位，以单位名义通知蔡佑波立即回去，再将其带到公安局询问情况。很快，蔡佑波被侦查人员带到了县公安局刑侦大队办公室。侦查人员为他倒了一杯水后，便对他开始了询问。一开始，蔡佑波显得有些紧张。但这是一种常见现象。哪怕是一个没犯案的普通人被叫到公安局，都会有这种反应，倒是有些犯了案的人表现得十分冷静。“你叫什么名字？”民警对蔡佑波的询问口气非常平和。在十分平和的一问一答中，民警渐渐了解了蔡佑波的一些基本情况。

现年 27 岁的蔡佑波出生于湖南省洞庭湖畔的一个乡村，三年前毕业于某理工学院。

当民警问及蔡佑波的婚姻状况时，蔡佑波低头无语，并且好像被戳中了某个痛点，显露出一丝紧张。蔡佑波一直没有开口说话。民警问："怎么不说话了？"蔡佑波依然低着头保持着沉默。民警猜想此处必有隐情。这时，给他倒水的民警，趁他不注意更换了他的茶杯。"蔡佑波——"民警稍微提高了些音量，蔡佑波突然像触了电似的，身体抖动了一下。刑事侦查技术人员唐强从他的茶杯上提取了唾液。

当吴昊问及他与梅小燕是什么关系时，蔡佑波支支吾吾，面露难色与紧张，矢口否认他和梅小燕是夫妻关系，并反复说，梅小燕是公司老总游建国的情人。

"刚才谁说了你和梅小燕是夫妻关系？"吴昊问。

"你们问我和梅小燕是什么关系，应该是知道了我和她的一些情况，不过那都是假的。"蔡佑波答道。

"据我们所知，你和梅小燕在民政局办理了结婚登记，怎么是假的？"吴昊问。蔡佑波道出了事情的原委。

一天，公司老总游建国约他晚上到一个茶馆谈点事。晚上，蔡佑波如约而至。交谈一会儿后，游总就告诉蔡佑波："现在我遇到了一件麻烦事，只有靠你才能解决。不知你愿不愿意帮我？"蔡佑波答："老总，不管你叫我干什么我都在所不辞。"犹豫一会儿后，游总说："'小燕子'想生个孩子，现在已怀孕了，得找个人办个结婚登记，然后领张生育证。"蔡佑波听后，连忙说："这怎么行，我有对象呀！""不是这个意思，我只要你跟她登记一下就完事了，不是要你们真正结婚，其他的事，我都会处理好。"蔡佑波沉默了一会儿。游总继续说："只是要你继续掩护一下，其他任何人都不会知道，过后把结婚证废了就是。"蔡佑波表面上面露难色，心里却打起了他的小算盘，如今给领导顶了缸，领导的把柄不就抓在自己手里了吗！便说："游总这么信任我，今后有问题我也愿担着。""对，不信任你，信任谁。今后有什么责任我会全担着的。"游总立即说。第二天，蔡佑波就拿着公司开出的证明和梅小燕办理了婚姻登记，并且在计生部门领取了生育证。

听到这里，吴昊问："你为什么愿意做这件事？"

蔡佑波再次沉默一会儿说："我原来感觉游总对我太好了。我来游总公司不久，一次游总问我，有女朋友了吗？我告诉他我有个女朋友，叫柳红英，我们感情很深，现在天天在网上聊，因她在浙江宁波她父亲公司做财务，几次想来这里玩，因没时间都未来，要我去，我看工作忙也难脱身。游总听到这里，打断我说：‘她父亲公司，她父亲叫什么?’我说叫柳董。游总说：‘柳董——是他，永虹集团老总。他也是我们江北人呀，我们不仅认识，而且还是合作的伙伴。这样吧，我给你一周时间，路费全报销，你安排一下，去见见女朋友。’后来，游总还把我从技术员提拔为公司办公室主任，之后还让我当上了副总经理。”

DNA检测对比出来后，证明梅小燕身体内提取的精液与蔡佑波无关，民警询问完情况后就让蔡佑波回到了单位。

专案组根据蔡佑波提供的情况，秘密地提取了游建国的DNA，检测结果是梅小燕所生孩子与他为亲子关系，梅小燕身体内的精液也是他所留。

专案组召开了第三次案情分析会，一致认为游建国有重大作案嫌疑。

游建国被传唤到公安局后，民警直接把他带到了集中办案区。侦查人员在询问了游建国的基本情况之后，直截了当地用严肃的口气说：“把你和梅小燕的关系讲清楚!”游建国显得特别紧张，目光没敢看一下问他的民警，低下头沉默了片刻，交代了他和梅小燕的关系。

一次，泰国有一个考察团来游建国公司考察，为接待外国客人，公司临时聘请了三名漂亮的女大学生，梅小燕就是其中的一个。她在陪同游建国接待泰国考察团人员时表现得十分出色，游建国的眼睛每一次与她的目光相碰时，她都朝他甜甜地一笑，游建国觉得自己被这笑感染了，心里下意识地再不瞧梅小燕了，但越是这样，越是控制不住自己。一位领导问他：“这几位礼仪小姐都是公司的吗?”他答：“都是临时从外面聘请的。”“一家企业，没几位漂亮的礼仪小姐是不行的。”游建国点头称是。恰巧他办公室当文秘的一位年轻小伙子辞职出国了，公司又不能没有文秘，梅小燕就被留了下来。开始几个月时间，梅小燕见到游建国就紧张，在她的心目中，游总总是那样的威严，她不敢在游总的面前多说一句话。但她喜欢微笑，不管是对谁，她那种似笑非笑的微笑常常挂在脸上，让人一见就如同沐浴着春风。时间一长，游建国一脸的严肃被这春风慢慢融化了，在梅小燕面前变得越来越和蔼，越来越亲切了。梅小燕在办公室也显得越来越有精神。一天，游建国的妻子姜丽华来到公司办公室，用特殊的目光打量着梅小燕，游建国立即介绍说：“这是小蔡的女朋友。”姜丽华这才对梅小燕说：“你好。”梅小燕先是一愣，没有弄清游总的意思，蔡佑波见势，立即向梅小燕介绍：“这是姜阿姨，游总的妻子。”姜丽华走后，蔡佑波告诉梅小燕，游总特怕妻子，他曾向妻子保证，一定不用女秘书。“呵呵”，梅小燕笑出了声，这才恍然大悟。自这以后，只要姜丽华一来到公司，梅小燕就自觉扮演成蔡佑波的女朋友。有一次，梅小燕因吃夜宵，第二天腹痛，游建国发现她脸色不好，便问她是不是感冒了，要她买点药吃，梅小燕却说没事，但坚持了一会儿后，她腹痛加重，脸上痛得冒出了汗珠。游建国见了，立即亲自将她送到了医院，一检查是食物中毒，游建国随即为梅小燕办理了住院手续，输液时，他一直守护在梅小燕的身边，离开医院时嘱咐梅小燕要多休息。游建国的关怀令梅小燕十分感动。出院后，梅小燕一看见游建国就笑得更加灿烂了。

那年夏天，游建国带着蔡佑波和梅小燕到厦门考察，晚饭后，他建议三人一起出去散散步，观观厦门的夜景。走了一会儿后，蔡佑波借故离开了。游建国和梅小燕继续散步，他们来到一座立交桥上，游建国不由自主地感慨："人生真是太短了，这世界太美了。"在立交桥上，他们两人待了很久，并肩往回走时，梅小燕情不自禁地握住了游建国的手，游建国一路牵着梅小燕，感觉自己回到了十八九。到了下榻的宾馆，游建国再也忍耐不住内心的冲动，一把抱住了梅小燕……

对于这一切，一路同行的蔡佑波是非常清楚的。回到公司，游建国十分害怕这事被老婆知道，老练的他将梅小燕安排到了离公司 30 公里远的一个对外销售联络办事处工作，并在那里为梅小燕买了一套价值 56 万元的套房，他每周都要亲自驾车在这个套房"温习功课"。这一招确实很好。除蔡佑波之外，公司再没有一个人知道他们的秘密。

游建国回忆到这里，说道："我知道这件事不仅害死了梅小燕，也害苦了蔡佑波，还害了我自己的事业与家庭。"说着说着，游建国的喉咙哽咽了起来，用手揩了揩眼角流出的泪水。

吴昊追问："你说是你害死了梅小燕，你是怎么害死她的?"游建国知道梅小燕被人杀死了，民警这么一问，吓得他脸色都白了，结结巴巴地说道："我，我没……杀死她，是、是别人杀的。"吴昊早就料到，游建国肯定会承认他与梅小燕之间的婚外情关系，这一点他心里知道是瞒不过民警的。吴昊也知道，现在要嫌疑人交代实质性的问题，还有点为时过早，于是他要游建国把如何也害了蔡佑波的事情讲清楚。

这时游建国抬起头说道："有一天，梅小燕对我说她有了，我慌了，不知如何处理，就让她去医院做掉。在我的一再坚持下，梅小燕做了人流手术。手术后那几天，我对妻子说要到外面出差，每天都陪在梅小燕身边。但我在心里感到害怕，我觉得如果继续这样发展下去，一定会难以收场。当梅小燕身体完全恢复后，我有很长一段时间没再去看她，也没有主动和她联系，她给我打电话，我总是推托说工作忙，抽不开身。我从内心深处确确实实想经过冷处理，淡化我们之间的感情。但我又怕太伤害梅小燕，不好把自己的心事向她挑明。但每当接到梅小燕的电话，听到她那甜甜的声音，我还是有些抵挡不住诱惑，约了几次之后，我们重新燃起了激情。不久还是出了问题。这次梅小燕哭着求我，无论如何要生下孩子。我为这事伤透了脑筋。随着时间的过去，梅小燕的肚子一天天隆了起来。我想如果继续拖下去，这事一定会闹得满城风雨。这时，我就想到了公司的技术质检员蔡佑波。我要他替我顶缸和梅小燕办一张结婚证，蔡佑波碍于我有恩于他，就答应了。”

“你知道梅小燕被害的情况吗?”吴昊问。

“知道。”游建国答。

“你是怎么知道的?”吴昊继续问道。

“我是听别人说的。”游建国答道。

“听谁说的?”吴昊追问。

“这我记不清了。”游建国答。

“那你把梅小燕遇害的那天晚上你的活动情况讲清楚。”

“那天我下班后，开车到了梅小燕住处，和她一起吃了晚饭。休息一会儿后，我们一起洗了一个澡，然后睡了一两个小时。大约9点多钟，我就离开了她的住处。之后我就回到家里看了会儿电视，大约11点半时就睡觉了。”

“你说的全是真的吗?”

“这个我可以对天发誓，句句是真的。”游建国答道。

另一组民警找游建国的妻子核实情况，她与游建国说的基本上一致。但专案组认为不能单凭这一点排除游建国的作案嫌疑，因为在这样的时刻，妻子帮他说一下假话，非常正常。既然不能排除游建国有重大作案嫌疑，就必须对他采取必要的刑事强制措施。

下午5点，游建国被送到了县看守所。一踏进牢门，虽然是炎热的夏天，游建国却打了一个寒战。晚饭他没有吃，晚上8点值班民警点名时，监房内其他人都站了起来，只有他没有站起来，喊了他两遍名字他也没答应。第三次叫他名字时，监房长帮他答应了。这一晚，游建国怎么也睡不着，脑海中反复想着是他害了梅小燕，害了蔡佑波，害了妻子和女儿，也害了公司，过去的体面将一扫而光。快要天亮时，他脑海里迷迷糊糊地想起了他和妻子的爱情故事，想起了他的家庭幸福生活……

他的妻子叫姜丽华，不仅人长得漂亮，而且也很贤惠，小他八岁整。姜丽华是20世纪70年代最后一批城市的下乡知青，下放在游建国的队上。游建国幼年丧父，当时是生产队的会计。姜丽华和游建国的母亲住在一个房里，他的母亲患类风湿性坐骨神经病，要人搀扶着才能起床。姜丽华白天和队上的群众一起种田锄禾，早、中、晚帮着在屋里做饭，晚上回到住处，就搀扶着游大妈起来在房中散步。游大妈感觉姜丽华比亲生女儿还好。姜丽华对游大妈的关怀体贴也令游建国十分感动。也许是日久生情，也许是两人一开始彼此就有好感，游建国和姜丽华好上了。尽管这事遭到了姜丽华父母的极力反对，但姜丽华还是坚决办理了结婚手续。当时人家都羡慕地说，这是天上掉下的一个“林妹妹”，游大妈天天喜得合不上嘴。不久知青按政策全部返城，姜丽华回城里安排了工作。游建国因是农村户口则无法进城，两人的婚姻再次受到了考验。姜丽华的父母犟不过女儿，只好设法给女婿游建国在城里找了份临时工作。夫妻生活恢复了幸福和甜蜜。到1983年农村推行联产承包制后，农民开始获得了自由。游建国借在城里有个家的机会，丢掉临时工作，与他人合伙做起了钢材生意。那时的钢材生意特好做，不到几年工夫，游建国就成了百万富翁。游建国很有头脑，他看到钢材市场不如从前，立即转向，回家乡投资承包了一个机械制造厂，实实在在地当上了大老板，这使姜丽华的父母对游建国的看法发生了很大变化，游建国在岳父岳母家的地位越来越高，岳父岳母大小事情都找女婿商量。游建国心里知道，他的生活变化，与妻子给他创造的条件是分不开的。他们夫妻的恩爱之情也让人更加羡慕。

可现在一切都完了。

第二天上午9点，他被民警带到了讯问室。看上去，他的精神十分颓废，一夜老了许多。民警问他：“想清楚了吗？有什么要讲的吗？”游建国脑海中依然在想：是我害了梅小燕、是我害了蔡佑波，一边想着一边说了出来。他向提讯他的民警说道，昨天扣押我的两张银行卡，其中有一张卡里有50多万元，请你们把那张卡转交给梅小燕的家人。他把银行卡的尾号和密码都告诉了民警。

做完笔录，看守民警又把他送进了监房。监房内有十来个在押人员，他却好像全都没有看见，在他的目光中就是一间冰冷的空荡荡的房子，只有他孤身一人，房子内看不见光明，只有黑暗与寒冷。两名民警带着笔录走出了看守所，他们觉得这次提讯虽然时间短，但收获不小，游建国主动向被害人家属给了赔偿，这是犯罪嫌疑人开始承认犯罪的前奏。

案件的侦查仍在继续，案情似乎也在一步一步走向明朗。

游建国被关在监房内，身心憔悴，身体变得更干瘦了。他想望望窗外，但监房内的窗户很高，看不见外面，白天也只有一点光线进来。他想起了一件事：蔡佑波去出差前的一天晚上曾找过他。

那天，蔡佑波打电话把他约了出来，不大客气地对他说：“游总，开始你就说过，今后有什么责任，你会担着，现在你看怎么办？”当时他没有说什么，现在发生了这件事，一切都完了。想着想着，他居然来了某种勇气，反正自己是60多岁的人了，而且还是胃癌晚期患者，不如把责任担了。如果自己不担这个责任，以后出去了，也会受人责备，自己的内心也会一生背负着罪恶……

几天之后，看守民警又把他带到了讯问室。

吴昊问他：“考虑清楚了吗？”

“考虑清楚了。”游建国答。

“那你如实交代你的问题吧。”吴昊对他说。

“好，我交代。梅小燕是我杀死的。”游建国说道。

“你是如何杀死她的？”

“用刀捅死她的。”

“捅的哪个部位，捅了几刀？”

游建国低头思索了一会儿，没有回答。

吴昊催问：“怎么不说话了？”

游建国吞吞吐吐地答道：“朝她腹部捅的，大约捅了三刀。具体记不太清了。”

“你杀人的刀放在哪里？”吴昊问。

游建国想了一会儿说道：“不记得扔在哪里了。”

“你为什么要杀害梅小燕？”吴昊又问。

“我害怕梅小燕一直缠着我。”游建国答道。

“你说的都是实话吗？”最后吴昊问。

游建国答道：“是的。”

做完笔录，游建国在每页纸上都签了名字，并捺了指印。

嫌疑人的交代，与法医解剖结果基本吻合，案件告破。专案组的人员终于松了一口气。

游建国承认自己杀人后，心里感觉轻松了许多。但被关进监房后，又有一种恐惧向他袭来……

在之后的两个月内，民警还提讯过他几次，每次他都坚称梅小燕是他杀害的。六个月后的一天上午，游建国戴着手铐与脚镣被送上市中级人民法院。

与此同时，江北维也纳酒店五楼大厅，蔡佑波和柳红英正在举行一场盛大的婚礼。上午 11 时 18 分，结婚进行曲在婚礼大厅缓缓响起，蔡佑波和柳红英手挽着手，踏着铺满花瓣的红地毯走上舞台。舞台前的大屏幕上反复播放着他们相识相爱的照片。大厅内客人满座，都在为这对新人祝福。婚礼正进入高潮时，突然所有灯光都灭了，大厅内一片黑暗。这时一位端菜的小姐正走到一张桌旁，被什么绊了一下，菜盘里的菜全洒在了地上。原来是大厅电路出了故障，好在几分钟就维修好了。灯光亮时，只见一只蒸熟的全鸡光溜溜地留在地上……

婚礼上的这一故障，让人感觉到了些许不祥之兆，尤其是蔡佑波的心里，仿佛被什么东西沉重地撞击了一下……

上午 11 时 30 分，市中级人民法院第七刑事审判庭，审判长宣布：游建国犯故意杀人罪，证据确凿，事实清楚，诉讼程序合法，根据《中华人民共和国刑法》第二百三十二条规定，判处游建国死刑，剥夺政治权利终身……

蔡佑波和柳红英举行婚礼后，就飞到了北海度蜜月。他们在海边嬉戏玩耍，坐在游艇上欣赏着船尾溅起的白色浪花，不管到哪里，柳红英的手总是挽着丈夫，二人完全沉浸在新婚宴尔的喜悦之中。

对于蔡佑波与柳红英来说，这场婚礼来得有点迟。他们本来早在一年前就要举行这场婚礼的，推迟婚礼的原因就出在梅小燕的身上。原来蔡佑波顶替老板与梅小燕办理结婚登记后，梅小燕假戏真做，觉得如果真能和蔡佑波成为夫妻也是幸福的，她还以妻子的身份去看望蔡佑波，这令蔡佑波苦不堪言。几个月后，梅小燕顺利地生下了一个男婴，并迅速办理了户口登记手续，真“爸爸”不敢认账，假“爸爸”蔡佑波背着这黑锅被压得吭不了声。为了尽快摆脱这种局面，蔡佑波开始筹办自己的婚事。他和女友已经有了四年的恋情，彼此都深爱着对方。不料当他们幸福牵手来到一家婚姻登记机关办理结婚登记时，梅小燕却抱着一个婴儿冲了出来，对着正在办理婚姻登记的蔡佑波说：“你不能再办结婚证，否则会犯重婚罪的。”在场的人都目瞪口呆。梅小燕从口袋里拿出一张结婚证书指着蔡佑波说：“他是我丈夫。”

“孩子才几个月，没办离婚，竟在外面又与另外的女人结婚，真是没良心。”有人在旁边小声责骂。站在一旁的柳红英羞得无地自容，并责问梅小燕是他什么人。梅小燕大声说：“我是他妻子。”手中还挥舞着那张结婚证书。蔡佑波一把夺过梅小燕手中的结婚证，双手将其撕得粉碎，并狠狠地朝梅小燕打了一个耳光，口中骂道：“臭不要脸。”梅小燕哭着说：“我是臭不要脸，但你更臭不要脸，是你把我逼到这个地步的，不是你我会生下这个孩子吗？”在场的人听了，以为这孩子真是面前这个男人的。蔡佑波气得双手捏紧拳头，再次朝梅小燕打去。一位老人接过梅小燕手中的孩子，梅小燕也不示弱，冲进办公室，拿起一个烟灰缸朝蔡佑波砸去，正砸在蔡佑波的左脸，顿时鲜血直流，梅小燕的婴儿也在老人的手里哇哇大哭。在旁人的劝解下，一场发生在婚姻登记机关办公室的硝烟战火才宣告结束。其实，蔡佑波在没有与梅小燕办理离婚手续之前，是不可能再办理结婚登记的。这件事让蔡佑波感到问题的严重性，心里一直对梅小燕耿耿于怀。

吴昊在侦查疑难命案方面是一个敢于假设、善于思考、不畏困难的刑警。复查一起法院已经判决、正待执行的死刑案件，任务艰巨，时间尤为紧迫。这些天，吴昊无论在吃饭、走路还是睡觉的时候，这起案件的许多细节在他脑海中反复重现。尤其是有一个细节，在讯问游建国时，游建国自言自语道：“是我害了梅小燕、害了蔡佑波……”会不会游建国感觉自己是导致这起悲剧发生的罪魁祸首，宁愿自己死，也不想让别人死呢？游建国的为人在单位可是有口皆碑。假如这个案件不是游建国所为，那真正的凶手，又是谁？

为了复查这个案件，吴昊不知多少天没有回家，每天工作完后，就和衣躺在办公室的沙发上。有一天，吴昊刚躺下不到三个小时，手机响起，睁开眼睛一看天已大亮了。电话是罗局打来的，让他到他办公室去一趟。吴昊一进办公室，罗局就招呼他坐下，首先询问了一下吴昊打算怎么对游建国案进行复查。然后说道："刑事侦查工作本身就是警察与罪犯的一个斗智过程，也是一项不断发现错误不断纠正错误，最终找到正确答案的过程。你能从别人的错误中吸取教训，尽量使自己不犯错误，这种做法是非常聪明的。现在复查游建国杀人案就是从别人的错误中吸取教训，我知道你不会嫌苦怕累。我们不能放过一个坏人，也不能冤枉一个好人。要想到另一个嫌疑人蔡佑波是知识分子，大学毕业。这样的人作案，应该是具备较强的反侦查能力的。"吴昊思索了片刻，欲说未说。罗局察觉吴昊心里想说什么而没有说出来，便问道："是不是遇到什么困难了？"过了一会儿，吴昊答道："困难倒是没有。""那是什么？"罗局长追问。"有一件事我一直瞒在心里，目前我要侦查的对象蔡佑波是我的亲外甥。"吴昊说道，"我的姐姐生下蔡佑波后不到一年就出车祸去世了，后来我姐夫又为蔡佑波找了后妈，二十多年了，我们一直没有来往。蔡佑波并不知道现在的妈妈不是亲妈。""那你一开始侦办这起案件时，可以申请回避呀。"罗局说。"可我想了，要是我申请回避，就等于把我和蔡佑波的关系告诉了我们队里的侦查员，这样就为难他们了，也会让他们放不开手脚，甚至要是谁看在我的感情上手下留情，问题就更严重了。我知道这个案件只能由我来办。"吴昊对局长说出了心里话。"蔡佑波知道你是他舅舅吗？"罗局问。"一直不知道，我们不想让他知道他现在的妈妈不是亲妈。他考上大学后，我拿过两千元给他，钱是交给他父亲的，就在前不久他举办婚礼，我也拿了两千元，也是给到他父亲手中的。毕竟蔡佑波是我姐姐身上掉下的肉。"吴昊继续说道，"亲情归亲情，法律归法律，我是人民警察，我只能忠于法律。我一定会尽最快速度完成任务，一定不辜负头顶的警徽。"罗局站了起来，伸出双手紧紧地握住了吴昊的手说道："我相信你！"

吴昊知道当下第一步，还是必须撬开游建国的口。必要时他们要去常远公司走访一下。当天晚上吴昊在办公室查阅了游建国杀人案侦查案卷副卷，对许多细节进行了揣摩分析。第二天早上，他就带领两名侦查员赶到了监狱。

上午 8 时 10 分，提讯室内，吴昊和两名民警对游建国展开了心理攻势。"我是县刑侦大队吴昊，他是民警赵志明……"游建国抬头看了他们一眼，两只眼睛如同两口枯井，随后一言不发又低下了头。

吴昊道："我们在对你的案件进行最后复核，这也是你最后的机会。我问你，是不是你杀了梅小燕？"游建国仍旧一言不发。"喂！"小赵大声道，"说句话，哑巴了？"游建国被小赵的声音吓得一抖，终于，他沉重地点了点头。吴昊看到他发抖的身躯，意识到什么，道："你可知道杀人是要偿命的？"游建国颤声道：

“是我害了小燕和佑波，我该死。”吴昊道：“我不是问你该不该死，我是问你杀没杀人?”

游建国将头转到墙角，“别问了。我该死，就让我死吧，一了百了。呜呜呜……”他失声痛哭起来。

之后，无论吴昊问什么话，他只是哭个不停，什么也不说。

吴昊决定和赵志明去常远公司。上警车后，小赵问：“队长，我看这人已经废了，不死都不成。”吴昊道：“凶手不是他。”小赵一惊：“为什么?”“直觉。”吴昊眉头皱成川字，良久才道：“常远公司现在谁负责?”“由他从前的合伙人在打理。”“他叫什么?”“李鸣。”

半小时后，吴昊和小赵来到常远公司，在董事长办公室见到了李鸣，一个大腹便便的胖子，典型的商人形象。

“老游这人真是个大好人。不幸的是两年前查出患有胃癌，但做了化疗后，还恢复得蛮好。”李鸣对两人道。“患了胃癌——”吴昊重复了一下李鸣的话。李鸣说道：“是的，老游很爱面子，患了癌症的事只有他家里人和我知道，他曾同我说过，不要把他的病情告诉别人。今天你们警察来了，我才说。我同他合伙做生意十多年了，他是个宁可吃亏也不亏待别人的人。当时听说他杀人，我还以为开玩笑呢。”

吴昊问：“你对他和梅小燕的事知道多少?”

“知道一些，但也不是太多。老游这人挺怕老婆，也死要面子，所以对这事上上下下都瞒得死死的，只有他和他的心腹蔡佑波最了解。”

“你把你知道的说一说。”

“这事得从三年前说起，那年公司接了一个大单子，为了接待客户，请了几个大学生做公关小姐，其中一个就是梅小燕。后来她和老游不知怎么就看对眼了，不久她被调到总公司，做了老游的秘书，之后嘛……你们懂的。”

“当时公司有其他人知道他们的关系吗?”

“还真没有。我还是有次无意在酒店撞到他们在开房才知道的。”

“你没和别人说过吗?”

李鸣摊手，“这有什么好说的?男人嘛，偷点腥不是很正常吗?再说这事我还真不敢乱说。”

“为什么?”

“因为老游的老婆啊。那个母老虎，要是让她知道还得了?不要说老游会怎么样，公司都要被她闹翻天。”

“所以游建国用蔡佑波来掩人耳目，主要是怕老婆?”

“只有这个原因。其实说怕也不合适，老游对他老婆还是挺有感情的，他们是患难夫妻，当年老游一文不名的时候，她陪着老游一起打拼才有了现在的公司。所以他不想因为梅小燕破坏家庭。”

小赵笑道：“男人都这样，又想家里红旗不倒，又想外面彩旗飘飘。”

吴昊瞪了他一眼，继续问：“你见过梅小燕和游建国闹矛盾吗？”

“没有。老游这个人脾气超好，我几乎没见过他和人争执过。当然和梅小燕我也不能肯定，毕竟他们关起门后的事我就猜不到了。”

吴昊再问：“那他出事后，公司的股份是怎么分配的？”

李鸣脸色一变，“您什么意思啊？这是在怀疑我吗？我早就和之前来的警察说得一清二楚，老游的股份我是真金白银买下来的，还远远高于市价，钱全给了老游的家属。我发誓，我和他多年兄弟，我要是动过一点害老游的念头，叫我全家死光……”

“别紧张。”吴昊打手势让他停止赌咒发誓，“我只想知道他出事后的财产分配问题。”

李鸣道：“这事是老游出事后我们协商的结果。他把他一半股份卖给了我，总值六百多万，大部分给了他老婆和女儿，另外一百万，五十万给了梅小燕的家属，五十万给了蔡佑波。”

“给蔡佑波和梅小燕的钱一样多吗？”

“是的。我知道您奇怪什么，我当时也奇怪，但蔡佑波毕竟跟了他这么多年，老游的公事私事他都鞍前马后地服务过，给点钱也不出奇吧？”

吴昊想了想，起身道：“谢谢你李总，请保持联络，我可能还有问题请教你。”

李鸣道：“一定配合。”

离开公司，小赵问：“您觉得这姓李的有嫌疑？”

吴昊摇摇头，道：“去趟游建国的家。”

吴昊刚到游建国家里亮明身份，游建国的妻子姜丽华就扑到吴昊身上又抓又打，一边哭一边说道：“是你们冤枉了我家老游，我的老公不会杀人——不会杀人——”她的女儿也站在旁边抹着眼泪。小赵连忙扯开了姜丽华，安慰地说道：“今天我们来的目的就是怕冤枉了你家老游，来调查情况的。”姜丽华听他这么一说，停止了哭泣，说道：“警察同志，我家老游不可能杀人的，全是那小贱人给害的，你们一定要查清楚，他一定是被冤枉的。”

姜丽华没和吴昊说几句话情绪就变得很激动，一边对梅小燕大骂不休，一边恳求吴昊两人。

“你先别激动。”吴昊安抚了几句，“放心，我们不会冤枉好人的。我来主要是有几个问题。”

姜丽华抹着眼泪点点头。

“你什么时候知道你丈夫和梅小燕的事的？”

姜丽华感叹：“这种事，做老婆的总是最后一个知道。那小贱人死后，老游被警察带去问话，事情闹得沸沸扬扬了，我才知道他们的关系。”

“出事后他在家里是个什么表现？”

“他……他几乎没着家。”

“为什么？”

“都怪我。”姜丽华又涌上眼泪，“明知他惹上命案，可我光顾着吃醋，一想他和那小贱人……我就火冒三丈，冲着他又抓又打，他就干脆不回来了。直到后来听说他承认是他杀了人，法院判了以后，我才在看守所看到他的，当时他已经瘦得不成样子。”

“他和你说了什么吗？”

“他看起来像已经心死了一样，只说对不起我们娘俩儿，要我带好女儿，将来再找个更好的人。我问他是不是真杀了人，他只是一个劲儿地叹气，说他是罪有应得。”

“就是说他从来没正面承认过他杀人？”

姜丽华想了想，道：“确实没有。”

“你认识蔡佑波吗？”

“当然认识，他是老游的左膀右臂。”

“事后你和他见过吗？”

“只见过一次。我去老游的公司，正好遇到蔡佑波出来。看到他我就气不打一处来，因为听说是他帮老游打掩护，老游才在外面乱搞的。我冲上去质问他，还打了他一巴掌。他什么话也没说，抱着箱子就走人了。”

“你对蔡佑波平时的印象怎么样？”

“以前觉得他人挺好，挺机灵的小伙子，而且学历又高，办事又牢靠，在公司挺讨女孩子喜欢的。所以老游说梅小燕是他女朋友时，我一点没怀疑。”

吴昊再问：“你家老游与蔡佑波的关系怎么样？”

“那还用讲，只要是蔡佑波提出的要求，我家老游都会答应。”

吴昊眼神闪烁了一下，道：“谢谢你，我问完了。”

姜丽华急忙道：“同志，老游真的没希望了吗？”

“请放心，只要他不是凶手，就一定不会有事。”吴昊说道。

吴昊和小赵从游建国家里出来后，再次来到了监狱。在讯问室里，吴昊对游建国说道：“我有一个好消息告诉你。”

游建国一脸茫然。

“我们还要对你的案件进行复查，你还有一丝生的希望。不过还需要一点证据，你得好好配合。”吴昊对游建国说道。

游建国眼神黯淡下来，“不用忙了，我反正是要死的人了。”

“我知道，你两年前查出来患有胃癌，但胃癌的死亡率并非百分之百。现在你不是活得好好的吗？”吴昊说道。

“唉——”游建国叹息。

吴昊在他身边坐下，道：“你真的不怕死吗？要不了几天，你就要执行死刑。你真能放心得下你的老婆孩子？”

游建国双手在颤抖，终于他垂下头，又失声痛哭起来。

小赵怒道：“哭哭哭，就知道哭，咱们辛辛苦苦帮你洗刷冤情，你屁都不放一个。你这种人真是死了活该……”

吴昊挥手止住小赵，道：“游总，死是需要很大勇气的，我在这行多年，死刑案我经手过不少，什么样的人都见过，歇斯底里的、发疯撞墙的、满不在乎的……还有像你这样，一脸绝望的。不管哪一种，都有一个共同点，你知道是什么吗？”

“是什么？”

“要死的人，只要没疯，或多或少都有些遗憾。而这些遗憾，通常是他们最亲近的人带给他们的。”

听了吴昊的话，游建国反而露出一丝久违的微笑，“警察同志，真的很谢谢你们，对我一个要死的人，你们还拐着弯来劝我。其实真的不用，我死了对谁都好。”

“我欣赏你的牺牲精神，但我担心你将来在九泉之下，发现你为之牺牲的就是害你的人，你会不会后悔呢？”

游建国一惊：“你说什么？”

吴昊一字一顿：“想知道？那就告诉我，你的公司和永虹集团之间到底发生了什么？”

游建国冷静下来，“原来如此。算了吧，人终有一死，我何必死前还给人添麻烦，我做了一辈子好人，没必要临死前还去害别人。”游建国露出一丝看透世情的高深，缓缓道：“这段时间我想明白很多事，人生总有些遗憾不是吗？有些事，总得有人去扛，如果不是我，又该是谁？我的人生已经这样了，一步错，步步错，我也许可以在最后的对与错之间……”

游建国话音未落，吴昊拍案而起：“闭嘴！谁有心情和你讨论对错？我是问你想死还是想活？”

游建国浑身一震。

吴昊厉声道：“死到临头你还在这儿扯这些没用的。你要搞清楚，你的死不是你一个人的事，你死了，有些人可能是开心了。但还有一些人，就是那些真正关心你的人，你的父母，你老婆孩子，他们这辈子都会为你伤心，这辈子都背着自己的亲人是个杀人犯的骂名。你是一了百了了，可他们呢？你以为你很伟大？蠢货而已！”

吴昊转身，“既然你这么简单的道理都想不明白，那确实不值得我浪费时间救你。你的死刑只有几天了，下辈子，好好学学做人的功课吧。”

游建国忽然醒悟过来，跪下身子，喊着：“警察同志！我想活！我想活！”

吴昊停下脚步，重重地松了口气，回身看着游建国。游建国叫道：“我交代，我配合，救救我吧！”游建国一边流泪，一边说出了他的苦衷……

思绪在吴昊脑海中飞转。这事重点还是应该放在蔡佑波身上。可前段侦查已经排除了蔡佑波的作案时间，那么，是不是蔡佑波雇凶杀人呢？吴昊迅速开展这方面的侦查，但未发现任何线索。

深夜，吴昊再次回到办公室仔细翻阅游建国故意杀人案案卷副本。突然他停了下来，排除蔡佑波作案可能的，就是他没有作案时间，任何一个案件，嫌疑人有无作案时间，这是一个关键。那么蔡佑波到底有没有作案时间？先前的排除是不是受到了嫌疑人反侦查能力的影响？嫌疑人在外地出差，到底是什么时候回的江北，这得彻底查清。吴昊决定，先从蔡佑波出差住的酒店入手调查。合上案卷，他挠了一下脑袋说：“走！”的确，到了这个时候，来不得半点懈怠。他把想法告诉了局长。局长指示当晚就出发，由吴昊带领两名民警赶往北海。

走出办公室时已是凌晨3点了，他悄悄回到家里，怕惊醒了熟睡的妻子，轻手轻脚地拿了衣服毛巾，然后溜出了家门，通知了另两名一同出差的警察。

凌晨5点，警车奔驰在高速公路上，这时坐在副驾驶座的小赵打开了车上的收音机。“有追责和惩罚才会有敬畏，这对应着的是权与责是对等的，告诫掌握执法权的人们必须审慎使用法律公器。须知，每一件冤假错案都会对当事人及其家庭造成难以挽回的悲剧，也是对法治神圣性与公信力的削弱……”

小赵把收音机关了，叹口气道：“这下好了，上面出台冤假错案终身追责制，咱们可有活干了。不过，刚才收音机还说了，公安部案件过错终身追责的情形，是指办案人员故意或重大过失造成的冤假错案呀。这个案件对与错也追不上我们的责啊，我们何苦费这么大的力气来复查？”吴昊说道：“少说废话，人民警察必须忠于法律。我们复查命案，不冤枉一个好人，不放过一个坏人，这是干积德的事。”“嘿，队长啊，你以为是我怕累呀？我是怕你这么多天没有回家了，你怎么向嫂子交代呢？”“那谁叫她找了我这个当警察的做丈夫呀！”吴昊的手机响起，一看是老婆打来的，连忙接听。只听老婆说道：“警察同志，我家昨晚深夜来贼了，偷走了家里的一些衣物。”吴昊说道：“老婆大人好，我老实交代，衣物是我偷走的。深夜了，我怕惊醒老婆，因急着赶往外地。”“好啊，你不是说好了今天回来给我爸祝寿吃午饭吗？单位没别的人可以去吗？非得你去？”妻子在电话里责怪。“一个人命关天的案子，我不去确实不行。”吴昊答道。“你尽是道理，找了你这个丈夫，算我倒一世霉，那你早点平安归来，回家把问题讲清楚。”“好呀，我一定把我的行动轨迹给老婆交代清楚，请老婆饶恕。”“哈哈，你老婆又在查你了吧！”警车继续向前飞驰。

上午10时，连续行驶了十多个小时的警车到达了北海。吴昊他们顾不上休息，就直奔当时蔡佑波在北海出差时住宿的某酒店。向酒店服务台工作人员亮明了身份，酒店负责登记的服务员根据民警提供的时间查到了蔡佑波的住宿信息。信息登记是住的七晚，但开的发票是八晚，实际收费是七晚，这个肯定不会错。服务员还回忆，蔡佑波退房离开酒店后，在他住的房间里发现遗忘了一个手机在房内一张桌子的抽屉里。这个手机现在还放在服务台。服务员把这个手机拿了出来，吴昊的目光盯着手机看了许久。民警按照程序提取了这个手机，并做了提取笔录。吴昊意识到，以前通过技术手段确认发案时间蔡佑波还在北海存在误导，从而排除蔡佑波没有作案时间存在错误。事不宜迟，他决定立即驱车赶回江北。连续多天夜以继日的工作，吴昊感觉身体有些不适，胸部闷得发慌。同行的两名警察问要不要到医院检查一下。吴昊答道：“这个案件时间太紧迫了，我坚持得住，我们加紧往回赶。”

回到江北后，吴昊不仅很累，而且胸口一阵阵闷得更严重。但他不顾一切，继续工作，决定尽快找到蔡佑波。而蔡佑波在举行结婚典礼后，就在公司办理了辞职手续，并和妻子柳红英在公安局人口与出入境管理中心办理了去澳大利亚的手续。吴昊将情况报告了局长罗志辉，罗局长指示：立即抓捕蔡佑波。此时，蔡佑波和妻子正在上海虹桥机场登机口，准备飞往悉尼。在民航公安机关的配合下，蔡佑波被控制住，随后被带回江北县公安局集中办案区。

刚到办案区，蔡佑波的嘴还挺硬：“你们凭什么把我叫到这里？我知道，你们怀疑我杀了梅小燕，但是你们有证据吗？”吴昊笑道：“你就以为你一切做得天衣无缝？”“我是从北海出差回家后，才知道梅小燕被人杀了，梅小燕在家里被害，和我有什么关系？再则仅凭我和梅小燕的关系，有必要杀人吗？”蔡佑波竟反问起吴昊。吴昊答道：“是的，你确有更深的阴谋。从技术上讲，我挺佩服你的，如此有前瞻性的计划，如此精妙的设计，不愧是名校的高才生啊，也难怪你如此顺风顺水，把所有人玩得团团转，更让我佩服的是，还能让游建国心甘情愿替你去死。”蔡佑波仍然说道：“这是你们凭空猜想的吧，有什么证据呢？”吴昊掏出一支录音笔按下，里面传出游建国哭泣的声音：“我交代，我全都交代，公司出了这么件大事，我感觉什么都完了，也感到对不起梅小燕的亲人朋友，对不起蔡佑波，对不起妻子和女儿，活在这世上没有一点面子了，就承认了梅小燕是我杀害的。这样不仅能保住蔡佑波的命，也能够保住永虹集团与常远公司的合作投资，今后对家人好处很大。所有的计划都是蔡佑波做的，是他提议和永虹集团合作。因为我们公司根本拿不出这么多钱，他说他可以利用他和柳红英的关系，说服柳董投资……”

蔡佑波面色终于变了。

吴昊道：“我们掌握的还不仅仅是这些，在梅小燕出现的日子里，你不光是帮游建国打掩护，你还做了一份非凡的商业投资计划。这份计划就是你逆袭人生的机会，一旦成功，你不但能收入大笔金钱，还能抱得富家千金，从此平步青云，从一个穷小子走向高富帅的人生巅峰。”

蔡佑波咬紧了嘴唇。

吴昊继续道：“整个案子看起来复杂，理顺了其实挺简单——你虽然出身寒微，但野心不小，一心想向上爬，你创过业，失败过，受过挫折，你比任何人都渴望成功，你不会放过任何上位的机会。所以帮游建国掩护他的奸情，讨好老板，争取得到重用，无可厚非。可游建国万万没想到，你这个看起来忠心耿耿的心腹其实是个欢场老手。你口口声声说和梅小燕没有任何关系，恰恰相反，你和她接触没几天就利用梅小燕的风流成性，和她上了床，并且利用她，让她成为你在游建国那儿获取商业情报的工具。”

蔡佑波冷笑：“无稽之谈。”

“你不承认没关系，毕竟这些不是案子的重点。重点是你对人性的把握真的非常到位，你知道游建国胆小怕事，上次和你谈话你对游建国的评价完全准确。你在梅小燕和柳红英两个美女之间左右逢源。”吴昊深吸一口气，“你的商业计划早在梅小燕进来前就开始了，梅小燕的出现只是给了你一个契机，你通过主动为游建国打掩护得到副经理的职位，终于可以名正言顺地开始这个计划。

“虽然我不清楚你是怎么获得柳红英的好感的，但对你这种欢场老手来说，应该不是难事。在这个计划中，你为游建国的公司争取一笔来自国外的超大订单，而你的条件很简单，获取该订单一部分的商业分红。对于这种合情合理的要求，游建国当然不会拒绝。问题在于他们资金不足，吃不下这么大的订单，于是你适时地提出利用和柳红英的关系争取永虹集团的支持。

“再接下来，你又玩了一手狐假虎威的好戏，你信誓旦旦地向游建国保证柳红英是你囊中之物，资金一定没问题。再向你的岳父大人表示你的订单已经十拿九稳，只差资金，你就在这两者之间走钢丝。而让你成功的关键人物，正是梅小燕。有了她帮你给游建国吹枕边风，游建国果然对你加倍信任。为了让梅小燕忠心为你办事，你可能还许下过将来娶她为妻，和她共享富贵的诺言。

“可惜百密一疏，你没想到梅小燕不是什么省油的灯。当她发现你真正要娶的人是柳红英——想想也是，娶了柳红英你就是永虹集团的驸马爷，哪里是一个风尘女子能比的？她大发雷霆。梅小燕向你发出了威胁，如果你敢违约，她会把所有的事抖出来，这就是你动了杀机的原因。

“你清楚，杀人是要偿命的。但老天给了你另一个机会。你发现梅小燕不光威胁你，也在威胁游建国，也许她想在分手前最后再捞一笔。而且就在这节骨眼上，游建国公司的资金突然断流了，这意味着将无法达成与永虹集团的合作，更无法完成订单，游建国将面临天价的违约金，甚至可能面临牢狱之灾。

“这时的游建国内忧外困，而你适时地再一次充当起他忠仆的角色……”

蔡佑波脑海中回忆闪现。

房间内，游建国焦虑不安地走来走去，“怎么办？怎么办？”

蔡佑波道：“游总，别急，天无绝人之路，总会有办法的。”

“有什么办法？”游建国几乎跳起来，“这么大笔资金，就算把我骨头割下来卖了，也赔不起这么多钱啊。”

蔡佑波咬咬牙，道：“看来我们只有一个办法了。”

“什么？”

“做假账。”

游建国面色一紧。

“您想，永虹集团与我们合作并不是看中我们的资金，而是这个项目本身，我们这点资金对他们而言只是个保证金而已，对我们来说数目庞大，但对于他们只是九牛一毛。如今对方项目管账的负责人是柳红英，您安排我作为我们这边的财务代表，以我和柳红英的关系，我试着找机会改动她电脑中的账目数字，等钱到手，我们再填回去。”

“这行吗？”

“您别忘了，我是学无线电的，计算机是我的强项。”

“我知道你的本事，可是……这可是商业欺诈，要坐牢的。”

“您放心，事情是我干的，就算出事，也是我去坐牢，不会连累您的。”

游建国愣住了，但还是摇头，“不，就算你愿意，我也不能让你冒这个险。”

“游总，在我心中您和我亲哥哥一样，我有什么不能为你做的？别说坐牢，您手指动一动，水里火里，我都不会皱下眉头。”

游建国感动得差点儿掉泪，扶着他的肩，说：“老弟，我真不知我上辈子做了什么好事，能有你这样的好兄弟。可是……”

吴昊继续道：“游建国当然不知道你那忠心耿耿的外表下包藏祸心。他万万没想到，你这边和他信誓旦旦为他刀山火海，扭头就把他给卖了。”

蔡佑波继续回忆……

公园内，柳红英一脸幸福地等待蔡佑波和她的约会，忽见他满头大汗地跑来，“红英，我有话同你说。”

柳红英一惊，“什么事啊？”

“我老板不是好人，他要害你们公司。”

“什么？”

“他想利用我做假账，骗你们的投资，其实我们公司早就没钱了，这笔订单根本不靠谱，对方还没答应签约，他就说已经拿下来了。”

柳红英大惊，“怎么会这样？”

“我也是刚刚才知道。他还想要我利用你的感情，在你电脑里的财务报表上做手脚。但我怎么能做对不起你的事呢？我当然拒绝了。”

柳红英怒道：“他怎么能做这种事呢？我要告诉我爸！”

“不可以。”蔡佑波忙道，“柳董可是有头有脸的人，如果让外人知道他被这么一个小公司给耍了，叫他老人家颜面何存？”

“那怎么办？”

“这事只能悄悄处理。反正现在管理权在你手上，你就直接跟我们公司说你们资金不足，生意不做了。”

“可是……”柳红英为难地说，“那你怎么办？这事是你一手策划的，我们不做了，那所有责任不在你身上吗？”

“我不怕，大不了被开除。而且开除更好，我不想给这种阴险小人做事了，我更不想骗你。别说失业，就算给我金山银山，我也不想让你受一点伤害。”

柳红英感动不已，抚着他的面孔，说：“谢谢你。阿波，真是太委屈你了。”

“我没事。快去吧，不然夜长梦多。”

“你要小心啊。”柳红英离去，走了几步回头又亲了他一口，甜甜地道：“我知道我没爱错人。”

看着她远去的背影，蔡佑波露出不易察觉的笑容。

“好手段啊。”梅小燕的声音忽从他背后响起。

他一惊，回头，只见梅小燕阴沉着脸，“我真是小看你了，把所有人骗得团团转。你这一石二鸟之计太高明了，一旦你被开除，你又可以带着整个计划投靠永虹集团，还能抱得美人归，甚至可以直接成为项目负责人，再不用在游建国和李鸣鼻子底下仰人鼻息。”

蔡佑波一把抱住她：“别说了。小燕，你知道的，这里面有你一份。”

梅小燕冷笑：“一份是多少？”

蔡佑波叹道：“我知道你不相信我了，但咱们好歹有过肌肤之亲，所谓一日夫妻百日恩……”

“你少给我来这套，你的甜言蜜语我还没听够吗？来点实际的。”

“你要多少？”

梅小燕伸出两根指头。

“两百万？”蔡佑波惊道，“我哪有这么多钱？”

“错了，是两千万！”

“你在开玩笑吗？”

“你别说我不给你机会，我可以成全你和你的白富美，也可以保住你的名声，还能让你在游建国他们面前继续扮好人，我不值这个价吗？”

“我拿不出这么多。”

“不着急，反正你成了永虹的驸马爷，有的是机会挣钱，我给你一年时间，你做到了，咱们还是朋友，不然……”她拍拍他的脸，“就好自为之吧。”

回忆远逝……

吴昊继续道：“接下来的事就顺理成章了。永虹的业务一取消，游建国到了破产的边缘，梅小燕又在给他施加压力，他惶惶不可终日，甚至萌发了自杀的念头。到这时，你觉得可以实施你计划的最后一步了。”

时间回到凶案发生以前……

和以往每次幽会一样，游建国和梅小燕缠绵了一番，梅小燕沉沉睡去，游建国则盯着天花板，两眼无神。

“你怎么不睡？”梅小燕起身问。

“小燕，这是给你的。”游建国掏出一张银行卡，“这里有五十万，咱们……分手吧。”

梅小燕大怒，“什么意思？你以前还说和我结婚，要给我荣华富贵，现在，这点钱就把我打发了？”

游建国叹道：“公司完了，和永虹的业务黄了，我不但没有钱，还背了一身债。”

梅小燕冷声道：“那是你的事。我陪你这么久，就值这么点吗？”

游建国神情悲苦：“小燕，咱们好歹欢好一场，你眼里只有钱吗？”

看着他憔悴的面孔，梅小燕不由心一软，“你别说我绝情，我清清白白跟着你，你说你不能给我名分，我认了，你说我见不得光，只能偷偷摸摸，我也认了。可我以后怎么办？我就活该被你玩了几年一无所有地离开吗？”

“可我真只有这么多了。”

“你有的。我知道你给你老婆孩子留了一笔钱，我也不把事做绝，那笔钱给我一半，咱们就两清了。”

“你……”游建国怒道，“那是给我老婆看病的钱，和给我女儿上学的钱，这你也要下手？”

“哼！她们是人，我就不是人吗？我就不用生活？你就说答不答应吧，如果不，我就到你老婆那儿，把咱们的事抖出来！”

“你这个……”游建国一怒之下抬手。

“想打我？”梅小燕丝毫不惧，“打呀，我倒要看看打完你怎么收场！”

游建国软了下来，劝道：“小燕，念咱们一点交情，你就放我一马好吗？”

梅小燕只是冷笑，不为所动。

突然，敲门声响起。游建国穿衣起床开门，门外是蔡佑波。

“小蔡？你怎么来这儿了？”

蔡佑波满脸喜色，“游总，公司有救了。我说服柳董了，我们有投资了。”

游建国大喜，拉他进来，“快，进来坐下说。”

但一进来，两人看到围着毛巾的梅小燕坐在沙发上，游建国道：“小燕你进去，我们有话说。”

梅小燕道：“我都听到了。公司又有钱了是吗？”

蔡佑波怒道：“你这女人还想怎么样？”

“哟！”梅小燕冷笑，“你倒是教训起我来了？姓蔡的，这回又玩什么新花样啊？”

游建国道：“小梅，有什么事以后再说好不好？我们有重要事要谈。”

“不必了。”蔡佑波道，“你不说我也明白，这女人又在逼你要钱是吧？”

游建国咬着牙不吭声。

蔡佑波道：“我早说过她不是好人，您就是不听。相信我，您不能再服软了，今天如果您答应她，她以后只会提更多要求。”

梅小燕大怒，“你还有脸说我，是不是要我也把你的丑事说出来啊？”

蔡佑波冷笑：“说啊。我行得正站得直，没什么不能说的。”

梅小燕扭头对游建国道：“游建国，你还真把他当你心腹吗？你知不知道你被人卖了还帮人数钱？”

游建国不解：“你胡说什么？”

梅小燕道：“他串通他在永虹的女朋友，故意要把你公司搞垮，然后他带着整个计划投靠人家的公司，你不明白吗？”

游建国不敢相信地望向蔡佑波，蔡佑波淡淡一笑，掏出一份合约，“游总，看看这个再说吧，你看是信她还是信我？”

游建国接过合约一看，只见上面白纸黑字签着柳董的大名。

游建国不敢相信：“这怎么回事？不是说要和我们取消合作吗？”

蔡佑波道：“我直接找了柳董，说明了我们的计划和困难，再加上红英帮我们说话，柳董最后同意帮我们一把，但要求利润多分他们三成。虽然少赚了一点，但公司救回来了，而且我们多少还能赚点钱。”

游建国大喜过望，梅小燕一脸不可思议，不明白为什么突然间发生这么大反转。

蔡佑波扭头道：“游总，这女人就是个祸胎，你千万不能再相信她了。她会破坏公司、破坏你的家庭，还破坏我们兄弟间的关系啊。”

吴昊说道：“这次你出差到北海，认为是除掉梅小燕的最好时机，你买了火车票，但提前一天乘大巴回到了江北，实施了你的计划，这样做你主要想掩人耳目，排除你的作案嫌疑，而且你还把手机故意丢在北海的酒店里，作案后又在江北一个手机店重做了原来的卡号。我相信以你的智商，做到这些都不难。最难在于，如何让游建国主动替你承担罪责。但看了几场游建国被审讯时的案卷后，我开始明白你是怎么一步步引导他走向你的心理陷阱。

“梅小燕被害后，游建国当然是慌了神，你再一次成为他的主心骨，他只能对你言听计从。你更清楚，游建国这种老实人，根本经受不起警方审讯的压力，更狠的是，你在他被传讯后假借小道消息把他和梅小燕的奸情散播出去，你知道他老婆会怎么对他。即便如此，你还怕不保险，让他相信你是这个项目中最重要的人物，没有你，项目和公司都会完蛋。于是，游建国身上背负着杀人、破产、家庭破裂的三重压力，别说游建国了，就是意志力强的人也很难经得起这种打击。

“游建国经过反复思索，终于得出一个结论，这事必须得有人扛，在感情上看来，你是为他这么做的，如果说人是你杀的，于恩义有亏，更对不起兄弟情。从现实层面，你如果进了监狱，公司完了，项目黄了，他妻女以后没了着落，再加上他的奸情已闹得沸沸扬扬，妻子无法原谅他，女儿鄙视他。再加上你言语间巧妙地落井下石，让他终于相信，他去死是对所有人最好的选择，包括他自己。因为到这时，他已经被压力折磨得心力交瘁，对人生也开始失去希望。况且游建国身患癌症，认为自己的生命进入了倒计时。你利用了他的各种心理压力，并且还一步一步给他施压。”

蔡佑波长长地吁了口气，“说完了吗？”

吴昊点点头，“蔡佑波，真的很可惜啊，你是个人才，可惜没用在正道上。”

蔡佑波道：“除了这些，您有什么实质性的证据吗？”

吴昊笑着说：“你说你是 7 月 8 日才回江北，但我们从长途客运站调取了上下车的监控资料，你实际上 7 日晚上就回到了江北。不仅如此，我们还依法提取了你故意丢在北海的手机。”

当他看到民警拿出他故意丢在北海某酒店里的手机时，他的精神彻底崩溃了，低下头，如实交代了杀害梅小燕的作案过程："这次，我想都认为我在外地出差，是一个最好的作案机会。我提前一天退了房，据说公安机关可以通过手机定位，我就把手机调成静音放在房内的桌子抽屉里。我买了一张火车票，但我提前一天坐大巴回到了江北，晚上 11 时多，我去敲开梅小燕家的门，一进门到客厅，就给了梅小燕三刀，见梅小燕倒在客厅沙发旁，我就离开了。出来后我将杀她的刀丢在了小区花园的一棵树下。"

民警根据他的交代，在小区花园的树下找到了他杀害梅小燕的凶器，并从凶器上提取了血迹，经科学检测，凶器上所残存的血迹与梅小燕的血迹样本相吻合。至此案情真相大白。

当吴昊亲自把外甥蔡佑波送进看守所后，他的目光久久地盯着蔡佑波进监房的背影，感到一阵阵心痛。

他突然捂住胸口，脸色惨白，加之因工作劳累过度，突发心肌梗死，经医院抢救无效献出了年仅 48 岁的宝贵生命。

三天后，县公安局领导及其战友，在江北殡仪馆为吴昊举行了沉痛的悼念仪式。刚刚蒙冤出狱的游建国及妻子女儿也特地赶来为他送行，并向他的遗像三鞠躬！

当看到吴昊的遗体被抬出悼念大厅时，游建国脸上的泪花顿作倾盆雨……

（作者系全国公安文联会员）

刑侦小虎队（长篇选载）

杨远新　陈双娥

突发命案

这是夏日里的一个清晨。第一缕阳光撩开了南国上空的面纱，由东向西穿越大半个长沙古城的浏阳河水历经十几天的暴涨之后，又恢复了往日的平静，送给两岸清甜湿润的气息。从上麻园岭、从四方坪、从国防科技大学、从湖南碧波风机厂、从火星镇来河畔晨练的人渐渐增多。

突然间，章昌汉的手机急骤地响起。他的心一阵紧缩。他抬腕看看手表，6时50分。作为刑侦大队大队长，自己的手机在这么早的时段鸣叫，恐怕是辖区内发生了新的案子。

章昌汉赶紧接听，是刑侦大队的值班电话，听着听着，他两眼火焰喷发，浑身惊出大汗。

章昌汉驱车第一个赶到了案发地开福区上麻园岭小学。校长杨益兵迎上前来，拉着他的手介绍：

大约6时40分，上麻园岭小学几个学生兴高采烈地来上学，经过学校门口的绿化带时，一大群一大群的苍蝇像一团团黑云，从绿树红花中间轰然飞起，那几个学生好奇地探头一看，发现两只人的手掌，顿时吓得尖声大叫，有个女学生还哇哇地大哭起来。一位送孩子上学的家长闻声上前细看，也顿觉毛骨悚然，不知所措。这时来上学的人尽管还不多，但整个校园还是顿时开了锅……杨益兵校长闻讯赶来，只见绿树下、花丛中，除了那一双手掌，还散落着一块块人的骨头，中间夹放着一个面目全非的人头骷髅。当了几十年园丁的杨校长，天天与蓓蕾鲜花、绿树翠竹打交道，看到的全是阳光、笑脸，听到的都是掌声、歌声，平生头一次见到这种恐怖的场面，他也被吓得差点儿昏倒过去。他镇定过来后，立即拨打110报案。

此时，章昌汉在杨益兵校长的带领下查看了现场。他凭经验判断，这是一起杀人、碎尸、煮尸、毁灭痕迹案。

一时间，一辆辆警车、摩托，载着小虎队的八名侦查员从四面八方汇集到了上麻园岭小学。

章昌汉对小虎队的队员们大声吼道："按预定方案，赶紧行动！"

小虎队的队员们个个都是经过风雨、见过世面的人，什么稀奇古怪的命案都侦破过，他们对发生在上麻园岭小学的这起命案，在来的路上已经有所知晓，但不全知，经章昌汉这么一声大吼，已明了这起命案非同寻常。

此时，小虎队队员们都不敢正面瞅章昌汉一眼，因为那张国字脸板得铁紧，一根根眉毛竖起好高，眼睛怒视着被煮过的一堆尸骨，像一头受到挑衅的老虎。章昌汉完全上火了。他心里难受得不行。小虎队队员们相互用眼色暗示：只有尽快查到线索，抓住残忍的杀人嫌疑犯，才能消除队长心头的怒火，减轻他情感上的煎熬。他们利索地从车上搬下勘查器材，戴上手套和防毒面罩。

小虎队队员个个身手不凡，行动利索。他们根据尸块散落情况，熟练地拉出一道警戒线，把现场保护起来。刑警破案，怕的就是现场被破坏。因为这意味着失去了寻踪觅迹的第一手材料。眼前的现场由于围观人群一拨接一拨，已经遭到严重破坏，如果再不快速封锁，严加保护，恐怕连一点点有价值的线索也会被破坏殆尽。

小虎队队员们刚把现场封锁起来，劝退新的一拨围观的人群，正欲关闭学校大门时，柳建德亲自驾驶黑色奥迪车驶到了校门前，车上坐着他厂里的保卫科长苗得军、后勤科长郝梦力，说是代表全厂给小虎队送来了早餐。他们在校门口下车，抬着两筐早点走进校门，招呼刑警们趁热吃了，再继续勘查现场。

小虎队队长洪先杰看了一眼章昌汉，见他没有作出任何表示，他也就没搭理柳厂长。

柳建德对小虎队队员们招呼道："伢崽们吃早餐呀！老爹我专程为你们送来的。你们不吃，是不是不领情呀？"说着，他好奇地四处观察，欲跨过警戒线，进入尸块分布现场。

洪先杰伸手把他挡住了："柳爹对不起！从现在起，任何人都不得进入现场。"

柳建德退了一步说："你看我怎么就忘记了。你们刑警破案，保护现场最重要。"

说着，他走近章昌汉，指指苗得军、郝梦力抬来的早餐，说："快命令你的手下吃早餐吧！不然都凉了。凉了就不好吃了。快趁热吃吧！"

章昌汉手一挥："不吃！"

柳建德被吓了一大跳。他盯着章昌汉，半天没回过神来。这个老伙计，今天为何不领他的情呀？

小虎队队员们都连连朝柳厂长挥手：“不吃！不吃！”

他们理解队长的心情，面对如此凶残、老道的对手，必须快刀斩乱麻，如果不能速战速决，就会成为悬案。破案像打仗，赢得时间，就能赢得胜利的先机。

柳建德走到章昌汉身边，心疼地说：“老伙计！你不吃不要紧，这些年轻人不吃可不行啦！饿着肚子，不仅不利于侦查破案，还会损害他们的身体。”他又以命令的口吻对苗得军、郝梦力说：“还愣在那里干什么？快把早餐分给大家。”

章昌汉盯着柳建德，抬手狠狠地拍了一下自己的脑袋说：“老伙计对不起，你看我这一上火，把这些都忘记了。”他朝小虎队队员们挥挥手道：“大家谢谢柳厂长和二位科长对我们的关爱！吃！大家抓紧时间吃！吃了才有力气开展侦查。”

章昌汉说：“要想捉到这个凶手，还要靠全社会和广大人民群众的支持。如果大家都像你这样关心、支持侦查破案工作，再残忍、再狡猾的杀人嫌疑犯也都无处藏身了。”

柳建德说：“你别把我抬得那么高，我主要是看在与你的情分上。如果是别的一个人担任我们区里的刑侦大队大队长，我也许懒得关心、支持了。好了，我走了。你们忙吧！我希望早日听到你们抓住杀人凶手的好消息。”

章昌汉紧握着他的手，悄声说：“老伙计！我实话告诉你，要抓住这个凶手的难度的确很大。但是我们会把凶手绳之以法，决不会让其逍遥法外。不然，对不起像你这样支持公安工作的老朋友，对不起养活我们的老百姓。”

柳建德有些感动地说：“太好了！我期待着这一天。老伙计！你们成功破案的那天，我在老渡口国际大酒店摆酒设宴，为小虎队好好庆贺一番。我走了，静候你们破案的好消息！”

章昌汉一把拉住他，轻声问道：“老伙计！你的副厅长任职公示期间，没出什么情况吧？”

柳建德哈哈笑道：“我一不贪财，二不贪色，三不揽权，坐得正，行得稳，堪称党的好干部。你百分之百放心，不会有人向组织部门举报我。七天公示期，走个程序而已。”

他俩都笑着击了击掌，挥手再见。

勘查取证

上麻园岭小学位于闹市区。校园面积不大，但很精巧，很别致，很有风格，四栋苏式建筑的红砖红瓦房，布局合理地坐落在东西南北，掩映在绿树翠竹之中。四栋房子中间是一座椭圆形的大操场。校园大门正对操场的中心位置。校园围墙很有特色，分里外三层。第一层是一根根高 2 米、粗 12 毫米，顶部呈梭镖形的钢筋，间隔10公分排列，连成一圈，每两米有一根方柱，柱顶部安装了照明灯，既美观又森严地将校园护卫起来。第二层是高1米、宽50公分的绿色围墙。主要由月季、乳桢树组成。第三层还是绿色围墙，一株株碗口粗的香樟树，枝叶繁茂，间隔匀称地连成一圈，一棵棵山茶花树，像一把把绿色的小伞，点缀在樟树之间。围墙外车水马龙，围墙内安宁静谧。正是凭借这独特的校园围墙，上麻园岭小学一直保持着全市十大绿化单位的美誉。

令人没有想到，如今这道绿色围墙竟被残忍的杀人凶手玷污了。

章昌汉率领小虎队队员们从乳桢树丛里、月季花下，接二连三地寻找出尸骨和尸块，人体各处的骨头几乎都有，尸块大小不一。他们小心翼翼地将尸骨和尸块包装、封存。一大群一大群的苍蝇被他们赶走了，一忽儿又飞回来，并且越聚越多，密密麻麻，围在他们头顶和周围嗡嗡叫，令人十分恶心。他们全然不顾。

小虎队队长洪先杰在长期的痕迹技术勘查工作中练就了与众不同的敏锐眼光，他在提取尸骨和尸块的时候暗暗分析，为什么没有发现犯罪嫌疑人转移尸骨和尸块的工具？难道被抛到了别的地方？那会是什么样的工具呢？他仔细观察周围环境，发现一株樟树上有苍蝇飞起飞落，他攀爬上树，从一团浓密的枝叶中间提取到了几根纤维绳。他从树上往下看，又发现一丛月季花底下有一团白色的物体，他招呼小虎队队员文成浩赶紧探看究竟。文成浩拨开月季花，被塞在枝叶底下的是一团化纤编织袋，扎得严严实实。文成浩取出，打开，里面装着一件乳罩、一件衬衣、一条裙子、一双高跟皮鞋。衬衣口袋里还装着一枚玉观音菩萨。这些物证的提取，令章昌汉十分高兴，但他没有露于言表，他鼓励小虎队队员们不要放弃，继续细心勘查，争取搜索出更多有价值的东西。

接下来，小虎队队员鲁操军从围墙外的一只垃圾桶里翻出了一个完好的账本，没有单位、没有姓名，记录的是收入与支出的流水账，购房、置衣、买菜、打酱油，等等，时间、品名、数量、金额、购物地点，均有记录。字迹笔画比较工整，但有点轻飘，并不成熟，显示出年轻女性的特征。章昌汉向鲁操军投以赞许的眼光说：“这又是一大收获。”他对大家吩咐：“再仔细找找，兴许还有别的物证等着我们去发现。”

大家对围墙里外搜了一遍又一遍，除了可以掩藏物体的绿化带、垃圾桶，连站在围墙外投掷可及的所有地方，都做了反反复复的勘查、寻觅。直到洪先杰等八名小虎队队员纷纷向章昌汉报告：实在找不出别的痕迹物证了，章昌汉这才宣布现场勘查工作告一段落。小虎队队员们收拾了勘查用的器械，清理好提取到的物证，撤除警戒线。

章昌汉特意找到杨益兵校长，作了一番交代：一是加强校园内的安全保卫工作，晚上增派保安值班巡逻；二是尽可能地不让无关人员进入校园；三是对校园绿化带暂不做清理，十天内保持原貌不动。杨益兵校长一一应允，表示："章队长您放心。我马上安排下去，一切按您的要求办。"

章昌汉与杨益兵校长握手告别时，他又轻声问："杨校长，我冒昧地问一句，你校年轻的女教师中，今天有没有缺勤未来上班的？"

杨益兵回答："除了一名年轻女教师两天前请假去北京探亲以外，其余的年轻女教师今天都来上班了。只不过是有些人来了，因为害怕又走了。一个也没少。"

章昌汉又问："那位请假的年轻女教师长得漂亮吗？"

杨益兵回答："当然漂亮，是我市女教师队伍中的一朵美人花。"他反问："你是说她与这案子有关？"

章昌汉没作正面回答，而是反问："她离校以后与你有过联系吗？"

杨益兵："没有呀！"

章昌汉："你拨打她的手机，看她现在何处？"

杨益兵立刻拨打，手机中回答："对不起！您拨打的用户已关机。"此时，杨校长身上不禁冒出冷汗，他一边继续拨打，一边自言自语："不会吧！不会是她吧！"

章昌汉又问："她平时与外界接触的人员情况，你有所了解吗？"

杨益兵："这是个人隐私。现在的单位领导哪还管这些！"

章昌汉："你别着急。我只是顺便了解一下。你一旦与她联系上，请尽快告诉我。如果与她始终联系不上，也请告诉我。"

杨益兵连连点头。

章昌汉告别杨益兵校长，然后率领八名小虎队队员离开校园，返回开福区公安分局。

死者是谁

章昌汉和文成浩带着现场取得的证据，驱车直奔长沙市八一路110号。这里是湖南省公安厅机关所在地。分布三湘四水的六万多名公安民警听命于这里的指挥。章昌汉驾车来到面南而开的大门口，向持枪守护的武警战士出示证件，顺利地进入绿树鲜花掩映的大院。

他俩停放好警车，从车上搬下两只箱子，走进了一座威严而带有浓厚神秘色彩的办公楼。此时，身穿白大褂的一男一女从楼里迎出来。章昌汉、文成浩赶紧迎上去，握住两位痕迹鉴定专家的手，他们彼此十分熟悉，但在此种特殊时刻见面，相互脸上却只有严肃，没有笑容。两位专家从章昌汉、文成浩手中接过两只沉甸甸的箱子，叮嘱他俩在会客室耐心等候。

章昌汉往沙发上一靠，两眼一闭，立刻发出了鼾声。文成浩见队长累成这样，很是心疼。他轻手轻脚地关拢会客室的门，以保障章队长静静地睡一觉。他在一旁坐下，没超出三分钟，他也步了队长的后尘，吐出的鼾声有过之而无不及。

也不知过了多久，章昌汉、文成浩被两位痕迹鉴定专家叫醒，领进了一间放满各种先进仪器设备的技术鉴定室。他俩的目光不约而同地投向中间一张宽大的桌子上，只见那上面摆满了一页页记录各种鉴定数据的纸张。他俩走上前，拿起一页页数据，细看。经痕迹鉴定专家对他俩带来的证据仔细化验、检测，得出结论：

死者女性，22 岁左右，身高 1.65 米，留披肩长发，非体力劳动者，被人扼颈窒息死亡，尸体遭锐器肢解为 38 块，其中 11 块被高温蒸煮，肉与骨分离完全。

章昌汉作出部署：下一步侦查的重点是查找尸源。所有小虎队队员分头深入辖区，凭借现场提取到的那一枚玉观音、那一双高跟皮鞋、那一条裙子、那一个账本等物，挨家挨户，调查走访。他强调：

“大海捞针，事在人为。不管海有多大，只要有根针在海里，我们就一定要把这根针捞出来。不达目的，誓不罢休！”

小虎队队员们雷厉风行，分头深入辖区，走访群众，查找被害人。

昨夜今夜

柳建德与章昌汉在老渡口国际大酒店分手后，本来已经到了该回家的时候，但他没有选择回家，也没有选择他以前最爱去的情未了夜总会，而是驾车回到碧波风机厂，在车库泊好车，提了公文包，走进了他的厂长办公室。每次自进入厂长办公室的那一刻起，他就像一台开足了马力的机器，飞速转个不停。厂长负责制，大到班子配备、机器采购，小到临时用工、汽车修理，都是他一支笔审批。整个碧波风机厂，他的权力至高无上。他是全厂最忙碌最辛苦的人。今天则有所不同，他连灯都没有开，一人静静地坐在他的高靠背转椅上，望着窗外的灯海出神。他感到很累很累。黑暗中，他大口地喷着酒气，他仿佛觉得仍然与章昌汉在一起。他问道：“你有把握破案吗？”他没有听见章昌汉的回答。他一惊，出了一身冷汗。他意识到自己有了几分醉意，所幸在章昌汉面前表现得十分得体，没有出半点洋相。他站起身，在办公室里踱来踱去。不知为什么，他又想起了那个俏丽女郎。他觉得值得回味的东西实在太多。

平时，他一心忙于工作，觉得一天的时间很短。那天，他也是同样地忙工作，却觉得这一天的时间很长。他好不容易盼到了下班，真正要离开办公室时，他又觉得自己的行为有几分可笑。他好像被什么勾了魂魄似的。冷静想想，根本就没有什么人与他约会。

他像往日一样驾车回到了自己的家。妻子和女儿早已把饭菜摆上了桌。他放下公文包，就直接开始用餐。一家三口边吃饭边说笑，气氛如往日一样和谐愉快。吃完饭，女儿拿出老师出的作文题《活着是为了什么》，要求他给予辅导。他拿着作文题想了想，说："我今天晚上有公务应酬，没有时间给你讲解。还是请你妈妈给你做辅导吧。她一则比我写作水平高，二则有的是时间。"

女儿一听这话，不高兴地噘起了嘴，说："你就只知道为公家应酬，从来不管我的学习。"

妻子赶紧制止女儿的话："不许乱讲。你爸爸是政府委任的一厂之长，他不为公家的事应酬，还有谁来应酬？厂里的事再小也是大事，自家的事再大也是小事。"

柳建德向妻子投以感激的目光。

他一番精心收拾打扮，西装革履，笔直挺括，显得英俊潇洒，充满了精气神。

程玉莲赞美："看上去还真有点一厂之长的派头。"

天已断黑。柳建德拎了公文包，和妻子女儿道了声再见，便驾车离开自己的家，融入了闪烁着霓虹灯的十里长街。

大约半个小时之后，柳建德的身影出现在了市中心的情未了夜总会，他依然选择了昨晚的那个座位，依然注视着昨晚发现俏丽美女的那个方向。在他之前，已有为数不多的几个人入场，他仔细扫视了一眼，没有发现他要寻觅的目标。他要了一杯参须麦冬，很悠闲、很有品位地咬着塑料管子，往口里丝丝地吸入橙色的甜汁，目光则始终注意着入口处。

入场的人渐渐增多，有成双成对的，有三五结伴的，也有独自一人的，就像春天游上水的鱼儿不断线地涌来。柳建德的目光对每个人都要检索一遍，场子里的座位占去了大半，他还没发现自己希望出现的目标。莫非她今夜不来了？柳建德问自己，心里有一种慌慌的、惶惶的、痒痒的感觉。

突然，他两眼为之一亮，一位青春靓丽、美妙绝伦的女郎款步走进了夜总会。这正是昨天与他尽情起舞的那位柔情女子。今夜在这明亮的灯光下，她显得比昨晚更加美丽。一时间，他的心跳加剧。他怀疑是不是自己看错人了，是不是出现了幻觉，人世间哪会有如此美丽的佳人？他曾置身三亚市那个皇冠帽礼堂现场观看环球选美大赛，夺冠美女无法与眼前的这个绝代佳人媲美。他心里暗暗惊叹：美！实在太美了！这岂是凡人，明明是天仙嘛！不！天仙也没有如此美丽。

就在这时，那位女子也看到了他，于是满面春风、两眼含笑地朝他这边走了过来。柳建德掩饰住内心的兴奋，依然稳稳地坐在那里，嘴里咬着吸管，吱吱地吸着参须麦冬。当美丽女郎走到他面前时，他好像突然才看见似的，连忙欠身招呼道：

“你果真来了！请坐！请坐！”

美丽女郎莞尔一笑，优雅地落座，用俏皮的口吻说：“你也说话算数嘛！”

柳建德说：“那当然！如今是诚信社会。男子汉，大丈夫，岂能言而无信。”

美丽女郎说：“你还真有点男子汉味！”

柳建德问：“男子汉味究竟是什么味？你能给我说说吗？”

美丽女郎仰起脸，说：“这个嘛，只可意会，难以言说。不同的人，有不同的标准。”

柳建德追问：“请美女公开一下你的标准吧！”

美丽女郎说：“本小女暂时保密。”

与昨日一样，他俩先观看台上的节目表演，那个300多斤的大胖子和那个苗条女子的联手作秀，逗得台下的观众不时发出一阵阵大笑。他俩也同样笑了。

终于到了起舞的时候，柳建德和他面前的妙龄女子迫不及待地牵手步入舞池，踏着柔美的旋律，翩翩起舞。

这一夜，他俩没有间断过一支曲子，华尔兹、布鲁斯、伦巴、探戈、迪斯科，一曲接一曲，虽然身上冒出了细密的汗珠，但有无限的快感填满了每一个细胞。舞步是心灵情感的表达。他俩舞步配合默契，舞姿和谐优美。其他人都停止了跳舞，所有的目光集中在他俩身上，欣赏肢体描绘出的美妙世界。就连乐队也特别投入，不时掀起一阵阵风暴。

他俩忘情地起舞，相互越搂越紧，简直如胶似漆，无法分离。舞会结束时，他俩谁也不忍心先走，你送我一段，我送你一程，结果又不约而同地提出建议：吃夜宵。

好！吃夜宵。他俩都采纳了对方的意见。

长沙的夜市闻名全国，独一无二，所有大街小巷，布满了五花八门的夜市店和露天夜市摊，凡有店有摊的地方，都是车水马龙，人影穿梭，男男女女，呼五唤六，猜拳行令，笑声喊声，通宵达旦。附近居民深受其害。城管执法队也对此毫无办法。因为大多数业主都是下岗职工，禁止、取缔，就等于断了他们的生活来源。有关部门也逢高考前夕采取专项整治行动，但往往是城管执法队伍刚刚出发，那头的经营者就接到可靠情报，以迅雷不及掩耳之势撤离。整治行动过后，夜市摊有增无减，成了一道独特的风景线。

柳建德和美丽女郎走进五一路旁边一家“谁怕辣”夜市店，碰杯享受。

这一夜，柳建德得知这位美丽女子名叫曲智红。

从此，他俩你来我往，谁也离不开谁。

柳建德赴北海参加南亚企业家高峰论坛会，曲智红以秘书身份一同前往，报到登记虽两人各开一房，实际情形是一房冷清一房热闹。会后，两人不仅游遍了北海的银滩等风景名胜地，还乘坐一艘特殊邮轮，到越南的下隆湾、河内等地转了一圈，度过了一星期美妙的时光。一路上曲智红始终想着一个问题：要想正式过上夫妻生活，必须先摸着石头过河，大胆地试，大胆地闯，由初级阶段向高级阶段发展，这是必须走的一步。

回到长沙，他俩一刻也不想分开。柳建德在湘江东岸租了一套三室两厅的商品房，买了高档家具，两人过起了夫妻生活。对此，曲智红渐渐积累了改革家庭的经验。她酝酿着一场大的变革。一不做，二不休，该出手时就出手，到了做正牌夫妻的时候了。

她向柳建德慎重提出要求："我们结婚吧。"

柳建德却不想与曲智红结婚。他说："再等等吧！"

曲智红说："瓜熟蒂落。我们到了该结婚的时候了。"

柳建德说："我们这样不是很好吗？只要内容充实，何必讲究形式？你我天天都能在一起，这比什么都好。"

曲智红坚持："形式是为表达内容服务的，必要的形式必不可免。女人图的是名分。名不正，言不顺。眼前的日子虽然甜蜜，但总像做贼似的。"

柳建德说："再给我一点时间，让我把该处理的问题先理顺，我们再结婚不迟。"

复活死者

章昌汉得到"警坛神笔"描绘出的死者的一幅幅头像，简直如获至宝。他反复观看其五官特征，觉得与他想象中的完全吻合，那头发、那牙齿、那指甲，不差分毫，无论哪一个部位都传递出一个女子对物质享受的强烈渴望。章昌汉立即实施早已设计好的侦查方案。

他安排小虎队队员们紧急行动，分头去辖区内的几个大型商场，借用橱窗模特。他强调："把它们全部请到这里来！"

小虎队队长洪先杰不明了他的用意，问道："这些东西都是木头做的，一不会言语，二不会行动，借来何用？"

章昌汉说："你先别问，带头去落实。等会儿你就明白了。"

很快，一具具橱窗模特从辖区内的一家家大型商场，被小虎队队员们请到了刑侦大队办公室，列成了一个方阵。章昌汉数了数，共有十八具。他内心非常满意。他对小虎队队员们说："你们干得不错。但不能骄傲，还有很多工作等着你们去展开。”

章昌汉随手挑了一具橱窗模特，给其穿上从案发现场提取到的胸罩、衬衣、裙子、高跟皮鞋等，又给其戴上乌黑的长发。小虎队队员们看着他装扮好这一具橱窗模特，不禁惊讶万分。一个完整的富有生命力的年轻女子形象展现在他们面前。大家称赞道：“队长您真行！您把死者‘复活’了。”

章昌汉问：“你们果真觉得有这个效果吗？”

洪先杰等回答：“一点不假！就像真的、活的一样。”

章昌汉追问：“你们不是给我戴高帽子吧？”

洪先杰说：“队长你这话就说差了。”

章昌汉问：“怎么啦？”

洪先杰说：“你想想，我们小虎队在你的领导下工作这么多年，从来没有人对你说过阿谀奉承的话。这点你该承认吧！”

章昌汉说：“承认！承认！如今有些年轻人往上爬得快，像坐直升飞机似的，凭的就是一天到晚给领导耳朵里灌迷汤。不过你们拍我的马屁也没有用，我又没权力提拔你们做官。好了，不扯远了。我希望你们都能讲真话，把你们每个人心目中的被害女子模样描绘给我听听。”

小虎队队员们指着面前的女子模特，异口同声地说：“就是这个样子。”

章昌汉双手击掌，好像下定了最后的决心似的说：“既然你们都一致认可，我决定就这么赌一把！成败在此一举。”

说着，他打开自己的办公柜，从里面拿出事先采购好的十七套胸罩、衬衣、裙子、高跟皮鞋，分摊在洪先杰、文成浩等小虎队队员面前，用命令的口吻道：“赶快动手，把这十七具橱窗模特复活成被害人。”

小虎队队员们行动敏捷，将十七具橱窗模特装扮得一模一样，与章昌汉装扮的那一具比较，看不出一丝一毫的差异。

章昌汉对其逐一做过验收后，对小虎队队员们的下步工作做出安排。末了，他问：“你们都要讲真话，对这步棋你们是赞同，还是反对？”

洪先杰说：“我完全赞同。”

章昌汉对鲁操军等人问道：“你们呢？每个人都要表态。”

小虎队队员们齐道：“完全赞同。”

章昌汉说：“我真心希望听到不同的声音。年轻人千万不要屈服于权力。”

洪先杰说：“你又没权力提拔我们当官，我们不会屈服于你的这点权力。”他对小虎队队员们说：“别耽误时间了。赶紧分头行动吧！文成浩往北，鲁操军往南，邓向群往东，我本人往西。”

章昌汉走近洪先杰一步，加重语气道：“你要把伍家岭广场的红绿灯口子作为重中之重。”

洪先杰说：“明白！因为那里是通向上麻园岭小学的必经之路。”

章昌汉说：“每间隔二十米摆一具，连续摆六具。”

洪先杰说：“请队长放心！我一定不折不扣地落实到位。等会儿您去检查验收。”

章昌汉说：“四辆小型卡车已在外面等候你们。”

小虎队队员们将装扮好的模特一具具从刑侦大队办公室里搬上门外等候的小型卡车。洪先杰、文成浩、鲁操军、邓向群各自驾驶一辆，奔向城市的四面八方。

半个小时之后，很多有心人发现一个奇特新颖的现象：在开福区所辖的主要交通路口，站立着一个个风情万种的女子模特，向过往行人投以微微的笑意。特别是在伍家岭广场的红绿灯口子，女子模特列成整齐的队形，迎送滔滔人流、滚滚车浪，成为开福区内，准确地说应该是长沙市内一道独特的风景线。

小虎队队员们前面驾车离去，章昌汉后面驾车跟去。他暗访摆放模特的每一个交通要道口，无论是模特的摆放点、模特的朝向，还是模特与模特之间的距离，他觉得小虎队队员们的执行能力很强，没有留下令他不满意的地方。

那十八具模特摆放到位之后，十八名便衣刑警神不知鬼不觉地埋伏在模特旁边，仔细观察、监控过往车辆和行人见到模特后作出的第一反应。局外人只知道看热闹，对其中隐藏的玄机谁也不会发现。

然而，在公安内部此事一开始就掀起了一阵风浪。有人对这种做法持怀疑态度，坚决反对实施。章昌汉则坚持：一切都可以试，一切都可以闯嘛！世界上哪有现成的路，所有的路都是人走出来的。世界上所有的路也都各不相同嘛！有谁看到过完完全全相同的两条路？所有的路也都是因地因势而存在嘛！这毕竟是个开放的年代，是个创新的年代，尽管有人反对，但听了章昌汉的话，也觉得无法驳回，更不想背一个阻挡开放与创新的骂名。所以章昌汉的计划勉强得以施行。

当模特被摆上街头一个上午不见成效后，反对之声顿时迭起。

有的人挖苦：“这是干的细伢子事。靠这种办法也能破案，那还要公安局干什么？那还要刑侦大队干什么？”

有的人要求：“赶紧把模特撤下来。要不让媒体晓得了真相，向社会曝光出去，会把老百姓的牙齿笑掉，公安局的脸只能往裤裆里放。”

肖启湘局长找章昌汉谈话：“我的大队长同志！你有几分胜算？”

章昌汉对肖启湘局长说：“如果还要我继续担任刑侦大队大队长，那就得按照我的思路办案。组织上若是对我老章不放心，那就另请高明。不过，我还是不离开刑侦大队，无论谁来担任刑侦大队大队长，我老老实实听指挥。”

肖启湘局长说："你都几十岁的人了，还要小孩子脾气。如果你不当这刑侦大队大队长，那就只有我自己披挂上阵了。亏你还是经过枪林弹雨的老党员，亏你还是我的老同事，撂挑子的话竟然说得出口。"

章昌汉："我是把丑话说在前头。"

肖启湘："我的性格你也知道。"

章昌汉："爽快做事，爽快做人，用人不疑，疑人不用，不喜欢拖泥带水。"

肖启湘："没错。"

章昌汉："你不反对我的侦查思路？"

肖启湘："我不问过程，只要结果。"

章昌汉："无论我采取什么侦查办法，你都不管？"

肖启湘："对！"

章昌汉："你只要我把犯罪嫌疑人逮捕归案，你就真正满意了。"

肖启湘："没错！"

章昌汉："你不变卦？"

肖启湘："俺老肖也是当过兵打过仗的人，从来不说反悔的话。这点你还不了解？"

章昌汉："有了你的尚方宝剑，我就什么都不怕了，越发可以放心大胆地干了。肖局长你放心，我一定给你满意的结果。不然，我就提前退休，回家当专职保姆算了。"

肖启湘："不能长流水，总得有个期限。"

章昌汉不假思索，脱口而出："二十天之内。"

中年夫妻

小虎队队员文成浩隐蔽在伍家岭广场西南角，身后是滔滔湘江，面前是滚滚人浪、车流。他聚精会神地注视着从模特队列面前经过的每一辆车、每一个人所作出的反应。他反复问自己：这一招管用吗？能收到效果吗？符合侦查规律吗？他守候的时间越长，问的次数越多。他十分担心章昌汉赌的这招险棋彻底输光。他本来就被炽烈的阳光和灼热的大地夹击得浑身大汗，加上心里着急，汗珠更是溪水似的流。

恰在此时，他眼前突然出现了奇迹。

伍家岭广场熙熙攘攘的人流中，突然冲出一对中年男女，各自张开双臂，疯狂地扑向模特队列，欲将它们全部搂进怀里，嘴里发出撕心裂肺般地呼号："红红！我的红——红——呀！"

文成浩先是一惊，欲扑上前去，又迟疑了一下，以为是因心急而出现的幻觉。他定睛细看，一点不假，完完全全的真实景象。他顿时既心花怒放，又痛楚不堪。他高度克制自己的情绪，耐心在原地观察事态的发展。

中年男女离模特队列越来越近了，离他也自然更近了。看样子两人都在拼命奔跑，实际则很慢，每跨出一步都极其艰难，踉踉跄跄，歪歪斜斜，嘴里的喊声一阵紧似一阵："红红呀！我的红红呀！你为何不回家呀！"

哭声，引来了很多过路人驻足观看。

文成浩快速上去，拨开人群，走到哭得泪人似的中年男女面前，用关心的语气说："二位别哭了。这里太阳大，地面温度高，请随我去凉爽的地方说话吧！"

中年男女问："你是什么人？"

文成浩毫不迟疑地回答："我是你家红红的朋友！"

中年男女问："红红她现在是活着，还是死了？"

文成浩说："二位随我去了就会知道的。"

派遣模特上阵收到的侦查效果尽管在章昌汉的安排之中，但当奇迹出现时，章昌汉仍感到几分意外、几分惊喜。他心里暗暗感谢"警坛神笔"的神来之笔，还原了被害人，"复活"了被害人，使得中年男女看见模特就如同看见了自己的女儿。中年男子叫曲凡刚，中年女子叫胥梅影，他俩口口声声呼唤的"红红"，就是他们的亲生骨肉曲智红，今年22岁，像模特一样美貌惊人。做父母亲的已有几天时间没见到自己的宝贝女儿了，开头两天不见，只是盼望，越到后来则越心焦，生怕女儿在外面有什么不测。谁能想到，他们的担心、害怕、惶恐，不是多余，而是事实。他俩从章昌汉嘴里得知女儿被害的消息后，一次次死去活来，一次次昏厥不醒。章昌汉尽一切能力，照料、服侍、温暖这对可怜的夫妻，饱含爱憎的泪水一直浸润他的双眼。

此时，曲凡刚、胥梅影几乎泪水流尽，而心中的恨则不断地加深。他俩拉着章昌汉的手，强烈要求："警察兄弟！您一定要秉公执法，严惩杀人凶手，替我女儿报仇。"

章昌汉说："要想尽快抓到凶手，必须请二位与我们密切配合。"

章昌汉铺开纸，摆好笔，开始了与曲凡刚、胥梅影的正式谈话。他从他俩嘴里了解到，他们都是下岗职工，与章昌汉有着几乎相同的经历，下放，进城，进厂当工人。工厂不景气，买断，下岗，享受最低生活保障金，日子艰难，只得四处打零工，贴补家用。章昌汉一边记录，一边情不自禁地流下泪水。他想：上苍太不公平，这夫妻俩的生活本来就够苦的了，人到中年又失去了爱女，更是黄花菜煮黄连。这越发激起了他早日破案、严惩凶手的决心。

章昌汉抹了抹泪水，问道："平日里智红经常与哪些人接触？"

曲凡刚："小学同学孟立婷、中学同学狄雅兰。"

章昌汉："都是女同学？"

曲凡刚点头。

章昌汉："除了同学，有没有别的男人与她往来？"

胥梅影："她曾经谈过两个对象。最终都没有谈成。"

章昌汉又问："智红是每晚都回家住，还是有在外留宿不归的时候？"

曲凡刚："有。近两年回家住的时候越来越少了。"

胥梅影："她曾跟我说她在外面买了房子，我不相信，因为我知道她没有钱。如今房价高得吓人，她没有固定收入，要买房子等于是做梦。我不相信她的话。她说到时候装修好了，接我们去看。"

章昌汉听了为之一振，追问："房子在什么地方？"

曲凡刚："因为我们根本不相信她有能力买房子，所以我们从来就没有提过要去看她的房子。"

章昌汉："她没有对你们说过房子的所在位置吗？"

胥梅影："我们不问。"

曲凡刚："她也不讲。"

……

章昌汉："谢谢二位对我们工作的支持。今天谈的这些很有价值，如有别的人问起，你们不要讲，想办法应付过去就行了。"

曲凡刚点头："好。"

胥梅影点头："记住了。"

黑色奥迪

章昌汉送走曲凡刚、胥梅影夫妇，返身回到刑侦大队办公室，不待落座，对讲机响起："老鹰！啄木鸟有重要情况报告。"

他向对讲机那头问道："是不是狐狸出洞了？"

洪先杰回答："一辆黑色奥迪小车驶过上麻园岭小学门口，当看见竖立在学校门前的一排模特时，立刻作出强烈反应。"

章昌汉："你不是神经过敏吧？"

洪先杰："我看得千真万确。黑色奥迪差点儿撞到模特身上。整个车子就像喝醉酒的人似的，左摇右晃，接着紧急刹车，发出古怪难听的尖叫声。"

章昌汉："也许是车子真的出了毛病。"

洪先杰："疑点就在这里。黑色奥迪紧急刹车后，掉转车头，加大油门，绝尘而去。"

章昌汉："你记下车牌号码了吗？"

洪先杰："这又是一个疑点。"

章昌汉："什么意思？"

洪先杰："这辆黑色奥迪没挂车牌。"

章昌汉："你记住它的特征没有？"

洪先杰："它与平时看到的那些黑色奥迪一模一样，看不出半点异样的特征。"

章昌汉："看清驾车人的模样了吗？"

洪先杰："隔着茶色玻璃窗，无法看清驾车人的五官，不过依稀觉得驾车人的脑袋好像很大，与一般人的脑袋比起来，要大蛮多。"

章昌汉："说具体点，他的脑袋到底比常人的大多少？"

洪先杰："是个圆脑袋。究竟有多大，那可说不准。"

章昌汉与洪先杰对完话，心想：这黑色奥迪肯定有鬼，不然不会掉头而去。可惜没有捕捉到它的任何特征。车海茫茫，到哪里去寻找那辆黑色奥迪？

章昌汉对洪先杰命令："你赶快驾车去追。"

洪先杰："我追了一段，没有追上，已经失去目标。"

章昌汉："废话。继续寻找。"

洪先杰知道自己的言行惹得"铁汉"不快，不敢再答话，驾车朝黑色奥迪逃跑的方向追去。

这时，章昌汉手中的对讲机又发出鸣叫："老鹰！老鹰！喜鹊发现重要情况。"

章昌汉："我是老鹰。喜鹊请讲。"

小虎队队员鲁操军报告：他按照事先分工，隐蔽在开福寺路口的几具模特背后，负责观察南来北往的车辆和行人对其作出的反应。他发现一辆无牌黑色奥迪经过模特队列时，突然加大油门，呼啸着冲了过去。他觉得黑色奥迪表现不对劲，于是开车追赶，由于路面上车流量大，黑色奥迪速度快，他没有追上。

章昌汉给自己也下了命令：火速赶往伍家岭广场。黑色奥迪极有可能从那里经过。他要亲眼观察黑色奥迪面对广场两侧排列的八具模特时，会作出何种反应。

章昌汉钻进桑塔纳。他刚发车，对讲机蜂鸣般响起："老鹰！老鹰！我是燕子。我有情况报告。"

章昌汉边开车边回答："我是老鹰！燕子请讲。"

守候在湘雅路口的小虎队队员邓向群向他报告的内容与洪先杰、鲁操军所报告的基本相同。也是一辆黑色奥迪，也是从模特面前经过时表现诡异，速度特别快，差点儿把路边的一具模特撞倒在地。

章昌汉追问：“除了这些，还有新的情况吗?”

邓向群：“一辆大巴挡在了我前面。当我超出大巴，再追，黑色奥迪已无影无踪。”

章昌汉：“别说了。你赶快向伍家岭广场靠近。”

此时他坚信黑色奥迪一定会从伍家岭广场经过。什么理由，他也说不清，他就是有这种感觉。他稳稳当当地操作方向盘，驾驶桑塔纳，穿越奔腾不息的车流，朝伍家岭广场飞驰而去。

桑塔纳距离伍家岭广场还有一百多米，章昌汉隐约看见一辆未挂牌照的黑色奥迪驶了过来，与模特队列的距离渐渐近了，更近了，快要接近时，突然紧急刹车。后面的车辆也跟着紧急踩刹，发出一阵“嗞嗞”的尖叫，有的司机打开车窗，朝黑色奥迪表示愤怒。章昌汉的桑塔纳与黑色奥迪隔着一道中间护栏。他紧急停车，打算钻出车门，越过护栏，飞身扑向黑色奥迪。可本欲掉转车头的黑色奥迪，却没有掉头，而是向右打了一把方向盘，加大油门，朝正前方向，一溜烟儿驶去。

章昌汉驾车追赶，同时指挥小虎队队员们上去拦截。然而，桑塔纳追奥迪，如同乌龟追兔子，本身车速就无法跟上，加之桑塔纳需要从前面的红绿灯口子掉头，已花去了两分钟时间，任凭章昌汉脚下的油门加大到极限，也只能眼睁睁看着黑色奥迪从自己的视线中消失。

他通过车载电台报告开福区公安分局指挥中心，要求交警、巡警、特警、治安警、户籍警等配合一体，紧急出动，拦截黑色奥迪。

正在指挥中心代班的肖启湘局长完全采纳他的意见，同时，向市公安局指挥中心报告了开福区内发生的情况，建议全市各警种配合查验无牌黑色奥迪。

霎时间，一张大网在全市撒开。

然而，那辆无牌黑色奥迪像是突然从地上蒸发了，每条路上、每个角落，都没有发现它的影子。

借酒解难

黑色奥迪停放在刑侦大队办公楼前。

洪先杰走过来，绕车前车后仔细观察，然后，不声不响地离开。

隔不了几分钟，文成浩来到了黑色奥迪前，车头车尾，车窗车门，反复看了又看，最后，他钻进驾驶座，从车内往车外观看。

文成浩刚走，鲁操军来了。

鲁操军刚走，邓向群来了。

接着，小虎队四位女侦查员陈纯丽、李鸣乐、段斯谊、洛乔莎，一个接一个地来，一个接一个地看，一个接一个地去。

小虎队队员们是在执行章昌汉交给的侦查任务：辨认挂湘 0-00XZ 的黑色奥迪，究竟是不是在上麻园岭小学门前、伍家岭广场等处见了模特队列作出异常反应、迅疾逃离的那辆无牌照黑色奥迪。

参与辨认的八名小虎队队员，相继回到刑侦大队会议室，其中有七名小虎队队员向章昌汉作出的汇报大体一致：

有几分像，有几分不像。不能完全肯定，也不能完全否定。

唯有邓向群的看法不一样：此黑色奥迪，就是彼黑色奥迪。

章昌汉看了看每个小虎队队员一眼，对邓向群，他没有表扬，对洪先杰等七个人他没有责怪，因为他也在伍家岭广场见到了那辆无牌照逃逸的黑色奥迪，现在拿其与柳建德的湘 0-00XZ 黑色奥迪比较，他同样无法作出肯定，或者否定的结论。

鲁操军毕竟是急性子，心里有话憋不住。他说："队长你想想，柳建德可是高官呀！"

文成浩："你与他是生死之交，对他的人品、德行，你是最了解的。"

邓向群："有句俗话说得好，画虎画皮难画骨，知人知面不知心。"

陈纯丽："那也是。这如今的官越大，越好色。你看看周围的人，有几个不是这样的？"

段斯谊："话题别扯远了，只说 1 号案子的事。"

……

此时，章昌汉静静地听着，脸上毫无表情。

洪先杰赶紧朝队友们使了使眼色，说："大家不要急，都仔细想想，觉得有了成熟的看法再向队长汇报。"

会议室里寂静无声。灯光和空气都好像凝固了似的。

章昌汉看了一眼墙上的时钟，站起身，说："时间不早了。大家忙了一天，辛苦了，都回家休息吧！"

邓向群："不得出结论，不能回家休息。"

章昌汉："疲劳战解决不了问题。相反，只有养精蓄锐，才能确保大脑的高效运转。是留下，是回家，自己选择。反正我回家了。"

小虎队队员们极不情愿地离去。

章昌汉回到家里，闷声不语，倒头便睡。胡旭英像平时一样，听到他回家的脚步声，第一件事就是给他冲上一杯五峰山绿茶，递到他手上。她在客厅没有见到他，便端着一杯茶追进了卧室，心想这家伙肯定多喝了一杯，不然不会进门就睡。然而她没闻到一丝酒气。她猜到了八九分，肯定是因为案子没破，挨了领导的批评，有火没地方发泄，只好回家生闷气。

她走到床前，推了丈夫一把，问道："回家不理人。我什么事得罪了你？"

章昌汉："成事不足，败事有余。"

胡旭英："你说谁？"

章昌汉："我。"

胡旭英："什么意思？"

章昌汉从床上坐起，接过妻子手里的茶，连喝了几口，摇了摇头。

胡旭英："难道我泡的茶不好喝？"

章昌汉："不是你泡的茶不好喝，是我的命不好。"

胡旭英："你今天到底怎么啦？"

章昌汉一五一十说了查案的全部经过。最后说："我还从来没遇到过这么难办的人命案。我简直到了山穷水尽的地步，不知道下一步该怎么办。"

胡旭英："光着急没有用。"

章昌汉："那你说怎么办？"

胡旭英从酒柜里取出一瓶老渡口白酒，道："来。我陪你喝几杯，你就有办法了。"

章昌汉："你想用酒激发我的灵感？"

胡旭英："我太了解你了。"

说着，她利索地往餐桌摆上花生米、牛肉干、火焙鱼、酸萝卜条。然后面对面放好两只青花瓷小酒杯，小心翼翼地往杯里斟满酒。

胡旭英："还愣着干什么？来呀！喝酒呀！"

章昌汉："知我者，老婆也。"

说着，他举起酒杯，伸到胡旭英面前，两人手里的酒杯轻轻碰了一下。

"来！干杯！"

"干杯！"

夫妻两人推杯换盏，一杯过来，一杯过去，很快将一瓶老渡口白酒消灭得一干二净。餐桌上的凉菜却只减少了一点点。

胡旭英："再来一瓶？"

章昌汉："不行！不行！我不是你的对手。"

胡旭英："喝好不喝醉。让你喝醉了，就等于给你放假了。"

章昌汉："一点不错。今夜不能放假。"

说着，他走进卧室，对胡旭英说："今夜委屈你睡客厅，让我独自好好睡一觉。"

胡旭英："你不是睡。"

章昌汉："晚上不睡还能干什么？"

胡旭英："你今夜不想出新的主意，你明天干什么？你的小虎队队员们干什么？"

章昌汉："知我者，堂客也。我这脑子里很乱，我的确要安静地想一想。请求老婆你支持。"

胡旭英："你别在我面前油嘴滑舌！你把门关了吧。我不打扰你。到明日一早，你一定能想出好办法。"

章昌汉："你真的批准我关门睡觉？"

胡旭英："如今女人说话同样一言九鼎，决不反悔。"

章昌汉果然关紧了房门，把胡旭英一个人留在了客厅里。他推开南面的两扇窗户，大口喷着酒气，任悠悠凉爽的风抚摸自己的脸颊、胸膛和全身。他感觉自己的大脑特别清醒灵活。他反复问自己：柳建德到底值不值得怀疑？就这个问题，他想了整整一夜。时而肯定，时而否定。他脑子里像播放长篇电视连续剧似的，自他与柳建德第一次相识，到几十年后的今天，两人所经历的桩桩件件，一幕幕地回放。大约凌晨四点，他迷迷糊糊地睡去，梦中他继续在想，对柳建德是怀疑，还是不怀疑？他要回答自己，觉得比什么都难。

天亮了。章昌汉一觉睡醒，精神抖擞，思维敏捷，对昨夜思考的问题已成竹在胸。他走出卧室。

胡旭英笑嘻嘻地对他说道："我敢肯定，那瓶老渡口白酒没有白喝。"

章昌汉："你怎么知道？"

胡旭英："因为我没有听到雷声。"

章昌汉："难道我昨夜没打鼾？"

胡旭英："难道你睁着眼睛也打鼾？"

章昌汉："我真的睡了呀！"

胡旭英："你睡了也好，没睡也好，反正没人追究你的责任。只是你今天的破案工作如果还没有新的进展，恐怕肖局长就会找你谈话。刑侦大队的精细化考评会被扣分。"

章昌汉："老婆你放心。多谢你昨天的那瓶老渡口白酒，喝了那东西就是不一样，灵感一下就来了。"

他拿出手机，按下号码。

胡旭英："这么早，别人还没有起床咧。"

章昌汉："他每天都起得早。从来不睡早床。"

胡旭英："谁？"

章昌汉："柳建德。"

他昨天正面侦查柳建德的目的没有达到，今天他想继续。他打算邀柳建德一起，开上黑色奥迪车，把分布于伍家岭广场等各个路口的十八具模特收回来，以进一步观察柳建德与"曲智红"面对面时作出的反应。这时，电话通了。章昌汉对柳建德说要把黑色奥迪还给他，并且还有要事邀请他共同去办。

章昌汉："我马上开车来接你。"

柳建德："对不起。我不在长沙。"

章昌汉："你跑哪里去了?"

柳建德："海南。"

章昌汉："你不是骗我吧?"

柳建德："我敢骗你，除非我不想在长沙立足了。"

章昌汉："你别讲得那么好听。几时回来?"

柳建德："短则两三日，长则七八天。"

章昌汉："你不是那种做事没定数的人。"

柳建德："你知道啦！昨天工业厅领导和程副省长要我去，就是把来海南洽谈业务的任务交给我。我完全不属于自己，时刻被别人牵着鼻子走，掌握不了半点主动权。这样吧，一旦确定了回去的日子，我提前打电话给你。"

章昌汉："好吧！祝你一切顺利，早日凯旋。"

合了手机，章昌汉心想，柳建德为什么此时去海南?他平时出差，总会事先给他打个招呼，这次为什么一反常态?他是不是察觉到公安对他产生了怀疑，有意逃避?如果真是如此，他该如何应对?

乔装打扮

银鹰从长沙黄花国际机场升空，载着文成浩、邓向群、陈纯丽、李鸣乐等200多名旅客，飞越南国上空，飞过琼州海峡，飞抵海口机场。他们与其他旅客一样，乘坐空港大客车，进入海口市。他们在市中心下车，然后步行几百米，进入海南老渡口国际大酒店，向总台服务员出示个人有效证件，办理下榻手续。他们提出要求：非19楼17号、19号那两个标准间不住。总台服务员朝他们打量了几眼，热情地说：

"放心吧！早已接到上头的通知，提前给你们预备好了。"

他们乘电梯上到19楼，进入房间前，都不约而同地盯了一眼对面的18号套房。他们跟踪的对象就住在里面。

他们一起进入19号房间，做的第一件事就是分工组合。按照章昌汉的安排，他们要乔装打扮成两对夫妻，以便轮番跟踪柳建德，确保不被他发现。

四个人如何分工组合？从长沙出发前，文成浩就开始考虑这件事。他感到有点棘手。他曾向章昌汉提出要求，请他做出明确安排。章昌汉没有给他满意的答复：“你是领队你做主，我不给你当拐棍。”

飞往海口的航班上，文成浩根据四个人的特长、性格，当然还有年龄、相貌，做出了配对。

此时已在宾馆安顿下来，马上要进入跟踪侦查了。文成浩必须宣布四个人的分工组合。可他话到嘴边，却缺乏勇气说出口。

他看了看三个同伴，用征求意见的口气说道：“现在有件十分重要的事情，必须与大家商量一下。”

邓向群、陈纯丽、李鸣乐：“什么事？你说吧！”

文成浩：“我们四个人如何组合分工，才能确保侦查效果最大化，请大家发表意见。”

邓向群、陈纯丽、李鸣乐相互看了一眼，都不吭声了。

文成浩：“我看采取自愿报名的方式，谁愿意跟谁组合，自己提出。你们看行吗？”

邓向群、陈纯丽、李鸣乐还是不吭声。

文成浩：“行是不行？你们不能当哑巴，都得说话呀！”

陈纯丽：“那你先说，你愿意与谁组合？”

文成浩：“这个嘛，我心里想法是有的，但不知合不合大家的意。”

陈纯丽：“吞吞吐吐干什么？男子汉做事，就是要爽快利索。”

文成浩：“我愿意……我愿意……”

陈纯丽：“你到底愿意与谁嘛？”

文成浩避开陈纯丽的眼光，下了很大决心似的说：“我愿意与李鸣乐组合。”

陈纯丽双脚一顿，追问：“为什么？”

文成浩：“这还要问理由吗？”

陈纯丽：“当然啦！万事都得有个理由嘛！”

文成浩对邓向群、李鸣乐问道：“你俩认为要说理由吗？”

邓向群：“说就说呗。这是工作，又不是别的，有什么关系。”

李鸣乐：“我赞成向群的意见。”

文成浩：“那我就直说了啊！李鸣乐性格温和，善解人意，好合作共事。可不知李鸣乐愿意不愿意与我组合。”

李鸣乐：“我当然愿意。”

陈纯丽生气地说：“照你这么说，我性格粗暴，自私自利，不好合作共事啰？”

文成浩：“这是你自己说的，我可没有这么说哟！”

邓向群："算了。你别生气了。我愿意与你组合。这该行了啵？"

陈纯丽："不行！"

邓向群："为什么？"

陈纯丽："你爱顶嘴，不服从我的指挥。"

文成浩、李鸣乐侧转身，偷偷地抿嘴笑了。

邓向群："你这人就是个性强。"

陈纯丽："看看！还没开始，你就与我唱反调了。"

邓向群："我向你保证，从今以后，我服从你的指挥，决不与你唱反调。这总该行了吧？"

文成浩、李鸣乐劝道："你就依了他吧！"

陈纯丽："我俩的事，用不着你俩来管。"

说着，她伸手挽住了邓向群的胳膊，用命令似的口气说："别站着了。我们快走！"

文成浩："你们要去哪里？"

陈纯丽："你难道忘记了我们来海南的任务？"

文成浩："别的都可能忘，但任务不会忘。你俩要去哪里？"

陈纯丽："五公祠。"

李鸣乐拉着文成浩，说："我俩也去吧！"

邓向群："不能同时都去，总得有先有后。"

李鸣乐："你俩留下来，让我俩先去。"

陈纯丽："不行！坚决不行！"

李鸣乐："为什么？"

陈纯丽："不能什么都依了你俩的。我和邓向群先去跟踪，你俩随后接替。"

说着，她一把拖了邓向群，就往门外走。

文成浩摇摇头，显得毫无办法。他对李鸣乐说："你我毕竟比他俩年长一点，就讲点风格，依了吧！"

邓向群、陈纯丽乘电梯下到一楼，站在酒店门口等候出租车。陈纯丽满腹委屈还没有消散，她悄声对邓向群说："他文成浩嫌我丑，我还嫌他黑咧。"

邓向群："这只是侦查需要而已，你别当回事。"

陈纯丽："你这个人就是老实，其实是他俩早有预谋。他俩看不起我俩，我俩要争气，要做出比他俩更大的成绩。"

邓向群："好。我听你的。"

陈纯丽："你要主动与我配合。千万不能让我们跟踪的对象看出破绽，引起怀疑。"

邓向群脸上放光，信心十足，道：“没问题。”

他俩上了出租车，直奔五公祠。海风吹进车内，舒爽而惬意。

邓向群感慨地说：“海南真是个好地方。”

出租车司机附和：“你俩选择到这里度蜜月，一点都没有错。生下的小宝宝，会加倍的漂亮聪明。”

陈纯丽脸红：“你说什么呀?”

邓向群则说：“师傅您说得对。我们就是希望生一个特别优秀的小宝宝，才特意选择来海南度蜜月的。”

他拉了拉陈纯丽的手，一语双关地说：“我们要的就是这个效果。”

陈纯丽开心地笑了，说：“愿借师傅吉言，一切顺利。”

说话间，出租车已将大街小巷抛在了身后，驶到了五公祠前。出租车司机一边打表收费，一边建议：“你们要虔诚地下跪。这里的五公很灵，肯定会保佑你们。”

邓向群、陈纯丽接过出租车发票，向司机道了感谢，便朝五公祠里面走。

他俩手挽手，佯装参观、拍照，两双眼睛则放出与众不同的光，始终在熙熙攘攘的人群中搜寻目标。可他俩游遍了整座五公祠，却没有发现柳建德的影子。他俩难免感到奇怪。

陈纯丽：“难道高科技手段提供的情报信息也会出错?”

邓向群：“这里人太多，可能是我们看走了眼。再仔细搜搜。”

他俩故作轻松，嘻嘻哈哈地一路走一路看，很快对五公祠里里外外寻找了一遍，还是没有发现要找寻的目标。

陈纯丽悄声说：“出师就遇了难题，看来这次跟踪不会顺利。”

邓向群：“别急，这里头必有原因。”

陈纯丽：“是不是他已经离开了五公祠?”

邓向群：“我刚才与文成浩联系过了，他说得很肯定，情报没有变，跟踪对象仍然在这里。”

陈纯丽：“这真是奇怪呀！高科技手段，不会出错呀！这里头是什么原因呢?”

邓向群：“不管三七二十一，我们再仔细找找。”

陈纯丽：“他不在这里也好。”

邓向群：“为什么?”

陈纯丽：“这五公祠本是为纪念历史上五位刚直不阿、无私无畏、为民谋利的官员所建，他一个贪官、一个杀人凶手，游览这五公祠，岂不把这神圣之地给玷污了?”

邓向群：“我发现如今的贪官有一个共同点。逢庙就烧香，遇佛就磕头，见了和尚就喊阿弥陀佛。哪座山上香火旺，就往哪里跑，每到大年初一还不远千里万里专程赶去求第一炷香，抽第一支签，祈求平安与幸福。”

陈纯丽：“该倒台的还是倒台了，没倒台的也只是暂时的。就像柳建德到海南首选五公祠下跪，目的也是祈求五公保佑他平安渡过这一关。你说这可能吗？正义之神岂会保佑贪官污吏、杀人凶手？你再去男厕所里头找找，看他是不是躲在那里头不出来。”

邓向群走进男厕所，该找的地方，能找的地方，全都找遍了，没有发现目标。接下来，他俩又一次找遍了五公祠里里外外所有的地方，还是没有找到跟踪的对象。

这时，文成浩发来暗号，提醒他俩是不是哪里露出了破绽，被柳建德发现，反而被他反跟踪了。他安慰他俩不要着急，采取稳妥的办法撤退，他和李鸣乐立马赶过来，接替他俩侦查。

邓向群看着陈纯丽，眼里流露出的意思很明白：你不是要我服从你的指挥吗？你说下一步该怎么办？

陈纯丽果敢地给文成浩回了暗号：不能撤退。不能接替。一切按原计划办。还有半个小时，才到接替时间。一分钟不到，不作接替。

她咬牙对邓向群说：“我就不信找不到目标。”

就在这时，她两眼为之一亮。

椰风包厢

柳建德本想去椰林，重走他与她曾经一同走过的路，但他没有去的勇气。他在海口近郊的渔港特色酒家自斟自饮之后，带着几分醉意，进入了市区。

海口之夜，灯红酒绿，歌舞升平。

出租车搭载着柳建德，红灯停，绿灯行，驶向海南老渡口国际大酒店。出租车司机几次想与身边大款模样的客人搭话，可对方根本不接腔，两眼老是盯着车窗外，观赏着城市的夜景。

柳建德看的并不是夜景，而是始终浮现在夜景中的一位年轻美女。他连眼睛都不愿眨一下，只想多看看这位美女。

邓向群、陈纯丽一刻也没有放松对柳建德的跟踪。每跟踪一段，他俩就改变一次自己的面貌，以防止被柳建德发现。

此时，他俩跟踪进了海南老渡口国际大酒店，终于轻松地吐了一口气。他俩以为柳建德会进入 1918 套房休息。那样，苦苦跟踪了大半天的他俩也可以分别回到 1917、1919 号房，舒展舒展筋骨，美美地睡上一觉。

然而，柳建德进入电梯后没有按下 19，而是按下了 3。

电梯内的楼层提示告诉邓向群、陈纯丽，3 层东是夜总会，3 层西是洗浴按摩。二人传递了一个眼神，那意思是说柳建德到底向东，还是向西？

柳建德跨出电梯，左转，向西。

邓向群、陈纯丽随即跟出电梯，他俩一个向东，一个向西，这样一分为二，目的是不引起柳建德的怀疑。

柳建德径直向西。

整条走廊里人来人往，男男女女，接踵擦肩。

邓向群夹在其中，不显山不露水。他举起手机，与对方谈笑自如，眼睛的余光始终盯着柳建德。其实，根本没有人与他通电话。

陈纯丽一边款款向东移步，一边暗暗给文成浩、李鸣乐传递信息，让他俩了解这里的情况。

柳建德步入洗浴按摩中心大厅，两位漂亮的迎宾小姐一左一右向他伸出了手。

柳建德却未理会，一句话不说，回头就走。

两位漂亮姑娘冲他背影撇了撇嘴："神经病！灌多了！"

邓向群不能转身，只能硬着头皮往前走。

柳建德与邓向群面对面相遇。邓向群心里多少有点紧张，担心被柳建德看出破绽。柳建德只瞥了邓向群一眼，他做梦也不会想到这个一身客家装束的男子，就是曾经与他在五公祠前合影的人。

邓向群继续朝着洗浴按摩中心大堂里头走去。

两位漂亮姑娘像见了财神爷似的风一般朝他迎了上来。

邓向群不得不笑脸应对。

柳建德走出洗浴按摩中心，从西向东而去。

陈纯丽暗中监视着他的一切行动。她只是担心，邓向群如何摆脱两位迎宾小姐的热情迎接。她心想：不掏点钱恐怕是不行的。

柳建德走进夜总会大厅，数十名袒胸露肩的年轻美貌女子，依次列成两行，笑容可掬地向他发出招呼："欢迎光临！"

柳建德很有风度地向众女子挥了挥手。

一位少妇妈咪迎着他问道："先生您有多少位？"

柳建德伸出一根手指头，并道："椰风包厢。"

少妇妈咪："已经有人订过椰风包厢了。"

柳建德："不行！我就要椰风包厢。"

少妇妈咪："我想办法给您调一调吧。"

柳建德："让你费心了。谢谢！"

少妇妈咪引路，把他带进了“椰风包厢”。紧接着，少妇妈咪从大堂中的数十名美女中挑了八位，带进“椰风包厢”，要她们在柳建德面前列成一队。

八位美女面向柳建德，每个人脸上都写满了笑容。

少妇妈咪：“老板您看看，本店最漂亮的美女都来了。您挑吧！您喜欢的全都留下来。”

柳建德看也没看一眼，摇了摇手。

少妇妈咪：“先生！这可是我手头最靓丽的美眉咧！难道一个都不中意？”

柳建德：“不是不中意，而是我不需要。”

少妇妈咪：“为什么？”

柳建德：“我有人陪。”

少妇妈咪哦了一声：“您别的方面需要什么吗？”

柳建德：“一杯乌龙，一杯椰汁，一瓶法国红。”

少妇妈咪一一记在账单上。

柳建德：“果盘，记好，只要哈密瓜、火龙果、红提，别的都不要。”

少妇妈咪：“西瓜解酒，先生不来点？”

柳建德：“西瓜不是她的最爱。不要。”

少妇妈咪：“先生心细，体贴人。那位妹妹真是好福气。还需要什么吗？”

柳建德：“两支红蜡烛。”

少妇妈咪：“我懂了，您是纪念一个有特殊意义的日子。我见过的男人很多，像您这样懂情调的却少之又少。”

柳建德：“先把这些拿上来吧。”

少妇妈咪：“请稍等。”

柳建德站起身，环顾包厢里的所有设施，眼里流露出深深的眷恋之情。他右手操起话筒，做出左手揽住别人腰肢，共同放声高歌的姿态，那样子如痴如醉。

这一切，陈纯丽、邓向群在暗中看得清清楚楚。他俩耳语：

“他好像约了人。”

“他心事很重。”

“情绪起伏不定。”

“乘此机会与他零距离接触，向他发起心理战，也许有重大收获。”

陈纯丽：“要得。你留在这里监视。我上楼向文成浩报告我俩的看法，听凭他的决断。”

邓向群：“快去快回。”

两支红烛

这家夜总会很是热闹。所有大小包厢内的人们都在最大限度地释放浑身的热量，引项放歌，旋转起舞，缠绵厮磨，豪拥狂吻，把成年男女间的那点情感发挥得淋漓尽致。

唯独柳建德所在的椰风包厢与众不同，没有音响，没有高歌，没有舞蹈，也没有男女出入，显得寂静无声。

柳建德痴痴地望着茶几上摆放的果盘、椰汁、红葡萄酒，渐渐地眼里流出了两行泪水，他没有擦拭，任泪珠往下滑。他拿起两支红蜡烛，慢慢点燃一支，插在果盘前，再慢慢点燃另一支，与前一支并排插立。烛光渐渐升高，光圈渐渐放大，映照出他那张因痛苦而有几分变形的脸，也把他的身影投射到墙壁上，如同浮在水面的一条蛇。整个椰风包厢一半朦胧一半模糊。

柳建德斟满两杯法国红葡萄酒，他端起一杯，与茶几上的另一杯轻轻碰触了一下，喃喃自语："来吧！干杯！"

他仰起脖子，一饮而尽，接着自斟自饮，连干了三杯。酒虽一杯比一杯喝得干净，表情却一杯比一杯痛苦。

他放下酒杯，双手捧头，重重地叹息了一声，任泪水从指间往下滑落。

这时，包厢门被有节奏地轻轻敲响。

柳建德仿佛从梦中惊醒，一把抹干泪水，嘴里回应："谁？"

"我。"

包厢门旋即被推开一半，一位时尚女郎探进大半个身子，很有礼貌地招呼："先生！不好意思打扰您。我很想进到这个包厢看一眼，如能得到您的同意，我将万分感谢。"

柳建德听这声音好甜美、好柔软、好有磁性，宛若山间的温泉撞击着他的耳膜。他本不想理睬，因为他知道这是三陪小姐惯用的公关手段，但他还是经不起这番诱惑，不由得抬起了头，朝女郎投去捕猎似的一瞥，没想到他投出的目光竟直直地盯在那里难以收回。他内心怦怦跳动，禁不住暗暗惊叹，这是人间美女吗？他被这女子的超凡美丽深深吸引，但他克制着没有露于外表，他毕竟是见过世面的人，经验告诉他该如何分寸有度地应对。他嘴里淡淡地说："我不明白美女你的意思。"

时尚美女越发走近了他，说："我今天不远千里飞抵海口，是专门为订这个包厢而来的，没想到您捷足先登了。我既然花这么大的工夫来了，我总得进这个包厢看一看，以慰藉一下我的心灵。"

说着，时尚美女已经走进了椰风包厢。

时尚美女："此时此刻，走进椰风包厢，我真不知道用怎样的语言表达我的心情。反正我心里激动得如同大海的波涛，我简直要窒息了。"

柳建德早已有了留住她的打算，他虽暂时还无法判断这女子属于何种层面，但从其气质、装束、举止、言谈足以认定，绝对不是一般的三陪女，很可能是个研究生，起码是个本科生，且出道有些时日了，不然不会如此收放自如，纵擒有度。天上掉下来的美女，他不能让她走了。至少得让她陪自己聊聊天，打发一下这寂寞的时光。他内心恨不得一下将其猎捕到手，但他的语气则依然很平淡："美女你别急，有话慢慢说。"

时尚美女绕椰风包厢走了一圈，手抚胸口，说："今天这个日子，今天这个包厢，在我生命中的意义太重大了。由于航班延误的原因，我今天落后于您，未能像往年一样订到这个包厢，享受这个包厢，但我必须得在今天，零距离地亲近一下这个包厢。不然的话，我的心会长时间地感到失落与不安。谢谢您的大度，给了我此时此刻亲近这个包厢的机会。我对您感激不尽。"

柳建德："尽管你说得激情澎湃，但我还是没听懂你话里的意思。跟你比起来，我是不是太笨拙了？"

时尚美女："你这是善意地对我提出批评。我的确在语言表达方面存在很大的缺陷。"

柳建德指指身边："你既然进来了，也就不用客气了，来，坐下好好说。"

时尚美女："多谢了。我不能坐，那样会给您带来影响。我在今天这个特别有意义的日子里已经走进了椰风包厢，我虽然不能在这里享受它一个夜晚，但同样收到了纪念意义。我应该走了。谢谢！拜拜！"

说着，时尚美女潇洒地向柳建德伸出了嫩白浑圆的手臂。

柳建德也潇洒地作出回应，紧握住了她的手，顿时他只觉得一股热流涌向了他的大脑。他说："你不能就这么走了吧。人都有颗好奇心。我十分迫切地想听你说出你与椰风包厢的全部真情。你如果丢下悬念走了，那是对我的折磨。"

他把时尚美女拉到身边，示意并排坐下。

时尚美女半推半就。他俩肩挨着肩，坐在了一起。

柳建德："美女你慷慨大方一点，别卖关子了，赶快把悬念给我解开。"

时尚美女："先生您真的想听？"

柳建德："谁敢在大美女面前说假话？"

时尚美女停顿下来，看了柳建德一眼。

柳建德："快说吧。我一心一意听着呢。"

时尚美女："对于我来说，今天是个非常非常特别的日子。今天的阴历和阳历，是我生日的双日合一，像这样的吻合，在我生命中 19 年才能盼来一天。您说今天这日子对我来说重要吗？”

柳建德：“重要，当然重要。但这与椰风包厢有什么关系呢？”

时尚美女：“五年前的今夜，我与他在这里相遇，然后迅速发展到相知相爱。两人的那种心灵碰撞和沟通，简直像神话一般，难以令人置信，但千真万确地发生了，不容置疑地成真了。为了纪念这个日子，为了纪念这个包厢，我每年的今天，都会放下手中所有的事情，乘坐飞机，来到海南，回到椰风包厢，美美地享受一晚，让情感彻底释放，让心灵完全放飞。”

柳建德：“那你为什么没和你的他一起来？”

时尚美女听了这话突然低头不语。

柳建德：“你的他为什么没来？”

时尚美女双手捂脸，半晌沉吟。

柳建德：“大美女怎么啦？”

时尚美女：“他，他……”

柳建德：“他到底怎么啦？你快说呀！”

时尚美女沉吟了一下，说：“好吧！我告诉你。他出家五台山，已经三年了。”

柳建德：“既然你俩深情相爱，他为什么要出家？他为什么要抛下你？”

时尚美女：“因为他的父母坚决反对我俩的婚姻。如果他和我结婚，他的父母就要与他断绝关系，他的母亲还以死相拼。而他则非我不娶，我则非他不嫁。他爸妈既然死活反对我俩的婚姻，他不能娶我为妻，所以他一不做二不休，干脆出家五台山当和尚去了。”

柳建德：“如今都什么时代了！他父母竟干涉儿女婚姻。他父母为什么要反对？他父母是什么人，为什么这样不通情达理？”

时尚美女：“因为他们都是高官，地位十分显赫。也正因如此，他们嫌弃我是乡下人，与他儿子的婚事门不当户不对，丢了他们的脸。”

柳建德：“凭我的判断，你是常德汉寿县人。你说对不对？”

时尚美女：“对！你凭什么判断的？”

柳建德：“你的口音，还有你的气质。”

时尚美女：“你好像不是汉寿人啦！”

柳建德：“汉寿是我的第二故乡。”

时尚美女：“为什么不是第一故乡呢？”

柳建德：“我曾下放汉寿县境内的西湖农场，在那里度过了人生最宝贵的几年时光。我对汉寿的印象非常不错。那里山清水秀，人杰地灵，小伙子特别英俊，大姑娘尤其美丽。”

时尚美女：“汉寿县城你熟悉吗？”

柳建德："当然熟悉。县城就在春柳湖边上，既繁华热闹，又宁静美丽。"

时尚美女："我就是在汉寿县城长大的。我的父母在汉寿也算是很有地位的。当然与他的父母不能相比。"

柳建德："你与他们见过面吗？"

时尚美女："他们根本不让我见他们。"

柳建德："问题的关键就在这里。如果你去见了他们，他们不会不动心。这天底下哪里去找你这样的大美人呀！过去皇帝都宁可要美人不要江山。如今都什么时代了，还讲门当户对那一套。亏他们还是当大官的，太落后了，太封建了。你的那位他也太跟不上时代了，因为父母不同意自己的婚事，就出家当和尚。那算什么男子汉！他完全可以反抗嘛！"

时尚美女："你赶快给我住口。"

柳建德："难道我说得不对吗？"

时尚美女："我不许你说他的坏话！他什么都做了，尽了他所能。他去五台山当和尚，也就是反抗嘛！他总不至于不要命地去反抗吧？"

柳建德："对对对！留得青山在，不怕没柴烧。你俩还年轻，等他的父母百年之后，你俩还可以结婚嘛！可我就不行了！"

时尚美女瞪大眼睛："你有什么不行的？"

柳建德："生命是最重要的。没了生命，什么都没有了。"

时尚美女："你不是活得好好的吗？"

柳建德："我是活得好好的。可她……"

时尚美女："我刚才说的这些，是不是挑起了您的什么心事？如果真是这样的话，我向您表示歉意。"

柳建德："没有想到你我有着同样不幸的婚姻。我今天订下椰风包厢，也是为了那永恒的纪念。"

说着，他把一杯法国红葡萄酒递给她。

时尚美女接过酒杯，放下，伸手拿起那杯椰汁，说："不好意思。我不会喝酒，我用椰汁陪您。"

柳建德一把夺过椰汁，说："对不起！这个你不能用，这是我留给她的。除了她，任何人要我也不给。"

时尚美女："你说的她究竟是谁？"

柳建德不假思索，从他随身携带的精致手提包里掏出一张年轻女子的彩色照片，恭恭敬敬地摆放在两支红烛前。他指着照片，对时尚美女说："你看看，就是她。"

时尚美女低下头，眼睛凑近照片，内心一惊，只见一位年轻女子，身着薄如蝉翼的衣衫，站在海水涌动的沙滩边，张开双臂，扬起秀发，好像要飞向碧波万顷的大海。她用惊讶的语气赞美道：“天啦！这才是大美人呀！她什么时候来这里？我能会会她吗？”

柳建德痛苦地说：“她不会来了。”

时尚美女：“你为她安排好了这一切，又这么虔诚地等着她，她不会不来的。如果是我，早就该来了。”

柳建德：“不是她不愿意来，而是她永远来不了啦！”

时尚美女：“你别骗我。”

柳建德：“我为什么要骗你？”

时尚美女：“难道你们也遇到了与我们相似的婚姻阻力？”

柳建德：“也可以这样说吧！所不同的是，你的他还在这个世界上耐心地等待着你，你们还有走向婚姻殿堂的那一天，我们却永远没有那一天了。”

时尚美女：“不会吧！”

柳建德：“她狠心地抛下我，独自去了另一个世界。”

他说着，表情极其痛苦，两眼泪水纷飞。

时尚美女连忙用纸巾给他擦拭眼角，道：“真没想到，你我同是天涯沦落人，还居然都与这椰风包厢有着不可割舍的情感。”

柳建德：“这也许是上苍的刻意安排吧！”

时尚美女：“我原想看一眼椰风包厢便很快离去，哪知一进来就被您留住了，而且很快有了共同的语言，并发展成了知音。”

柳建德：“天下之大，无奇不有。”他边说边抚摸年轻女子的照片，接着道：“她在天有灵，看到这一幕也该为我们高兴。”

时尚美女：“既然上苍把两个经历过同样苦难的人刻意安排在了一起，我很想知道你与我相似的情感经历，同时我也很想为你分担一部分痛苦。你能告诉我吗？”

柳建德：“能，有什么不能。你把你的一切都告诉了我，我当然也要把我的一切毫无保留地告诉给你。”

时尚美女：“那太好了。你快说吧！越快越好！”

柳建德捧起年轻女子的照片，两眼凝视着，有一会儿没说话。

时尚美女：“你快说呀！”

柳建德好像没听见，依然盯着照片。

时尚美女：“你不会是不想说了吧？”

柳建德还是只看照片，不说话。

时尚美女：“你是大男人，一言九鼎，千万不能出尔反尔，不兑现自己的承诺。”

柳建德没有反驳，依然全神贯注看照片。

时尚美女：“看来你是不想说了。你不说算了，我也不打算听了。我走了。”

说着，她站起身，欲往包厢门口走。

柳建德没有挽留，照样低头端详着年轻女子的照片。

时尚美女走到包厢门口，忽听背后传来哭泣声。她惊讶地回过头，眼前出现的情景令她不敢相信。

柳建德跪在地上，双手捧着年轻女子的照片，哭得泪人似的。

时尚美女转身，回到柳建德身边，好言安慰道：“想开点。什么困难都会过去的。你要相信那句老话，有情人终成眷属。”

柳建德连连摇头：“我不相信！打死我也不相信！那是一句鬼话。”

时尚美女：“那不是鬼话，那是前人的总结。从古到今，这样的例子举不胜举。”

柳建德：“有个问题你要如实给我回答。”

时尚美女：“你说！”

柳建德：“你见没见过死后复生的人？”

时尚美女：“死后复生？我可真没见过。”

柳建德：“人死不能复生，这话也是前人总结出来的。人死为什么不能复生呢？人死要能复生该有多好呀！”

说到这里，柳建德哭得更加伤心。

视频会商

海口老渡口国际大酒店 1919 号房，所有门窗紧闭，窗帘拉得严严实实，屋里的光线透不出去，外面的光线透不进来。

海南跟踪小组汇总情况，一个个高兴得不得了。可惜这房间里不能发出欢笑声，文成浩、邓向群、陈纯丽、李鸣乐四个人只好压抑着，不然，按照他们的本性都会笑个前仰后翻。

文成浩：“兄弟们！我提议以茶代酒，干杯！”

邓向群、陈纯丽、李鸣乐积极响应：“要得！以茶代酒，干杯！”

四个人不约而同地举起手中的茶杯，相互碰了碰，仰起脖子，一饮而尽。

邓向群还咂了咂嘴，做出一副陶醉的样子道：“好酒！真是好酒！”

文成浩、陈纯丽、李鸣乐都被逗笑了。

邓向群连忙手指对面 1918 号套房。

文成浩、陈纯丽、李鸣乐赶紧用手捂紧自己的嘴，没让笑声彻底地放飞出来。

“嘀咚！”电脑里发出提示音。

邓向群：“长沙、海口两地视频会商时间到了。大家都快点坐好。”

四双眼睛早已睁大，期待章昌汉在电脑里现身。

“来了！来了！”

随着声音，章昌汉风尘仆仆地出现在了电脑屏幕上。

“对不起！我迟到了。”

南下追踪小组的四个人都关心地问道：“大队长！找到新的线索了吗？”

章昌汉边抹汗边回答：“找到了。”

“太好了！大队长您给我们说说吧！”

章昌汉：“我想先听听你们的情况。行吗？”

“行啊！”

章昌汉：“谁先说？”

文成浩：“受大家的推举，我先说。要不这样吧，全过程都有录音录像，为了保持原汁原味，干脆给您播放一遍。”

章昌汉：“不不不！你忘了，网络世界，难以保证绝对安全。”

文成浩：“那好。那我就汇报吧。”

章昌汉：“别忘了我们的规矩。”

文成浩：“好的。这点我记得。”

他用暗语和代号，把南下跟踪的情况作了简明扼要的汇报。

章昌汉听了非常高兴，对南下追踪小组给予了表扬和鼓励。

文成浩：“大队长，得到您的表扬，我们深受鼓舞。关键是下一步该怎么办？请您指示。”

章昌汉：“现在到了节骨眼上，网已经撒开，如何收网，很有讲究。要确保起网见鱼，绝不能鱼死网破。请大家畅所欲言，特别是海南一线的同志，最有发言权。”

陈纯丽：“我来抛砖引玉。我看利用缺德同志现在晕头晕脑的机会，趁早把他抓起来算了。免得与他周旋来，周旋去，浪费办案成本。”

邓向群：“我举双手赞同。种种迹象表明，是缺德同志因情杀害了曲智红无疑。”

李鸣乐：“百分之百是他干的。”

陈纯丽：“要是能听他亲口说出他杀害曲智红的全过程就好了。”

李鸣乐：“可惜没有达到这个目的。”

陈纯丽：“我们还可以继续努力，争取达到这个目的。”

章昌汉："文成浩你说呢？你是海南行动小组的领队，我想听听你的意见。"

文成浩："我觉得把缺德同志抓起来，一番突审，他就会招架不住，如实承认他的犯罪行为。"

章昌汉："他要是不承认呢？"

陈纯丽："那就继续审。"

章昌汉："他死活不承认呢？那又怎么办？"

文成浩："……"

章昌汉："大家明白，命案必须铁板钉钉，不能留下一丝一毫的破绽。要办成铁案，除了智慧、勇气，还需要耐心。"

南下追踪小组的四个人你看看我，我看看你，最后异口同声表示："大队长您放心。您说的我们都记住了。我们明白下一步该怎么办了。"

章昌汉："我静候你们的佳音。"

琼海巧遇

柳建德睡在床上，翻来覆去，又有了新的想法。他不能这么快就离开海南。他给自己找了不能离去的理由。一是既然到了他的中央党校同学刘佐海的地盘，就非常有必要与他见个面，聚一聚，彼此增进友谊，加深感情。他和刘佐海都是政坛上走的人，少不了相互间的帮扶。他了解刘佐海，这家伙政治头脑清醒，手腕高明，很会搞关系，后台硬扎得很，不知哪一天就坐直升飞机上去了。今后自己的政治前程还要靠他提携。二是多留在此地一天，与那个时尚美女就多一分再相聚的机会。这是个魔女，他已经被她弄得神魂颠倒，无法入睡了。他不甘心与她今夜的分手成为永远。他有一种预感，只要他留在海南，他与她就会再相遇。他已经邀请她一起去琼海。她虽说没答应，但他对在琼海她相遇抱有很大希望。除此之外，柳建德还有一个多留一天的重要理由。他此行如果不去琼海，从今往后他的心不会安宁。

柳建德终于迷迷糊糊睡去。当他一觉醒来时，落地窗外已经泛红。

他抬腕看看手表，已到正常上班时间。他抓紧洗漱完毕，给中共海天市委书记刘佐海打电话，想约定两人见面的时间。没想到对方手机总是忙音，怎么也无法拨通。他暗暗埋怨，这家伙怎么啦？莫非当了"一把手"，连电话都打不进了？果真是权力大了，脸就变了。

柳建德迅速下楼，连早餐也没吃，叫了一辆出租车，直奔琼海。

果然不出柳建德所料，他与时尚美女在琼海巧遇了。

柳建德："我们还是结伴而行吧，那样彼此有个照应。当然，主要是你照应我。”

时尚美女：“你打算几时离开这里？”

柳建德：“我主要还想会会我那位中央党校的同学。”

他俩边说话，边沿着万泉河岸漫步。

柳建德越看越觉得这个女人实在太美，美得简直无法形容。他追上了时尚美女，从身后一把搂住她。

时尚美女：“你别碰我。”

柳建德提出了与她亲吻的要求。

时尚美女：“你这个人，只要别人回报，自己却从不肯付出。”

柳建德：“我送你一张 50 万元的白金卡。这算可以了吧？”

时尚美女鼻子里“哼”了一声：“我才不稀罕呢！”

柳建德：“你难道要 100 万不成？”

时尚美女：“你只知道钱！”

柳建德：“还有什么比钱更重要的吗？”

时尚美女：“有！”

柳建德：“你说是什么？”

时尚美女：“心！”

柳建德：“心？”

时尚美女：“对呀！你对人一点都不真心！”

柳建德：“我哪里不真心？”

时尚美女：“你那天在椰风包厢就承诺了，把你和你女朋友的事说给我听，直到今天你也没有说出一个字。你说你对人真心吗？”

柳建德：“原来如此哟！”

爆炸新闻

柳建德手指不远处的美食一条街，说：“眼下到了该用午餐的时候了。你选家喜欢的特色店，我们边吃，我边读给你听好不好？”

他根本不容时尚美女答应不答应，拖着她走进了一家海南风味餐馆。他把服务员送上来的菜谱推到时尚美女面前，道：“你点吧！”

时尚美女双手托着下巴，眼睛直盯着挂在墙上的彩色宽屏电视机，脸上没有任何表情，只关注着电视里播出的内容。

柳建德不知她看的是什么电视节目，也把目光转了过去。原来是当地电视台正在播放“本地新闻”。

柳建德轻轻碰了碰时尚美女的身子，说：“这有什么值得关注的。全是些大话套话。虚假……”

他话没说完，眼睛好像被磁石吸住了似的，盯着电视屏幕不挪移。他浑身战栗，被女主播播出的一条重要新闻惊呆了。

中共海天市委书记刘佐海被立案调查。

近日，中共海南省纪委对涉嫌严重违纪的海天市委书记刘佐海进行立案调查。

柳建德喃喃自语：“人生无常啊！”

电视机里，女主播继续播出新闻：

今天 10 时 40 分左右，海天市公安局××派出所一名民警被发现死于其办公室。死者名叫×××，男，1965 年 4 月出生，现任派出所教导员。据死者家属和同事反映，从昨天半夜开始，其手机就处于关机状态，其本人一直没有回家休息。今天上午，其家人和朋友四处寻找。至 10 时 40 分许，其被发现死于他自己的办公室。目前，海天市公安局、人民检察院已组成联合调查组对其死因展开深入调查。市委、市政府高度重视此事，迅速组建专门班子，善后处理事宜正在有序进行。

柳建德和时尚美女都聚精会神地往下听。但女主播的声音被他俩身后的声浪完全淹没。

“这个教导员的死，据传与市委书记刘佐海贪腐案有关。”

“杀人灭口，避免挖出更多的贪官。”

“如今这种黑吃黑的事多的是。”

“管他呢！喝酒，喝酒。反正当官的没几个好东西！”

……

柳建德和时尚美女一动不动地坐在那里，听着众人发出的议论。

神魂颠倒

柳建德凝望着悠悠流淌的万泉河水，回想与时尚美女在这里合影的情景。自从他见到时尚美女的那一刻，他就想与这位美女合影。一路上他多次提出，时尚美女都不肯应允，就像她不肯给他留下联系方式一样，任凭他好说歹说，她就是不答应。他对她几近恳求地说，他把自己心中所有的秘密全都告诉了她，只差把他的脑袋都交给她提着了，她是这个世界上他唯一的知己。他俩的关系到了如此程度，而连张合影都没有留下，他心有不甘。时尚美女总是含情脉脉地对他说，不要着急，他俩的合影总会有的，等等，再等等。他问她要等到什么时候。她的回答很简单：等到最好的景点出现时。他明白要想让女人满足自己的要求就不能太性急。忍耐是征服女人的最好手段。他耐着性子等待时尚美女愿意与他合影的那一刻。

他俩在小餐馆的电视机里收看了关于刘佐海和那位派出所教导员的新闻后，都表现出闷闷不乐的情绪。接下来听了周围人的议论，他俩的脸上更是增添了一层严霜。

于是他俩起身离去。谁也没有说要去哪里，两人的脚步却一致地踏向万泉河畔。在河水环绕一座绿色小岛流过的地方，也是目光所及最美丽、最独到的风景地，柳建德又一次鼓起勇气向时尚美女提出合影的要求，没想到她竟然爽快地同意了，他内心十分高兴。

他问："你说话当真?"

时尚美女："你以为我调戏你呀?"

柳建德生怕她改变主意，赶紧请旁边的一位年轻游人帮忙替他俩拍摄合影。年轻男子不仅爽快地答应了，而且替他俩选择了一个最佳角度，并解释说镜头中的万泉河水浩浩荡荡，连天接地，永无止境，这象征着二位的爱情深沉热烈，长长久久。柳建德听了高兴得合不拢嘴，朝年轻人竖起大拇指连声说"OK"。他把时尚美女拉到身边，按照年轻男子的要求站好位置。可当快门落下去的一瞬间，时尚美女突然掏出一副宽大墨镜架在了鼻梁上。他与时尚美女合影是有了，可那双令人心旌摇荡的眼睛却被镜片遮挡得严严实实，看不清辨不明了。

柳建德心里有点窝火，但他不好发作。他情意绵绵地向她提出再照一张的要求。时尚美女一手摘下墨镜，一手搭在他肩上，情意深长地对他说，他俩的友谊才开始，今后交往的日子长得很，等她有机会到了长沙，她换上一套合身而又华贵的衣服，在橘子洲，在岳麓山，在湘江边，在爱晚亭，选择最佳的景点，留下珍贵的镜头。

柳建德不等她说完，急切地追问她何时能到长沙。

时尚美女："也许现在。"

柳建德："现在?"

时尚美女："对。现在。"

柳建德："我不相信。"

时尚美女："为什么?"

柳建德："你忍心舍弃如此优美的风景离去?"

时尚美女："观景事小，任务事大。"

柳建德："任务？什么任务？"

时尚美女哈哈一笑："我在椰风包厢不是对你说了吗？"

柳建德："哦！没错。没错。"

时尚美女："你看我啥时候到长沙你最欢迎？"

柳建德："我随时欢迎。"

时尚美女："随时欢迎？"

柳建德："对呀！无论你哪天到，我都非常欢迎。"

时尚美女："我要是今天到呢？"

柳建德："今天？这……"

时尚美女："给你机会你不想抓住？！"

柳建德："你听我说。"

可不等他话音落下，时尚美女拂袖而去，片刻间不见了踪影。

柳建德站在原地恨得直咬牙根，这个美女太难驾驭了，与曲智红比较起来，相貌、气质皆胜出一筹，但性格却比曲智红还要倔强。他与曲智红交往的日子里，尽管曲智红也不是个服服帖帖的人，但总体还是他怎么说她就怎么依。不像这个时尚美女，只能什么都依了她。他望着悠悠流淌的万泉河水，充满了对曲智红的怀念。他悔不该一时愤怒，对她下了那般绝情的手。流水不复，更何况失去的生命。不知为什么，他此时想到的都是曲智红的优点和对他的好处。可惜曲智红再也不能与他在这里合影了。

此时柳建德越想越害怕，越想越空虚。他没想到自己风光热闹、出人头地大半辈子，到如今竟孑然一人，漂泊在这海南孤岛，就连一个女人都抓不住。他不知下一步该怎么办，是立即回长沙，还是赶紧躲到海外去？他内心深处斗争异常激烈。失去了权力，失去了地位，钱没有了来源，过不上几年好日子，手头的钱花光，自己就成了穷光蛋。这些年他过惯了花天酒地的日子，过惯了有人阿谀奉承的日子，突然一下改变生活方式，过平民百姓的日子，那比要他的性命还难受。而如果回长沙，有可能自投罗网，会蹲监狱，受审判，最终连脑袋也保不住。

他的中央党校同学刘佐海被立案调查，这对他既是个严重的教训，也是个沉重的打击，不亚于晴天霹雳。刘佐海的政治靠山比他强硬多了，关系网比他庞大多了，其智慧、才干、手腕，都远在他之上。何况刘佐海只有经济问题，身上没有背负命案，不也落得如此下场吗？坦白从宽，牢底坐穿；抗拒从严，回家过年。这种个案他没少见。他果断地放弃了投案自首的打算。他想继续留在海南观察动静，但又觉得不妥。拔出萝卜带出泥，扯动荷叶牵动藕。刘佐海被立案审查，一旦精神防线崩溃，把他与他的那些事交代出来，他岂不被逮个正着？海南并非安全之岛，他还是赶快离开为好。

此时的柳建德简直像热锅上的蚂蚁。他边走边想，回长沙之前先了解了解章昌汉对他的态度有无变化十分重要。直到现在他都不明白章昌汉到底是怀疑他，还是没有怀疑他。

柳建德决定直接给章昌汉打电话，试探其态度。

电话一打就通。另一端传来的声音是那样熟悉，语调是那样亲切。柳建德觉得章昌汉对待他的态度一如既往，没有丝毫异样。他是庸人自扰，无事找事，没事怕事。他想，章昌汉既然对他没有产生怀疑，他就要沉住气。

柳建德决定回长沙，不过那是明天的事。今天余下的时间他要去三亚逛一逛。他和曲智红曾在那里留下许多值得回味的记忆。

柳建德从琼海乘车，独自来到三亚市。

柳建德不急不慢地行走在天涯海角，一侧是海水，一侧是沙滩，海水千变万化，沙滩五颜六色，他似乎在观赏美景，又似乎什么都不在意。他不愧为寻花问柳的高手，心里留恋着一个女人，行动上又追逐着另一个女人。他十分希望与时尚美女在天涯海角巧遇。

柳建德正想入非非时，突然一惊。他看见时尚美女正在距他约几十米的沙滩边追逐着海浪，就连从她嘴里发出的银铃般的笑声他都听见了。看来他和时尚美女缘分未尽。他要抓住这个机会。

柳建德加快脚步追上去，眼里看到的却不是时尚美女，而是曲智红。他不禁惊吓异常。莫非这个女人复活生还？他快步追上去，企图看个究竟。他看见曲智红朝他微笑。那笑容，那姿态，那风情，完全一样。没错，的确是曲智红。这个女人难道真的复活了？他将信将疑。他深吸了一口气，鼓起勇气悄悄朝曲智红走近，可他看到的却又是时尚美女。他以为自己看花了眼。他睁大眼睛，出现在他眼前的却又是曲智红。这个精灵，不，她是个妖怪。明明被他千刀万剐了，他看到她在长沙复活，如今他又看见她在天涯海角复活了。他再不敢追上去看她。他仔细想想，觉得时尚美女就是曲智红魂魄的化身。不然她为什么总是与他巧遇？她是来找他复仇的，她是在寻找机会要他的性命。

他决定迅速离开海南。这地方他一刻也待不下去了。仿佛是做梦，又仿佛是现实。他面前是海水，他头顶是阳光，他周围是行人。这完全是现实世界，却实实在在有一个“死后复生”的女人一直跟着他。是鬼魂，还是死后复生？他弄不明白。

他不再犹豫，直奔三亚机场。

心知肚明

柳建德只待飞机在长沙黄花机场的跑道上降落，就急于给章昌汉打电话，出乎他意料的是对方关机。公安部门明文规定，所有在职在编民警必须全天候 24

小时保持联络畅通，何况章昌汉身为刑侦大队大队长，工作性质和任务都十分特殊，是绝对不容许手机关闭的。这会是什么原因呢？生病？开会？领导与其谈话？手机突然没电？柳建德觉得一概不像。莫非知道他从海南回来，有意对他回避？他立即对此否定。章昌汉从未向他问及返回长沙的航班，他也未对章昌汉透露。章昌汉根本不知道他何时回长沙。但转念一想，公安神通广大，无孔不入，没有掌握不了的信息……

柳建德手提行李箱，随着出港的人流一边往外走，一边暗暗分析。快到空港出口，他突然停下了脚步，张大警惕的眼睛，观察四周的动静。他担心章昌汉对他张开了一张大网，等着他往里面钻。

柳建德一直等到与他同乘一趟航班的乘客全部出港离去，身边除了两位空港工作人员，再也没有别的人影了，这才稍微加快脚步，朝空港外面走去。他批评自己疑神疑鬼。章昌汉根本就没有怀疑他杀人，怎么会对他张网布控？手机偶尔不通，这本是很正常的现象嘛！何必草木皆兵。

就在这时，他的手机响了。他一看显示，是章昌汉打过来的。

柳建德抹了一把额头的汗珠，重重地吐出一口气。他控制自己的情绪，努力把接电话的语气调整到与平时一致。但他还没来得及开口，只听章昌汉对他说道："我有事。等会儿打给你。"

随即，电话掐断。

柳建德从章昌汉的语气中感到一切正常，与以往没有丝毫异样。他告诫自己不要把时间再浪费在胡乱猜疑上面，当务之急是要把各方面的工作做扎实，把基础打牢靠，让人们完全不会想到是他要了曲智红的性命。

于是，柳建德抬手招了一辆出租车。

柳建德没有回碧波风机厂，也没有回他和程玉莲的家，而是指挥出租车首先把他送到了市委大院，从市委常委楼出来，接着又指挥出租车司机把他送到了不远处的市政府大院，接下来依次是市公安局、市检察院、市人民法院、市司法局，每到一处，他手里的行李箱就减轻一分重量，到最后第十三家单位拜访完出来，原本沉甸甸的行李箱在他手中变得如同一片树叶般轻巧。

柳建德一路拜访下来，得出一个结论，长沙一切的一切仍如往常，没有人怀疑他是杀人嫌犯。从大家对他的热情态度看出，他的政治前程正处于上升时期，红得发紫，热得烫手。章昌汉就那么一丁点侦查能力，根本不会怀疑到他头上。这当然首先是因为他自己的聪明。他对曲智红的尸体处理得天衣无缝，没有给警方留下任何证据。

他拿出手机，按下章昌汉的手机号码。

电话中，他与章昌汉约好在老渡口国际大酒店碧莲河包厢小饮。

章昌汉像以往一样，没有半句推托，爽快地答应了。

柳建德高兴得双手击掌。

爱情密室

章昌汉对自己抱定的侦查目标，从不轻言放弃。他始终认为，曲智红、柳建德一定建立有他们的秘密住所。而且那里是柳建德的第一作案现场。在他的指挥下，侦查员们四处走访，可惜都是空手而回。他从小虎队队员中挑选出两名计算机能手，反复查询全市购房信息系统，也没有半点收获。就在山穷水尽之时，章昌汉捕捉到一条信息：湖南省公安厅人口与出入境管理局正在紧锣密鼓地组织技术人员开发人像比对这一全新系统。章昌汉从中看到了一缕希望，他赶紧向有关领导递交报告提出试用要求，很快得到批准。

他们通过人像比对手段，终于从全市购房信息系统中查找到了曲智红与柳建德的秘密住所。

原来，曲智红登记购房不是用的她的真实姓名，而是改名曲卫红，真实身份证号码也改了，只有照片依然是她的。很显然，没有公安内部人员与之勾结，柳建德、曲智红不可能达到这一目的。

章昌汉和小虎队队员们反复分析研究，认为柳建德从海南飞回长沙，肯定会光顾他的爱情密室。为此，章昌汉制订了一套瓮中捉鳖的方案。从柳建德下飞机的黄花机场开始，每一站都布下跟踪他的小虎队队员。他们耐心等待柳建德在爱情屋现身的那一刻。

令章昌汉没有想到的是，柳建德从黄花机场下飞机乘出租车到了中山西路，很明显是要回他的爱情密室。当乔装打扮成出租车司机的侦查员暗中向他报告这一情况时，他十分高兴，觉得已经胜券在握。但就在距爱情密室只有百米之遥的口子上，柳建德却突然指挥出租车司机驾车离去。出租车司机暗暗向他请示如何处置。他嘱咐务必不露声色，充分做好与其百般周旋的准备。

章昌汉依然率队埋伏在爱情密室周围。他没有等来柳建德的现身，却接到了柳建德的一个又一个电话。最终，柳建德与他约定，晚 7 时在老渡口国际大酒店碧莲河包厢小饮。

这时，有的小虎队队员建议：一不做，二不休，乘此机会把柳建德抓起来。章昌汉没有采纳，理由是证据并不充分，时机尚未成熟。

章昌汉完全按照柳建德约定的时间、地点，与他见面了。其情景非常热烈。

柳建德："我的侦查英雄！几天不见，想死我了。"

章昌汉："你是不是躲债去了？"

柳建德："我既不欠人家的钱，也不欠人家的情，我躲什么债？"

章昌汉：“招呼也不打一个，好像突然从人间蒸发了。”

柳建德：“我们搞企业的，日子过得没规律。为了抓住一个商机，连吃饭睡觉都顾不上。不像你们公务员，一天八小时，正常上下班，日子过得滋润充实。”

章昌汉：“我还以为你失踪了，差点儿发寻人启事。幸亏你不迟不早地给我来了电话。”

柳建德：“你总是三句话不离本行。不是把别人想得那么坏，就是把别人想得那么没得用。”

章昌汉：“我这是关心你。”

柳建德：“真的？”

章昌汉：“你还不相信？”

柳建德：“我没说不相信呀！我对你说的话从来不持半点怀疑。”

章昌汉：“谁叫我们是同生死共患难的哥们儿呢！”

柳建德：“既然你我知根知底，那你为什么对我总朝坏的方面想得多，朝好的方面想得少呢？”

章昌汉：“好的方面你全做到了，那还用得着我去想吗？打个比方说吧，一个人手里握着一颗价值连城的玛瑙，只会想到别让这颗玛瑙摔坏了，别让坏人抢走了，绝不会想如何让这颗玛瑙在自己手里变得更加晶莹剔透。你说是不是这个道理？”

柳建德：“你这张嘴就是会说话，把死的说活，把活的说死。我真的佩服你。”

章昌汉：“你才能说会道呢！不然，你那厂长是怎么当上去的？而且眼看副厅长的位置就要爬上去了。这都是凭了你那张能将方的说圆、圆的说方的嘴皮子嘛！如今的领导都喜欢会说奉承话的人。”

柳建德：“好家伙！你我几十年的哥们儿，我在你心里居然成了耍嘴皮子捞上升本钱的人了。悲哀呀！”

章昌汉举起酒杯：“老伙计！能说会道才是真本事。你看我，与你一同下放，一同进城，一同参加工作，还在部队打了那么多年的仗，差点儿把条小命都丢到了越南的丛林里，可如今快半百的人了，还是个副科级干部。这都是吃了不会说的亏。”

柳建德：“为了党的工作，我不是也差点儿把性命丢了吗？最早在西湖农场那次，要不是你下到冰水里救我，我一条小命就丢到湖里喂鱼了。你讲句良心话，我哪次升迁不是拼了老命才换来的？就说这次升副厅长……”

章昌汉：“好了！好了！我的柳副厅长。我今天是来与你喝酒的，不是听你摆功的。来！干杯！”

柳建德：“今天这酒瓶好像是个无底洞。怎么越喝到后面，瓶里的酒好像越多了。美女！看看瓶里的酒还有多少？”

包厢服务员提起酒瓶摇了摇回答：“大概还有半瓶吧。”

柳建德听这声音好耳熟、好亲切、好甜润，不像先前领他进包厢时那个服务员的声音。他掉转头想看看是什么人，可不见答话人的影子。

“我把瓶里的酒给两位领导分了。”

柳建德举起手里的空酒杯，朝应答的姑娘递上去。他看清了姑娘的面容、身材、服饰，突然间手中的酒杯掉落地上，“啪”的一声摔得粉碎。他两眼血红，浑身发抖，手指姑娘，嘴唇嗫嚅，语无伦次：

“你……你……你，是……是……你，怎么……是……你？”

柳建德没有想到，他回到长沙，死后复生的“曲智红”跟到了长沙，而且跟到了他与章昌汉喝酒的碧莲河包厢。

这一幕，章昌汉尽收眼里，他的目光穿透了柳建德的内心世界，知道他此时此刻在想什么。表面上他装着若无其事，对柳建德说：“你难道就喝多了不成？按你的海量，一两二两不算酒，三两四两漱漱口。你我今天才喝半瓶酒。你还没我喝的多嘛！”

柳建德：“可能这几天在外地连续喝酒，喝多了，加之没有休息好，每天都只睡了两三个小时的缘故。”

章昌汉：“那你说剩下的这酒，我俩喝了，还是留下？”

柳建德：“干吗留下？当然喝了嘛！酒逢知己千杯少，人生难得几回醉。美女！给我拿杯来，把瓶里的酒给我俩平分。”

章昌汉：“分就分，不就是半瓶酒嘛！卵大个事！醉了正好睡一觉。”

柳建德接过酒杯，不朝服务员看一眼，夸奖道：“美女真会办事。”

服务员抓住柳建德的手，说：“谢谢您的夸奖。这杯酒我替您喝了吧！”她盯着柳建德，问：“柳厂长可以吗？”

柳建德：“不不不！我不能要你替代。”说着，他一把从服务员手中抢过那杯酒，头一仰，张开口，把白酒直往口里倒，可他没把酒咽下去，而是一口喷到了地上，随着哇的一声叫，他的身子往一边倒了下去。

章昌汉、服务员同时伸手将他扶起，关心地问道：“你这是怎么啦？你今天的酒根本没有过量呀？”

柳建德：“没什么！脑壳好像有一点点晕。这老渡口国际大酒店的酒该不会是假的吧？”

服务员：“我们是五星级酒店，绝对不会用假酒。”

章昌汉：“别找客观原因了，是你酒量不如我。”

柳建德：“好好好！我服输。我酒量不如你！我们回去吧！”

章昌汉："是我送你回去，还是让这位美女送你回去？"

柳建德毫不含糊："当然是你送我回去！"

说着，他站起身，大步往包厢门外走："你们谁也不用送。我自己完全可以回去。"

章昌汉与服务员相互递了个眼神。他大步追赶柳建德，边追边说："酒后不许驾车。"

柳建德："我没有醉。"

章昌汉："司机一滴酒，亲人千行泪。为了你爱的人和爱你的人，千万不能酒后驾车。"

柳建德："什么爱不爱的，我完全可以驾车。"

章昌汉："你还嫌程玉莲为你操心不够吗？"

柳建德听了这句话，像一根木头被扎进了泥里，停在原地一动不动……

舌尖功能

男女之间的事总是很微妙。既然进入了感情的旋涡，要抽身以退谈何容易。柳建德每当夜幕降临，就想去见曲智红，因为曲智红实在太美丽了，太多情了。她不吵不闹时给男人的那份温存和柔情，没有哪个女人能比。他的心情十分矛盾，他想得到曲智红的柔情，却又害怕曲智红的纠缠。

柳建德进退两难之时，他的右手被人紧紧地挽住了。他几乎窒息。他眼里的曲智红变得比往日更加妩媚动人，更加美丽迷人，他几天筑起的防线彻底崩溃，他没有丝毫勇气拒绝，乖乖地听凭她的指挥。

曲智红双手将他紧紧抱住，眼里流淌着泪水。她的哭与笑同样迷人。

他俩长时间的沉默。

柳建德终于开口了。他劝曲智红趁早回家休息。

曲智红不答话，双手将他搂抱得更紧。

柳建德的脸色渐渐下沉，他对自己刚才的行为感到懊悔。他不能做她的俘虏，他要尽快离去。他企图掰开曲智红的双手。

曲智红突然雷霆大发，吼道："你把我当畜生呀！你玩够了，你快活了，就扔下我不管了。你今天要是不答应与我结婚，我就到你的上级去告你。我就到市委和市政府门前裸坐，让媒体和网络曝光，让你这厂长当不成，副厅长也升不成。我说得到做得到。你相信不相信？"

柳建德怔住了。他最害怕曲智红走这一步棋。他不能激将，只能安抚。他摩擦着曲智红那一头瀑布般的发丝，喃喃地说："我要是丢了厂长的宝座，对你又有什么好处呢？我要是升不成副厅长，你又能得到什么好处呢？如果出现那种情况，起码我就没有大把的钱给你花销了。”

曲智红说：“你不与我结婚，我就不能一辈子花你的钱。”

柳建德恨不得抽她几个耳光，将她从糊涂中打醒。他忍住了。他的双手握得出水，嘴里却尽量说着温情的话。

见她不吵不闹了，柳建德对她说：“时间不早了，我们回家吧！我明天 8 点要参加市委召开的拟任副厅长的集体谈话会议，我要在会上做 10 分钟的发言。明天晚上我们在自己的房子里相聚。”

曲智红说：“这些天你总是躲着我。这一分手，又不知道哪年哪月才能见到你。今夜你要跟我回家。你好久没回我们自己的家了。”

柳建德用好话哄着她：“等我正式上任副厅长，我会每天都陪你。”他还坚定地表示：“只要那老家伙退居二线，我就立刻与你结婚。”

曲智红明白柳建德所说的老家伙就是指程玉莲的父亲程副市长。她立刻又变了一副面孔，不吵不闹，只是流泪。她说：“你送我回家吧！”

柳建德没有办法，只好答应送她回家。

回到他俩的秘密住所，曲智红利索地冲了一杯咖啡，摆放在柳建德面前。柳建德此时的心情很复杂，咖啡喝进嘴里，品不出是什么滋味。他万万没有想到，曲智红早已布置好了新房，而且布置得大有水准，远远超出了一流装饰公司的艺术标准。

曲智红问道：“你觉得怎么样?”

柳建德说：“红红！只要我俩感情好，办不办结婚手续，有什么关系呢?”

曲智红说：“我们只有做了名正言顺的夫妻，才能白头偕老。你才永远是属于我的。”

说着，她打开平时随身携带的小包，从里面拿出一张密密麻麻写满了字的纸，放在柳建德面前的桌子上，同时递上一支笔，说：“你在上面签字吧！今天你一定要签。”

柳建德扫了一眼，是一份他与程玉莲的离婚协议书。他感到面前的这个女人太厉害了。他推开了离婚协议书。

曲智红举起了一块白花花的刀片，刀刃对准了自己的喉管。她说：“你要不肯在上面签字，我立刻就死在你面前。”

柳建德气得七窍生烟，但他没有发作。他强装笑脸，对曲智红说：“那是何必呢？我要离婚，也不能这么急。你要给我一些时间。”

他仰躺在床上，努力避免与曲智红发生正面冲突。

曲智红盯着他，半晌不说一字。突然，她掏出刀片，朝自己手腕上划了两下，顿时流出了黄豆般大的血珠。

柳建德没有往眼睛里放，他总以为曲智红只是吓唬他而已，不会真的下手。他睁大眼睛望着天花板。

曲智红见他无动于衷，觉得他的心太狠。于是扑上去，朝柳建德伸出了刀片。

柳建德抬手抵挡，正好打在了曲智红的脸上。曲智红发疯似的吼道："好啊！你不但见死不救，还狠心打我！看来今生我俩是做不成夫妻了。既然如此，那就趁早一起死了，到阴曹地府去结婚吧！"

她举起刀片，扎向柳建德的脸。

……

此时，柳建德回想到这一幕，浑身直哆嗦。他好不容易回到厂长办公室，走进里面的套间，走向那张宽大的席梦思床，他欲上床躺一躺……

再次预约

又过了一夜。

上午 11 时许，章昌汉给柳建德打电话。

章昌汉："柳副厅长！您好！我是章昌汉。"

柳建德："我的大侦探你别捉弄我好不好？什么厅长不厅长的！我还没看到红头文件呢！"

章昌汉："你急什么！面包会有的，土豆也会有的。"

柳建德："你不用宽我的心，我的心理承受能力很强。你没有事是不会给我打电话的。你说，你有什么指示？"

章昌汉："你曾经许过的愿，是兑现，还是不兑现？"

柳建德："我在你面前许过什么愿啦？"

章昌汉："我说你是六月天的竹笋，变卦了吧！"

柳建德："我这些日子脑海里乱七八糟的。我向你许过什么愿，真的不记得了。"

章昌汉："真是贵人健忘呀！你许下的诺言就不记得了！"

柳建德："你有话直说吧！别绕弯子了。我受不了你这种折磨。"

章昌汉："你不是说杀人碎尸案破获的那一天，你要在老渡口国际大酒店为我们摆酒庆功吗？这话你就不记得了？"

柳建德："当然记得呀！这么大的事怎么会不记得呢？"

章昌汉："你今天就摆酒吧！"

柳建德："你案子还没有破，凶手还没有抓到，你就想喝我摆的庆功酒？我不干！"

章昌汉："你说案子不破，凶手不抓到，我能要你摆庆功酒吗？那不成了我老章讲话不算数了？你最了解我的性格，历来是有承诺，就有兑现。你说是不是？"

柳建德："凶杀案真的破了？"

章昌汉："这还能骗你不成！"

柳建德："凶手真的抓到了？"

章昌汉："等下喝酒时我就把凶手带到你面前来。"

柳建德："凶手是什么人？"

章昌汉："等下我把他带到老渡口国际大酒店，你见到就知道了。"

柳建德："你不说我也能想象得到，一定是个面目狰狞、凶神恶煞的家伙。"

章昌汉："你还没有看到，就怎么知道其模样？"

柳建德："把一个弱女子砍成那么多块，还放高压锅里煮，你说面善温和的人做得出来吗？你先给我透露一下，这家伙到底长什么模样？"

章昌汉："我先不告诉你。我现在要你回答的是你摆酒，还是不摆酒？"

柳建德："摆酒！当然摆酒！我的老朋友侦破了惊天大案，立下如此大的功劳，我不摆酒为你庆贺，你我还算共过生死、同过患难的老朋友吗？"

章昌汉："我替你向我的下属发请帖了。"

柳建德："你告诉我有多少人？我好预订包厢。"

章昌汉："连同你自己，20个人吧！"

柳建德："春柳湖包厢可以吧？有22个位置，是老渡口国际大酒店最大气、最豪华的包厢。今晚18时，准时开席。预祝你们刑侦大队日后事业大发，逢案必破，逢犯罪分子必抓。"

章昌汉："托你的吉言。老渡口国际大酒店春柳湖包厢，你我18时相见。"

柳建德："一言为定。"

章昌汉："不许变卦。"

两人道了再见，挂断电话。

章昌汉心里感到很不踏实。从他刚才与柳建德的对话来看，柳建德怎么也不像杀害曲智红的凶手。是不是自己的侦查、推断有误，犯了先入为主的错误？如果抓了好人，让真正的凶手逍遥法外，那可是千古冤案。他从头至尾梳理了一遍案情，对自己先前的推断产生了动摇。柳建德不是凶手。他只是与曲智红做了一场地下夫妻。他深爱曲智红。他不会杀害自己深爱的女人。真正的凶手应该是另一个男人，是柳建德的竞争对手。这个男人也深爱着曲智红，但他不能如愿以偿。他得不到的美人，绝不能让柳建德得到。所以他就对曲智红下了毒手。章昌汉想到此，不禁从头到脚出了一身冷汗。

柳建德心里也不踏实。章昌汉抓到的凶手会是谁呢？他不由得又想起了那夜与曲智红厮打的情景。

当曲智红挥舞刀片刺向他的时候，他一跃而起，双手捞住曲智红的长发，按在床上，用膝盖压住了她的胸部，双手卡住了她的脖子。

曲智红手里的刀片早已掉落，手脚使劲地挣扎。

柳建德的膝盖和双手压得更紧。

曲智红停止了挣扎。

柳建德这才松开了手和膝盖。他推了推曲智红，已经毫无反应。他伸手探了探曲智红的鼻孔，已经停止了呼吸。

柳建德又害怕又懊悔。一个多么美丽的女人，一个曾经给了自己多少快乐的女人，竟然被自己活活地掐死了。他不敢相信这是真的。他又推了推曲智红，千真万确，曲智红的确是被他掐死了。

柳建德不敢在爱情密室里久留，赶紧逃离了现场。他刚走出住宅楼，又停下了脚步。他刚才只是出于自卫，用的力气并不大，他也根本没打算要置曲智红于死地。曲智红怎么会气断身亡呢？肯定是一种假象。于是他又急步返回爱情密室……

柳建德来不及往下想，他的手机响了。又是章昌汉打来的。

柳建德："我的侦查英雄又有什么指示？"

章昌汉："请你不要用这么刻薄的语言打击我的积极性好不好？"

柳建德："这是我对你发自肺腑的尊重。"

章昌汉："你是认为我根本抓不到杀害曲智红的凶手。"

柳建德："我从来不怀疑你的侦查能力。"

章昌汉："依你之见，凶手会是什么人？"

柳建德："我又不是干公安的。我哪里会知道？你不是说已经抓到凶手了吗？"

章昌汉："我是想让你猜猜嘛！"

柳建德："你让我猜任何问题都可以，唯独这个问题不能猜。"

章昌汉："依你的，不猜就不猜。"

柳建德："我还以为你那里又有什么变化呢？"

章昌汉："你指的是什么变化？"

柳建德："当然是今晚摆酒庆功的事嘛！"

章昌汉："你我共同敲定了的事，还会有什么变化？"

柳建德："不变？"

章昌汉："绝对不变。"

谈笑风生

柳建德看了看手机上显示的时间，已是下午下班时刻。他起身离开办公桌，打算应约去老渡口国际大酒店主持庆功宴。不知怎的，他耳畔立刻回响起章昌汉与他说过的每一句话。他想这究竟是鸿门宴，还是庆功宴？他觉得既不是鸿门宴，也不是庆功宴。如果是鸿门宴，以章昌汉的性格应该是他主动设下宴席，然后用不容推却的口气邀请他赴宴。如果是庆功宴，章昌汉连谁是杀人凶手都没有搞清，谈何庆功？柳建德对自己说：管他什么宴不宴的，去与他们喝几杯就是了。他没跨出一步，又立刻退回到自己的真皮高靠椅上。他昨天与章昌汉喝酒干杯的一幕浮现在眼前。他一直怀疑那个女子是章昌汉手下的侦查员装扮的。人世间根本不存在两副长得完全相同的面孔，哪怕是双胞胎也不可能完全相同。章昌汉推出一个模拟版的曲智红，目的是试探他的反应。他联想起了三亚见到的那个曲智红，莫非也是章昌汉手下的侦查员？简直不可思议。由此看来，章昌汉约他主持的庆功宴，实际是他掏钱埋单的鸿门宴。万万去不得。他呆若木鸡地坐在那里，愁出了一身冷汗。

柳建德最终决定：既然有约，就不能失约。他如果不去，就等于自行暴露。如果去，见机行事，有可能继续保持不败纪录。

湘江东岸。老渡口国际大酒店临江而立。

一辆黑色奥迪驶入大门，从美女保安面前经过时，轻轻地鸣了一声喇叭，美女保安向车上敬了一个礼，作为回答。奥迪在一位男保安的引领下，泊车。柳建德推开前车门，从驾驶室里钻出，抬头看了一眼挂在湘江西边、岳麓山顶峰的太阳，做了一口深呼吸。他按了一下手中的车钥匙，车门落锁。他喜欢独来独往，从不带司机。这在厂长、董事长、总经理一类的企业家和厅局长一级的官员中极为鲜见。用他的话解释是为了节省企业运行成本，减少不必要的开支。这一点，还受到过媒体的赞誉和宣传。

柳建德步入酒店大堂，大堂经理、总台服务人员都热情地向他点头致意，把含金量很高的笑容传递给他。柳建德同样回以点头和微笑。他是这里的常客，所有工作人员几乎都与他相熟。他精干，但温和，没有大企业家的架子。人们都对他的印象特别好，都认定他是个好人，都愿意为他服务，都把为他服务当成一种荣耀。

领班女郎引领柳建德朝事先预订的名为春柳湖的豪华包厢走去，边走边对他说："有几个客人已经到了。"

柳建德"哦"了一声，说："我喜欢这种人。在预约的时间前到达，就是对他人的尊重。"

领班女郎微微地笑了，伸手推开厚重气派的楠木门，道："柳老板请进！"

柳建德出现在包厢门口。他原以为章昌汉早已领着他的侦查员严阵以待，等着他自投罗网。眼前的事实出乎意料。包厢里，根本没看到章昌汉的影子，只有几个年轻人嘻嘻哈哈地闹个没完。当看见他的出现，都赶紧起身相迎，异口同声地招呼："柳副厅长好！"

柳建德绷紧的神经顿时彻底松弛下来。他摇摇手，哈哈一笑，道："你们不愧是章昌汉的弟子，跟着他瞎起哄。副厅长还没行文，他就给叫开了。不了解我的人，还以为是我自己迫不及待，故意放出去的风声。"

几个年轻人说："您的确名副其实，众望所归嘛！你出任厅长，我们都感到十分荣耀，这脸上格外有光。"

柳建德："你们不仅侦查破案有一套，说话也很有水平。如今的年轻刑警真是了不得！"

这时，包厢门里又走进几个年轻人，说："柳副厅长夸奖谁呢？给出这么高的评价。"

柳建德回头一看，笑道："又是章昌汉的徒弟来了。"他朝一排沙发挥挥手，说："请坐！你们都是年轻有为的侦查英雄。我打心眼儿里佩服。你们的师父呢？他怎么姗姗来迟？"

小虎队队长洪先杰说："章大队长半路上被人拦住有点事。应该马上就到了。"

说话间，服务员首先把一杯热气腾腾的甘草莲心递到柳建德手上。

这时，一位挂领班胸牌的服务员捧着一本精致豪华的菜谱，款款走到柳建德身边，双膝蹲下，用尊重的口吻问："柳老板！现在点菜，还是等下点菜？"

柳建德说："再等等，等主宾来了点菜吧！"他问小虎队队员们："小伙子们，章昌汉哪像给你们当头的人，吃饭都不积极，总是在后面磨磨蹭蹭、婆婆妈妈的。"

"你又在我的队员面前说我的坏话。"章昌汉推开包厢门走了进来。"你看我不是来了吗？"

柳建德："你要怕我说，你就改一改朋友聚会你总是迟到的老毛病嘛！"

章昌汉："我也是没有办法咧！不是我想走，我就能走得开的。"

柳建德看了看章昌汉身后，又探头看了看门外，问："你一个人来的？"

章昌汉："你又没有要我带老婆。"

柳建德："看看你这个人，讲话不算数。"

章昌汉明白他指的是什么，故意问："我哪里讲话不算数了？"

柳建德："你不把杀人凶手押来，我们哪叫庆功宴呀？"

章昌汉："这个你放心。用不着我们押，凶手就会到这里来。"

柳建德："你就喜欢吹牛。"

章昌汉："等会儿你看事实吧！"

柳建德："凶手是个什么角色？"

章昌汉："等下你就知道了。"

柳建德："要你的人尽快把杀人凶手押过来不行吗？"

章昌汉："你何必着急。"

柳建德："让我开开眼界嘛！"

章昌汉："你放心。我们肯定让你看到凶手。"

柳建德："那好。我相信你不会在我面前吹牛皮。你现在开始点菜吧！"

章昌汉："我点菜？你肯把这权力下放给我？"

柳建德："今天是为你们成功侦破凶杀案举行庆功宴，当然要由你这当刑侦大队长的点菜嘛！价格高低你不用考虑，反正我埋单。你点什么，我吃什么。"

章昌汉："难得你大方一回，我就不客气了。美女你记下。一网打尽，插翅难逃，水中捞月。"

柳建德以前听这些菜名，觉得挺有趣，不知为什么，今天听起来倒觉得很刺耳。

章昌汉："大闸蟹 68 元一只，贵了点。不点了。"

柳建德："点吧！既然是给大家庆功，总得有几道上色的菜嘛！"

章昌汉："你舍得让我们的侦查员饱口福，我当然支持嘛！美女！每人一份大闸蟹。好了，再配上宁乡花猪肉、浏阳黑山羊、汉寿野鸭，还来两个青菜、两个点心就可以了。"

柳建德："你不是说有 20 个人聚餐吗？这几个位置还空着。他们怎么连吃饭都不积极？"

章昌汉："他们有点事，马上就到了。"

柳建德："你说迟到的是些什么人嘛？"

章昌汉："或许你都认识。"

别无选择

正在这时，小虎队队员邓向群走进了包厢，笑嘻嘻地朝柳建德打招呼。

柳建德："终于又来了一位。从现在开始，下面来的一律罚酒三杯。你们赞成不赞成？"

大家异口同声："赞成！完全赞成！"

话音未落，包厢门推开，一位女子出现在包厢门口。

“柳厂长请客，我迟到了，十分对不起。”

柳建德见到这位女子，不禁暗吃一惊，其长相、声音、神态，均与曲智红没有差别，完全是一个再版。幸亏他昨天有着一场相同的经历，加之来此之前他已做好了充分的思想准备，不然他又会被吓得大叫。此时他稳坐主持席，不露声色地对章昌汉问道：“这个人是谁?”

章昌汉：“你不认识?”

柳建德：“是你的侦查员吗?”

章昌汉：“你看像不像?”

陈纯丽：“你不认识我啦?”

柳建德：“我从来没见过你呀!”

陈纯丽：“不见得吧!”

章昌汉：“来！过来！你坐到柳厂长身边来嘛，让他好好认认，看他到底见没见过你。”

陈纯丽在柳建德右边的位置坐下。

柳建德：“我与这位大美女是初次相见。”

陈纯丽立刻掏出一张曲智红与柳建德的合影，摆在他面前：“你看看！你我难道是初次相见?”

柳建德心惊肉跳，但他表面上没有丁点流露。他看了看照片，说：“明眼人一看就知道，这是电脑合成的嘛。美女你可是侵犯了我的肖像权，我可以找你打官司。”

陈纯丽：“好啊！打官司我奉陪。”

柳建德：“输了官司就要赔我一大笔钱。你赔得起吗?”

陈纯丽：“我包赢不输。”

柳建德以调侃的口吻问道：“美女你凭什么赢我?”

李鸣乐从门外走进：“我给她做证。”

柳建德：“又是一位美女。你的证据呢？能不能先出示给我看看？好了好了！别开玩笑了，我们一齐举杯吧!”

李鸣乐一手按住他的肩：“柳厂长这不是开玩笑，还是先请你看看我的证据吧!”

柳建德转对章昌汉：“这位美女也是你的侦查员?”

章昌汉：“你说的一点不错。”

柳建德：“这两位美女究竟是什么意思?”

章昌汉：“我也不明白，你问问她俩吧!”

李鸣乐：“你不用问，你马上就会明白的。”

春柳湖包厢里的气氛骤然紧张，仿佛一切都凝固了似的。

李鸣乐对着包厢后面问道：“都准备好了吗?”

邓向群回答：“一切就绪。”

李鸣乐：“开始!”

这时，春柳湖包厢的大灯全部被关掉，只留下吊顶上面的几只小彩灯，光线若明若暗。一块大屏幕从墙顶滑下，挂在了墙壁的正中间。随着音乐声起，一道光柱射向大屏幕，一幅幅画面在屏幕上滚动，光亮显眼，清晰夺目。蓝天白云，海浪巨轮，一架银鹰划过海峡，徐徐降落在椰树环抱的机场。文成浩、邓向群、陈纯丽、李鸣乐走下舷梯。海口市老渡口国际大酒店、五公祠、椰风包厢、万泉河畔、天涯海角，它真实记录了文成浩、邓向群、李鸣乐、陈纯丽跟踪柳建德的全过程。

刚开始播出，柳建德还勉强坐得住，随着播放的内容越来越深入，越来越扎实，他浑身颤抖，脸上的汗水像接了线似的流。他几次起身，都被陈纯丽、李鸣乐一左一右地按住了。他无法动弹，只能老老实实坐在原位往下看。他做梦也没有想到，他的一切行动全在章昌汉的掌控之中。他暗暗咬牙痛恨：章昌汉这家伙真是心狠手毒，嘴里口口声声与他是几十年同生共死的老朋友，暗地里却对他展开了全面跟踪侦查。他胸口绞痛难耐。他突然大声吼叫：“放开我！我要见程副省长!”

章昌汉：“你现在要见谁都没有用，你还是继续把这片子看完吧!”

柳建德：“不看了，我不看了!”他抓住章昌汉的手，大声喊道：“昌汉！看在你我几十年的朋友情分上，你要救救我呀!”

章昌汉：“现在谁也救不了你。”

柳建德：“你能救我!”

章昌汉：“只有你自己能救自己。”

柳建德：“我明白了。我自己救自己，我投案自首，我坦白交代。你给我大事化小，小事化了。这样就能保住我一条性命。”

章昌汉：“你又错了。你如果弄虚作假，只能加速你的死亡进程。从现在开始，你必须按照法律要求，把你所犯罪行如实交代清楚。那样，不说你的生命能否延续，至少你的灵魂能够得到挽救。”

柳建德：“难道就没有更好的办法了?”

章昌汉：“别无选择。”

柳建德抓住章昌汉的双手，低垂着头，泣不成声。

内容简介：

某小学内发生一起杀人碎尸、煮尸、毁灭痕迹案。死者是谁？刑侦大队大队长章昌汉把寻找尸源的重任交给了由一帮年轻侦查员组成的小虎队。与此同时，“警坛神笔”通过查看现场和有限资料，凭借手中的神笔复活了死者形象。章昌汉据此制作出十八具模特，摆放在案发地附近的红绿灯路口。章昌汉的生死之交、国有大型企业的一厂之长、拟走马上任的工业厅厅长柳建德驾车看见摆在路口的“模特”，吓得魂飞魄散。他借故飞往海口，企图寻机逃往国外。章昌汉挑选陈纯丽等四名小虎队队员乔装跟踪，陈纯丽化装成一名时尚美女，进入椰风包厢，与柳建德互诉衷肠，之后又频频与柳建德偶遇，柳建德色心不改，最终放松警惕，落入圈套……

柳建德最终为自己的罪行付出了应有的代价……

神　木

张阳球

节外生枝

五月的某天，穿着夹克的李焦平，被市公安局的大群警察堵在了一辆的士上。那是一辆桑塔纳，车子吱的一声急刹住，司机撞开车门就滚了出去。李焦平发现情况不对。果然，上来个膀大腰圆的警察，一手举枪一手拽开车门就去摁他的身子，口里喊着不准动。坐在后座上的李焦平，开始没动，后来突然闪出只手来拽住那位警察的手腕，一捋，将对方拽趴在自己的双腿上，另一只手鹰爪一样叼过了对方伸来的手枪，调转枪头指着车门外的警察。李焦平一连串娴熟动作让包围的士的警察们大感意外，愣了几秒钟，狼群一样四散跑开，寻找掩蔽物。李焦平带着些微的遗憾，松开抓枪的手，枪口一垂，画了个半弧，黑色手枪就吊在了他的食指上晃荡。趴在他腿上的那位爬起来，接过手枪，在他头上砸了一下，一缕血丝从他头上悄悄滑下来。李焦平粲然一笑说：开个玩笑。

李焦平和他携带的炸弹被带到市局刑侦队审讯室。

刑侦民警问：姓名，年龄，住址，职业。

李焦平晃晃下巴，表示无奈，说，我是滨湖县滨湖派出所的所长李焦平。

一丝惊讶闪电般掠过刑侦民警的脸庞，接下来变成习惯性的冷笑，那个炸弹是你的？

我必须纠正你，那不是炸弹，是个反坦克步兵雷的雷壳。我曾经扫过雷，托战友带来做纪念的。

你说你是派出所的？

不信？李焦平呆了片刻，见对方的目光依旧在扫描他，下意识地低头看了看自己。今天出来办事，没穿警服，警官证也放在警服里一同挂在家中的衣柜里。且刚刚一番搏斗，早已是衣衫不整，袖子上还有头上滴下的一点血迹，就自嘲地说，活该你不信。但你可以打个电话到我们所里。见对方还是没反应，只好提示，要不然把你们治安的吴奇吴胖子叫来，一切就清楚了。吴奇是他的战友，十足的捣蛋鬼。若是平日，打死他也不会找他，今天这种状况，实在是走投无路了。

吴奇晃晃悠悠来了，一见李焦平那副状态立刻叫起来，声音无比夸张。恐怖分子恐怖分子，怎么只戴了手铐？他伸出食指，指指画画说，上脚镣上脚镣。

吴胖子你等着，我会把你那一身肥肉割下来炼油。李焦平咬牙切齿。

生气了？真生气了？吴奇立刻嬉皮笑脸。对刑侦民警说，他说的全是真的。前年和我一起转业的，走狗屎运分到了县里。你们怎么抓得住他？他可曾是我们侦察队高手，一个人能对付两三个特工。

哪里，他把我们的人打趴下了。后来还是他主动交枪投降的。

大水冲了龙王庙。吴奇笑。尔后又拍着李焦平的肩膀说，行，还不算丢人。

我丢过人吗？李焦平瞪圆了双眼，一副要把人吃下去的样子。

没有没有。吴胖子双手乱摇。他知道犯了禁忌。他们一起去敌区侦察，抓回一个女特工，交由李焦平看守。不知怎么女特工挣开了绳子逃跑，二十多米远就被他发现了，李焦平举枪射击，这位神枪手打了三枪居然没打中。许多年了，这是好多人心中一块谜团，李焦平也从未解释过。

接过吴胖子从刑侦那里取出还给他的手机，打开，里面有好几个未接来电，还有一条信息，却是空白的，没有一个字。这种无字信息只有那个不会发信息的王六指王老头才发。

纵火案

李焦平带着女警冬青赶到王家墩时，是傍晚七点多。王六指家在村西头，火已经扑灭了。老屋旁边那座装柴草灰的泥砖屋已经烧塌，到处泥水横流。村民们手里拿着盆或者提着桶，站在冒烟的灰屋旁，同情的目光射在一个老人身上。老人稍显瘦但筋骨强健，身板笔直。他一脸花黑，身上往下滴着水，无助地站在那里，呆呆望着已成灰烬的灰屋。那个人就是王六指。

李焦平问他：烧了什么东西？

一根木头。王六指说。

就一根木头？李焦平瞪着眼，什么样的木头？

王六指用手比画着长短，大概两米半，二十公分左右。那不是普通的木头呢。

红木？

不是，比红木值钱。

价值多少？

五万。

哦，真的吗？李所长自己拿来椅子，和冬青坐到屋前地坪里，竖起耳朵，向前倾着身子，准备听王六指讲述令人难以置信的真相。轮到王六指了，只见他老是在那里哼哼着清理嗓子，似乎不知如何说起。

冬青不耐烦，刚想说什么，被李焦平拦住了，他悄悄告诉冬青先从其他地方查起。王六指以为李焦平要走，突然理直气壮地冒出一句，不信你问县外事局熊局长。

村长和周围的人都同声附和，看情形应该不假。

李焦平重新振作起来，询问了现场的人，他拿着铁锹将灰屋的灰烬铲到地上，又一一扒开摊平，仔细拨弄半天，方才叫大家散去。

李焦平进到屋内时，王六指已经洗好脸在那里等着。灯光下，他已没有方才的狼狈与疲惫，虽满脸开满秋天的菊花，却也精神矍铄。他一直不说话，目光紧随着李焦平游走。

喝了王六指递过的茶水，李焦平递个眼色给冬青，冬青悄悄按动录音笔，又不动声色地摊开笔录本，他才开口说话。我初步勘查了，有几个问题不明白，请您配合调查。第一，既然是一根贵重的木头，为什么不放到家里，而要放到外面的灰屋里？第二，小偷如果知道木头藏在那里，他只要悄悄拿走木头即可，为什么要烧屋？第三，假如是寻仇者，他要纵火肯定烧的是你的住房，为什么只烧了那座泥砖灰屋？

我怎么知道！王六指梗起脖子，眼横了一下。

李焦平仿佛自言自语，这火烧得奇怪呀。

有什么奇怪的。王六指的声音少了些蛮横，多了点心虚。

李焦平突然凑近王六指轻声说，说吧，到底谁放的火？

王六指一下子呆了，半天没回过神，支支吾吾地说，是……是……我。

为什么？

很多人吵着要看木头，我担心……

有没有其他原因？李焦平一脸苦笑，你以为我们警察闲着没事干是吧？要不是你老人家这么大年纪，我真要让你吃吃苦头。

放火的事不要告诉乡亲们，不然我没脸出门。

能看看那根值钱木头吗？

我把它埋了。

听到这里，一切似乎都水落石出，但李焦平心里还是不踏实。世上的事情本就有因才有果，这案子没有弄清前因，光知道个结果，又如何结案呢。他刚想继续询问，却被一旁的冬青抢了先。这丫头是个想事的人。她问，六爹你刚才说，乡亲们要看木头，你担心——担心什么呢？

日本人拜访

那天，太阳在云上奔走，无数光箭刺破云层直挺挺扎在这片古老的田土上。麻布大山沉默着，新墙河有如一柄战刀，从大山深处劈来，把这片田野劈成两半，河水无休止地流淌。大河两岸，无数的花草，依旧在先前的土地上繁茂。

外事局熊局长领着日本人东山四郎，还有自己的手下一行人，顺河堤走来。一路上他们指指画画，兴致勃勃。有个警察在河坡下调解，一会儿倾听别人的高声辩解，一会儿左右好言相劝，好像是那个派出所所长李焦平。这个人有点自负，又有点感情用事，很难打交道。他怕和他照面，领着一帮人下了河堤，走上了堤内的小路。堤内是个垸子，平坦的田陌上散布着大大小小的村庄。小路尽头就是他要去的王家墩，房舍沿河堤呈一字形排开，青砖墙顶端覆盖着老式青皮瓦。村庄依旧保持着当年的模样。不是他们有什么旅游设想，而是这里的人们喜欢这种乡村味。这倒与当下那些艺术家的口味相契合。看看走近了，熊局长忽然发现路边的青草上坐着一个人，正在向这边张望。仔细一看，原来是那个王六指。熊局长就莫名地雀跃起来，高声喊道：六指爹你好，你看我把谁带来了？他把东山四郎推到了王六指面前。

王六指还在疑疑惑惑望着那个人的时候，对方立正伸出了一只手，抢握住了六指爹欲抬未抬的手，用着不太标准的汉语说，第五师团奈良支队上士东山四郎，请多关照。

王六指抽出手，仔细地打量对方，从记忆中搜索面前这个人的影像。

六爹，他今天要我带他来专门拜访你。

什么事？

走走走，进屋谈。

王六指伸出那只右手，横空里就长出一根枝条，拦住了去路。熊局长拿手去拨，居然拨不动，只好知趣地揽着王六指的肩背坐在一处机埠上。东山，你的老朋友，到我们新墙河投资建一个陶瓷厂。我们这里的白膏泥很好，您老可能也晓得。这几天我们在河边考察，他说要来看看老朋友。

难为他还记得我这个断指之人。代我谢谢他。我要去菜园里薅菜地，少陪了。王六指把薅锄甩上肩，就踢开满地的螺蛳壳，甩开膀子走了。

眼看六指越走越远，熊局长同擦着汗的东山对视了一眼，急忙追上去。六爹六爹，有个事耽误您老一点时间，东山先生找您买根木头。

木头？到处都有，找我买什么木头?!

就是您儿子在网上说的那根木头。东山四郎近前，脸上带着一种热切。

这个畜生。王六指在心里骂了自己儿子一句，执意要走，被熊局长拉住了。

话没说完，莫走吵。

东山四郎也拦住了王六指，赔着笑脸说，我出钱，你给个价。

没有，没有你说的那个鬼木头。王六指狠狠瞪了对方一眼，用肘撞开两个人的阻拦，不管不顾地走了。

新墙河

午餐定在北岸的农家餐馆。熊局长让属下安排菜饭，见上桌还早，趁着餐前有点时间，东山提议去河边走走。主随客便，于是熊局长领着东山四郎穿过苇林，沿着那条小路，越过大堤，来到河边的石埠头上，看望这条穿过岁月的新墙河。

新墙河是流经湖南北部的一条河流，发源于平江幕阜山，由东向西汇入洞庭湖。在地图上要找到它还真不容易。河水轻轻地流着，阳光温柔地罩在河上，水面悄悄地飘着一层薄薄的氤氲之气。谁能想到就是这条名不见经传的河流，曾经发生过一场惨烈的战役。日本人占领武汉以后，为了打通南北战线联通东南亚战场，不惜动用了四个师团，由冈村宁次及后来的矶谷廉介将军指挥，欲越过新墙河与南来的日军会合。河对面是第九战区司令长官薛岳将军指挥的国军三十二个师。日军战艇飞机大炮侦察气球毒瓦斯敢死队，什么都用上了，来回拉锯，最后还是被中国军队挡在新墙河北岸达五年之久。新墙河防线史称长沙会战第一防线，被战史学家称为东方马其诺防线。东山四郎当年就在河北岸的奈良支队里。

东山四郎眯眼望着闪光的河水，良久沉思。碎浪拍击着河滩，滩头疯长着芦苇和藜蒿。一些蜡嘴雀在那里叽叽喳喳，讨论无关紧要的问题。水边散泊着几艘风网船，船边的撑篙上晾着丝网。一个女人撅着屁股在那里破鱼。东山四郎醒过神来，从口袋里掏出一盒烟，轻轻撕开盒盖，一支一支地把烟卷抽出来，尔后又一支支地点燃，小心翼翼摆列在石埠头上，双手作揖，对着河面口中念念有词。烟头上升起的袅袅青烟穿过河上的水汽，窜入空中。于是在清新的风里，便有了隐隐的枯枝败叶的味道。

有个人从芦苇丛中蹿出来，跳上了埠头，吓了熊局长一跳，定睛看去，是李焦平。熊局长很生气。怎么到处都有你，我以为是条野狗呢。

领导叫我们来协助抓休渔，这条河好像是派出所的，什么事都找我们。防汛、河道、渔政，哪一个有了情况，领导一个电话让派出所来，借口说他们没有执法权。我不知道政府养着他们是干什么的。

东山四郎从蹲着的地方站起来，熊局长刚要介绍，李焦平已握住了东山四郎伸出的手。这位就是东山四郎吧。

东山有些惊诧地望着熊局长，熊局长解嘲地笑着，不是我说的，这个人是个人精，他什么事都知道。

首先你到我们的地盘上来，你要到我们的管理部门报到对吧？其次你跟着熊局长在这里到处考察对吧？另外我从你的指头上的枪机茧发现你是一个老军人对吧？更重要的一点是，你在这里——等等，你在这里祭奠你那些曾经战死在这里的战友？李焦平忽然脸色一变，声音中透着不快。

我告诉他们，我来了。

他们早就回老家了。李焦平又补了一句，真的。

东山不知是没听懂还是不想再说什么，再次把目光投向河水。现在的新墙河早已没有了先前的气势，连先前一半的汹涌都没有。但东山的心头却依旧奔腾浩荡。在这条遥远的河边，留下的是青春和热血，是梦魇般的硝烟和弹雨。敌人的阻击十分凶猛，几艘炮艇被对方炮火击得粉碎，堤坝都被削得和河水一般平了。时不时有子弹从头顶擦过，发出古怪的咻咻声。

攻击再次失败，支队在大堤后面进行休整和弹药补充。

东山正和军需官为弹药补充争吵的时候，全副武装押运来一车物资，车子用军用油布盖得严严实实。东山绕着军车转了一圈，刚想揭开油布，有个岗哨立刻上前训斥他，这让他觉得很神秘。第二天，整个支队在北岸数十公里攻击线上，举行了隆重的战前祈祷仪式。仪式主会场就设在这个刘家大屋场。所有人双手合十面向东方做完祷告后，在督战将军命令下，在大家的注目礼中，军车油布揭开了。顿时，在场的人大吃一惊，车上装的，原来是长短直径相同，打上了火漆标记的木头。将军庄严地宣布，为了激励我们英勇善战的士兵，天皇指示从本土运来了一车神木做军旗的旗杆，用以换下那些久经战火历练，残断破损的师团、旅团、联队、支队到中队的军旗杆，让我们战无不胜的帝国军魂，永远飘扬在这片土地上。听到将军的话，士兵都跪下了，眼含热泪向神木叩拜，口中念着先辈的名字。他们组成了多个敢死队。狂飙般的炮火过后，这些奈良子弟头扎敢死带，身背武士刀，冲锋枪挂在脖子上，从上游下水，在火力掩护下边打边向对岸游去。东山举着烙着火漆标记的旗杆，发情一样朝对岸冲去。军旗在头顶肆无忌惮地飘扬。在波浪和风的推搡下，高高的旗杆很难掌控，很快，旗杆便不由分说地倒下来，砸在了波浪里。那是军魂啊，是这片河道里所有士兵的兴奋剂。但毫无办法，老天爷不给力该倒还得倒。东山死死抓住漂浮在水上的旗杆，他发现，水里的旗杆给了他极大的浮力。趴在旗杆上，他突然浑身轻松下来，也更加方便了射击。他手里的冲锋枪突突着，抢先渡过大河冲上了对岸河防阵地。上岸时他才感觉头部右侧有点疼，抬手一抹，耳朵没了。八嘎，他死盯着国军那挺不再喷火的马克辛机枪。

有意思，站在河岸上的东山四郎自顾点着头，一脸傲色。那次我冲上南岸抓到的第一个俘虏就是重机枪手王凯。

听说你们使用了毒瓦斯。李焦平盯着河边那艘渔船，头都没回。

那是一种武器，正像美国人当年使用的原子弹一样。

李焦平正想驳斥东山，渔船上站着的那个女人在河边挥手，当官的，买鱼吧，新鲜的刁子鱼。

不是通知休渔吗，怎么还在捕鱼？李焦平皱了皱眉头，哪个村的，村长是谁？

女人提高了调门，你们这些当官的，不操心茶饭。我们不捕鱼，难道叫我们系起喉咙，吊到梁上做风干肉？稀奇古怪！

熊局长喷口一笑：碰到不信邪的了，叫你到处神气。

神气个屁，我天天给人当孙子。李焦平遭受一顿抢白，存了不少郁闷。他看看表，时间不早了，不想和东山扯淡，挥手告辞。一直在旁边待着的科长附在熊局长耳边说，留他吃饭吧。

算了。你把王六指的儿子王湘北叫来。熊局长觉得自己犯了一个很大的错误，从一开始就不应该去惹那个老家伙，而应该直接找这个王湘北商量买木头。

王湘北

王湘北清早离家，骑着那辆破三轮，没有去菜市场劳务点等人拉货，而是去了桃子那里。王湘北到桃子这里来，纯粹是寻快活。

桃子在万里足浴城做事。正值上午空班时间，没有客人，一片冷静寂荡。王湘北进门就看见桃子的小姐妹三妹在准备客人的擦脸毛巾，他顺手抓了一块冒热气的毛巾，在脸上胡乱擦了一把。没等他开口，三妹就笑了，找桃子姐？她用嘴朝最里间一努，王湘北就汗兮兮朝纵深处小单间冲去。三妹在后面哧哧笑。拉三轮的湘伢子没钱，极少进这类洗脚洗澡的地方，认识桃子纯粹是个千年等一回的巧遇，是“猿粪”。九月里的时候，足浴城老板在门脸前搞了一次公益活动，免费为八十岁以上的老人洗脚。给王湘北的爹爹洗脚的就是桃子。王湘北看着桃子那双白嫩的小手轻柔地为爹爹洗脚，就觉得身上痒兮兮的，想抓又找不到地方，最后才发现，是心里痒。他没话找话，说，洗得真好。桃子粲然一笑，什么时候来洗脚叫我，她把自己的胸脯挺出来，高高的乳房上是红色的工号牌。王湘北趁势去摸那工号牌，桃子收了胸脯。王湘北说，我不要你洗，我想给你洗。桃子说，你来呀，我等着。王湘北第二天就去了。后来空班的时候，王湘北就时不时地跑过去找桃子玩。

桃子是湘南人，刚回老家待了几天。见到桃子，桃子没有先前的热情，显得有点慵懒，腿直腰不直的。王湘北感觉到了，怎么啦？

大姨妈好久没来了。

大姨妈？王湘北傻乎乎的。你妈都是假的，哪来的大姨妈？

就是女孩每个月一次的月经。这都超过两个月了，一点动静都没有，只怕中奖了。

王湘北呆问，那怎么办？

跟你爹说，给她点钱，让我快点嫁过来。

你妈不是个东西。

不许骂我妈。桃子正色。

她不是你妈。桃子的妈是后妈，小时候折腾桃子，如今桃子的屁股上还有她妈烟头烙的伤疤呢。

那也不许你骂。停了一阵，桃子又续上先前的话题问，给你爹说了没有？

我说过了。不是还没回话嘛。

下次不给个准信，你别来了。肚子一天天大起来，你不要脸我要脸。

干脆租个房子住外面去。

少哄我，哪里来钱？

正在挖空心思，运气好的话，发笔大财。

你是说那木头？桃子撇了撇嘴，撇出些许笑容。这时三妹在外面轻轻敲门，熊局长来电话找你。他应答一句，心有不甘，磨磨蹭蹭地穿衣服往外走。走到门边时回了一下头，悄悄说，等着我，办完事再来。

馋鬼！桃子一指头戳在王湘北额头上。

王湘北匆匆忙忙骑着三轮赶往新墙河北岸。

五婆土菜馆

李焦平路过那个苇塘的时候，看到塘边有几个小孩在抓青蛙，吵吵闹闹的。苇塘原来是新墙河的一个水湾。战争时期日本鬼子在村里找花姑娘，花姑娘没找到，找到五个七老八十的老婆婆，一气之下把五个老婆婆绑在一起扔进了苇塘，尸体腐烂后，气味让村子里的人跑光了。后来那里成了村里一个谈此色变的地方。去年村里有个憨哥重新在这里挖了个鱼塘养了愣子鱼。愣子鱼只在山涧里存活，可在这平地苇塘里居然也能活蹦乱跳，真是奇了。村里人说是五婆婆显灵，感谢憨哥在池塘边立的那块碑，碑上红漆写着：五婆鱼塘。他还在旁边盖了家土菜馆，名字就叫五婆土菜馆。李焦平呵斥了那几个小孩几声，让他们快点离开水边。看见小孩起身准备上岸，便也离开苇塘赶午饭。谁知没走几步，差点儿撞上飞奔而来的王湘北三轮。王湘北骂了一句：撞死！抬头一看，是李焦平，慌不迭跳下车来点头哈腰。

倒打一耙呀，这么急急忙忙抢生意？

熊局长请我到五婆土菜馆吃饭。

他请你——吃饭？黄鼠狼给鸡拜年，你小心点。

王湘北呵呵两声，没心思说话，又飞身跨上了他那辆破三轮。

王湘北样子十分夸张地扭动着屁股，三轮车在他胯下像头野猪横冲直撞。一个急刹车，差点儿撞翻摆在门前风雨棚里的饭桌。

上次的展板没叫你赔，撞翻这桌饭菜我是非叫你赔的。熊局长笑。那次给外事局运展览用的展板，在十字路口转弯时翻了，一车展板掀翻在马路上。恰逢对面驶来一辆重装货车，展板成了碎玻璃渣。负责的科长当时同小伙子在马路上大吵起来，叫小伙子赔。后来喊派出所出面调解。李焦平听了情况后，一个电话打到熊局长说，叫小伙子赔也赔不起，不如熊局长点个头，局里负担算了。熊局长虽然不高兴，但看在李焦平的面子上还是答应了。王湘北不知道这中间的原委，一直把熊局长当作救命恩人，常帮他干私活。

介绍过后，王湘北伸着双手扑向那个日本人。他握着东山四郎的手胡乱晃动，把对方从上到下地看，脸上写着一种困惑：眼前这个中等个子、略微显胖、满头银丝的老头就是当年杀人放火那群家伙中的一个吗？你就是同我爹爹打过仗的鬼子啊。王湘北嬉皮笑脸。

不要乱说话，他懂中国话。熊局长在王湘北后脑勺上轻轻拍过一掌，把他按在座位上。菜已经上桌，那碗油焖愣子鱼格外显眼，金黄的小鱼堆尖上，一撮绿莹莹的小葱，把色香味甩得到处都是。今天请你来是买你爹那根木头的事，价格说好了，这个数。熊局长竞拍似的举起一只巴掌。能搞来吗？

没问题。

不要大包大揽，做得了你爹的主吗？

不就是一根破木头吗？

我等你的好消息。熊局长用公筷夹了一条愣子鱼放到东山的碗中。东山咬了一口，咂吧几下嘴点头说，不错，鲜、嫩、脆、香，比我们北海道鲜鱼片的味道要复杂得多。我听说这种鱼只生长在山涧里？

王湘北忙不迭插嘴，这可不是山涧里来的，就是刚才从前面五婆塘捞起来的。五婆塘知道吧，当年你们在那里淹死了五个老婆婆，所以叫五婆塘。

东山四郎听了，忽然呕一声，连忙跑到一边去，把刚才吃的愣子鱼吐了。

好菜好饭都塞不住你屁眼啊。熊局长脸色十分难看。

这有什么，当年他们不是没吃过人。王湘北不以为然。

东山用手绢擦擦嘴，偏过头来问王湘北，你干什么工作？

司机，三个轮子的司机。

东山四郎拍拍王湘北，我想请你去日本玩玩。

真的？王湘北不信。

王湘北叫父亲把木头卖了

王湘北被熊局长叫去和日本人见面后，卖木头的心情就很迫切了。他一直在琢磨如何不露声色地向父亲开口。王六指是个脾气暴躁的家伙，三句话不对付就要拿起竹片抽你的屁股。王湘北从小就畏惧父亲。现在长大了，畏惧感少了，但是增加了些敬重。

回到家的时候，王六指刚把一碗酸菜炒肉摆上桌。他塞给王湘北一双筷子，也不招呼，自己坐下来吃。

王湘北忙了一上午，其实挺饿了，但他没有狮子大开口，只是用筷子挑了几粒白饭塞在牙缝间。

看到王湘北若有所思的样子，王六指问：有心事？

桃子找了我，想结婚。但是她妈要彩礼。王湘北伸出一个巴掌。

我没钱。你看谁家缺爹爹，把我拿去卖了。

你不值钱，家里有个现成的值钱玩意儿。

王六指定定看着儿子。

那根木头。你没看电视里的寻宝节目，如今古董值钱，咱们这根木头可是有来头的，算得上是个文物。熊局长说……

日本鬼子要吧？他和姓熊的来找过我。

你的意思呢？

劈了做柴烧也不给他。

一根破木头几万块钱，哪里有这么好的买卖，给他算了。

王六指停了筷子，闷闷的，脸像抹了层酱油。

王湘北知道爹爹一根筋，他不想把这件事搞复杂了，把后路堵死，就转了口气说，我也快三十的人了，该结婚了。再说，桃子她——怀孕了。

王六指眼睛连着眨巴了好几下，然后定格，着力猜想儿子告诉他这几个字的含义。后来终于明白了，很不高兴。没结婚就把人睡了，丢你祖宗丑。

什么年代了，不说这个了，这婚你说还结不结？

哪个不让你结了？

那就把木头卖给他。

老子烧了都不给他。王六指把筷子砸在桌子上，一根筷子飞镖一样飞出去，直插在门前的榆树上，惊飞了树上一群鸟。事发突然，王湘北毫无心理准备，惊得从椅子上跳起来，只觉胆汁回流，口里发苦，肛门处凉沁沁麻酥酥。这这、你你地舌头缠绕好几个结，也没说出个子丑寅卯来。后来就干脆不吭声，嘟着嘴巴呆呆站在那里。有只母鸡哼着两个单调的音节晃过来，在他脚上拉了泡屎。他飞起脚把鸡踢得蹿起老高，还不解恨，又脱下鞋砸过去，这才吐出口长气，从树上拔出那根筷子，扔到桌上，从筷筒里另外抽了双筷子递给父亲，缓了声调说，不卖就不卖，有什么大不了，何必生那么大的气。

知道这个木头怎么来的吗？

莫晒霉豆腐好不？

不晒霉豆腐。有个问题我想问你，假如现在鬼子从对岸强渡，凭你们这些败家子儿能守住防线吗？

王湘北是个玩游戏的高手，听到爹爹的话，忽然来了精神。他认真在头脑中排兵布阵，觉得首先要将敌手拒之于国门之外，不能也绝不会让他们攻击到对岸来。然后用东风 21 攻击敌方直升机航母。在空警 2000 的引导下，用红旗 9 地空导弹攻击敌方 F2 歼击机，在他们还没有喘过气来的时候，派潜艇发射巡航导弹摧毁敌方重要军事基地。他手里还从来没打过败仗。但他清楚，这些无法与爹爹交流，于是内心顿时升起一股巨大的失落感。

能吗？王六指逼问道。

王湘北不耐烦地说道，少操点空心，先把自家的事情搞清楚。我马上要结婚，房子也要修，你也这么大年纪了，小病小痛动手就要钱。把根破木头卖给他，赚鬼子几万块钱，这又犯了哪道法？

不是钱的问题崽吔，王六指痛苦地指着心口，这口气转不过来。

你就守着那口气过日子吧。王湘北顶了一句，头也不回地走了。

王六指在后面追着说，如果有人跑到你家杀人放火，你连气都不会生，那就没有什么希望了。

一个冒烟的手榴弹

王六指现在很想像古代侠客那样，向东山发出决战令，两个人面对面单打独斗一场。你说那个叫东山四郎的鬼子，这多少年了，他居然大摇大摆千里迢迢跑来找这根木头，真他娘的是疯狗扒门框——狂到家了。王六指感觉到一种只有他能读懂的嘲笑与奚落，一种只有他能感觉逼近的冲撞与威胁。他恨恨地想，我得告诉他，老子不惹事但从来就不怕事。想到这里，他毅然把门锁上，沿着河堤朝北岸去，他听说熊局长这些天带着那个家伙在对岸考察，打算去找那个鬼子，和他当面理论理论。

走到桥上，一伙人打对岸优哉游哉地过来，随着河风还飘来他们的笑声。仔细看去，正是熊局长一伙，其中就有那个烧成灰都认得的鬼子东山。看看走近了，王六指咳嗽一声，横在了桥当中。

见到王六指，熊局长有些意外，隔着老远，就甩开众人打招呼。六爹，木头的事想通了？

开口闭口木头，你就是根死木头。王六指瞪着熊局长，你死开，我来问问这个鬼子。王六指这回注意看了东山四郎的左侧太阳穴，他看见了白发掩盖的地方是一个耳蜗，那地方应该有只耳朵却什么都没有。我问你——你就是那个把川娃子绑着叫狼狗咬死的东山四郎？你就是那个把老子绑上准备叫狼狗来咬我的东山四郎？你现在来绑老子试试看，王六指秃掌指向东山四郎，唾沫横飞。老子把你脑壳扯下来当球踢。

东山变了脸色，连连后退，那不是战争嘛，都过去了过去了。

女科长赶紧上前拦住了激动的王六指。

过去了？打烂人家个坛坛罐罐也得说声对不起，你们打烂我们家园，赔过钱道过歉没有？你说说，这有天理吗？嗯？王六指逼视着东山四郎，东山的目光闪开了。

他又没强迫你，只是听说有根木头，想买回去，愿不愿意在你。熊局长劝解。那么激动干什么？

激动错了吗？

尽情发泄完心中的愤懑，王六指情绪稍稍平缓。他在桥上站了好久，双方都没有说话，各自想着心事。就在东山准备离开的时候，王六指忽然又开口了，你说实话，想要那根木头？

东山还沉浸在突如其来的惊惶中，没有应答。

王六指提高了声音，你是不是要那根木头？

是，拜托了。

有个条件。

你说。

我们比试一下，赢了，给你。输了，给我磕头谢罪。

比什么，射击？我在这里没资格拿枪。掰手腕，你少了几个指头，对你不公平。还能比什么？

这个。王六指从口袋里摸出颗生锈的手榴弹，这是我在河边捡来的，不知还有没有效。拉着了火，我握大头，弹柄给你，谁先放手谁狗熊。

东山四郎咽了口口水，脸色开始变化，眼睛直直盯着那颗手榴弹，心里不知在想什么。

熊局长大惊失色，连忙掏出手机拨打，可怎么也看不清屏幕，好久方才找到李焦平三个字。

其时，李焦平就在桥下沙滩上。他接到举报，挖沙的挖出了手榴弹，被个老头儿拿走了。他连忙赶到桥下问情况。刚到，还没说上几句话，熊局长的电话到了。他在电话里惨叫：快来，桥上出事了。从当侦察兵到如今当警察，李焦平最怕听到“出事了”这三个字，听到这三个字，他的汗毛会竖起来。有什么办法，在熊局长的呼救声中，他也只好竖着汗毛转身朝桥上蹿去，穿过刺蓬的时候，挂落了一只鞋，别提有多狼狈了。

刚上桥面，就看见了惊人一幕，王六指拿着个手榴弹在晃来晃去。他看到那是一颗德国 M24 型长柄手榴弹，是抗战时期巩县兵工厂仿制的货。李焦平眼前立刻闪现血肉横飞的场面，不觉伸手向前一砍，大喝一声：住手！

这个关口上，哪是能喊得住的。王六指将手榴弹啪的一声拉着了，灰色烟雾从弹柄末端缓缓流出来。王六指把它塞进了东山的手里。

东山握着手榴弹扔也不是抓也不是，呆呆盯着不断冒烟的弹柄，脸已刷白，头上的汗珠噗噜噜朝下滚，裆里早已湿漉漉的了。

周围人炸了锅，有的捂住耳朵趴了下来，有的则直接逃开了。熊局长直喊，有话好说有话好说。

李焦平来不及多想，直接扑到两人面前，右手抢住那颗手榴弹，顺势用右肘撞开王六指，左手推开东山四郎，没等举起就将手榴弹顺势甩下了桥。挂着青烟的手榴弹像牵着藤的葫芦瓜，噗的一声落在沙滩上，就等那惊心动魄的一声响了。谁知等了好一阵，直到烟雾散尽，也没听见任何动静，看去，手榴弹趴在沙窝里睡着了。

八嘎！东山四郎低声骂出一句。

王六指爆发出大笑，边笑边指着东山语不成调说，以为你有多狠，还不照样吓得腿胯里流水。

李焦平等王六指笑完，对他说，我同情你，但我还得拘捕你。东山先生也请你去派出所一趟。

熊局长出来替东山说话，他说：东山是我们县里的客人，正在考察投资。况且这事是六爹引起的，就不要让东山先生去派出所了。要去，也要等考察完再说。李焦平想了想，说，行，等几天我再找他。他叫个手下去处理手榴弹，当着大家面把王六指请上车，朝南开去。车子拐了好几道弯，最后停在王六指自家屋门前。

李焦平埋怨道，六爹，你何必去作弄那个老鬼子。

王六指很不高兴，说，你太小看我了。其实我真的不知那是颗哑弹，就是打算拿我这把老命一搏。

老愤青！李焦平骂着，心里一阵感动，却还是严肃地说道：你说我拿你怎么办？不关你吧，你触犯了法律。关你吧，你又七老八十，进去不知道能不能活着出来。鉴于人道主义精神，我们采取监视居住。六爹，你不能外出。

王六指扬下巴犟道，腿长在我身上，你能管得住？

气得李焦平直摇头。我说六爹你能不能安静点？

不是我不安静，是他们不叫我安静。

因为那根木头？这样吧，你干脆从头到尾说说那根木头怎么来的，有什么难以说清的背景，我替你担着。

好吧。王六指长长地吁出一口气，你让我好好回忆回忆，厘清思路再找你。

木头被偷了

王六指不是个容易动感情的人，但那些带血的情节常常在他独自待着的时候冒出来，每当此时，原本平静的心境就像有颗手榴弹突然爆炸，胸腔腾起一股灼人的热浪，无数愤懑的弹片迅疾射向身体各处，就有尖锐的疼痛从身体四处反射回来，潜藏在深处的悲哀就沿着那些痛楚蜂拥而至。他常常下意识地躲避那些血淋淋的情节。或许是为了让自己记住那些曾经的屈辱，记住那些为国捐躯的战友，记住国恨家仇什么的，理智常常强迫他刻意去记住那些情节，收藏那些情节。又是一夜无眠，回忆，闪避，闪避，回忆，辗转反侧，直到鸡叫。大清早爬起来，头像安错了地方，思维一片混乱，两侧神经跳疼。他走到后面菜园，打算在那里透透气，打一段铁牛拳。突然他发现菜地有些异样，什么时候菜地中央挖开了一个坑，他瞬间冷了半截腰。过去看时，果然发现埋在那里的木头不翼而飞。王六指跌坐在飘着露水的菜地上。这可怎么办？深藏了几十年的东西一下子失去了，深藏了几十年的历史断裂了，深藏了几十年的青春和热血失落了，心里也就失去了支撑。那种慌乱和失落，那种自责和痛悔让他无法表达，一拳砸在地里的一兜菜上，随之菜叶菜汁飞溅。心态稍稍平复的时候，他想起了李焦平。就在他拿起那个警民联系卡，找到李焦平的手机号码的时候，忽然停住了，陷入了一种尴尬。上次自己放火，说木头被烧，报了个假案，害得人家上上下下闹腾了几个钟头，无功而返。这回又说木头被偷，他信吗？他会来吗？弄不好他抢白自己一顿，这张老脸真没地方搁了。他清楚地知道，这根木头没有李焦平，怕是永远也别想找回来了。案子一定要报，但是要让别人代劳，而且不能让人知道内情，这件事情很让王六指费了一番神。

当李焦平听村民告诉说，王六指喝醉了酒，横挡在路上收卡子费的时候，不觉扑哧一下笑出声来。六爹好酒，却从来没有醉过酒。李焦平叹道，六爹呀六爹，你真让人刮目相看啊。

冬青很恼火，说，这个六指老头真是我们辖区一个人物，次次要闹出点动静。

李焦平洞若观火说，老头可能遇到麻烦了，想叫派出所去人。

直说嘛，装神弄鬼干什么，讨厌。

怕是有什么难言之隐。

两个人见到王六指的时候，王六指已经不在大堤上收卡子费，而是在自家屋门前对着那棵苦楝树练拳。王六指年轻时学过铁牛拳，且有些功夫。不过此刻他不是认真练拳，而是在拿那棵苦楝树泄愤。一拳一拳，沧桑的拳头打在有些沧桑的树干上，于是一些沧桑的叶子就稀簌簌抖落下来，惊得那些山麻雀像躲避鹰鹫一样四散奔逃。

武林高手。李焦平朗声高呼。

王六指收了拳，皱着眉头，眼角的菊花纹挤到一起。高个鬼。我要真是个高手，就不会进贼了

怎么啦六爹？李焦平望望眼前这位八十多岁的老者，心里感叹生命之艰难，命运之不公。他伸手握住老者伸来的右手，触摸到他只剩下大拇指的光秃秃的手掌，眼里忽然涌起一些感动。进了强盗？没伤到吧？

那倒不至于。

什么时候的事？

昨夜里。

看看去。李焦平挽着六指爹瘦削的肩膀朝屋里走，冬青紧跟在后面。

六爹引领着李焦平他们来到屋后，屋后是一片菜园，种着莴笋。几株山梨树稀疏地伫立在菜地中间，墨绿间缀着一些麻褐色的嫩果实。他们站在一棵树下，树下的泥土被挖开了，坑的周围，菜叶狼藉一片。什么值钱的东西埋在这里？

那根木头。你知道的。

是不是上次你说烧了的那根木头？六指爹，不会把我们当猴吧？李焦平和冬青对视了一眼，两个人都会心地一笑。

王六指显然生了气，这案子你愿管就管，不愿管就死开。我没叫你来。

李焦平连忙赔上笑脸。嘿嘿嘿六指爹，我不是也急吗？你说说，到底是什么情况？

自己看。王六指回了堂屋泡茶。

无奈，李焦平只好先腾出精力，着手勘查现场。他穿过菜地，来到菜地的边缘，一双鹰眼四处逡巡。他站在围墙边，深吸一口气，感受着周围空间和氛围留给他的蹊跷。围墙一米多高，是利用没有拆除的旧房墙改造成的。围墙顶端朝里朝外盖有两披青瓦，防止雨水冲垮围墙。环顾四周，他发现除了埋木头的地方土被动过外，其他地方丝毫未动。李焦平有些不解：王六指平时不大出门，刚好到前面小卖部买了包盐，贼牯子马上就到。进菜园没去东翻西找，直接就到梨树下

挖走了木头。这情报如此精准堪比专业情报人员。李焦平眼睛贴着围墙看了好久。围墙顶端有一些擦痕。一片瓦跌落在围墙边的地上碎了，有几个脚印翻过墙去了。李焦平攀上墙边的梨树，纵身飞过了围墙，一连串越障动作，直把王六指看得目瞪口呆。

李焦平在围墙外面转了转，重新回到屋里。

王六指交给他几页纸，指指上面说，这就是这个木头的来历，不是我不愿讲，一讲我就心口痛。年轻人你理解吗?

理解。李焦平仔仔细细读着，眼圈慢慢红了。又看了一遍，就把手按在了王六指的肩膀上，以此传达自己的感受。

冬青在屋里的地面、墙上、家具上嗅了个遍，没有发现什么，就对李焦平摆了一下头。

两个人走出来，站在大堤上北望，都有无限的怅惘。近来，李焦平经常做同样内容的梦，梦见黑暗中伸过来一根树枝，如苍龙般遒劲盘绕，他使劲看了半天，却看不见连接树枝的那根大树在哪里。梦里黑色的凝重与树枝的怪异，给了他很深的印象，他不明白这里头有什么蹊跷。冬青笑他青春更年期，多疑夜梦。不过，冬青说，我觉得这王老头有点让人摸不着头脑，一根木头把我们折腾来折腾去。坦率地说，我怀疑他又在搞什么名堂。

李焦平手指头点着冬青，这回你可错了。

动家法

隔着老远，就见王六指手里抓着根长长的竹条子，旁边桌子上放着一只土碗，里头可能装着酒，喝一口，就拿竹条在桌上拍一下，发出一声炸响。王湘北跪在地上，听到啪的一声，抬起胳膊下意识挡一下。

王六指的竹条子指了指王湘北，你个畜生！王六指从小就这么教训儿子，父子俩每次都是这样开场。只是现在的王湘北早已成人，他也不再担心爹爹手上那根竹条。什么事啊爹爹，你一生气我就成了畜生。

我问你，你把木头偷走了?

早跟你说过了，我没偷。你出门我陪访，你在家我陪聊，哪有空当儿来偷木头哇。再说，我就是有那个贼心也没那个贼胆哪。

李所长说是你偷走了。

嘿嘿嘿六爹，没证据不要乱说。我几时说是他偷了，我只是要他来问一下情况。旁听的李焦平赶紧插话。

哦，只是问情况啊。王六指冲着李焦平，你来问，他不老实老子抽他。

六爹，莫搞得天摇地动。你到一边歇着，我来问他几个问题。大前天晚上到前天早晨你在干什么？李焦平把跪着的王湘北拉起来。

睡觉啊。

没出去？

王湘北在什么也没有的头上抓挠了几下，回答说，十点多的时候出去了一下。

干什么去了？李焦平好像拉家常一样和王湘北聊着，其实他在极为注意地收听他吐出的每一个词语，用缜密的思维过滤着每一个细节，寻找破绽。

青皮喊我打麻将。

打到几点？问话越来越紧促。

王湘北没时间思考。早晨。

鬼崽子在外搞通宵，回来早饭都没吃，就倒在铺上摊尸。王六指愤愤地说。

李焦平扬手示意王六指不要插话，紧接着问王湘北，赢了输了？

赢了。王湘北随口答道。

没事了，你走吧。李焦平深刻地盯了王湘北一眼。待他走出好远，又在后面叮嘱道：以后不能打赌钱的麻将，小心我抓你。

询问东山四郎

考虑那个东山四郎不会在本地待久，很快会回国，李焦平打算尽快找东山聊聊。谁知道那个姓熊的家伙有些不高兴了，说，你能不能干些正经事？我们这项目还有许多事情需要落实，天天跑得脚抽筋，你却总在那里打斜炮干扰，你就不怕我到书记那里告状？李焦平压抑着火气说，时间不长。熊局长吼道，那也不行，破坏了人家的情绪。

破坏情绪？谁破坏谁的情绪？

他一车飙到桥头收费站，把横杆放下来，就坐到收费站还未装修的房子里眯眼打瞌睡。不一会儿，听到外面汽车喇叭响破天，还有人在那里骂骂咧咧。李焦平不吭声，反正没人敢冲撞那根铁制横杆，你总得屈尊下车进屋来面见本所长。一阵脚步响，有人进屋。凭来人带来的呛人烟味，李焦平知道是谁，但他装睡，眼都不抬。

敲敲桌子熊局长说，守株待兔，你狠。不过我要提醒你，这是书记亲自抓的项目，切莫乱搅。

你请东山进来一下，我核实几个问题，不耽误你们考察。

听到李焦平这么说，熊局长只好出去，把东山四郎引了进来。这是第三次见面了。李焦平只见过这家伙两次，就已经把日本人那张脸印在脑海里。现在他趁双方客套的机会，再次仔细地看了看对方。那对目光中透出的尖利，尖利中显出的孤傲，令他印象深刻，他不明白这个老人被风雨洗刷了容颜，却为何磨不灭那对目光，以至今天依旧那么锋芒毕露。这让李焦平生出些反感。

警官先生你好，好像你没有理由拘捕我。东山微笑着。

李焦平扬眉直视东山四郎。没事没事，我只是依法向你核实几个问题。你是什么时候到达我们县里的？

前些天，具体地讲是……一个月前。我记得那天在下雨。

先生此行目的是什么？

投资建一个陶瓷厂。河边笔架山那里的白膏泥很好。

东山先生的记性真不错。李焦平咬咬嘴唇，见一丝不快从对方眼里掠过，不觉得意地用笔在桌上轻轻敲打两下。还有其他的打算没有？

想看看当年的地方。顺便收集一下当年的遗物，做个纪念。

纪念？李焦平哼了一声。纪念什么？青春岁月？战斗精神？

东山读懂了李焦平平静中掩藏的愤怒。但他不为所动，慢慢把目光移向窗外，思忖了好久说，对于我来讲，国家的命运就是我个人的命运，一个国家没有像我们这样一群坚定的士兵，那，这个国家无论如何是撑不起来的。对于国家的战争，我不想去评论它的正义或者非正义，我只知道服从，而且是永远地服从。

李焦平点点头又摇摇头，你得承认作为个人，对国家的坚定是无可非议的，但到了这种盲从的地步，问题就严重了。尤其是一群人或者很多人都有这样的盲从，后果就非常可怕。这是你说的还是你们国家说的？

都一样。

东山的回答在李焦平心头撞击出隐隐的担忧，为了不让东山发现他的心思，他转换了话题，你从哪里得到神木信息的？

网上。那个王湘北发了个照片，要出卖神木。

你拿到了？

暂时没有。

我提请你注意，这个王湘北对木头没有处置权。希望你不要用非法手段来获取。

我会遵守贵国法律。

李焦平起身，东山也起身，气氛有些尴尬。也许是为了打破这别扭局面，东山四郎紧走几步，主动和李焦平并排走着，说，我记得胡家窑有个庙，还在吗？

李焦平转头，怎么？

东山莫名一笑。我和平田君在那里碰到过灵异事件。那天傍晚，下着小雨，我们在周围警戒搜索回来，经过那个小庙，进去躲雨，一眼看见那里供奉着一男一女两个菩萨。我们连忙点了香，奉上了罐头，并磕了头。抬头的时候，你猜我们看见了什么？东山四郎故意停顿了一下，等待李焦平的反应。然后清晰地说，我们看见那个女菩萨微微笑了一下。这让我们心惊肉跳，谁也没说话，赶快离开了。

听到这里，李焦平想起了本地流传的一个故事，这个故事无疑是东山故事的注解。

胡家窑有个胡菜花，是个瞎子。有天鬼子快到胡家窑了，全村人吓得扶老携幼朝山上跑。胡菜花跑不了，丈夫又是个瘸子，背着她跑力不从心，搞不好连自己也搭上。惶急慌忙中，只好将她抱到屋后的窑神庙里，放把椅子让她坐在窑神旁边，请窑神保佑着。丈夫则跟着村里人跑了。后来鬼子胡搞一阵走了，乡亲们这才急急赶回村。一路上，望着断壁焦尸，胡菜花的丈夫失魂落魄，想着老婆这回必死无疑，打算回来收尸厚葬。抢到屋后的窑神庙里探头一看，她安安稳稳坐在那里，面前插满了点燃的香，还堆着许多日本罐头。

李焦平脸上浮起一种深不可测，打算把这个故事讲给东山四郎听，或许能让他解开历史的谜团。转念间他改了主意。他知道跟他们解释不清当年的事情，这件事冥冥中本就有许多说不清道不明的东西，比方善恶因果，比方心理感应，就让他们带着一个谜在世间生活吧。

在这里还待多长时间？

这要看项目进展。

祝你此行愉快。李焦平伸出手来握手，在对方食指上又触到了那层老茧。他十分清楚，这样的老茧绝不是打一次两次枪、扣几次扳机就会形成的，必定是年长日久每天扣扳机射击方能成这样的老茧。对于一个离开战场多年的老人，如此酷爱射击，除了战争带给他的影响之外，还有一种信念形成的惯性，这种惯性是惊心动魄的。李焦平不露声色地问，先生喜欢射击？

是的，我家旁边有个射击俱乐部，没事我常去那里消磨时间。

熊局长发誓不知道木头的事

听说熊局长被王六指打伤了脚，李焦平既高兴又着急。熊局长这个人很有点不可一世，李焦平要想找他了解点什么那是白日做梦，他根本就不尿你。这下看他往哪儿跑。他不知道熊局长的伤情怎么样，担心伤太重，王六指担待不起。多方打听才知道，熊局长没有住进医院，而是住在了福利院，这让李焦平稍稍放了心，说明他伤势不重。

福利院里面有个临水的亭子，亭外是一方荷塘。李焦平找过去的时候，熊局长已经坐在那里，望着外面枯荷上一只蜻蜓在盘旋。李焦平暗笑：这家伙官场混久了，莫不是有些厌烦，也想清静清静。

报应啊报应。李焦平朗朗笑道。

看见你我要短很多年阳寿。熊局长别过头不理李焦平。

李焦平不急，有一句没一句地跟熊局长扯谈。从熊局长口中李焦平知道了他的受伤经过，这个熊局长为了让东山四郎能看清笔架山的土质，亲自带人去铲除山上河防工事。王六指扑在工事上不让铲，与挖机手发生冲突。熊局长上前劝阻时，在乱砖堆中扭伤了脚。李焦平神叨叨地说：那些抗日老兵恨你呢。

听到这里，熊局长转过身子，正色道：难得有个大老板到我们这兔子不拉屎的地方投资，要提供一个良好环境。那个东山可是个不错的人。

那个东山可不是个简单的人，我在网上查了，他在本国内可是个尽人皆知的角色。在我们这里打完仗以后转战到东南亚，战败后只身逃入原始森林打游击。甚至在天皇发布投降令以后，他还独自坚持不停地袭击盟军车队和当地百姓。直到他的顶头上司于 20 世纪 60 年代在森林里找到他，当面宣读了二十年前的天皇投降令以后，这家伙方才罢手。这样的人你得多个心眼。

我不像你，看所有的人都像坏人。

他到这里来恐怕是想拿回那根所谓的神木，那是他们的精神支柱。你别小看了那根木头。

不就是根木头嘛，值得你大惊小怪。

李焦平冷冷笑道，你说那是个木头那就是个木头。你说那不是个木头那就不是个木头。见熊局长莫名其妙地看着他，李焦平继续说道，说它是个木头那它就不值钱。说它不是个木头，那它就非常值钱。

许多事情就是你们这号人搞复杂了。

我不和你争论，但我告诉你，现在这根木头被盗了。

啊，谁偷走了？熊局长大惊失色。谁偷走了？

怎么样，我说不是普通木头吧，连熊局长都这么关心。说不定这事跟你就有关系。李焦平直视着熊局长，看到他的目光有些闪烁。

一股恼怒情绪风一般掠过熊局长的脑际，他挣扎一下把自己坚定下来，振振有词地说，坦白地讲，这事与我的确有关系，而且有不小的关系。是我在积极收集那些旧玩意儿送给东山，这就犯了法？

我怎么越看你越像历史上的某个人。

汪精卫是吧？我不是为我自己，为你们，为全县的老百姓。

政府应该发你个一斤重的奖章。我问你，到底知道旗杆的下落吗？

熊局长赤红着脸，竖起三个指头，盟誓一般说，我郑重其事告诉你，我不知道这个木头的下落。

王湘北慌了

王湘北火烧屁股地要找熊局长。电话打破，熊局长就是不接，到后来居然关机了。他在路上愤愤地骂，整天神出鬼没，谁知在干什么。在街上转了一圈，大汗淋漓地打算去桃子那里，一辆小车哧地刹在他面前，熊局长拉开车门招手。王湘北把三轮车锁在一棵树上，麻利地钻进了小车，一阵空调风扑面给了他个惊喜。老板啊，为找你，三轮车爆了三回胎，你得给我报销。

开会开会。上午书记又讲了，日本人这项目要抓紧。

王湘北转过身，面对着熊局长。正要跟你说呢，木头搞到了。

搞到了？熊局长面露喜色，在王湘北腿上拍了一下。是嘛，我就不信小的干不过老的。他投降啦？

王湘北半天难以启齿，支支吾吾地说，趁他不在的时候叫人弄出来的。

偷的啊？熊局长把个头来回摇了十八遍，坏事坏大事。那个派出所所长李焦平黑着个脸到处在查。找了我，我没给他好脸色。现在如何下台？他会说我没说实话。

他也问了我。

说了什么？

王湘北就啰哩啰唆把李焦平问他的情况说了。末了说，我是什么人，会老老实实坦白？见他的鬼！

你说同青皮打牌，和他对口了没有？

哎呀一声，王湘北给自己一巴掌。光顾了找你，把这事忘了。现在我就打电话，和青皮串通一下。

算了吧，人家早打了。要是让你有时间串供，他早去垃圾站当站长了。熊局长歪头气哼哼。你死定了。

怎么办？

怎么办哪，姓李的知道是你偷了，非把你送进去不可。那可是个好地方，比五星级还五星级。

王湘北全身上下汗毛倒竖，尿都差点儿出来。

熊局长在王湘北的头上拍了一下，你呀你呀，这么个事情都办不好，搞得一塌糊涂。李焦平是个软硬不吃的家伙，以后不好讲话了。

还给爹爹算了，要杀要剐随他。

说得真好！你爹爹那人谁不清楚，是个顺毛驴，不能对着干。要知道你偷他的木头，肯定把你宰了炖汤。我们也别想再从他手里把木头杆子弄出来了。不着急，我来想办法。熊局长歪着个头边琢磨边说，既然费那么大劲把木头搞出来了，再送回去那绝对是头猪。要是不送呢，李焦平像头猎狗到处嗅，说不定哪天嗅到真相，他会毫不犹豫采取行动。既要留下木头又要不牵扯到自己，就只能出歪招奇招。熊局长运筹帷幄地击了一下掌，弄只黑锅给李焦平背背。

王湘北不开窍，翻着眼睛痴痴望着。

熊局长指示王湘北，你把木头先给李焦平。后面的事情交给我处理。

你出卖我？

简直是个二五零。熊局长伸手抓过王湘北耳朵，不由分说地揪到自己嘴边，叽里咕噜跟他说了一气，王湘北连连点头，差点儿磕到前面座椅靠背。

终于找到木头

转了一圈，李焦平对这个案子有了些眉目。这来源于他对辖区的熟悉和与那些村民的融洽。有什么事，那些人随时给他通风报信。正在他准备进一步采取行动的时候，接到一个陌生号码发来的信息，虽然是个哑谜，却也显示出柳暗花明。对方告诉李焦平：村东杨树林，后排由西往东第八棵树是宝树。李焦平半信半疑赶到村东杨树林，按照信息上说的找到最后那排杨树。多年的杨树一抱多粗，树上尽是扇动翅膀哇哇乱叫的白鹳，不断往下拉着白屎。李焦平走到第八棵杨树那儿，目光沿着树干朝上寻去，果然看到杨树半腰，一截黝黑的木头绑在上面。李焦平大吃一惊，说，真他妈的，就喊手下人上去把木头旗杆弄下来。

这时候，王湘北忽然赶到了。李所长，听说你找到了木头杆杆。

消息蛮灵通啊。

有人发了个信息给我，我不知真假就跑来了。王湘北举着手机像举着个探测仪。

李焦平剜了他几眼，伸出指头朝树上指指，那里有根木头，看看是不是你家的。

王湘北仰着头手扶着树，绕着看了一圈，就说：好像是的。

行啊，站地上就看清楚了。李焦平重重推了他一掌，去给我弄下来。

王湘北腰里别了根绳子开始往上爬。你还别说，虽然他壮实，手脚倒还灵活，几下就蹿到了木头旁边。王湘北喊，是的。

放下来。喊个屁呀。

王湘北抽出屁股上的绳子，拴住木头的一头，顺树干缓缓放下来。当他从树上跳到地上，就被李焦平的目光抓住了。

你说这木头是谁放这里的？

王湘北涨红脸辩驳，问我干什么，又不是我偷的。

你能脱得了干系？

王湘北就不吭声了。

这事以后再说，你把木头先扛回去交给你爹爹。李焦平点着王湘北，小心不要再出错，再出错我会拿你当胸环靶来打。

我去把我的三轮推来。王湘北忙不迭地抽动两腿跑了。

这么个木头，搁在别的年轻人身上，会花点力气扛上走，这家伙真是使用惯了三轮。李焦平疑惑地望着远去的王湘北。

时间不长，王湘北回来了，他没有推他的三轮，却坐着本田赶来了。

这么快，这车从哪儿飙来的？李焦平疑窦丛生。他怀疑这车早就在村旁某个林子里潜伏着。车上下来几个人，打头的是外事局的熊局长。熊干部忙，来干什么？

你不是喊我来扛木头？来，把它扛走。熊干部朝后面那人挥手。

等等，这跟熊领导有什么关系？

有关，这是个文物，政府收去算了。

你是天上扯到地下。李焦平不快。这六爹收藏了几十年的东西，政府说收就收啊。再说即使是文物，也不由你来收吧。

熊局长咳了一下，慢条斯理地说，木头是日本人留下的，他们想讨回去，不如做个顺水人情。

他自己找物主协商啊，你在中间上蹿下跳干什么？

他一个日本人不方便哕。一根木头，简单点处理。

不能简单。你看啊，比方有人从你身上偷走了一个钱包，李焦平用手指在熊干部身上戳来戳去，熊局长左闪右躲。我呢，从小偷手里追回了钱包，现在是不是应该把钱包送还到你手里呢熊大官人？

李焦平啊，都在政府工作，支持下我们。这点小事就不需要找你们领导了吧。

爱找谁找谁，我不反对。要是论日本人那头，我宁可一把火烧了也不会给他。我爷爷当年在路上赶公猪，碰到了巡逻的鬼子，他们要牵走猪，爷爷不给，他们就一枪把我爷爷崩了。

那都是老辈子的事了，我们这代人宽容点，多做点有利于友好的事情，面向未来。

我们这么想，人家会不会这么想呢？我们是不是太善良了！李焦平双眉紧蹙。

两个人正紧张交锋，局里来了电话，让李焦平把那根烫手的木头交出去，不要再管这事。李焦平感觉憋闷，局里这么快就知道了，这家伙安排是何等周到。

但他无可奈何，高兴也好不高兴也好，只能照办。他朝熊局长挥了挥手。

熊局长自然乐得合不拢嘴，连连说，谢谢李所长支持。临了还不忘叮嘱李焦平，要做好擦屁股的工作，要给王六指回复说，案子没有破，木头没找到，省得他再来纠缠。

李焦平有种被人踢中睾丸的感觉。

熊局长坐在办公桌后面，跷腿对着那根木头，像欣赏一位美女。说起来有点滑稽，王湘北在电视中看到了鉴宝节目，那些摆出来的宝贝动辄几百上千万，引得王湘北目瞪口呆心发痒。想起家里那根木头，被爹爹收藏这么多年，应该很值钱。当他把这个想法说给熊局长听时，把熊局长当场笑翻。笑过之后他嘴上不说什么，心里觉得王湘北这人太无知太没文化，一根木头能值什么钱！可是世间的事情谁也无法预料。后来日本人居然为了那根木头，千里迢迢追来此地，重金索要，还开出条件，在本地投资建厂，这真让人不可思议。现在这根神奇的木头就伫立在他面前。以一种静默和古旧，宣示着它的价值。他走过去细细地观赏细细地品味轻轻地抚摸。忽然，他闻到了一股怪味——一股类似牲畜排泄物的气味，顿觉心头一凉。凑近木头凝神闭眼吸吸鼻子，果然，木头上飘散着令人作呕的猪屎味。他大惊失色，断定：这不是日本人想要的那根木头，有人偷梁换柱。是谁呢？稍一思忖，就想起了李焦平，那个犟头犟脑的人。那天他在他面前装模作样故作不愿交出来，其实那家伙早就有了准备，把自己和王湘北狠狠玩了一把。想到此，一股强烈的羞辱感袭来，顿觉血往上冲。他暗暗骂了一句，身子像抽去骨头般软塌塌的了。回到椅子上，他立刻拨打李焦平电话，刚拨了一个数字就改变主意，转拨了王湘北的电话。很快，王湘北就上气不接下气闯了进来。老板，中奖了？

被抢了。熊局长有气无力地朝竖在那里的木头指指，说，闻闻。

那是从李焦平手中拉来的那根原木。黑色的木头立在办公室的中央，在以银灰色调为主的场景中显得格外刺眼。王湘北看了木头又看熊局长，不知道为什么叫他闻那根木头。他有一种不祥的预感，迟疑着没有行动。

喂，我叫你闻闻。

王湘北只得凑近那根木头，用手扇扇风，然后使劲抽抽鼻子，锁着眉头，丢给熊局长一个无言问号。

有什么气味？

好像……有一股……猪屎味。

熊局长哼了一声。排气孔没堵啊，这不是你爹那根木头，是一根猪栏木头，你把我当宝耍。

王湘北这才想起去看木头上那个标记，真就没有，不觉心虚了，怯怯地说，真不是那个木头。记得当时去叫熊局长之前他还看了一下，那个标记还在，怎么眨眼间老母鸡变鸭？回想当天李焦平的一举一动，那粗声大嗓，那似笑非笑，那嬉笑怒骂，无一不含着表演成分，目的就是麻痹他们，肯定是趁他叫熊局长来搬木头那会儿工夫掉了包。这李所长真不是东西。你给就给，不给就不给，何必要我们呢。这么想着他就来了气，这东西又不是你家的，你有什么权力瞒着我处理呢，反客为主得好笑！他歪着头在那里钻牛角尖，没有钻通，愤愤地骂，我去找他扯皮。警察不能欺负人。

问题是，现在怎么办？项目还在谈，日本人却要走了。你知道木头在谁手里？

不在我爹爹手里，就在李焦平那里。王湘北推断，肯定在……

找你爹爹。

我不敢。他现在把我当贼。

他真英明。熊局长哈哈笑起来，拍着王湘北的肩膀说。

讨说法

李焦平从县局开会回所里，进门就看见有个人站在宣传窗那里，看着他的照片出神，显然是在阅读他的简介。仔细一看，是那个王湘北。李焦平觉得有味，这家伙还会注意别人？就悄悄靠过去。听他一字一句在念：李焦平，19××年入伍，陆军×军侦察大队队长，曾参加中越边境扫雷行动，八次冒着生命危险深入敌后侦察，立二等功一次、三等功三次。去年转业到公安系统……怪不得跟爹爹勾得那么紧，也是个兵哥哥，王湘北自言自语。

一阵嘹亮的军号响起，是李焦平的手机彩铃，王湘北受到惊吓，一下跳开了。周围的人都惊愕地张望。见到李焦平，王湘北稍稍有点意外，但很快就恢复他那油了吧唧的天性。兵哥哥，看见我满头的狗血没有？被熊干部骂的。

你从他那里来？

不是。

还说不是，尾巴没翘，就知道你要屙稀屎。

做人要厚道，你挖了个大大的陷阱把我们推下去，太不厚道了。

这话从何说起？李焦平板着面孔。

你给他的那根木头不是奈良神木，准确点说，不是日本人要的那根军旗旗杆，上面有猪屎臭。熊干部怀疑你从哪个农家的猪栏上抽了根木头给他。

有这事？李焦平的回答有点模棱两可。

我鉴定了，上面没有火漆标记。幸好他没把木头送去，否则就要出大事。

大惊小怪。

他说了，要你好好想想，拿政府的钱该为政府办事。不然让你干不成。

张牙舞爪，还没追究他的刑事责任呢。你说，是不是你们合伙作案？

没有没有。王湘北连连摇手。跟他无关。

你倒蛮讲义气啊。怎么把木头弄出去的？

谁把木头弄出去耶，讲话要有证据。警察不能信口打哇哇。不然我要去县里投诉你。

李焦平在那里好笑得不行，但他不是涉世不深的毛头小伙，不会暴跳如雷，也不会急于求胜。他稳坐钓鱼台，不怕人较劲。最后问你一次，现在说出来可以减轻处分，反正木头找到了。要是侦查出来，我就只能公事公办了。

王湘北沉默了。

你说那天晚上打牌，我核实了，你讲假话，为什么？李焦平猝不及防地点了王湘北的穴。

毕竟年轻，没经过老虎凳竹签子的岁月，经不住李焦平软硬两手夹攻，王湘北终于防线崩溃。木头是我弄出去的！

怎么弄出去的？

青皮帮忙。

承认就好。你传话给熊局长，不管他如何通天，凡事都要有个底线，这件事他玩过火了。我把这事捅出去，他就"杯具"了。

好的，我一定告诉他。

鬼崽子，回去好好照顾你爹爹，李焦平嘱咐王湘北，再不要心怀鬼胎胡思乱想了。

我知道了。王湘北响亮地回答。

你知道什么？李焦平听出他话里有话。

两个展览馆的人

这些天王六指感觉宽慰了许多，也因此心情舒爽了许多。儿子从前在县城里租了间房，在那里做事很少回家。表面上是送货忙，没时间回来，实际上是和那帮狐朋狗友喝酒打牌上网，再不就是和桃子鬼混。王六指骂过他，没多少效果，好不了几天依然我行我素。这几天就明显不同，再晚，他也骑着车回来住，还带些米和菜回来。早上出去，还记得给爹爹下碗米粉，叫他起床吃。

六爹吃着米粉，不经意地问，鬼崽子是不是外面闯祸了？

没有呢。过了一阵又说，爹爹怎么问这个？

我看你和以前两副模样呢！

李焦平撸了我一顿，叫我好好照顾爹爹。

真的吗？那就好。你也老大不小了，不要到外头鬼搞十七，成个家安安静静过日子。

我也这么想，可桃子那边怎么办？没钱她家不放人。王湘北把麻绳卷好，缠在车把手上，推车。王六指放下碗，少有地过来帮忙推车，从背后默默地望着儿子的一举一动，内心涌起一种歉疚。尽管儿子是那年在镇上的卫生院门前捡来的，但这么多年相濡以沫，情感上早已无一丝生分，不亚于亲生父子。

要不，我和她分手？

鬼崽子想气死我。王六指狠狠骂道。过一阵又说，不要逼我，我会想办法。

王湘北不想再说什么，推车出门的时候忽然想起来说，爹爹，县里干部要来采访你，今天就不要出去了。

又是哪个单位的啰？

王湘北骑车走了。

王六指就站在门前，抬头看老树上几只白鸟打架。大概在半上午的时候，县里两个干部开着写有展览馆字样的小车来了。两个人见到王六指，脸上堆满谦恭的笑容。他们自我介绍，是县展览馆资料组的。他们说，县里要搞一次抗战胜利展览，收集资料，请几个老战士座谈，王六指是其中一个。王六指就拿了凳子在地坪里的树荫下，烧了水泡了茶，准备说点什么。还未开口，其中的年轻干部就好奇地问，听说你被鬼子抓到过，绑在木头旗杆上，差点儿开膛破肚？

是的。

后来你把那根旗杆留下来了？

是的。

真是个传奇。六爹，那根木头还在吗？先给我们看看好吗？两个人请求。

为了满足年轻人的好奇心，也为了证实将要讲述的是真实的经历，王六指将他们带到睡房，走到蚊帐后面，在屋顶玻璃瓦的光照下，那里有一具新刷过油漆的棺材，似乎比平常农家的要长一点。他吃力地推开棺盖，一根黑色的木头赫然躺在里面，一阵恐怖气息迎面扑来，两个年轻人倒退了几步。

别怕，只是根木头。

这就是那根日本军旗杆？

那还有假？

有一股怨气。

上面有血。战友的血。

怪不得。

送信

县展览馆干部访问王六指后第三天，熊局长叫王湘北送封信给他爹爹王六指。走在路上，桃子突然打电话叫王湘北过去。桃子从洗脚城搬出后租住在龟山巷，那条巷子在城边上，平常过往的人不多。

桃子问他，木头出手没有？

王湘北没吭声。

桃子又兴致勃勃说，我们那木头值钱吧？

有人要，就值钱，没人要就一钱不值。

你上次不是说日本人要吗，还没脱手？便宜点丢出去。

爹爹不肯。还有那个派出所所长管闲事。光我爹爹一个人好办，那个所长很难对付，我和熊局长两个脑袋加一起都不如他。

你倒是想办法呀，我挺着个肚子偷偷摸摸，像个包养的小三。你要是不快点把我弄进你们家，我就去把孩子打掉，反正是你们王家骨肉。

哎哎别生气。王湘北慌忙跪到桃子面前，抚摸着她光洁的膝盖。我在想办法。熊局长叫我给爹爹送封信，他说是关于木头的。

你不能送，你送会引起怀疑。你叫熊局长另外派人送，有什么事你到旁边敲边鼓。

有道理，我现在就去把信退给他。王湘北在桃子的肚子上隔着肚皮亲了亲他未来的孩子，起身离开了。

神木旗杆被捐

那天下午，王湘北刚进门，爹爹就递给他一封信。其实就是他昨天还给熊局长的那封信。长方形的信封上有一个长方形的红框框，框框里写着：王凯先生亲启。下面落款是展委会。王六指自言自语，王凯是谁呢？后来才想起是他自己，不觉像个孩子似的开心笑了。于是王六指就亲启开了那封封得很严实的信件，一甩信纸，纸就开了，显露出了上面的字。那是电脑打印的内容，只是开头几个字是用碳水笔填写上去的。末尾盖上了红色的公章，公章中心是鲜红的五角星。王六指注意地看了那个公章，环绕五角星的名称是滨湖县纪念抗日战争胜利××周年展览筹备委员会。他认真地阅读内容：

王凯先生你好，为了纪念抗日战争胜利××周年，宣传抗日英烈可歌可泣的英雄事迹，传扬不屈不挠的民族精神，激励后人的爱国热情，县政府准备举办一次声势浩大的抗战胜利××周年展览。为了更形象更生动更具感染力地办好这次展览，特向您征集抗战遗留实物一件（奈良支队军旗旗杆)。请先生支持为盼。联系电话，×××××××。

读完内容，他又再一次环绕着圆形图章读了一遍那上面的单位名称，方才抬头对儿子王湘北说，他们要我的木头。

儿子王湘北呆呆望着爹爹，猜测他的用意。

怎么有那么多人想着我的木头，莫不是骗子？

王湘北把信拿过去看看说，不会，这上面有公章、电话、地址。要不你打个电话证实一下。

王六指听到儿子提醒，立刻就拨了个电话过去，那边说是县展览馆，听说是王六指，就告诉他，等会儿有两个人拿介绍信前来拖木头。放下电话王六指有点生气，也不问我答不答应就来拖木头。

王湘北不敢吭声了。

傍晚，县里就来了一台双排座，来的几个人中有个就是上次来过的那个年轻干部。来人感谢六爹的无私奉献精神，无偿献出鬼子旗杆，支持县里的爱国主义教育，表示大家都要向六爹学习。

王六指伸手止住对方：慢点给我戴高帽子，谁告诉你我要献出木头？

几个人呆住了，一个个面面相觑。最后还是上次来过的那个干部出来说话。他说，六爹，怪我们来得仓促，应该给您说清楚，是所长李焦平要我们来的。

所长叫你们来的？王六指白眉紧蹙。

是的，本来他和我们车一道来，临时有事没来。他说，这个木头放家里只能您一个人欣赏，拿去展览，会让很多人受教育，特别是我们年轻人受教育更深。他还说您是个抗日英雄，会理解这一切的。看到王六指还在犹疑，那个干部又说，要不我给他打个电话你来接？说着就去拨电话。这时候，王六指拦住了他，并立刻作出决定，所长叫你们来的，你就拉走吧，省得放家里招贼。

几个人听到这话，这才放松下来，说着话进屋去搬木头。

王六指放了一挂千子鞭，神情凝重地看着儿子同来人把他的木头往车上抬。这时候，王六指忽然拦住了他们，等等。

几个人十分紧张地看着王六指，以为他要变卦。

你们就这么把木头抬走了？总得给我个手续。

那帮人愣在那里，好像很突然。

是呀，应该有个手续，儿子王湘北对搬木头的人说，你们领导没说吗？

说了说了。领导说，开幕的时候，他们会发给您一个收藏纪念证书，这么宽这么大。他们比画着。

王六指赶上去追问上次来过的干部，展览什么时候开幕。对方说，不急，还有段时间。到时候会通知您参加开幕式，还有电视台记者采访您。车子开动了，王六指招着手，略带笑意的脸上写满期待。

待到车子没影了，六指转身那一刻，忽然想到，应该给李焦平打个电话，告诉他木头已经拉走了，叫他放心。

铃声响了，李焦平没接，直接从隔壁村赶了过来。他刚刚处理了个宅基地纠纷，两家村民为抢占宅基地打得头破血流，刚把人送进医院。听了王六指的叙述，看了信，他半天没有吭声。

怎么啦?

人我认识，他们也问过我一些情况，但我没有叫他们来拉木头。

有诈?

说不清楚，只是一种感觉。

李焦平很想说说他经历的一段死里逃生。有一次他率几个队员去敌后侦察，路上与一个漂亮女人擦肩而过。在和对方视线交叉的一瞬间，他发现那女人微笑的目光里藏着某种令人不安的东西，于是回头去看，这一看令他魂飞魄散，那女人举起的枪口离他只有几米远。他赫然大叫一声，顺势向后倒摔下去，队员们听到他的怪吼也迅疾卧倒，逃过了一劫。他很想说说自己战争中练就的超常感觉，那是一种说不清道不明的感觉。凭着这种感觉，他能预见生活中潜藏的某种阴谋与陷阱。但现在他不能说，这里面肯定是政府在出面，如果真的是展览，那也不失为一件好事。如果处理不当，王六指要去闹事，岂不是十分被动?于是，李焦平安慰王六指说，可能是我多心了。

参观抗战胜利展览馆

王六指谎称木头烧毁，一直拒绝村里人参观，惹得乡邻十分不满，见了他就噘嘴巴翻白眼。为了缓和关系，王六指隆重邀请父老乡亲参观县里抗日战争胜利××周年展览，并承诺将由自己亲自来讲述鬼子旗杆这段悲壮的故事。

眼看到了九月，展览的事还没动静，王六指忍不住就打电话问主办单位，接电话的不是上次来拉木头的人，是一个小姑娘，声音怯怯的。她告诉他，展览在日本投降日那天就开幕了。王六指气得本想大骂他们是骗子，上次拉木头时讲得好好的，邀请他参加开幕式，还要记者采访。不说记者采访他吧，他是个抗战老兵，又是个实物捐献者，完全应该邀请他风风光光参加开幕式。木头拉走了，讲过的话也像放出的屁一样被风吹走了，完全把他丢到一边不理不睬，毫无信用的家伙。转念一想，对这个姑娘发火似乎找错了对象，于是忍了忍，厉声道，明天上午我们王家墩有一百来人来参观，不许关门。小姑娘连忙说，欢迎欢迎，你们随时可以来，不受人数和时间限制。王六指这才觉得气顺一些。

第二天一早，王六指叫儿子在展览馆门口等着，他亲自在村里吆喝，招拢乡党。大家来了后，他又举了举那只秃手，像举起一杆旗帜，率领乡亲，浩浩荡荡赶到了县城展览馆。王湘北当然早就站在门前，很负责任地前头引路，带领众乡亲一窝蜂挤进了展览大厅。惹得先就在里面参观的人惊惶回首，不明就里地以为是来闹事的，纷纷退避。

进门是一尊泥塑《大刀向鬼子们头上砍去》。几个军民打扮的男女操刀举枪昂然挺立。

前言介绍，展览分四部分，第一部分：铁蹄下的土地；第二部分：愤怒的河；第三部分：烈火硝烟；第四部分：光复之歌。在介绍全国抗战大背景下，侧重介绍本地区抗战中可歌可泣的事迹。

走着看着，王六指问儿子，我的木头在哪里？

好像在第三部分。

王六指立刻喊，乡亲们，到第三部分看木头去。一群人又一窝蜂涌向第三部分，其他参观的人不知第三部分有什么特别精彩的，就跟着都过来了。

第三部分中间那个显赫位置有一个展台，展台上用支架支着那根木头，前面说明牌上写着：《日本军旗旗杆》。展板上有一幅图，不是照片，是某个画家画的。画面是木桩上绑着一个怒目圆睁的军人，旁边躺着已经开膛破肚的兵士。画是粗线条勾勒的，但抓住了六爹尖下巴的特点，倒有几分相像。正因为有些像，这让王六指触景生情，心头涌起悲潮，不觉落下泪来。

王湘北用胳膊碰了王六指一下，压低声音说，爹爹，这是参观，莫出洋相。人家在看你呢。

王六指抬眼四顾，这才发现四周的人诧异地看着他，自觉失态，忙偷偷擦干眼泪，开始读下面的解说词。

旁边有人读过解说词，议论，那是两个比他儿子王湘北还要年轻的人。这上面说把人绑在旗杆上放狗咬，是真的吗？

是真的。王六指立刻接腔。

你怎么知道？

王六指说，我就是这上面那个被绑着的人。这下面的木头就是我送来的。

两个年轻人先摸摸木头，而后凑近王六指的脸，仔细审视了一番说，巧了，还真有点像。

什么像，我就是。

两个年轻人明显不信，一脸的嘲笑。这让王六指十分生气，这种事难道还有冒充的吗？

儿子王湘北拍着王六指的背说，他们没有在硝烟里摸爬滚打过，更没有被毒气熏过，所以他们狗屁不懂，您不要和他们一般见识。走，去前面参观，那儿有你们连队英勇战斗的事迹。王湘北搀住他的胳膊。

王六指甩开王湘北的搀扶，抹了一把脸说，我要讲古，讲讲这根木头。

爹爹你就歇歇吧，那上面有解说词。

狗屁解说词，还是我自己讲得清楚些。于是，他清清嗓子，用着略带沙哑的嗓音，引导今天的幸福人们，走进他硝烟弥漫的青葱岁月：

王凯从四连的马克辛重机枪阵地醒来的时候，就已经成了王六指。毒气弹攻击过后的阵地一片死寂，战友们大多已经牺牲，活着的寥寥无几。王凯和战友扑上阵地那一刻，就用一根铁链把自己牢牢锁在了阵地上，并且把钥匙扔进了滚滚新墙河。河山做证，不战胜即阵亡。那些攻上阵地的日本兵，在尸堆中翻找到一息尚存的几个中国兵，便迅速割去他们右手扣扳机的手指，连带那些不是扣扳机的手指。有个失去左耳的鬼子兵，叫上同伙，将幸存的中国士兵拖到王家墩的军旗下，那旗子上的太阳叉开着根根带血的铁刺，准备举行祷告仪式后，用中国士兵的血来祭奠。

他们挖了个大坑，将阵亡的日本兵扔进去浇上汽油点火焚烧。一阵催命的大鼓敲响之后，活着的日本兵张开手脚，抽筋似的蹦来蹦去，为死了的跳舞招魂。活祭开始了，抓来的几个中国士兵，有一个流血过多已经死去。接下来是一个叫陈秋生的，那是个川娃子，七连的通信兵。个头儿只比中正式步枪高那么一点点，说话球也球的。把他从王六指身边拖上去的时候，他发疯似的喊叫、挣扎。他们将他的脚、手和脖颈，绑在那根旗杆上，扒了他的军衣，白白的肚皮就亮在黄昏阴暗的天空下。那是冬月里的一个黄昏，凛冽的北风从河上越过大堤，在低矮的茅屋间狼一样奔突，发出一阵高一阵低的吼叫。那时候川娃子已经声嘶力竭了，那种绝望的哀号让王六指忘记了断指的刺痛，只觉得浑身血脉偾张，怒火从眼眶里喷出来。他想冲过去救下川娃子，但被身后那个单耳的日本兵死死牵着，上身前倾，双腿后蹬，他的军靴在泥地上无奈地滑出许多的齿痕。

挎着军刀的日本军官从屋子里走出来，牵着黑色鬃毛的狼狗。狼狗吐着舌头，脚步抢在主人的前面，把拴着的皮带挣得啪啪响，显得急切而凶狠。军官在川娃子前面几米远的地方站定，迅疾地盯了川娃子一眼，随后就矮下身子，在狼狗的脖子上拍了拍，松开牵着的皮带。狼狗在主人的怂恿下突然加速朝川娃子蹿去，奔跑了几步就一个纵跳扑在川娃子的肚子上，张开血盆大口紧紧咬住了他的肚皮。只听得嗞啦一下，川娃子在狼狗的嘴头上歇斯底里惨叫一声，肚腔砰地爆开，血溅得到处都是，带血的肠子流泻一地。狼狗衔着那堆肠子兴奋地拖拽，只几下，川娃子的肚子就只剩下一个血淋淋的空洞。他低低地哼过一声，脑袋耷拉下来，身子软塌塌地挂在了绑着他的绳子上。

军官把狼狗牵到一边，揉揉它的脖颈，看着它伸出舌头舔着自己带血的嘴巴。红了眼的日本兵将川娃子松了绑，拖到一边，就朝王六指走来。王六指跳了几下，自觉徒劳，便不再挣扎，抬头望望苍黄的天空，闭上眼睛，两滴泪从眼角滚下来。他随着他们走近那根刚刚杀了川娃子的木头，两个日本兵抓着他的胳膊反转身来，一只耳朵的日本兵就开始绑他的脚、绑他的手、绑他的脖颈。绑他脖颈的时候，他伸出食指插在绳圈中试了试松紧，大概不想把他勒得太紧，以防使他窒息。绑好后，缺耳朵的日本兵很近地和他对视了一眼，他发现他的目光深处闪过一丝不易察觉的怜悯。

绑他的日本兵离开他，站到军官的身后，远远地注视着他。

军官收了收狗皮带，朝前使劲一抛，带着暗示的手势驱使着狼狗再次奔跑，朝着王六指的肚皮扑来。就在这时候，轰的一声，一发炮弹落在狗与王六指之间的泥地上，掀起一股泥浪。紧接着号角声和铺天盖地的喊杀声迅猛逼近，中国援军赶来了。日本军官和他的士兵们就地卧倒，探头四处张望。一排乱枪还击之后，像火燎蜂群般朝河边退去。王六指头朝两边迅疾转动几下，刹那间明白过来。趁着混乱，他背着那根木头朝上提了提，一使劲，连同木头旗杆倒在了地上。

此后的许多年他就同那根木头在一起，从来就没有离开过。起先他把它放在天棚上，后来就放到自己的床底下。连他自己都说不清楚，他就是有种无法排解的情结。只要他站到木头前面，就看见流泻一地的肠子和血淋淋的空肚腔，就听见川娃子凄厉的哭声。他就浑身发冷，牙关紧咬，不能自已。王六指说到动情处，开始抽泣，到后来一发不可收拾，竟号啕大哭。王湘北没法劝解，也不去劝解。整个大厅寂静无声，所有的人都陪着默默流泪。无数往事随河水流走，但那些悲壮像一根老松永远扎根在不朽的心田。

尽情哭过后，王六指擤了一把鼻涕，用卫生纸擦了脸，吐出一口长气，吩咐儿子王湘北给大家分发早已准备好的矿泉水，算是对乡亲们捧场的答谢。然后领着大家朝第四部分走，去看他的战友如何冲锋陷阵。

去日本

转过弯刚踏进第四部分展室，有个人大叫着冲了过来，还未看清来人，对方已经说话了，六爹六爹你把旗杆送给了东山四郎？

原来是李焦平，看上去满脸的心急如焚。随着匆匆的步子，带着重量的电脑包在他的屁股上啪嗒啪嗒地拍打。话不断句，你怎么能这样呢空费了我一腔心思太不够意思了真是气死个人气死个人。

什么，说清楚，你说我把木头给了东山？

对就是那根军旗杆。

没有哇。你从哪里听来的消息？

我从网上看到的。那里明明白白说东山四郎收到了赠送的当年版军旗旗杆，非常感谢对他的理解。

不可能。

你来看。李焦平把包放在展台上，拿出笔记本电脑，开机，点击，几分钟后一段来自大洋彼岸的视频，清清楚楚地现了出来。大家把李焦平和王六指围在中间，都挤过脑袋来看。视频里传来叽里咕噜的日语，宏大的场面中旌幡乱摇，一大群戴着当年那种屁帘帽子的老鬼子，对着一根木头跪地叩拜，大呼小叫，情绪癫狂。那个来过这里的东山四郎站在木头旁边，受到他们的追捧，正面带微笑，得意扬扬地讲话。大概为了证明木头的真实性，镜头推近木头作大特写，对着木头顶端一小块火漆印长时间不动。火漆印印着：昭和 14 年。

不可能啊。王六指盯住视频眼球凝固，满腹狐疑。

你的木头呢？李焦平问。

在这里展览。

你上当了。李焦平大呼。

我不信。

我们看看是不是你的木头。在李焦平的翻动下，木头作三百六十度的滚动，王六指瞪大眼睛，仔仔细细察看，根本就看不到那个火漆印。这不是你的木头，你的木头恐怕早已经漂洋过海了。

周围的参观者就恍然大悟，哦，原来是个假的。

如今米是假的，油是假的，奶是假的，一根假木头有什么稀奇。

王六指脸变了形，牙齿咬得咯咯响，呆立片刻，身子忽然抖个不停，大骂一声：畜生！当即昏倒，就像一颗炸弹落地，炸起一片尖叫。大家扶起王六指，掐人中探鼻孔，扳眼皮看瞳孔，打手机喊 120，一片忙乱。在李焦平指挥下，由李焦平、王湘北和村里的一个人，把王六指送到县医院抢救。在呜哇哇的救护车里，李焦平趴在王湘北的耳边问，他们给你多少钱？

王湘北回头，话都吓得说不出来。还是、是那个数。

李焦平一脸杀气，最好祈祷你爹没事，不然我把你送进拘留所。

王六指一直昏迷，他儿子王湘北流着眼泪跪在病床前不起来，一直抽自己的嘴巴，还不停地唠唠叨叨，怪我都怪我。爹呀，你千万不能闭气，否则我的班房坐得成。

李焦平天天来，见着王湘北眼睛都是绿的，骂个不停。猪狗不如的家伙，要钱不要脸，低三下四拍人家马屁，连祖宗都忘记了。一帮混蛋，居然合起伙来骗六爹。

他打电话给熊局长，说如果你不来看六爹，有你的好看。熊局长说他在长沙开会。李焦平说，我命令你24小时赶到，否则我就把电视台记者请来。熊局长连声说，一定来一定来。

王湘北受不住了，哀求李焦平，你就打我一顿吧！

李焦平说，我没那个兴致。你自己去狗卵子上扯根毛，到茄子树上吊死算了。

躺着的王六指忽然睁开了眼睛，他看看周围，倏地一下，居然从床上坐了起来，啥事也没有，那状态好像从来就没发生过昏迷，把大家吓了一跳。六爹也不说话，一张脸木木的僵了一般，爬起来只顾收拾东西。

王湘北有些慌神，说，爹爹你要干什么？

去日本。王六指铿锵有声。

（作者系中国作家协会会员）

孤 鹰

舒 放

那个白如瓷碟的太阳习惯性地丢落在淡雾涂抹的西边天空上。

这是洞庭湖的冬日，芦苇荡里那棵落叶将尽的老树上，栖息着一只硕大的鹰，晚风也撩不动它褐灰色的厚厚的羽毛。死寂得有些可怕的湖面当作它的底色，却也显出它咄咄逼人的活力与生气。它那圆睁的眼睛正紧盯着小路上移动着的那团黑影。

黑影是一个人，一个四十多岁的汉子。略显古铜色的脸庞棱角分明，也有一双鹰似的眼睛。他行色匆匆，但因疲惫步幅并不大。上身那件半新的牛仔服已经全部扯开了拉链，露出里面藏青色的小夹袄，能看到胸前的金盾徽标，还有腰间的小口袋里插着一把军用匕首。看来，他走了蛮远的路程，便在离那老树和鹰不远的地方站了下来，毫无顾忌地在路边芦苇地里撒了一泡尿，再跑到湖边掬上几把水喝个痛快，然后回到小路上，边打手机，边朝那只大鹰走过去。

“01，01，我是05，我是05。我现在的方位是七门闸外东面芦苇荡黑风洲十公里处的老树下。经沿途打听，‘野黄蜂’已到青蛇岭去了。那里还有十多里地。我今晚一定赶去，接近她。一有消息，我会及时联系。”

一只田鼠瞪着警惕的眼睛闪现在草丛中。这汉子站着，怪异地笑了笑，掏出怀里的匕首，一个百步穿杨，刺中田鼠的肚子。他将田鼠丢到那只鹰的面前，像送上了买路钱似的，再从它身边走过去。大鹰一动不动地盯着他，看他的身影越来越小，越来越模糊。

这近似影视剧的台词与场景其实准确无误地传达着真实生活的信息。离洞庭湖数百里外的山区有一个名叫黄芬的妇女，因乐于当“第三者”，竟然用毒鼠强毒死了她的丈夫，之后潜逃到洞庭湖芦苇荡里。这边的公安局配合追捕行动，派出熟悉地形的刑警胡铁英，着便衣入荡，准备将她捉拿归案。

南洞庭湖与东洞庭湖相连的广袤湖洲盛长芦苇。每年夏季，洪水淹没整个湖洲，芦苇苗顽强地与洪水搏斗，竟然钻出了水面。秋天水退后，重现的湖洲上遍布芦苇林。入冬，砍苇人从四面八方涌来砍苇子、运苇子，挣上血汗钱。这里没有房子，没有电，少有女人，到处是赤裸裸的彪悍与野蛮，是男人的国度。

黑风洲一带的苇子已经砍尽，只留下一马平川无遮无挡的土地，密密麻麻的芦苇蔸带着被砍刀刷出的斜口，像一柄柄利刃布出的阵势，谁也不敢贸然走进去。青蛇岭那边的芦苇刚开始动刀，由一个包工头承包一片洲子，砍苇人就涌到那边去了。湖区人有把高一点的湖洲叫“岭”的习惯，其实，进入青蛇岭，那里仍然沟港纵横，沼泽相连，比八卦阵还八卦阵。

胡铁英是久经沙场的老公安，对前面的一切毫无惧怕。他忍住饥饿，抓了一把泥土抹在脸上和衣服上，弄出脏兮兮的模样，然后步子越走越快……

“‘水牛鞭’，杂种。你来，老子砍死你!”

“老子怕你个卵!‘烂尿桶’，你莫称王称霸，大不了一起去喂鱼!”

入夜了，月亮还未拱出湖面。几个芦苇棚像怪兽一样黑黝黝地趴在湖边。砍苇人收工回来，在地坪里生起几堆篝火，聚在一起吃晚饭。吃着湖里搞上来的鱼，喝着劣质酒。胡铁英一路探了几处民工住的地方，才在这里看到吵闹的人群里坐着一个女人，三十多岁，穿着米黄色的太空棉袄，模样与通缉令上黄芬的照片一样。胡铁英远远地躲在残余的芦苇后观察了许久，便要想法子接近他们，可即将爆发的干仗使他马上感到事情的难度。在荡子外面，他只要亮明公安的身份，哪怕是黑社会组织头子都要归伏归法。但现在他面临的是五湖四海的杂乱人，稍不留神，也会落个“一起去喂鱼”的下场。

吵闹仍在继续。

那叫“水牛鞭”的人四十多岁，高高的个子，皮肤黝黑，显得很结实。他手里执着一把砍苇刀，刀页在火光中闪着暗红色的光。话已放了出去，他就一步步逼近“烂尿桶”。

长着一脸络腮胡子、腰宽膀阔的“烂尿桶”并不惧怕，他蹲下来舀起一碗酒，直往口里倒。他的脚边摆着一把长长的马刀，喝完酒他毫不犹豫地抓起刀。

二人的舌战即将成为血肉搏杀。二十多个砍苇人或坐或站在一边，都不敢上前劝阻，胆小的人竟颤抖起来。正在“水牛鞭”高举起砍苇刀，“烂尿桶”舞动马刀的当口，胡铁英跌跌撞撞地跑近火堆，顺势推开“水牛鞭”，再重重地倒在地上。“烂尿桶”的马刀擦着他的背脊而过，只差一点点。

“哪个!”双方握着刀，大声喝问。

胡铁英艰难地睁开眼睛说，“我饿。”

“妈的，你是谁?”

“我饿。”胡铁英又艰难地坐了起来。

看样子，“烂尿桶”并不真想开杀戒，便丢下马刀，朝伙房那边喊：“老王头，把剩饭剩菜端来。”出门在外，都还讲点江湖义气。

胡铁英狼吞虎咽地吃饭时，“水牛鞭”也不声不响地端来一碗酒。放下酒碗时，他仍狠狠地瞪了“烂尿桶”一眼。

“空肚子，喝不得酒。”胡铁英客气地说道。

“烂尿桶”见胡铁英真饿了，嘿嘿地笑起来，“饭盖酒，哪里有。你吃了饭再喝。老子这里酒多得是，免费！”他心里还真感谢面前的这个人，化解了一场内讧哩。

刚刚吃过饭，旁边的女人发话了：“这位大哥，你来这里干什么？”她说的半生不熟的普通话，夹杂着湘中方言的味道。胡铁英一听，心里更加有底了，定是黄芬无疑。

“你说，干什么来的？”“水牛鞭”追问。

胡铁英抬起头，望着东边天空刚升起的那轮橘红色的月亮，缓缓地说：“出事了，闯祸了！跑到这里躲几天。”说罢，掏出怀里的匕首，双手捧着要交到“烂尿桶”手里。

“烂尿桶”瞅着自己的马刀，不屑这小东西，连连摆手。

“这个……”倒是“水牛鞭”有些犹豫起来。他从刚才胡铁英露面时的举动，就看出他是打斗的高手，不敢贸然挽留。

黄芬同情地说：“大哥，你还怕他吃了我们不成？”她跑来只有几天，就有如此说话的份！

“你就睡到前边的棚子里吧。”“烂尿桶”豪爽地说。

“大哥，我明天和大家一起去砍苇子吧？”胡铁英趁热打铁地说。

“烂尿桶”大笑起来，“不用，不用。都承包了的，你做了也白做。老子也从不砍苇子哩。明天，你到处走走看看就是了。”

黄芬用一种迷离的眼光望着胡铁英，脸上似笑非笑。

等到九点来钟的时候，橘红色的月亮变成银白色，一些砍苇人就聚到一个棚子里玩点小赌博，另一些人就开始睡觉了。包头“烂尿桶”和相当于副包头的“水牛鞭”各住一个苇棚，还有一个苇棚煮饭，其余几个苇棚就是砍苇人住，四五人挤在一起。

胡铁英躺在散发着油汗和其他恶心臭气的被子里，听到湖那边传来一声凄厉的鸟叫声，接着，又传来扑哧哧的响声，是一双大翅膀在沉沉地扇动，有飞禽在捕捉荒洲上的田鼠。胡铁英想，是不是那只老鹰从黑风洲追来了？

微弱的灯光下，胡铁英和砍苇人聊天。他看似信马由缰，其实是在以话套话。

原来这帮人都来自黄芬的家乡，一色的山民，喜欢干一些人说横蛮无理，他们自己却说是行侠仗义的事情。“水牛鞭”与黄芬同一个村子，两人曾做过露水夫妻。黄芬现在就是奔他来的，并未讲自己在家里杀了人，只说是来找“副业”。荡里的男人几个月难见到女人，那种牵肠挂肚的渴望是外人难以想象的。近年来，一些妇女追着来了，公开出卖色相，赚几个血泪钱，虽说价格便宜，但也“淘盆大刮得粥来”。黄芬这么讲人人都相信，都愿意趁个当口把“副业”送到她怀里去。“水牛鞭”与老情人黄芬睡了几个晚上，他想吃独食，一直亲热下去。“烂尿桶”不干了，便与“水牛鞭”叫起板来，引发了傍晚时的对峙。大多数人站在“烂尿桶”一边。

胡铁英这时自然而然地想到了黄芬，她长得根本不像山里人，白白净净、眉清目秀，腰细，而屁股又宽厚又结实，穿着米黄色的太空棉袄更加撩人，难怪人们为她争风吃醋。这一来，要逮捕她，还真是增加了难度。

正想着，门外有人走过，踩在苇秆上噼噼啪啪地响。胡铁英从方向上判断，应该是“水牛鞭”到“烂尿桶”那里去了。果然，一个黑影晃过苇门的缝隙，胡铁英看得真切，那人个子瘦高，不会是别人。

胡铁英借故撒尿，走出棚子，悄悄尾随过去。

“烂尿桶”的苇棚里的马灯亮着，地铺边摆着一张粗糙的小桌子，桌上置一个酒坛和几个海碗，还有一堆花生。这显然是芦苇荡里的最高待遇，只有“烂尿桶”才能弄出这种规格。

胡铁英看到黄芬走出苇门，与“水牛鞭”说上几句话，“水牛鞭”便十分听话地同她一起走进棚子。

“杂种，喝酒！”“烂尿桶”坐着没动，只是扬手示意了一下，又甩出一支中档香烟。“我和芬妹子说好了，你莫独吞她，我也不独霸她。她有她的自由，你随她吧，想睡哪里就睡哪里。”

黄芬吃着花生，故意往“烂尿桶”怀里靠一靠：“今晚我先睡在这边，半晚到你那边去。”

“烂尿桶”放肆地在黄芬胸前乱摸着，“水牛鞭”扭头不看。

黄芬端起了酒碗说：“相好的，你们是最好的。来，干杯！”

三人嬉笑着碰杯。

突然，“烂尿桶”冲门外大喊：“进来吧，不要站在那里干冷了！”他发现了暗处的胡铁英。

胡铁英只好边走边想应付的对策，缓缓地走进苇门。黄芬马上为他倒上一碗酒。胡铁英并不接碗，只是站着说话：“我想明早就走，到荡子更深的地方去。”这是一着险棋，为的是不让黄芬产生怀疑。

“哈哈。”“烂尿桶”笑了，“这里就是离岸最远的地方，再往前，就走过头了。不要多想了，来，喝酒!”

“水牛鞭”移动一下屁股，让出来个地方。

黄芬又把酒碗塞到胡铁英手里，“大哥，该怎么叫你呀?”

“胡铁英。”胡铁英毫无顾忌地说。他知道他们从湘中来，不可能知道他是公安局刑侦队的人。

“哪里人啊?”

“荷花嘴的。”他说了一个不起眼的小地名。

“闯了什么祸?”

“以后再说吧。”

“好了，好了。大家心知肚明就是。”黄芬用色眯眯的眼光看着胡铁英，“我和你今天是新朋友，明天就是老朋友了。来，干杯!”

胡铁英沉着地端起了酒碗。

不一会儿，“烂尿桶”就想和黄芬干那快活的事，他露出了催客的意思。胡铁英和“水牛鞭”知趣地退出了苇棚。没走几步，就听得里面黄芬说话：“摸，摸，闻不得腥气的死猫子。快，吹灯。”

胡铁英心里不觉紧了一下：这黄芬拿出了如此的手段，会把二十几个砍苇人的心拢到她手里。我一个人要抓她，还真会寡不敌众啊。

这时的月亮悬在夜空，格外的白，也格外的亮，显出冬天的冷漠，让人不敢久望。

一早，砍苇人都到半里地外的地方砍苇子去了。苇子一砍，就地打捆，就地码堆，再就地上船，运到荡子外的工厂去造纸。

胡铁英在昨晚知道黄芬试探了他，暂时没有怀疑他，她就不会逃走，于是，便安下心来，睡了一个好觉。他起床后，跑到湖边用冰冷的水洗漱之后，就钻到旁边的芦苇丛中装着解手。

他一蹲下来，便掏出手机。“01，01，我是05。黄芬已找到，在青蛇岭苇棚里。众人护她，我难逮她。局里需派人于今天中午十二时前来增援。速回信息后，我手机关机，不再联络，以免被黄发现!”

马上，县公安局回答：“信息收到。按计划行动。”

胡铁英把手机关了机，放到怀中口袋里。他一抬头，看到天上有一只鹰在滑翔，像钉子一样钉在流云间一动也不动。他想还是昨天傍晚见到的那只鹰吧？不觉轻轻地笑了。

“放下鸳鸯帐，哥哎，解开绫罗衣，哥哎，妹子放出五花马，情郎呀，任你追来任你骑……”

米黄色的太空棉袄快活地晃动着，黄芬唱着荤荤的小调，扭扭搭搭地走了过来。她走到离胡铁英十几步的地方，蹲下来，扯开裤子就小解，嘴里仍然撩人地哼唱着。

胡铁英稳定了一下情绪，想悄悄地走开。

黄芬是在苇棚那边看见胡铁英，才特地来“下钓”的，想探出胡铁英的真实身份。她带着一股奇怪的笑，甜蜜蜜地喊：“铁哥哥，你也在这里呀?”

“嘿嘿。”胡铁英不好再走了，但他没有回过头来。眨眼之间，黄芬连裤子也没有拉上来，就扯扯绊绊地跑过来，死死地从后面抱住胡铁英。

“你，给我放手!”胡铁英拿出公安人员的威风，习惯性地喝道。

一闪念，口吻不妥，便“哎——”地叹一口气，坐在地上。

“你，你可能不晓得我的为人。”胡铁英不看黄芬，瞧着湖面缓缓地说，“我的一个朋友爱的这一杯，不像样子。我看不惯，教训了他。这不，跑到这里来了。我不会因为女人走出这一步的。你原谅我。”

黄芬系好裤子，在胡铁英身边坐下来，一双手仍紧紧搂住他的脖子。

“铁哥哥，我和那些人是逢场作戏的。”

“你来找我，这是为什么?”

“你长得英武。我们又同病相怜啊。”

“哪个和你同病相怜!”

“嘿，我其实在家乡犯了大错，怕公安抓我，才躲到这里来了。”

“一个女人家，能犯什么大错?”

“把人弄死了。”黄芬破罐子破摔，“我，我怕死哩。”

胡铁英装出思考的样子，缓缓地说，“我昨晚想了好久，这么躲来躲去，躲过初一，躲不过十五。其实，向政府自首，还有活路哩。”

“躲一天，算一天吧。”黄芬扳过胡铁英的头，让他看着自己，“我们两人干脆远走高飞，躲到外省外国去吧!”

胡铁英一听，心里高兴起来，答应她，就能麻痹她，还能摆脱“烂尿桶”和“水牛鞭”他们，直接把黄芬引进公安局的大门哩。他马上果断地说：“好!我们趁空子就走。”

黄芬抱着胡铁英的头，急促地胡乱地在他脸上、额上狂吻起来，她一只手去扯胡铁英牛仔服的拉链，他压住她的手，死死地护住前胸。

这时，高坡上传来重重的咳嗽声。“烂尿桶”早就盯着这边的一举一动了。

尾随而来的他为胡铁英解了围。

胡铁英回到苇棚后，怕黄芬又来纠缠。他连忙出门到处走走，专选开阔地走，一来使黄芬不好近距离接近自己，二来可以大范围地监视她。

黄芬被“烂尿桶”叫进苇棚后，“水牛鞭”也进去了，他们一直未出门。是不是她被他俩控制了呢？胡铁英心生疑惑，便慢慢地向那边靠近。

谁知，“水牛鞭”虎着脸，提着砍苇刀过来，叫他到棚子里去。棚子里的光线都由门口射进来，从外面来的人要定下神才能看清里面的一切。“烂尿桶”坐在桌子边，那把马刀习惯性地插在他脚边的地上，显示出一贯的骄横。“水牛鞭”侧着头，身上披着黄芬的米黄色太空棉袄，把手里的一根绳子弄得啪啪响。黄芬跪在地铺上，在为一个砍苇人按摩，整得那人肩胛的肌肉像老鼠一样直跳。十几个砍苇人或坐或站，都操着砍苇刀，阴沉着铁青色的脸。乍一看，活脱脱一个土匪巢穴！

“出了什么事？”胡铁英径直往里边走，镇定自若地问。

“烂尿桶”眯着眼，阴沉地说，“哼，你到底是什么人？”

胡铁英马上想到自己的话语出了问题。他只得随机应变，坐到桌子边，点燃一支烟抽一口，嘴角带一丝不屑的笑意，反问道：“我昨晚不是说了吗，都不记得了？”

“妈的，不要骗人了！”“水牛鞭”站起来，恶狠狠地叫道，“你这家伙是公安，是公安！”

胡铁英不置可否地冷笑一声，答非所问地吼起来：“你他妈的一帮小人，我真不该在这里待下来！好，好，我走，我走！”

“不要把我们当宝耍！”“烂尿桶”也吼起来。他拿着马刀抵到胡铁英的胸前，刀尖贴在他牛仔服的拉链扣上，轻轻地往下压，马上，里面的小夹袄露了出来，上面的金盾图案十分显眼，好几个人失声叫了起来。

见鬼！这黄芬还真是心细之人，早晨在湖边只把这拉链扯下那么一点点，就发现了秘密。她一定在刚才把这事和他们说了，才有了这场戏。

（作者系中国作家协会会员）

“1”字之谜

李正文

深夜的宋家胡同里，很静，静得只有自己的脚步声在咔咔作响。路灯光也很淡，淡得拉不长自身的影子，笑笑往胡同里钻，她一点都不胆怯，一二十年来她就在这里走，好像是她把胡同走得地宽胆大。忽地一只猫窜出来，她向猫挥挥手，咪咪两声。猫也朝她摇摇头后，雀跃而去。忽地又闪出一个人影，人影闪过，她什么都不知道了，就像一个梦，一个躺在胡同里的惊愕之梦。

胡同里沸腾了，警察来了，救护车来了，胡同里的人用惊叹把笑笑送走了。

赵沙虎接过告急电话，差点儿昏厥过去。赵沙虎是警察，还有千万富翁王家、报社老总梁帅、中学校长李金源，四人都在追笑笑，笑笑学历高，模样俊，心灵美，人见人爱。也许是前世姻缘所定，她笑笑偏偏看中了赵沙虎，一个连副科级职称都没沾边的小萝卜头，他哪里值得她一爱？笑笑说，就凭那丁点儿小事。那真是鸡毛蒜皮的事儿。那日天下大雪，一位老大妈因腿受寒，行动不便，倒在雪中。过路人来去匆匆，无人问津，唯有赵沙虎将自己的警服披在老人身上，然后将老人背回了家。老大妈的老伴儿千感谢万感谢，要他留个名，他笑道：“我叫警察。”二位老人就是笑笑的爹娘，从此警察在笑笑的心中是根柱子，一根稳如泰山的柱子。最终她放弃了金山、银山，选择了赵沙虎这座“泰山”。

万万没想到，结婚的喜酒香到了鼻尖上，晴天里竟落下一个霹雳。

笑笑的弟弟祎祎闻讯后，差点儿发疯了。半个小时前，他将笑哈哈的姐姐送进家门，眨眼她被害了。千不该万不该离开姐姐啊！他心痛得要一头砸破地面钻入地底。

大夫将笑笑推进了手术室，满头血迹斑斑的笑笑依然在梦里。

祎祎最先闯进医院，他在血红的“手术室”牌匾下，号啕大哭，他哭他的姐姐为何遭遇这般劫难，他哭得伤心极处时，竟双手拍打着墙壁，仿佛地动山摇，好在赵沙虎赶来劝阻，不然他要撕破墙皮，哭他个天昏地暗。

手术室告急，笑笑急需补血。祎祎听后，不哭了，他扬起手臂，嚷道：“医生，医生，我是 O 型血。抽我的。”

“胡闹，你的血行吗？自己瘦得像根筷子。”赵沙虎对祎祎凶了一句，然后向医生掏出警官证，说：“您看，上面标的就是 O 型，还是我来吧，我是患者的丈夫。”说罢，他伸出了自己的手臂，红红的鲜血静静地流，祎祎在一旁，他的泪水也如血一样在静静地淌。

亲人的血和泪虽然挽回了笑笑的命，但没唤醒她的梦。她依然沉睡在胡同里那个奇怪的可怕的梦里。

医生说，笑笑后脑被重击后，脑神经遭受严重破坏，可能成为终身卧床的植物人。

宋家胡同案引起了警方的重视。然而时过两周，案件如云，让人云里雾里摸不到头绪，甚至连是劫是仇是奸是什么，其性质都难以断定。警方最先排除的是抢劫伤人，因为笑笑的包还留在现场，包内有 5000 多元现金原封未动，警方据此推断，报复伤人的可能性较大，是谁如此狠毒？重点离不开曾追求过笑笑的人。

那三位追而未果的人都接受了警方的调查，但都没有作案时间，也都没有心虚的异常的表情。买卖不成仁义在，笑笑倒下，他们心里也像捅了根刺，很难受，带着那份曾经心爱的友谊，他们分别捧着鲜花前往医院探望了她，也都为她献上了一份爱心，王家就解囊奉上 5000 元。

赵沙虎是刑侦主力，他和笑笑确定恋爱关系后，情感上共同融洽，事业上各有造化。赵沙虎在侦破“1・12”特大杀人案中表现突出，荣立二等功；笑笑在市报社任记者部主任，年年功绩不凡，并获“全省优秀记者”称号。二人可谓天作之合。他们登记结婚那日，在彩云湖畔通过“按揭”购了房子，婚期定在 10 月 1 日，这是个举国同庆的日子，他们要与祖国人民同乐。

在那些特别的日子里，赵沙虎白天跑案子，晚上跑医院。他和他的队友们对此疑案总是没跑出个头绪来，整日就像钻进了迷宫，不知东南西北。他身体虽结实如牛，但日夜操劳过度，加之他无法走出笑笑倒下的那片阴影，在精神上肉体上，他都要垮了。此时，他不断地告诫自己，要顶住啊，要做个顶天立地的男子汉，才对得起笑笑。

祎祎终日沉浸在悲哀之中，他没有工作，他的工作就是天天在散发着一股药味的医院里陪伴他可怜的姐姐。他姐姐像个木头人，整天除心脏在动鼻孔在喘气外，其他肢体都是呆呆的。他一见到姐姐，整个大脑神经和五脏六腑都不自在了，像要炸裂似的，让他难以克制自己。最克制不了的是泪水，他姐姐被害以来的十多天时间里，他流的泪太多，就像南方的梅雨季节，整天雨水不停。每日他的哭诉，在疼心姐姐时又怨恨姐姐，那晚他将姐姐送至她的新房，她说好了，很累，马上睡觉，为何又出门去胡同里的老屋？她包里有母亲用的散寒药，可能是给妈送药才遭不幸，这是何苦啊，过了今天，还有明天，黑灯瞎火的晚上不该独自一人去行孝尽忠啊。

祎祎太伤心、太忧愁，他那抽抽噎噎、悲怆凄切的哭声牵动了医务人员和左邻右舍的病友，众人都劝他，劝他想开点。天知道人的情义谁也说不清道不明。他人越劝，他越疼心，越疼心泪水越多，泪水越多他呼喊的声音就越大。

“姐姐，你要醒过来，你要醒过来呀！”

自小到成年，点点滴滴祎祎都要姐姐牵挂与帮助，在他的心中，姐姐就是过河的桥，夜行的灯，没有姐姐就没有他的活路，甚至没有他的命。

一个男人，怎么这样无志无骨？祎祎感到愧疚，他在姐姐床前，只能以泪洗面，以泪冲刷自己的灵魂。

案件侦查整整一月，一切都是徒劳，赵沙虎知道，现场没有任何可取的证据，也没有任何人目击，要调查的可疑人，已明察暗访了数十遍，作案人就像一根绣花针沉入水塘里，谁也不知，谁也不晓。

窗外的夜色很美，有投向高空的彩色激光，有满天闪闪的星光，还有半露着笑脸的月亮之光，赵沙虎扶着笑笑的头，让她面对窗前，让她看看美丽的夜色，她看了，默默无语。往日里他们推窗看到这般景色，二人总是手拉手、肩倚肩地有说有笑。眼下再美的天空在笑笑眼里也只不过是块残片烂布。许久，赵沙虎没有与笑笑分开，他要让他的笑笑多看看天，多看看他们过去看过的天，看着看着，笑笑的手在动，好像在画什么，赵沙虎张开大手让她画着，她不画别的，仅画了一个“1”字，过一阵画一下。

笑笑的手指有了感觉，赵沙虎破涕为笑，他赶快告知医生，医生说，病人有了知觉，就是有了思维，慢慢地可能还会发音、还有手势，甚至能由躺到坐。赵沙虎欢喜，欢喜时他轻轻地吻过笑笑的脸，吻过之后，他又拿过笑笑的手，那手指画出的仍是一个“1”字，这“1”字不弯不曲，不长不短，就像写在大字本的方格里，端端正正。

这一夜，赵沙虎没有睡意，他躺在床上翻来覆去，冥思苦索，笑笑为什么写个“1”，这“1”代表着什么，也许是提示着什么？胡同里的门牌号是否有1号？难道1号住户有她认识的人？人名中几乎没有这样的“1”字，难道是一个人、一块砖、一把刀、一根木棍？这些又有何意义？睡不安宁时，他干脆爬起来，独自一人向胡同里走去。他打着手电筒，用他那睁得牛眼大的眼珠子将胡同里89家门牌号码仔仔细细扫了一遍，结果没有1号。

也许笑笑画的“1”字，并无意义，赵沙虎这么想。

次日，听说姐姐能写“1”字了，祎祎也伸出手板，让姐姐写字，他怕姐姐不知，特地连呼了几遍，呼声过后，她的手指依然捏在拳头里。

这蹊跷之事，赵沙虎向公安局蔡局长作了汇报，很快蔡局长来了。局长已来过多次，她笑笑自然没有笑脸，局长拉过她的手说了些安慰之言，说过之后，笑笑又在局长的手心写上了“1”字。蔡局长笑道：“好，好好好。”说着他又向笑笑点着头，以表知意。

蔡局长走了，他立即召开刑侦骨干会议，请大家破解“1”字之谜。或许这“1”字与案件有关，与作案人有关。凡与案件有关的线索，刑警们是抓而不放的，按照局长的指示，各路人马对“1”字展开了方方面面的调查。

好多的亲朋好友去看望笑笑，他们都有意识地去拉拉她的手，她的手指没有任何反应，唯有蔡局长和她的丈夫，她就写上一个“1”字。赵沙虎只要去她身边，如果一天去三次，她就要“1”字写三回。

可以肯定，这“1”字与案有关，而且密切相关。赵沙虎心里这么想，但实在是无计可施。在家苦闷时，他干脆到外面溜达。那日夜静时，他去了胡同里，胡同口子对面有一敞开的小茶馆，他进入茶馆，目光自然要盯着对面的胡同，忽见一女子进了胡同里，那女子背个包提着桶，路灯下一清二楚。那胡同，赵沙虎太熟了，几乎熟悉得胡同里铺了多少块砖、有多少坑洼他都知晓，因为他舅舅住在胡同里，他把胡同当成了自己的家，也自然知道胡同里进出有几条路、几个口。见那背包提桶的女人，他想到了笑笑。那晚可能笑笑也是这样被人发现进胡同后，再被人抄小道截住的。

立马，赵沙虎向老板作了那晚出事时哪些人在这里喝茶饮酒的调查，老板与赵沙虎是老相识了，他向赵警官道了个明白。

明天就是国庆节日，这是赵沙虎原定的结婚日，只因笑笑被害，这事也无人言及了。连夜赵沙虎改变了主意，原定婚期不变，他要在病房里与笑笑举行婚礼。

半夜里，蔡局长和主要亲戚朋友接到他赵沙虎办喜事的电话，几乎人人都感到莫名其妙，而他不管三七二十一，决定了的事，立即办，马上办。

天亮了，太阳张出了笑脸，这是个好日子。赵沙虎的几个朋友迅速将病房布置得面貌一新，完完全全打扮出婚庆的色彩，连窗户玻璃上都贴了红红的喜字和鸳鸯鸟。报社还在病房里挂出了“笑笑我们都爱你”的横幅。

摄影师也被请进了病房，新娘的头上戴着洁白而又美丽的纱巾，赵沙虎没穿礼服，而是着了一身崭新的警服，他知道她爱警察，警服比礼服更好看更醒目更有意义。

赵沙虎挨着新娘，半躺在床上与新娘拍了结婚照，笑笑知道这是他们的喜庆之日，她把她的眼睛睁得大大的，目光明澈。

蔡局长是他们的证婚人。上午10时，热闹的病房里举行了简单的仪式，局长与新郎、新娘告别时，新娘又在局长的手上写了一个“1”字，局长紧握着新娘的手，新娘也知这是局长的谢意。

夜幕垂下，客人们离去，新房里只剩赵沙虎和笑笑。赵沙虎在笑笑的身边蹲下身子，他轻轻地拂着她一束蓬松的乌黑透亮的头发，又轻轻抚摸着她光润如玉的脸，摸着摸着几粒泪珠滚下了，滚在笑笑的手背上，笑笑微微翻动手。他见她的手在动，便双手抓过她的手，将那曾经纤巧玲珑的手紧紧地紧紧地贴在自己的心口上。这时，他再不是一粒粒泪珠，而是成线地流，他小声地呜呜地哭着，又轻轻地唤着：笑笑啊，亲爱的笑笑，我们的命为何这般苦，你说你要成为一名“铁扫把”记者，要将有损党和人民利益的歪风邪气统统扫光。你封我为“钢箭头”，要我成为锋利之箭，穿透不法之徒的胸膛。我相信，我保证，我们都能做到，即使你站立不起来，你的腰是硬的，你的骨头是硬的，你的意志是铁打的。请你放心，我沙虎这箭，在公安之道上已经开弓，我选择了警察，我爱上了笑笑，我这辈子不后悔，永不后悔，你现在是躺下的笑笑，我一定要让你坐起来，要让你站起来，要让你拿起你的笔，成为一把“铁扫把”。如果你问我有多大的能耐，亲爱的，那我就打开窗户说亮话，告诉你吧，我有爱你一千年一万年的泰山不倒的决心和勇气。还有我们那套新房子，我老家的旧房子，我父母经营的山上的几百亩林子，都可作我们的经济后盾，卖了房子我们就是住草屋、钻草洞也没关系，世上还有什么比笑笑的命重要。如果砸锅卖铁，你仍然不愿站立起来，那也好，我人穷，但我硬骨头还在，我会背你一辈子，你就是屎尿拉到我背上，我也心甘，甚至我会大呼大喊：亲爱的，只要你这口气永不歇止，你要怎么，你都来吧，我“钢箭头”永远永远也承受得了。亲爱的，大难不死，必有后福，天道有公，必有笑笑。亲爱的笑笑，你会笑起来的，我们会笑起来的，我们大家都会笑起来的。

躺着的笑笑真的笑了，那是一丝丝一点点微笑，赵沙虎看出来了，是真的，千真万确。赵沙虎丢下笑笑的手，他在房中央跳着、蹦着、念着：“笑笑，笑了，笑笑，笑了。”正在赵沙虎喜悦之时，手机响了，是祎祎打来的，他说，他明天一早要外出打工挣钱，为姐姐治病。赵沙虎没有阻拦，只说要他现在来趟医院，有事交代。

放下电话，赵沙虎写了几个字，亮在笑笑的眼前，他说如果对就在他手上打一个“√”。他伸过手掌，笑笑的手指在动，一个“√”形成，他在恍然大悟中明白了一切。

天啦！世上竟有这般孽案，这时的赵沙虎心里好像有把刀子在割他的心，剜他的肺，让他痛心疾首，愁肠百结。痛苦中，他抓过笑笑的手，叮嘱道：“笑笑，你要挺住啊，我只能将他送走，我别无选择，因为我是‘钢箭头’。对不起啊，亲爱的，有我在，我会让你笑的，我一定会让你笑的。”

笑笑的手又在动，她又画了一个“√”，这“√”是笑笑在说他是一支真正的“钢箭头”，一个真正的好警察。

她满意，她十分满意。

祎祎敲门而入。他走近笑笑，他看到笑笑身上那张纸，那张纸上写的字：“1”字，就是祎祎，是祎祎伤害了你，你就打一个“√”。

“姐——!”祎祎双膝着地失声痛呼。

“你这个臭小子!”赵沙虎骂过，一记重拳将他打倒。

“你姐姐是你害的，你这狼心狗肺的东西，你还有脸喊姐姐。”说着他又狠狠朝祎祎踢了一脚，这一脚让祎祎在地上打滚。

“姐——”祎祎疯狂地扑到笑笑的床沿，哭叫着：“姐，我对不起你，我对不起你啊，我吸毒，我没钱，我才去打劫，我不知是你啊。我该死，我该死啊。”说着他用双手在自己头上乱砸一通。

赵沙虎拽住祎祎的手狠狠地说：“打什么打，这样能谢罪吗？能让你姐姐站起来吗？你把事情的经过说清楚，好让你姐姐还能看到你一片诚心，一点悔意。”

祎祎说，他因吸毒缺钱，那晚他送姐姐回家后，便与几个朋友在胡同口对面的茶馆饮酒。11 时许，他见一女子背着包走进胡同，便对朋友谎称自己去后院解大便，然后抄小巷去胡同，用砖头将那女子头部砸伤，抢走了包。当他拿过包一看，包是自己姐姐的，包里还有钱，还有一张姐姐的大照片。因为误抢了姐姐，没办法，他只好将包归还姐姐后又逃到了茶馆，整个过程只有几分钟，接着便有人报了警。

赵沙虎在茶馆里调查时，名单中有祎祎之名，他知祎祎暗中吸毒，祎祎其名其音就是“1”字。祎祎作案时，笑笑所见，因写不出“祎”字，便写下同音“1”字，通过笑笑对祎祎打下“√”的符号，此案在赵沙虎心里便水落石出。

“姐姐——你醒醒吧，只要你能醒，你能说话，你能站起来，我愿坐牢，我愿枪毙!”祎祎又是一阵哭喊。

笑笑头动了，眼珠动了，双手双脚都动了，眼睛里还涌出了泪水，那幸福和欣慰的泪水，是她弟弟祎祎呼来的啊。

一年后，赵沙虎推着坐在轮椅上的笑笑去了监狱。

两年后，赵沙虎和站起来的笑笑手挽手去了监狱。

祎祎哭了，笑了。

湘警先锋

雁城勇士

——全国优秀人民警察肖红雷的故事

李正文

他是一名警察。

他虽无轰轰烈烈的壮举，但他那一个又一个大案却惊动了中国的警界；他虽无回天的神功，但他那一件又一件警事却震撼了身边的警民。

他，就是湖南省衡阳市珠晖区公安局副局长、禁毒大队大队长、全国优秀人民警察、一等功臣、“湘警之星”肖红雷。

选择

肖红雷出生在五岭山脉北面的耒阳城里，他出生时逢六月，其家门前令箭荷花盛开，花色红艳，又逢久旱惊雷送雨。大喜之时，其父为儿取一雄名——红雷。肖红雷与他众多的同龄人一样，具有一个“独生子女”的头衔。时值男儿当自强的年代，何去何从？他的父母亲都是企业的职员，可怜天下父母心，他们都有一颗望子成龙之心，巴望儿子接替父母之班，有个企业，有个依靠，有个安稳的日子。然而令长辈们意想不到，且又惊讶的是他肖红雷要去从军，要远走高飞。外看肖红雷中等身材，肤色白嫩，眉清目秀，其实他的眼神里透露出的是刚毅与坚强、抱负与高远。他的抉择是站在男人的峰顶上看好自己的前程。当年他在书本上读到《谁是最可爱的人》，军人的抱负、军人的豪气、军人的壮烈让他铭心刻骨。他最敬重的军人是从他的故乡走出的开国元勋、中国十大元帅之一——罗荣桓，他戎马一生，战功赫赫。从那时起，他就有个愿望，要去当兵，他要做一个最可爱的人。军人保家卫国，有国才有家，他惬意地拍着书本，心灵呼出：“就这么定了。”他定，而与他息息相关的人蒙了，谁都反对，尤其是他的父母感到忧伤，一根独苗，离开身边，要去遥远的地方，甚至要上战场……那时肖红雷要做的就是安慰长辈，要让长辈理解自己而许可。他的父母都是明理之辈，儿子有“精忠报国”之心，岂能熟视无睹？肖红雷终于盼来了父母的“点头”终审关。

穿上军装，肖红雷悄悄地约来了他的小兄弟王小君，王小君是肖红雷父母接纳的干儿子，自小他们亲如兄弟，肖王两家也没分彼此，统称一家人。王小君比肖红雷年纪稍小一点，但他知道此时雷哥有约，必有要事交代。谁料他是含泪交代“后事”。

“老弟，当兵有可能上前线，上前线就有可能牺牲，如果我回不来了，你要做我爸妈的亲儿子。”

“呸呸……”王小君用一连串的“呸”字送走晦气，他阳光地回话：“雷哥，你命大、福大，一定能平安回来。”

肖红雷抹去泪珠，坚强地说：“谁不怕死，死在战场上，值！家中有你，我死而无憾！”

王小君随之心动，他也泪涌话出：“雷哥，你放心地去当好你的兵，我会孝敬爸妈的。”

肖红雷一了心事后，便踏上了远去东北沈阳的征程。男儿有志在四方，他以军营为家，尽心竭力去完成每一项任务。三年里，他多次获得部队嘉奖，并被评为优秀士兵。

铁打的营盘，流水的兵，当肖红雷凯旋而归时，全家人都乐了，王小君更是乐翻了天，老兄回家，他既不孤单，更是让二位老人省心了。

肖红雷的父母日思夜盼，终于盼来了这根独苗可在自己身边安营扎寨，过上舒坦的日子。当时肖红雷的父母又四处联系单位，有工商、税务、政府等部门。好单位，肖红雷的父母也有好心情。哪知，他肖红雷冷冰一块，他觉得这些部门都不是他理想之业。他想的是要与军人“对号入座”的职业。因为他回地方后，军队、军旗、军歌、军号、军礼……这些带“军”的神圣意念朝朝暮暮、时时刻刻飘现在他的脑海里，让他挥之不去。

那日他行至街头，忽见一农妇哭天喊地，二三名青壮年箭一般地冲出人群，离哭者远去。农妇哭她6000元钱被人偷走了，那是“救命钱”，救孩子命的钱。看阵势钱没了，她也不想活了，便在大街上翻来滚去。肖红雷眼见这场景，心如刀割，对小偷自然痛心疾首。为不让农妇再次受到伤害，他托住农妇，安慰道：“你冷静些，不要这样，这样更会伤害你的身体。”农妇似乎听明白了什么，哭声喊声渐弱，但她的“救命钱”没有回来，依旧表情苦寒。此时，令肖红雷心里一亮的是那几位青年押着小偷，带着钱袋出现在农妇的眼前。当农妇再次摸着她的“救命钱”时，她的脸色变了，变得像春天里绽开的花朵。原来，押着小偷的是便衣警察。

警察，除暴安民，历历在目。由此，他肖红雷似乎找准了自己的坐标，仿佛这就是“对号入座”。军人、警察有着同样神圣的职责——保护人民。“国家安危公安系于一半。”这是周总理之言，肖红雷早已将伟人之言牢记于心。也由此他决心要当警察，他要做为农妇讨回“救命钱”的警察。他脱口而出：“就这样定啦!”

之后，家里又是一番风雨交加，肖红雷的父母投反对票，理由是：“危险，辛苦。”

从军营走向警营，肖红雷爱的就是“危险，辛苦”这四个字。他认为男人活在世上，轰轰烈烈是英雄豪杰，平平坦坦是块死铁。于是他选定明知山有虎，偏向虎山行之道才有意义。那时正值衡阳招警，他心想事成。当肖红雷身着警服拜见父母时，其父亲为他的执着而赞同，他们知道儿子自己选择的事，他人雷也轰不动。在后来的日子里，肖红雷的路走得很艰难、很凄苦，甚至很险恶。但他无怨无悔，他认为这条路是为保人民安宁而行，是为人民造福而行，是条光明而又璀璨之路。

翻覆

从军营到警营，这一步是肖红雷的企望与梦想，他如愿以偿。身着警服，他反觉得比在军营时的担子更重，军旅时间短促，警察却要干到人老须白。他曾多次暗中发誓：自己选的从警之道，一定要把这条服务民众之道走好，并留下坚实而又闪光的烙印。他的第一步是下基层去一线，在派出所里，他先当小学生，勤学苦钻，熟悉公安业务，很快得到了警民的赞许，提升副所长，挑起了辖区治安工作的大梁。在心爱的岗位上，他大刀阔斧地施展抱负，久而久之，他肖红雷的行举跳出了派出所的圈子，走进了所外人的眼里。

2010 年仲春，珠晖分局领导看重他干事的军人作风，处事的工作能耐，为民的和蔼之心，更看重他遇事有一股起死回生之力，让他弃副从正担任分局禁毒大队大队长。从副所长到大队长，肖红雷是伴随着春天的气息而走马上任的，然而在盈盈的春意里，他并非心情舒畅，他自感眼前有一块难以吹散的云雾，这云雾有如一块巨石压在心头，难以顺心顺意。这“云雾”、这“巨石”就是摆在眼下的这块禁毒“黄牌”。珠晖区禁毒工作在全市七县五区排名末位，被省市列为重点挂牌整治地区。肖红雷受命于危难之时，他毅然迎难而上。他清楚令他上任，很大程度上是要他完成这项特殊的任务，让珠晖人脸面有个光彩，地面有方净土。“摘‘黄牌’夺‘金牌’”，这是他对自己下达的“死命令”。

禁毒工作，肖红雷涉足不多，为了尽快成为一名行家，尽快找到禁毒工作突破口，他搬来了大量的资料，走访了省市禁毒专家，查看了全世界发达国家禁毒工作的先进经验。那些日子，他失眠了，他的脑海里满是千丝万缕的毒品工作，时而翻云覆雨，时而天旋地转。最终他在云海里紧紧抓住“全民禁毒，涉毒就打”八个字。他的禁毒“八字”措施很快得到区委、分局领导的重视。珠晖涉毒原因甚多，过去大型厂矿企业多，人员繁密，经济活跃，加之南来北往的铁路公路横穿腹地，流动人员急剧膨胀，人说珠晖鱼龙混杂，由此毒气也在此地四处散发。

勇士面前无险路，肖红雷领着队友们进入大街小巷，深入千家万户，摸吸毒数据，送宣传资料，挖贩毒线索，做禁毒劝教工作，涉毒的宗宗件件、所见所闻，令肖红雷悲痛欲哭，直到忍无可忍。

有一位铁路工人的儿子，因吸毒双脚烂得有药难治，霉烂之处白骨外露，人如棉条，家被他吸得家徒四壁，其父母终日脸色惨白、泪迹斑斑……

毒害，忘国忘家，肖红雷震撼了！

“萤火虫的光点虽然微弱，但亮着便是向黑暗挑战。”其言，肖红雷不知出自何人，但他刻在心头，他要拯救受害者，他要惩治不法之徒。十年前，肖红雷一个同学刘某染上毒品，其人终日萎靡不振、有气无力地混日子。那天他们一同游泳，一条宽不过 20 米的小河他都难达彼岸。肖红雷见他力不从心，知其问题的严重性，便敞开心怀与其交谈，劝其戒毒。云雾中的刘某好像有心戒毒，他咬咬牙，说：“我戒毒，我一定戒。”言过之后，他伸手向肖红雷借了 10 元钱。借钱之后，这位同学好像烟消云散，再未谋面。肖红雷想：这是有意躲避他。冤家路窄，刘某又在他辖区出现，依旧不是个人样，30 多岁了还孑身一人，瘦得像只猴子，整日无所事事，骗爹诈娘。肖红雷知情后，伸出了拯救的双臂，再忙他也要抽时间与他相聚。会面多了，沟通多了，情感加深了，刘某的自控能力和重新做人的勇气也增强了。刘某决心彻底戒毒，成家立业。次年春回大地时，刘某相中了对象，他结婚了，随之当了爸爸。刘某逢生得子，将肖红雷视为福星，他说是肖红雷改变了他的命运，给他带来了福气。闻过刘某之言，肖红雷滴血的心灵深处铺满了阳光。而今，刘某给一家企业老板开车，每当他的车开至眼前，听到那喜悦而又带着福音的喇叭声，肖红雷觉得自己醉了，犹如喝了人世间最香最浓最醇的美酒……

多少个这样的浪子回头，令肖红雷醉得心花怒放。

在那苦苦禁毒的日子里，肖红雷摸到了大批贩卖毒品的线索。他上任的那年 7 月，时间过了一大半，堂堂一个禁毒大队仅行政拘留了 6 名涉毒人员，打击处理数据还不及一个派出所。

年终冲刺会上，肖红雷掏出了心窝子的话："工作，我们少干，国家不少我们一分钱的饷。但是，我们是身着警服、头顶国徽的警察，担轻担行吗？眼下毒害，在珠晖愈演愈烈，我们不去承担这副禁毒的重担，还指望谁？"话间他拍案而起，向队友们下达"死命令"："珠晖禁毒是大事，我们要边禁毒边挖眼寻蛇打，只要有一丁点儿线索，就要付出最大的努力，是涉毒案，就要一查到底，要查个底朝天！"

好一个"底朝天"，仅一年光景，肖红雷领军一举端掉零包贩毒窝点 11 个，侦破毒品案 27 起，缴获毒品 1644 克，抓获吸、贩毒不法之徒 76 名，其中刑事拘留 15 名，行政处罚 32 名，强制戒毒 29 名。这些简单而又平常的数据，只有行家们、珠晖的战友们才知道，他们禁毒大队在珠晖禁毒史上开了先河。为了这些从来没有过的数据，殊不知他肖红雷，他禁毒大队的战友们花了多少心血，熬了多少风雨，挨了多少饥饿。那天清晨，当肖红雷带了 4 名涉毒人员回局后，转眼不见他的人影了，他去了哪里？他钻进车里睡了，连续两天两晚没沾床边的他，太累、太累了！

苦尽甘来，肖红雷的行动，斩断了毒品来源，遏制了毒品在珠晖的传播，珠晖终于有了一片明朗的天空。

历时一年的禁毒，再次考核时，珠晖由末名跃居全市前三名，摘"黄牌"，夺"金牌"的愿望实现了。

肖红雷望着古老的珠晖塔，思绪万千，乌云遮不住它晨迎朝晖、晚披彩霞、璀璨夺目、如玉生辉的景象。

珠晖终于清白人间。

捕猎

这个冬天特别寒冷，漫天大雪，让雁城变成了雪城，刚上任的禁毒大队大队长肖红雷心如冰块一样，凉到了极处，一大堆禁毒工作要理，一大堆涉毒线索要查，还有一大堆案件有待侦破……

正值禁毒、打击、缉毒等各项工作势如破竹、踏雪迎春时，又遇上了一个“8·26”公安部督办的特大案。此案经营几月后，越查涉案人员越多，地域延伸越大，最后被公安部定为督办必破大案。他肖红雷为部督专案组的领军人物。肖红雷没遇过部督案件，面对如此庞大的跨多省的复杂案件，他横下一条心：案子必须拿下，涉毒不法之徒必须绳之以法。

行伍出身的肖红雷，更明白其特殊任务的重要性。为不打草惊蛇，他不得不静悄悄地继续做好收捕猎物的前期工作。案由小到大、由近到远都是他亲历全程，了如指掌。案发珠晖，根落他的老家耒阳，孽根祸胎的一、二、三号人物就在耒阳拉帮结派，毒害四方。

耒阳，肖红雷人熟地明，他领着一支便衣队伍悄悄地向耒阳靠拢，向一、二、三号人物靠拢。一号人物张小飞本是正宗农民，因人胆大，故取贩毒的生财之道，他的信条是“人无横财不富”，贩毒来的就是横财，其不法行为也次次顺心顺意，财源滚滚。他准备将生意做大做强，于是在耒阳城里建了自己的据点，也笼络了一帮子人，这些人既是他的忠实信徒，又是他的大小财神爷，因为源源不断的毒品，都由这些信徒——这些飘拂的影子送往每个肮脏的角落。肖红雷与他的战友们整日围绕这些影子，张三李四居住何处，所接触一些什么人，在什么场合活动，甚至他们出门用的什么交通工具，行驶的什么路线，等等，便衣警察都得记录在案。就几个“什么”？道来容易，做起来难于上青天。

为不暴露自己，肖红雷戴顶小皮帽，帽舌拉得低低的，有时还配个墨镜，这番打扮，就是熟人所见，也不知是何许人也，而他盯住了某个对象，就死死咬住不放。一日，他在市中心截住他小兄弟王小君的车，说要急用去郊野接个人，其实他是要跟踪一号，因为一号驾车已去，他不得不由摩托换汽车向目标追击。说来也巧，一号见后面有车，产生警觉，便故意缓缓而行，而且几次探出头来，向后张望。肖红雷不知其意，以为一号目标看出了被跟踪的破绽。对此情况，肖红雷装着若无其事，超车而过。那次，目标探头的细节，令肖红雷百思不解，他认为自己的行动十分缜密，连车牌号码都进行了伪装，不可能让人产生怀疑。后来，案件水落石出，才得知，自己征用的王小君的广本车，就是一号目标本人用过的车，只是他换了新车而将旧车转给了他贴心的四号人物，而四号人物的弟弟就是王小君，一号对自己的车太熟悉了，换了主人开车，他自然想多看一眼，并非看出端倪。四号人物王某的出现，让肖红雷惊讶，她是王小君的亲姐姐，也就是自己的姐姐啊。他还记得自己从军之日，含泪与王小君见面，那就是非亲兄弟胜似亲兄弟的情分。在此案件即将大功告成的关键时刻，四号人物——自己的“姐姐”出现了，怎么办？他曾多次紧咬过自己的嘴唇，也曾多次闭目沉思，没有万全之策，只有一个正义之理：法网恢恢，疏而不漏。从军营走向警营，他的使命是除暴安民，假如自己想救王姐而向她透露丁点儿风声，也许他的王姐可以远走高飞逃避法律的制裁，但整个案件的侦办工作必定前功尽弃，所有涉案人员也就成为惊弓之鸟……肖红雷没想下去，他不愿成为世人指责的叛徒，他要做一名刚正不阿的人民警察！

肖红雷将王姐的信息埋藏在心里，他的心就是一堵永不透风的墙。

继续跟踪，那一月，天寒地冻，所有行动的地方，没有暖暖身子的热量，也没有能安安稳稳睡个觉的场所，甚至想喝一口热水都很难很难。肖红雷冷了搓搓手、动动筋骨或使使劲，饿了口袋里有干粮，在野外啃一口饼干，抓一把雪塞进嘴里。蹲守的时间久了，有的战友手脚发麻，立起身子时，他们就搀扶在一起，像红军过雪山一样一步一步地向前移动……

收网时机已到，专案民警兵分多路分别赶赴省内外。肖红雷负责耒阳一、二、三号人物，具体抓捕三号人物。三号是反侦查能力最强的人物，他要亲自上。三号住三楼，他与队友们从晚 7 点一直蹲守到次日早 7 点，12 个小时的分分秒秒，让肖红雷度时如年。天太冷了，楼道里不好固定守点，其防盗门又不便强行破开。最好抓捕的时机是第二天早上目标出门时。兵不能撤，只能在楼下挨冷受饿，守株待兔。

待冬日的太阳从东方升起，肖红雷在温暖的阳光里，迎来了三号人物的老爸，其老爸是公务员，也是老党员，有一定的正义感。肖红雷与老人谈过一阵后，其父愿意配合警察劝儿归案。门开了，肖红雷第一个冲进屋里，没半点思想准备的对手，做梦也没有想到一大早在家里翻了船。

肖红雷苦苦经营长达半年的部督毒品案成功破获。这是一个毒品销量达 40 多公斤，跨越 3 省 17 个地市县区，枪毒同流，上下八层级，涉案 43 人的特大贩毒网络。

大功告成，公安部发来贺电，省公安厅发文表彰，当地市委、市政府予以赞扬，中央电视台也做了专题报道。

肖红雷功不可没，荣立个人一等功。

勇者

狭路相逢勇者胜。肖红雷以他的大智大勇斗于穴中，一次又一次地取得全胜。

回首往事，宗宗件件令肖红雷心惊肉跳，又倍感自豪。警察就是这样，在生死面前没有退缩，没有胆怯。

“4·08”专案，又是一起公安部督办案，这是一个跨境特大贩毒网络案。专案组组建后，主侦骨干肖红雷很快摸清了毒贩头号人物蒋某的底细。蒋某系珠晖百公里外的祁东人。祁东与衡阳曾有过人群大迁徙的历史渊源，两地之间一脉相承。而今，众多的亲缘依旧相连，毒贩也就见缝插针，顺水而流。蒋某将毒品藏于空调压缩机内封装，以运输家用电器的名义，通过物流方式从云南边境发往祁阳，再以衡阳为中心，四处开花销往全国各地。面对精明且十分狡猾的蒋某，在时间紧，任务重，而又不能惊动对手的特殊环境里，肖红雷与战友们慎之又慎，对蒋某全面监控与守候。收网时，肖红雷与当地警方遇上了一道难题，蒋某几乎枪不离身，刀不离手。此人又人高马大，曾因刀枪伤人蹲过监狱，抓捕定在何处为佳？

战前分析会上，肖红雷谈出了自己的看法：其一，避开人群，以免伤及无辜群众；其二，避开其家，怕室内设危险装置；其三，抓捕点设在其家出门的小区通道上，通道人员稀少，两侧树枝便于隐蔽，他自己装扮成清洁工在通道上直接接触目标。他的方案，颇有道理，但战友们还是为他担心，怕他孤身遇险。

肖红雷很自信，双掌一击，撂下一句话：“就这么定了。”

这天凌晨，天未亮，肖红雷的四名战友潜入通道两侧的树林里，待东方日出时，身着清洁工作服的肖红雷出现在小区院内。静静的晨光里，肖红雷忙活着清理他脚下的垃圾。蒋某开门而出，一步一步踏近肖红雷。此时此刻，蒋某没有任何不祥的兆头，而肖红雷与他的战友们箭在弦上，张网以待。就在二人擦身而过的一瞬间，肖红雷出手了，他抱住蒋某，蒋某的双手及腰身就像打了一道铁箍，一时无法挣脱，待他发力时，已来不及了，丛林里四名精兵一跃而上，时不过几秒，蒋某的双手便被锁上了手铐。好险！民警当场在蒋某身上抽出两把尖刀，在其家中搜出毒品近十公斤。捉贼拿赃，按理蒋某低头认罪，无话可说。然而令专案组震惊的是，蒋某知其罪重，一口否认自己有罪，什么毒品，那些东西是一个朋友寄存在他家的东西。面对无赖，肖红雷即刻调整战术，决定从外围入手，继续抓捕蒋某的上线下线贩毒人员。

那是炎热的六月，肖红雷踏着滚滚热浪三上北方，在河南、河北警方的协助下，一举将蒋某的 7 名上线下线毒贩擒获。面对铁证如山的人赃事实，蒋某瘫倒在地，丧气地念念有词：“完了，完了。”随之，肖红雷乘胜追击，将蒋某贩毒团伙 16 名成员全部抓获归案。喜闻又一部督案件如期侦破，上级领导大赞：“红雷呀红雷，你真是平地一声惊雷！”

2013 年，肖红雷参与办理了湖南中华人民共和国成立以来交易毒品之最的惊天大案。这又是公安部督办的“8·20”网络贩毒案，这一案比其他大案侦办的难度超出他的想象。该贩毒团伙从生产到销售整个流程始终处于极为隐蔽的地下状态，涉案地从珠晖、祁东两地跨越7个省、17个市县，分布线路有万里之长，据可靠信息，这是一个持枪贩毒团伙。

千难万险，偏偏被他肖红雷撞上，而他肖红雷偏偏又是个撞倒南墙不回头的人。众人自然为他能不能拿下此案捏了一把汗。险难之中，他沉着冷静，待寻找一个又一个贩毒的证据后，便与省市区三级缉毒专家会合，提出了“全面撒网，兵分多路，各个击破”的行动建议。虽然他在缉毒领域工作时间不长，但也办理了多起大要案，可谓半个专家。专家们对这位官衔不大、级别不高的基层禁毒民警带有一番敬意之感。因为他的建议切合实际，并具有一定的实效性，由此他在省市专家们心里占有了一席之地。

肖红雷奉命带领专案人员赶赴祁东抓捕最危险的犯罪嫌疑人八号，此人持有枪支，穷凶极恶。抓捕行动时间已到，他确定八号归家的情况后，便请来了物业管理的一位大妈，他与三名民警迅速堵住了八号居室出口。抓捕前，各组仅分配一件防弹衣，这保命衣，本应他肖红雷穿上，战友们都知道，险境中，他总是第一个冲在前面，再则他是家里的独苗，不能有任何闪失，而他却毅然将防弹衣让给他的战友。那时那刻，就是战场，他不愿战友倒下，如果真有危险，他宁愿把这份危险留给自己，与他并肩作战的兄弟们，都有儿女，是他带他们平安而来，也要让他们平安而归……待大妈以送物业管理通知为名敲开了“猎物”之门后，肖红雷第一个冲进屋里，也是第一个与八号近身搏斗，控制对方的手，不让其有掏枪拔刀的机会，随后战友们跟上，就那么一瞬间，八号被擒，民警当场在其身上搜出子弹已上膛的手枪1支、子弹5发，在其家搜出毒品麻古160余公斤。随后，肖红雷又领兵追击分布在云南边境的上线程某。他曾在云南边境这方险恶之地，与当地缉毒大队李副大队长并肩战斗追捕过多名毒贩。此次前来，却不见他的好战友好搭档。当他得知李副大队长在抓捕毒贩时牺牲的消息后，他暗自在心头起誓：一定要拿下程某，为战友报仇雪恨。

据当地警方介绍，程某有枪有势力，不易抓捕。肖红雷在抓捕中见多识广，自有他成功抓捕的妙策。程某虽然有枪有势力，但他总有落单之时。那日，肖红雷跟踪对手，见他独自一人进入情妇家里时，他与三名战友以迅雷不及掩耳之速将其拿下。果真，程某身上藏有一支压满子弹的“五四式”手枪。程某被捕，当地警方大赞：肖红雷真不怕死。这起令世人震惊的大案全面告破，经查明，毒贩们一共交易毒品640余公斤，警方共缴获毒资300余万元、手枪3支、猎枪2支、子弹47发、运输毒品车辆10台，抓获涉案嫌疑人77名。

肖红雷为成功侦破此案起到了关键作用。那年肖红雷被评为“湘警之星”。

表彰会上，其颁奖词写道：……他和战友出生入死，驰骋省内外，斩毒源，拔毒根，用敢为人先的智慧与贩毒分子斗智斗勇，用刚毅果敢与亡命之徒进行殊死较量，用赤胆忠心誓死捍卫禁毒使命，守护美丽珠晖。

力量

“给我一个支点，我可以撬起整个地球。”这是古希腊物理学家阿基米德家喻户晓的一句名言。肖红雷也切记于心里，在禁毒工作中，他就善于寻找“支点”，凝聚力量，撬动全局，达到“四两拨千斤”的效力。

在日常工作中，如何提升自己与团队的地位与威望，肖红雷想得很简单：当先锋、重情感。当先锋，肖红雷永记杜甫“先锋百胜在”的诗句。无论何时何地，他都是一马当先，亲历其境；遇事，他从不指手画脚，隐身而退。火车跑得快，全靠车头带，大队长一职，在他心里就是个“火车头”，他不带好班，班子会涣散，队伍会出轨，事业会停滞。笔者采访那日，禁毒大队人去楼空，时过三刻，肖红雷与队友们带回 5 个贩毒人员，会面得知，这起贩毒团伙案是肖红雷“捡”来的。这天早上，有位刘老汉来到肖红雷的办公室，当然他是慕名而来，他知道珠晖区有个非常厉害的禁毒英雄。他向肖红雷提及他们小区有几个租房的年轻人，行举反常，疑是吸毒人员，要求禁毒民警去查查，以保小区不留毒迹。身为大队长，他完全可以派人去应付这些“鸡毛蒜皮”的事，而他身先士卒，亲自出马。在小区里，不出半个小时，肖红雷觉察到，那几个年轻人就是涉毒人员，立马开展抓捕行动。他与战友们破门而入，5 名毒贩瞬时归案，当场缴获正在交易的新型毒品 300 余克，随后，民警顺藤摸瓜，一举擒获居住他地的 6 名涉毒犯罪人员，半天工夫，肖红雷破获团队贩毒案。犯罪嫌疑人到案，连他的队友们都有些莫名其妙，这案线索从何而来，又如何定准目标？肖红雷说：“线索来自群众，深入一线才知真相。”原来他进入社区，发现刘老汉诉说的其中一个年轻人下楼扔垃圾，待年轻人离去，肖红雷打开垃圾袋，袋里全是注射毒品的工具，从气味上分析，他们使用的是新型化学毒品，再从其门外探听，室内有三至四人的语音。他断定，这是吸食与贩卖毒品的窝点。

今年春节前夕，肖红雷发现线索，辖区广东路附近出租屋里常有吸毒人员出入。像这样的吸食毒品的线索太多，他肖红雷查得过来，又查得了吗？正值红红的灯笼高高挂，浓浓的年味扑鼻来时，有人劝他：“你一年到头，太忙了，太累了，歇几天吧，待年过完了再查也不迟。”肖红雷没有接纳好心人的劝说，在他心里，缉毒之弦，没有节假日之分，永远是绷得紧紧的。为了弄清这伙吸食毒品人员的底细，肖红雷带领禁毒民警从腊月二十八至正月初七，展开全面调查。在正月初八全局正式上班之日，肖红雷带领禁毒大队为全局献上了一份厚礼，他们又端掉了一个吸贩毒窝点，7 名不法之徒落网。

新年第一案，“华声在线”衡阳频道大赞：“肖红雷为全局缉毒执法工作赢了一个‘开门红’。”

肖红雷就是这样，凭他一尊泰山之责，凭他一个策马之先，必定达到事半功倍的效果。

重情感，肖红雷在他的队伍里，尤为凸显，特别在生死关头，他不让自己的战友去担风险，宁可自己挺身而去，就凭这一点，他的下属没有一个不佩服他，也没有一个不敬而近之。

这些年来，肖红雷把所有的时光都撒在他的禁毒事业上，对自己家里却极少关注，孩子十多岁了，也没好好地陪伴过。他说：“孩子视我为陌生人。”他的父母亲，心脏有严重问题，而且是随时有生命危险的大问题，他从来没有休过假去好好陪陪父母，偶尔见见老人也是纸包火似的来去匆匆。他知道，他的队员们也是如此，因工作繁忙而极少照顾家里，而他想得细，他要用自己的微薄之力，让每个队友的家庭感受一份温暖。

过年时，肖红雷会邀请全队民警的家属开会，会上通报通报全大队的工作，也通报通报各位队友出色的成绩。家属们听了，个个喜笑颜开，都为他们家的人，他们家的大队感到欣慰与骄傲。一大家子见见面、叙叙旧，喝口茶、饮杯酒，不亦乐乎。家属们回家后，谁也没有忘却这个特殊的聚会，自然谁也不拖这个光荣集体的后腿，只有鼓劲、加油的意愿。

一日，肖红雷听说副大队长屈有命在老家的老爸病了，因他忙于工作，没回家探望。屈有命的家在离衡阳市近百公里外的祁阳县。肖红雷决定与教导员赵珍武一行专程去看望。当他们驱车赶到屈家时，老人十分感激，连连说：“你们真是共产党的好干部，我儿子在你们大队工作，我就放心了。”事后，屈老对儿子说：“要好好工作，不要辜负了大队领导专程来祁阳的一番心意。”屈有命自然不忘其恩情，工作也自然扎扎实实，不负禁毒使命。

民警刘洪卫五十岁生日，男人五十如牛，且是最具魅力、内涵丰富的年纪，值得一贺，肖红雷自掏腰包，请他与全家吃顿生日饭。对大队长的心意，刘家人笑纳了。肖红雷想得很简单：他是大队一员，年过半百之日，就该祝贺祝贺。“知己如此”，刘洪卫很感激。

禁毒大队教导员赵珍武，比肖红雷年长 10 岁，他们共事七年，如鱼得水。肖红雷在赵教面前只有“尊重”二字，工作上从不独断，有事沟通，行事共谋。他们大不欺小，小不弱大，配合默契，互为兄弟。肖红雷有一个日子忘却不了，那是“元旦”，也是赵珍武的生日。二人在局里时，总要凑到一块儿，吃顿生日饭，不在局里，回局后也得补上。二人共餐，并非去餐馆，而是赵教的家。肖红雷的礼物是一个蛋糕一瓶酒，这一天正是休息日，哥俩喝两杯已成幸事。而这特别的日子，大队也有知情人，赵家这天总是热闹非凡。

这场面，肖红雷认为是友情、是义气、是力量！

雁城衡阳，你是肖红雷的奋战之都。

肖红雷，你是雁城都市的缉毒勇士。

铁警生涯

——记全国铁路公安机关优秀人民警察吴志辉

郭一红　彭双翼

怀化是我国中西部的铁路枢纽，原有沪昆铁路、焦柳铁路、渝怀铁路交会，现有沪昆高铁、渝怀铁路复线、怀邵衡铁路、怀桂高铁、渝怀高铁（规划中）、广清怀（规划中）多条高铁交会，铁路枢纽地位进一步巩固。

古语云：蛮夷之地，怀柔教化。这是怀化名字由来的传说。早在 1970 年，怀化仅是人口不足三千的小镇。随着怀化铁路的开通，怀化成了湘、鄂、黔、桂、渝五大省市的铁路交通枢纽。一条条铁路线的开通交会，使怀化经济开始发展，从一个小镇蜕变成一个号称“湖南西大门”的城市，被人们称为是一座火车拖来的城市。在这个火车拖来的城市，有一支特别能征善战的铁路卫士——怀

化铁路公安处。他们日夜守护着管辖范围内的铁路安全，其中刑警支队副支队长吴志辉就是这支队伍中最优秀的代表之一。

干出漂亮的人生

吴志辉，1973 年 5 月 8 日出生，湖南宁乡人，1996 年 10 月参加公安工作，现任广州铁路公安局怀化公安处刑警支队副支队长。

吴志辉从小就特别喜欢看警匪片，觉得警察这份职业很威武、很光荣，影片中警察高大、勇敢的形象在他童年的心里就种下了一颗种子，这颗种子在他的心中慢慢发芽生长，直至长成了他憧憬的一棵枝繁叶茂的大树。1996 年他从武警部队转业到怀化铁路公安处工作，穿上警服的那一刻，一种自豪和神圣的感觉在他心中油然而生，他才真正感觉到实现了当警察的梦想。但此时对这份职业的认知较年幼时有了更加深层次的感悟：警察，不仅仅代表着“威武和荣耀”，更多的是肩上那份沉甸甸的“责任和担当”。面对新的使命，面对复杂的环境，他心中早已立下誓言：干，就要干好，干出漂亮的人生。时光飞逝，他在铁路公安战线上已奋斗了 24 个春秋，他始终兢兢业业完成好各项工作任务，累计侦破各类刑事案件 1200 余起，抓获各类犯罪嫌疑人员近 1500 名，并先后参与侦破了南昌“3·24”重大破坏铁路设施设备案，武广“6·25”、沪昆“5·29”危及高铁行车案，公安部“2015-44”号毒品目标案件等一批在全国、全路有重大影响的大要案件 20 余起，为国家和人民群众挽回经济损失 1000 余万元；抓获网上逃犯 600 余名。他先后荣立个人二等功 2 次、三等功 11 次、嘉奖 6 次；2019 年被评为“全国铁路公安机关优秀人民警察”和怀化市第五届“十大道德模范”，被中国铁路集团授予“2019 年度火车头奖章”。

只身勇擒“夜猫子”

1996 年 10 月，吴志辉从部队转业到怀化铁路公安处，分配在新晃县火车站派出所工作。刚到所里的那会儿，环境氛围和工作模式较部队都有着很大的变化，公安业务工作对那时的他而言就是一门需尽快学习掌握的新课程。通过自身的努力，转业不到一年时间，他就实现了从不懂到基本懂，从外行到内行的转变。随着他工作基础的稳固，所领导安排他到所辖区酒店塘警务区驻站，该警务区历来刑事斗争复杂，货盗猖獗。他在领取到所里配发的一副手铐后，于接到岗位调整命令的第二天赶到酒店塘警务区，并根据实地形势确定以站车巡视、晚上守候为主的工作思路，重点是抓好夜间经停货物列车的巡查巡视工作，防止货盗发生。1997 年 7 月 12 日凌晨 1 时许，他如往常一样带着警具对经停该站货车开展夜间巡查工作。寂静漆黑的深夜，他听到停靠的列车旁有异响，借着月光观察到有人正在盗窃铁路运输物资。鉴于当时情况紧急，汇报增援可能导致贻误战机，吴志辉随即从列车反面慢慢向嫌疑人逼近，在到达一个合适出手的距离时，吴志辉凭着职责使命和青年人的血气，从列车底部穿过，猛然将嫌疑人按倒在地。此时车上突然又出现一名盗窃人员，从车上跳下越过吴志辉头顶向外逃窜。见此情形，吴志辉来不及任何思考，将已被控制的嫌疑人用手铐固定在铁路栏杆上，随即越过两米多高的路基朝着另一名逃跑的嫌疑人追去，最终该名嫌疑人被他追逐近两公里后累倒在地，束手就擒。经后期审查深挖，成功打掉了一个长期盘踞在酒店塘铁路地区的利用晚上作案的“夜猫子”盗窃团伙，抓获犯罪嫌疑人八名，吴志辉也因此荣立入警以来的第一次个人三等功。事后回想，虽然他成功将这两名嫌疑人抓获，但如果嫌疑人在此期间未逃避打击，不计后果地进行暴力反抗，难保不会发生什么意外；而吴志辉也有他自己的生活，有自己的家庭，真的不知道该怎么去承担这样的后果。但如果让他重新再选择一次的话，他一定还会冲上去，因为这是职责所在、这是正义所趋，是作为一名人民警察，他必须要具有的责任与担当，直面危险的勇气和觉悟。

忠贯日月显神威

1998 年，怀化铁路公安处刑警支队招考侦查员，吴志辉通过报考选拔，成功成为一名刑警。他深知刑侦工作是一项饱含艰辛，掺杂着汗水，甚至鲜血牺牲的工作。刑侦民警常年在外，攻坚克难，无私无畏，面对的是狡猾、危险的嫌疑人，是失去理智的暴力犯罪分子，生命时刻遭受威胁。刑警带给家人更多的是一份提心吊胆的牵挂，是一份没日没夜没有假期的工作，更是一份需要勇气与胆量和智慧的工作。对此，他早已做好准备，迎接一切挑战。1998 年 5 月，麻阳铁路沿线发生多起系列货物盗窃案件，刚加入刑警支队的吴志辉主动请缨参与到案件侦查工作，并根据工作部署安排连续两个月没日没夜扎根一线侦查。他乔装打扮化装成收购废品人员，每天清晨到晚上，他都穿一身破旧衣服，拖着一辆旧板车，走街串巷挨家挨户地收购废品，成功摸清了涉案团伙成员信息及活动轨迹。专案组依据他侦查所得线索，一举将该盗窃团伙成员全部抓获归案。收网后的第二天，吴志辉因劳累过度导致肺部穿孔，吐血不止，被同事送医后，医院一度下发病危通知书，最终经六个月的抢救治疗，吴志辉才逐步好转恢复。

2014 年 10 月，吴志辉处查破一起重大运输毒品案件，查获毒品海洛因 121 克，吴志辉根据以往涉毒案件办案经验，通过大数据分析发现一条跨国贩运毒品线索。鉴于案情重大，2015 年 1 月，公安部将该案确立为“2015-44”号毒品目标案件，这也是怀化铁路公安处建处以来第一起公安部毒品目标专案。为确保案件侦破，吴志辉带领侦查员五进贵州铜仁、七下广州佛山，辗转多地开展侦查，成功摸清了一个以“非洲籍黑人”为首，跨境运毒贩卖至广东佛山、湖南怀化、贵州铜仁等地的涉毒犯罪团伙。该案历时两年的艰苦攻坚，成功在广东佛山黄岐镇将主要上线抓获，并以此顺线在佛山、怀化、铜仁对其余下线人员成功收网，宣布该案告破，专案组也因此受到公安部十局通报表彰，专案组获集体三等功，三名有突出贡献的侦查员荣立个人三等功。

2016 年 1 月，吴志辉处在工作中发现互联网上有人散布“可制作大量假火车票，快递货到付款”的信息。经初查分析这应该是一起通过网络制贩假火车票犯罪的刑事案件。据此，公安处指定由刑警支队牵头，并确定由吴志辉担任此案具体负责人。侦查初期，吴志辉通过从大数据入手开展侦查工作，迅速锁定该网络制贩假火车票信息发布地位于湖南省娄底市，并于大年初七带领侦查员赶赴娄底开展抵近侦查，在锁定涉案部分人员后，又通过顺线追踪，摸清该团伙在河北石家庄的一处窝点。对于这类网络犯罪案件，吴志辉也没有太多的经验，基本是在边干边学，其间吴志辉带队先后辗转北京、上海、石家庄、南昌、大连等 10 余个省市开展侦查及调查取证工作，光卷宗就装订了 11 本，成功摸清该团伙在省内外 3 处制假窝点的具体位置。2016 年 7 月，公安处采纳了吴志辉制订的抓捕方案，由处领导一线指挥对 3 处制假窝点进行统一收网行动，抓获犯罪嫌疑人 5 名，缴获假火车票一万余张及制假工具一批，打掉一个批量制造、网上销售、快递运送一条龙的制贩假票犯罪团伙，涉案价值 100 万余元，宣布案件成功告破，专案组也因此荣获集体二等功，部分侦查员分别荣立个人二等功和三等功、嘉奖等。同时该案在侦破后，被中央电视台、人民公安报等 40 余家新闻媒体争先报道，在社会上引发强烈反响，并被铁道警官学院两名教授调研，作为铁路公安经典案例参加全国公安教学比武。

2016 年 5 月 29 日，沪昆高铁长沙段管内发生一起恶性破坏交通工具案，嫌疑人将自制金属构件脱轨器安置在高铁线路上，企图颠覆运行的高铁列车，严重危及高铁安全。案件发生后，中央政法委、公安部、铁道部等各级领导分别作出了批示和指示。应上级指派，吴志辉在左手臂刚做完手术第二天、伤口尚未痊愈的情况下，作为怀化处增援警力中的一员，迅速赶赴长沙指挥部接受任务并开展工作。按照指挥部任务分工，吴志辉积极对嫌疑人开展分析刻画，并利用晚上休息时间带领侦查员以现场为中心对周边 2000 余户村民进行走访调查。通过不懈的努力，有 6 个村民分别反映案发时间段分别在距离发案现场大约 500 米、800 米、2 公里、5 公里不同的地方均看到过一个 50 多岁、肩背一个看似很沉的蛇皮口袋的男子，且村民们反映的该男子体貌特征、携带物品、走路姿势及途经时间地点均基本吻合，据此，吴志辉分析这个男子有重大作案嫌疑。随即吴志辉将情况对专案指挥部作了详细说明，时任公安部十局领导高度重视，并根据吴志辉所提出的侦查工作建议立即部署了下步工作，迅速确定嫌疑人身份并成功抓捕归案，使该案成功告破。吴志辉也因此受到了部局、公安局领导的肯定，并荣立个人二等功一次。

铁警出手破难关

侦查破案，有苦也有乐，苦的是风雨兼程，虽累而无所获；乐的是苦尽甘来，为社会消除一祸害。每当找到破案线索、确定嫌疑对象、抓捕到嫌疑人、突破嫌疑人口供、破获一起案件都能让人兴奋不已，非常有成就感，哪怕是自己受伤了，都觉得有所值。2010 年，吴志辉在铜仁铁路刑警大队任职时，在带领侦查员在一个建筑工地二楼抓捕一名网上通缉逃犯时，他看地形复杂，抓捕随时都会有危险发生，为了不打草惊蛇，吴志辉安排侦查员在一旁负责警戒，随时增援，自己则悄悄摸上二楼，在慢慢靠近目标逃犯后，猛然出手用锁喉摔将其摔倒在地。在倒地的一瞬间，吴志辉的手臂扎在地上的废弃铁丝上，鲜血直流，疼痛难忍，但他还是死死控制住逃犯，成功将其抓获。还有一次在铜仁火车站货场夜间抓捕逃犯时，逃犯翻墙逃跑，吴志辉也是穷追不舍，在追捕中，吴志辉被异物绊倒在地，起初他完全没有意识到疼痛，爬起来继续追赶，将逃犯制服。直至将嫌疑人带回大队，他才感到脚疼痛难忍，并发现脚踝肿大，去医院检查确诊右脚脚踝骨骨裂，经医学鉴定为十级伤残。吴志辉常坚持：只要依法依规办事，办案过程中做到有理有据有节，这是公理、是正义，就没什么可怕的。他记得有一次在看守所提审一名犯人，他问：“我们把你抓了，你小孩会怨恨你还是怨恨我

们?”想不到对方很正常地回答道：“这是你们的职责，我违法了，我犯罪了，就肯定会受到法律的制裁。”但就他个人而言，到目前为止二十多年的刑侦生涯，还从未碰到过威胁他的对象。不过事后，想想还是有些“怕”。怕的不是犯罪分子，而是怕对不住上有老、下有小的家人。因为平时工作忙，他根本没时间陪家人，对他们挺愧疚的。记得在 2014 年 6 月 25 日，衡阳境内发生一起高铁破坏案，该案号称共和国破坏高铁第一大案，发案后全国铁路公安集结大量精干警力上案侦查，吴志辉也受命参与案件侦查工作。而当时他父亲因脑梗死在长沙湘雅医院住院，即将进行手术，父亲住院前期吴志辉因工作繁忙未去看望，本答应老人家在动手术的时候去的。可警情就是命令，自古忠孝不能两全，案件受到各级领导高度关注且点名指派吴志辉参加案件侦办工作，并要连夜马上出发。面对此情况，吴志辉看着自己身穿的警服，摸着警帽上的国徽，在收到命令后未将家中父亲的情况向组织汇报，只是将情况向妻子说明，随后根据指令连夜驱车赶赴发案现场。而吴志辉的妻子在得知他因工作无法在父亲手术期间陪护后，主动对吴志辉说：“你安心去工作，家里的事有我照顾，爸妈那边我去解释。”

2015 年年底，广州发生一起涉案价值上亿元的诈骗案，吴志辉受命参加专案侦查工作。因案件复杂、工作量大，他一去就是两个月没有回家。其间他突然接到妻子的电话，她在电话那头哭着说：“我生病了，医院检查说有两个内脏器官受损要马上手术，需要家属到医院来。”吴志辉和妻子都是外地人，在怀化就他们小两口相互依偎扶持。听到电话里妻子无助的哭泣声，正在广东肇庆的吴志辉也流下了眼泪。在安慰好妻子后，吴志辉立即向在怀化的支队同事寻求帮助，支队领导在了解到情况后，立即安排女民警赶赴医院帮忙照顾，并先行垫付了他妻子的医疗费用，解决了他的后顾之忧，这让他十分感动。每当他有家庭困难时，组织和各级领导在了解情况后都第一时间给予帮助、关怀，吴志辉为自己有这样的集体和领导感到骄傲和自豪。

妻子出院后，常对他说：“单位对我们的家庭给予了这么大的帮助，你一定要好好工作，做出成绩回报单位。这个家有我打点，你放心吧。”此后，有了妻子的鼎力相助，有了单位的深切关怀，吴志辉更加安心将主要精力放到工作当中。2010 年，吴志辉带领贵州铜仁大队民警没日没夜地开展查缉追逃工作，其间吴志辉在抓捕逃犯的过程中多次受伤，同事们都称他为“不怕死的拼命三郎”。这一年，在大队全体侦查员的共同努力下，破案、追逃战果在支队名列前茅，全队干部民警人人荣立个人三等功一次，得到了处领导的高度肯定。2013 年，组织调任吴志辉到刑警支队任副支队长，分管追逃等工作。吴志辉坚持刻苦钻研业务，并主动与管内地方公安机关加强联系协调，全处追逃战果 2016 年至 2018 年连续三年逐年攀升，其中 2018 年更是突破追逃千名大关，创造了历史新高。特别是 2016 年 1 月 24 日，河北省沧州市发生一起震惊全国的灭门惨案，犯罪嫌疑人持械入室抢劫并杀害一家三口后逃窜。案发后，公安部迅速启动应急机制，要求全国各级公安机关全力追捕该嫌犯。吴志辉通过情报获悉该嫌疑人可能乘坐当日北京至昆明的 K471 次列车，尽管办案单位前期已通知邯郸、武汉警方分别对该次列车进行了公开查缉未果，但吴志辉依旧没有放弃，组织警力从溆浦火车站登乘该次列车开展地毯式清查。第一次清查嫌疑人买的上铺时，发现卧铺下面没有鞋子，往上铺一看被子也没打开。他只好在整列列车上仔细查找，但没有发现嫌疑人的踪影。于是他返回嫌疑人买的上铺位，爬上去看个究竟，原来嫌疑人个子小，和衣和鞋蜷缩着躺在里面。嫌疑人企图反抗，但终被吴志辉制服。身负三条命案的逃犯，最终没有逃过吴志辉的锐利眼睛，没有逃过吴志辉对事业强烈高度的责任心。吴志辉因此受到上级公安机关通报表彰，中央电视台“新闻直播间”对此进行了公开报道。

24 年的铁警经历让吴志辉磨炼成了一名当之无愧的优秀人民警察。

铁血刑警

——记凤凰县公安局副局长田振吉

秋 谷

初心不改

田振吉，1984 年 11 月出生，土家族，本科学士学位，中共党员，湖南凤凰人，2003 年参加公安工作，现任凤凰县公安局副局长。他从警以来，从最基层、最偏远、最艰苦的苗区派出所做起，一步一个脚印，从普通民警、刑警大队大队长再成长为身肩重任的副局长，分管刑侦工作。因表现突出，田振吉同志先后被凤凰县政府嘉奖 10 余次，荣立个人三等功 2 次、二等功 2 次，荣获“全州破案办案能手”、全州“扫黑除恶之星”等诸多荣誉奖项。2018 年 1 月，中共中央、国务院发出了在全国开展“扫黑除恶”专项斗争的通知后，全国上下一场声势浩大的“扫黑除恶”专项斗争旋即打响。田振吉同志被组织安排在湘西州“扫黑除恶”斗争中最重要、最激烈的战场。胸怀忠诚的他勇挑重担，不忘初心，牢记使命，坚定“四个意识”，智勇并举，团结协作，战胜困难，最终以他为主的战斗集体成功破获了由湖南省委巡视组交办的“田某等人涉黑涉恶犯罪案”“黄姜某恶势力集团案”等 7 起有重大影响力的黑恶案件，共捣毁黑恶团伙 10 个、抓获涉案人员 96 名、破获案件 120 起、冻结查扣资金资产 1.5 亿元。

扫黑先锋

2018 年 12 月，湖南省委第五巡视组向湘西州交办了关于“田某等人涉黑涉恶犯罪”的问题线索。2018 年 12 月 13 日，湘西土家族苗族自治州纪委监委牵头成立了由州公安局、州人民检察院、凤凰县公安局组成的“12・13”联合专案指挥部。在湘西州公安系统刑侦领域内颇负盛名的田振吉同志被专案指挥部委以专案组执行组长的重任。

此案，非同一般。2005 年至 2015 年，田某先后将黄某武、张某亲、龙某峰、张某多股社会势力收归名下，逐步形成了以田某为组织领导者，黄某武、张某亲、龙某峰、张某为骨干成员，龙某通、张某明等人为一般参加者的黑社会性质组织。该组织为了称霸一方、攫取经济利益、树立非法权威，经常采取暴力，或以滋扰、恐吓等软暴力方式排挤、打击竞争对手，有组织地实施了聚众斗殴、串通投标、寻衅滋事、故意毁坏财物等违法犯罪活动，非法聚敛巨额的经济利益，并致多人受伤。同时，将获取的利益用于组织违法犯罪活动，拉拢腐蚀国家工作人员充当“保护伞”，以及向组织成员及家属提供生活费用等，以维系、巩固组织发展。该组织在湖南湘西吉首地区特别是建设工程招投标领域形成一定非法控制力，造成了重大影响，甚至公然围堵湘西州公共资源交易中心，恐吓部分工作人员，严重破坏了当地的经济、社会生活秩序。

省委巡视组交办的线索，绝非一般！田振吉同志倍感责任重大，使命光荣。他知难而上，勇挑重担，披甲上阵，根据专案侦查的需要，他同妻子还有两个年幼的小孩做了简要告别后，带上简单行装便与专案组的成员们隐居一处，秘密开展案件侦查的前期工作。

这种隐居，并非陶翁似的田园诗话，而是关掉手机，切断与外界的联系，封闭式地在一屋子里，面对堆积如人等高般的案件，一卷一页一字一句，仔仔细细、反反复复地去翻阅、去发现有价值的线索，不分白天黑夜，无论吃饭与否，寻找、分析、研判成了那段日子的全部。只要有了新的线索，他就立即召集大家开展“诸葛大会”。就在这样集中“隔离”的一段时间里，他带领的这个英雄团队终于将这个时间跨度远、作案范围广、涉案人员众、“保护伞”大、手段恶的“田某、黄某、张某等人组织、领导、参加黑社会性质组织案”的来龙去脉理得一清二楚，为该案后期的全面收网打下坚实基础。

一切就绪后，抓捕时机成熟！联合专案指挥部根据田振吉同志的建议，下达了抓捕指令。擒贼先擒王。田振吉同志与专案组成员听令而发，直扑首要嫌疑人田某常在吉首市区的一个集聚点，随着与一记破门声同时发出的一声喝令“不许动，警察”，将不可一世的田某一伙打了个措手不及。这一战收了田某、翁某杰及其手下共 18 人。

接下来的几波抓捕行动，在田振吉的精心组织安排下进展顺利。在田振吉同志的全程参与下，专案组通过为期 6 个月的侦查，将“田某等人涉黑涉恶犯罪案”成功破获。此案共投入 300 余名警力，配合州纪委打掉“保护伞”两名，共抓获各类犯罪嫌疑人 27 名，破获聚众斗殴案、故意伤害案、寻衅滋事案、串通投标案、非法持有私藏枪支案、窝藏包庇案等 21 起刑事案件。该黑恶组织涉嫌串通投标的工程总造价达 3. 22 亿元，通过转卖标的等方式直接获利共计 2230 万元。该黑恶组织成员在实施以上违法犯罪行为中共造成 10 余名群众受伤，其中重伤 4 人、轻伤 5 人的严重后果。

寻觅罪证

“现代犯罪多与高科技有关。作为保一方平安的新时代警察，如果不紧跟时代步伐，还固守传统侦查破案的方式，那么将被这飞速发展的社会远远抛在身后。不学习，不接受新的知识，不去主动改变与创新，那将不是一个合格的新时代的人民警察！”田振吉这么说。确实，他一直以来就是一个不断学习与进步的学习型警察。刚参加工作时，他还只是一个公安院校毕业的大专生，工作以后，他工作与学习两不误，自学取得了本科文凭后，又攻读了硕士学位，是一个与时俱进的现代职业警察。他在学习理论知识的同时，还掌握了现代警务科技，同时也善于借助于外力为己所用。

在配合州纪委“打伞破网”过程中，就前面所说的“田某等人涉黑涉恶犯罪案”里，由于两名“保护伞”都是当地公安机关刑侦大队的领导和成员，其反侦查能力可想而知，给整个侦查办案带来了不小难度。其中销毁电脑里的证据就是该“保护伞”的一个惯用伎俩。为逃避打击，深谙侦查其道的“保护伞”，把原本“田某等人涉黑涉恶犯罪案”中的一些立案证据、视频影像资料从电脑里消除并格式化，企图让这些罪恶的证据永远消失。

这是一个系列案件，距今最远的已有 15 年，最近的也有 3 年有余，那些电脑里被销毁的证据究竟有多少？还能否复原？要去哪里找谁？要如何说动并得到对方的帮助？等等，一系列问题，全都奔撞在了他的脑海里。他紧闭双唇，紧锁眉头，将一双因长期加班熬夜而布满血丝的眼睛投向了窗外……

世事一物降一物！既然电脑里的资料可以删除，那么就应该有复原的路径。电脑是一个科技产品，那么就要向科技来借力。这个想法，让他眼睛一亮："对，君子善借于物，找科讯公司去借力！"

为了将这些已化为无形的证据再还原成真相，不言放弃的田振吉同志带领专案组成员，于2019年2月，顶着严寒，驱车前往长沙，再转道北京，又奔赴深圳找相关科讯公司提供技术支撑。几经辗转，他克服长途跋涉的疲倦，历时一个多月，最终得到腾讯公司的大力支持，那些被销毁的证据又被神奇地"起死回生"了！他仿佛看到了胜利的曙光！所有这一切的苦，都为着这一"还原"的姗姗来迟而烟消云散了，取而代之的是欣喜若狂！

这一刻，他高兴得流下了激动的眼泪；这一刻，他想到了很久没看到的两个年幼的孩子，想到了很久没有联系既要照顾家庭但同样忙碌的也是警察的妻子。他走到一个角落，掏出手机，拨通了妻子的电话。他要把他的喜悦分享给为家操劳的妻子，他对着手机开心地说道："老婆，今天的太阳很美，过几天我就可以回家看你和两个宝贝了！"由于办案纪律的原因，他是不能明说的，但电话那头的妻子听得出他的话外之音：案件破获有希望了！

以特别的方式向家人报过平安和喜悦后，接下来的调查走访工作也不是一件容易的事！案件关键证据得到复原，这只是给犹如在大海上航行的侦查员们露出了一个岛礁，那么你的航船要如何登上这个岛礁，并探究其奥秘，这些都是他要带领侦查队员们做的当紧工作。

为了厘清头绪，他与专案组成员经过分析研究，将线索中呈现出的上百个相关人员分组分类，再一个一个走访调查，一个一个甄别核实，这其中的苦，只有他们自己知道，但从没一人叫过一声苦。

再就是，田振吉同志的妻子也是一名民警，就在当地公安机关工作，这无疑给他的心中增加了压力。打击黑恶势力非一般刑事案件，其面对的是一个团伙，团伙中还有其他关系网。不确定的危险性，不知道在哪里存在着。他妻子的工作是否会受到影响？他妻子、孩子以及家人的生命安全是否会受到威胁？当心中冒出这一想法与担忧时，他不免为家人的安全捏了一把汗，但是，他没有退缩！干革命，做公安，哪能这么胆小？

果不其然，在接下来的侦查办案中，有很多人来向他求情。有打电话的；有找各种借口邀请他去吃饭的；有人装可怜讲都是同行，何必那么认真，睁只眼闭只眼算了；有人言语中温和带警告地讲，这年头做事得为自己的后路想想……无论是谁，他只是一句掷地有声的话丢过去：我是法律的执行者，就得维护法律的威严，就得体现法律的公正，其他的不考虑！

当这一切都被他拒绝后，就有陌生人打电话放狠话了："你要小心你的婆娘儿女！"

"只要你敢，我抓的就是你！"田振吉的义正词严，把这些企图以邪恐正的歪念反倒吓得无计可施了！

一身正气，就是一道光芒！黑暗终将被消亡。

由于该案表现的多种聚众斗殴、寻衅滋事、故意毁坏财物等方式的违法犯罪活动都是为了他们"串通投标"非法聚敛巨额的经济利益而服务的，这其中必然少不了银行走账这一关。为此，他带领专案组走了无数家银行，查实核对了上百个账户，没有喊过一声累！因为，这是在守初心，这是在担使命，这是在为人民除害！

最终，这些关键证据的获得，为日后破获全案立下了汗马功劳。也才有了2020年7月30日，凤凰县人民法院对田某、张某等18名被告人涉嫌组织、领导、参加黑社会性质组织、聚众斗殴等罪案进行的公开宣判。田某犯组织、领导黑社会性质组织罪、寻衅滋事罪、串通投标罪等多项罪名，数罪并罚，决定合并执行有期徒刑20年，剥夺政治权利5年，并处没收个人全部财产；对其余17名被告人以参加黑社会性质组织罪、故意伤害罪、非法持有枪支罪等罪名，分别判处1年至15年不等的有期徒刑，并处没收个人全部财产或者罚金；对相关被告人的违法所得依法予以追缴。

黑恶势力的成功摧毁，大快人心，人民群众奔走相告！

铲除团伙

2019年11月21日，凤凰县公安局接到湘西州公安局指令：要求全力侦办"黄老姜等人涉黑涉恶"的问题线索。时任凤凰县公安局副局长的田振吉同志无疑又担起了专案组组长的重任。

该案发于2005年至2009年之间，时间久、跨度长，涉案人员是以黄老姜为首、成员多达30余人的涉恶团伙，该团伙原本就是一个随身带枪、随时在街头闹市区耀武扬威、开枪打人如家常便饭的罪恶集团。因相关成员涉及多起故意伤害案被陆续判刑，团伙成员相继解散。通过前期摸排线索发现，该团伙成员还存在漏罪和漏判情况。该团伙在上述时间内还涉嫌贩卖毒品、非法拘禁、聚众斗殴、寻衅滋事、非法持有枪支、故意伤害等多起案件。

接手专案组侦办任务后，田振吉同志冷静思索，厘清思路，从该团伙众多的已判案件中寻找疑点，从受害人那里捕捉线索。

毋庸置疑，这又将是在没日没夜中鏖战，这又将是体力与毅力的对决！

功夫不负有心人。田振吉与专案组一行，在摸排线索中发现了黄老姜涉恶团伙所犯下的令人发指的罪恶行径。这个黄老姜，当时号称“吉首一杆枪”，也是称霸一方的“吉首第一恶人”。他和他的团伙随身带着枪，有仿六四的、有猎枪、有滑膛枪、有来复枪，还有梭筒等，他们想打谁就打谁，就是这么无法无天！他们长期混迹在吉首市红旗门一带，气焰嚣张，光天化日之下在公共场所持枪伤人，并伤及无辜群众。该团伙作案手段极其残忍，为树立“威信”，争夺地位、培植势力，为吞并帮派，持刀、枪围追堵截，将被害人拘禁。

在堆积如山的发黄的案卷中，一本案卷显示：2003 年 3 月 28 日，黄老姜、覃某辉为给同伙成员韩某俊报仇，纠集向某旗、杨某兵、“岩壳伢”等七人将张某南挟持至吉首市三小附近的垃圾场，进行殴打、威胁，并将张某南殴打致昏死。晚上才将张某南挟持至医院，并派人看守。随后，黄老姜胁迫张某南将向某全和龙某成从保靖县骗至吉首市，并约好在吉首电力桥附近见面。后又纠集李某、杨某兵等多人将向某全、龙某成挟持至吉首市狮子庵刑场，对两人进行殴打、火烧、木刺和皮鞭抽打等，时间长达约四小时，致使受害人全身伤痕累累、血肉模糊。后又将二人带至吉首市岩壳山上交给韩某平，采用极端残忍的手段，逼迫龙某成砍断同是受害人的向某全的脚筋。经鉴定，向某全的伤情为重伤。

而令人费解的是，2003 年 6 月受害人有到当地公安机关报案，但办案民警未予立案，也未开展任何调查。田振吉觉得这“不立案”的背后一定有一把令人害怕的“保护伞”！这“保护伞”是谁也将是专案组要追索的重点之一。

他咬紧牙关，紧锁双眉，继续翻阅着这些厚重的案卷。

又一本案卷显示：黄老姜的手下向某旗与修某有私仇，2005 年 9 月的一天，有人在吉首市影视大厦外看见修某便告知黄老姜。黄老姜认为展示他老大哥魅力的时刻到了。于是，他便纠集石某、“苗子”、田某岗三人持枪前往影视大厦，其中石某持仿六四手枪搭乘的士车接应，“苗子”持来复枪看守周围，田某岗持猎枪对骑在摩托车上的修某的左大腿打了一枪。经鉴定，修某的伤情构成重伤。

本案受害人报案后，当时吉首市公安局虽然已对该案立案侦查，犯罪嫌疑人田某岗、石某受到刑事处罚，但蹊跷的是却未对主谋黄老姜、向某旗涉嫌犯罪的事实进行调查，也未对“苗子”的身份信息进行核实，致使黄老姜、向某旗、“苗子”未受到刑事处罚。

最为嚣张的是一案卷记载：2005 年 3 月 8 日，田某与吴某发生纠纷，田某便将此事告知黄老姜。黄老姜为帮兄弟田某出头，便纠集了高某华、李某、胡某等人，高某华持滑膛枪在吉首市某宾馆茶楼用枪托将吴某打致轻微伤。在场有公安民警对黄老姜等人的行为进行制止，李某竟持枪对着民警进行威胁。同时现场还有很多群众围观，造成十分恶劣的影响。

“太嚣张了！看我怎么收拾你！”田振吉气得一拳砸在桌子上！

此时的田振吉，更加感觉到上级部门州公安局之所以安排异地用警的良苦用心了！这系列案件背后的“保护伞”一定有所来头！他倍感自己肩上的责任重大。他暗下决心，要为民除害，并向专案指挥部立下了“必须彻底铲除黄氏团伙”的军令状！

责任在肩，行动必果。

由于“黄氏团伙”原来已因轻罪而判刑，现在大都刑满释放，时间久远，好多证据获取艰难。但再难也难不住田振吉心中的那道正义的火光！

他本就是湘西警界的名探，他坚信每个案件都有他破获的突破口，关键在于寻找，这其中靠的是智慧。他就从受害人那里挖掘线索，并物建专案特情，让别人的耳目扩大他的视线。

田振吉在想：这些人已被打击处理过，心理上有应对侦查人员问询的准备，对于漏罪、余罪、重罪是不会轻易开口的。那么要证明他们的这些确实存在的而目前又没有证据的犯罪，绝非易事！

田振吉于是提出，先从案件里寻找线索，把受害者统计出来，争取从他们那里获得有价值的线索，以外围包围中心的方式，取得证明黄氏集团犯罪的证据。

说干就干。

专案组找来了当时被黄老姜等人羁押后又被踹下洪水中淹死的龙某成的老父

亲。他因为对公安机关没有对其儿子的死亡立案追究相关人员刑事责任的事不服，十多年来一直上访不绝。

在从龙父那里获得一些他儿子去世当天的线索后，田振吉决定从该团伙中目前已被收归在案的石某身上寻找突破口。

这个石某虽已归案，但他仗着自己脚有残疾，办案人员得给他一些优惠政策的优势心理，摆出一副天不怕地不怕的蛮横样子，没有把侦查员们放在眼里。你问东，他答西，要么就什么都不知道。此人没有什么牵挂，但就是很孝顺他的老母亲。

还好他的良心未泯，还可以挽救，有可以突破的地方。

富有丰富审讯经验的田振吉调整了审讯策略。他更换审讯组人员，再组精兵强将，从气势上、心理上给对方造成压力，同时，改变原来就案问案的方式，以石某母亲为切入点，采取亲情感化、迂回曲折、边拉边攻等方式，展开不是审讯又更胜审讯的特殊攻势。在审讯的第三天，顽固的石某终于被击垮心理防线，竹筒倒豆子般一一供述了他所参与的黄老姜团伙的屡屡违法犯罪行为。

一旦有了缺口，便势如破竹。

在田振吉的锲而不舍下，历经 4 个月艰苦卓绝的工作，黄老姜涉恶团伙案被成功补充立案侦查共 13 起，其中非法拘禁 3 起、聚众斗殴 5 起、非法持有枪支 2 起、故意伤害 2 起、寻衅滋事 1 起，并深挖出了其案件背后的“保护伞”。针对 13 名犯罪嫌疑人依次进行抓捕并采取刑事拘留强制措施，接着依法起诉至凤凰县人民检察院，最后恶势力首要分子黄老姜被凤凰县人民法院判处无期徒刑，其他 12 人分别被判处 3 年到 10 年等有期徒刑。“保护伞”也被双开并判处了有期徒刑。

至此，这个致 1 人死亡、4 人重伤、5 人轻伤的涉黑犯罪组织最终破灭，得到应有惩罚。

正义始终没有缺席！

铁拳出击

2018 年 1 月 2 日，零点的钟声刚刚敲响，“中国最美小城”湘西凤凰古城一片祥和景象。突然，凤凰县公安局报警电话急促地响起，打破了夜的安宁，报警男子言语惊慌：“你们快来，‘快乐人生’（化名）有人打架，流了好多血……”

“快乐人生”是凤凰县城规模较大的一家 KTV，是本地群众休闲娱乐爱去的地方，在元旦假期发生故意伤害案，社会影响十分恶劣。凤凰县公安局立即组成指挥情报中心，刑侦大队联合专班民警迅速处警。现场所见：三名男子躺在地上痛苦呻吟，血水浸湿了他们的衣裤。

经调查，受伤男子龙某、伍某、毛某三人当晚相约前往“快乐人生”KTV唱歌，在电梯口与几名男子发生口角，矛盾升级后被几名男子用匕首捅伤。调查中，受害人表示自己不认识嫌疑人，只是临时引发的纠纷。

办案民警通过调阅视频监控，结合话单分析及受害人的指认，确定了主要嫌疑人周某全、周某1、周某2三人均是凤凰本地人的身份。

就在民警紧锣密鼓摸排周某全等人的活动轨迹和藏身之所时，2月25日，“快乐人生”KTV再次发生故意伤害案。此时，距离“2018·1·2”故意伤害案发案时间仅仅一个多月。案发当晚，受害人滕某与两名男子发生争吵，被当场捅伤，后被鉴定为重伤二级。嫌疑人作案后逃之夭夭。

同样的发案地点，同样的匕首伤人，嫌疑人是否是同一群人？

在“扫黑除恶”鼓声雷动的情况下，凤凰县居然还有这样影响恶劣的打架斗殴事件频频发生！时任凤凰县公安局副局长并分管全局刑侦工作和负责“扫黑除恶”专项斗争执行领导的田振吉同志决定把这几起案件认真梳理，加大排查，并要求尽早破案，坚决做到：有黑扫黑、有恶除恶、有乱治乱。

在开展线索摸排时，发现自2016年以来，凤凰县沱江镇KTV等娱乐场所经常发生打架斗殴、故意伤害等案件，社会影响极坏。田振吉同志从这些个案中发现端倪，那就是其都与一个姓“周”的有关联。而这个姓周的，就是“2018·1·2”案件嫌疑人之一的周某全。

通过搜集线索，查阅和梳理案件，发现：2013年11月9日，周某全因打麻将与人发生纠纷，便组织、指使周某华、王某以及“高子”“坤坤”“老歪”等人手持匕首、木棍等在凤凰县沱江镇某KTV门口追打伤害杨某喜、谭某平。经依法鉴定，杨某喜的伤情为轻伤。

同时，专案组还调查发现：2016年11月26日，周某1在凤凰县沱江镇“大转盘”处碰见被害人杨某及其他人。周某1躲开后，便邀约龙某华、周某2等人到“大转盘”集合，准备打架。当晚21时许，周某1、周某2、王某等二十余人携带砍刀、杀猪刀找到杨某，进而对其围砍。

民警当即把这些案件串案侦查，同时对辖区故意伤害、聚众斗殴案件进行全面梳理，并发动派出所积极展开线索核查。通过进一步调查，“2018·2·25”故意伤人案的其他几个犯罪嫌疑人周某3、周某华等人浮出水面。

在案情分析会上，田振吉将这些案件进行串并分析，大胆提出了这应该是一个以“周氏”为首的恶势力团伙的结论。

随即，田振吉和局领导一起精挑细选了几个政治、业务素质都绝对可靠的侦查员作为专案组精锐小分队，紧张而有序地开展前期侦查工作。

2018年5月的某个夜晚，正值初夏，凤凰古城的游人络绎不绝，这时你会看见几个或英俊或壮实的小伙和大汉，或去古街的酒吧里唱唱歌，或去古城的某“KTV”里吼吼嗓子。

他们不是别人，正是凤凰公安因办案需要而正在行动的化装侦查员。

5 月 14 日晚，这些身着花花绿绿服装的号称吼歌跑调王们又如期出现在“快乐人生”KTV 的灯红酒绿中。但有着一双双敏锐的眼和警惕的心的“花花公子”们却在给陌生人递烟或送槟榔过程中，捕捉到了一条最为令人兴奋的消息：5 月 15 日这天，周氏兄弟的头头周某全要在“快乐人生”KTV 庆祝生日，其手下兄弟们为表忠心，会聚集在一起为他们的老大祝寿，尽情嗨皮。

这岂不是上天送来的收网的大好时机吗？

专案组组长田振吉在收到侦查员们从前线传来的消息后，立即向上级报告。凤凰县公安局又立即将这一重要情况向湘西州公安局报告。州局高度重视，指示凤凰县公安局择机抓捕，确保大获全胜。

抓捕周氏兄弟的方案火速出台。

田振吉作为抓捕战前组组长负责全面指挥抓捕工作。

100 余名警力迅速到位，有全副武装的，有着便装的。一场抓捕大戏即将上演！

5 月 15 日夜，不冷不热，舒适度高，是一个聊天集会的好天气。

“快乐人生”KTV 里的人气很旺，比平时更加热闹。同时，在每一个 KTV 包厢的各个出入口，以及整栋楼的各个出入口，都多了些“消费”人群。

窗外夜色渐浓，包厢内纸醉金迷、推杯换盏。

楼下的三台大巴车正在那迷人的夜色中静悄悄地吹着晚风。

正在楼下指挥作战车里的田振吉的手机微信里欢快地跳出几个字：“这里酒很好，一起来喝吧！”

可以开战的“暗语”来了！

负责抓捕前方指挥的田振吉同志立即下达抓捕命令：“动手！”

只见，那些消费者、那些唱歌人、那些看风景的人一时间从各个方位汇集并直扑某 KTV 包厢。

“警察，不许动！”当 KTV 包厢门被打开的同时，如雷贯耳的喝令声让原本闹哄哄的空气瞬间冷寂。神兵天降！这些原本不可一世，正嬉笑高歌、觥筹交错的“周氏兄弟”等 31 人还没摸着后脑壳就被三下五除二地一锅给端掉了。

随后，这些人被带上了 KTV 门前那一台台静候了多时的大巴车。

过往群众看到这一幕，拍手称快！

此战大获全胜，到场人员该抓的一个不漏！

之后，通过专案组后台工作，发现这“周氏团伙”成员中还有四人没落网。

其中有的是因家中有事，没参加本次集会，另外有个发信息给周某全，说正在从乡下赶来的路上。

“决不放过一条漏网之鱼！”田振吉说。

事不宜迟，须乘胜追击！

此时夜已时至23点多。田振吉又临时组建四个抓捕小组，分赴抓捕对象四人所在的凤凰县茶田镇、新场乡等地，进行秘密抓捕行动。同时要求当地派出所和相关村警取得联系，获得犯罪嫌疑人是否在家的准确信息。

一切都在紧张而有序地进行着。

当前方传来其中之一的周某华正在家中的准确消息后，田振吉要求车辆加快速度。

乡村公路狭窄、弯道多，再加之深夜光线不好，车辆几次出现险情，好在开车的民警车技娴熟，每次都化险为夷。

当车辆终于到达了新场乡的某个村口时，深谙抓捕成功之道的田振吉说：“停车！我们得徒步进村去，深更半夜有车进村，会打草惊蛇。”

在当地派出所民警和村警的带领下，田振吉一行靠着一束小小的手机电筒光，在乡间的小路上，悄悄而又快速地行进了两里多山路。

“那个还亮着灯的房子，就是！”村警指着前方，小声地告诉田振吉。

“大家注意，那个还有灯的屋就是我们要抓捕对象的家，大家尽量不要发出什么响声，我们悄悄靠近，再听令而发！”田振吉对抓捕小组成员小声交代道。

终于到达目标家门口时，田振吉首先摸清了该房屋的门窗及可能的逃跑出口，妥善安排了力量把守，随后他自己带人冲进了嫌疑人的房间，“警察，别动！”话声未落，正在整理行装的犯罪嫌疑人周某华已被扑倒在地，束手就擒！

好家伙！原来，因家中有事没有按时参加生日庆祝活动的周某华本想在活动结束前赶去。但他给周某全打了几个电话，都没人接听，他觉得反常，细思，应该出事了！自知坏事做多了的他顿觉大事不妙，正打算简单收拾下行装就逃跑的。

不承想，警察的脚比他的梦跑得还快！

接着，另外几个抓捕小组也相继传来好消息。

至此，漏网的四人全部归案。

抓获了犯罪人员，只是侦查破案的一个关键环节，审查取证才是后期漫长而艰辛的过程。

因为此案嫌疑人是当地人，涉案人多，关系网肯定也多。而田振吉本人也是土生土长的本地人，所以，对找他求情之事他心里早有准备。对此，他铁面无私，公正执法，坦然面对那些对他工作不理解的人，他早已习惯了这些，但他永远忠诚于自己职业的神圣使命。

他排除一切来自案件或非案件的干扰，全力扑在案件的查办上。在他的带领下，专案组查出，2016 年以来，“周氏兄弟”纠集社会闲散人员，长期盘踞在县城城区，采取威胁恐吓、寻衅滋事、故意伤害、故意损坏公私财物等手段，以当“保安”的形式控制娱乐场所，争夺地盘，涉嫌寻衅滋事、聚众斗殴、故意伤害、故意损坏公私财物等刑事案件 7 起。

2018 年 12 月 8 日，凤凰县人民检察院依法以故意伤害罪、聚众斗殴罪、非法拘禁罪、寻衅滋事罪对“周氏兄弟”恶势力犯罪集团提起公诉。

2019 年 1 月 22 日，凤凰县人民法院公开审理了以“周氏兄弟”为首的恶势力犯罪集团系列刑事案件。周某全因犯聚众斗殴罪、故意伤害罪、寻衅滋事罪，数罪并罚，判处有期徒刑 13 年 10 个月。周某 1 被判处有期徒刑 10 年 11 个月。其他共 19 名成员分别获得 1 年以上 9 年 7 个月以下有期徒刑及相应的治安处罚。

至此，曾飞扬跋扈一时的涉恶犯罪集团“周氏兄弟”全部覆灭，人民群众奔走相告，凤凰公安在“扫黑除恶”的征途上又打了一个漂亮仗，田振吉也为他的职业警察生涯中增添了浓墨重彩的一笔。

在维护正义、惩治黑恶的道路上，永远没有休止符；在对党忠诚、对人民热爱的路途上有着他不变的信仰与无尽的忠心。无论前路有多少曲折与坎坷，他将无所畏惧，继续奋力奔跑在“对党忠诚，服务人民，执法公正，纪律严明”的大道上，用他的热血与忠心书写更为辉煌的业绩。

“天网”守望者

——“全国公安百佳刑警”匡政文的侦探故事

李万军

2011年6月，湖南省长沙市公安局设立了一个新警种——刑侦支队视频侦查大队。它是从刑侦技术、警务保障等警种部门剥离而来的一个新实战单元。他们的日常工作，就是专伺探头和键盘，从“天网”汇流而来的视频中寻找与案相关的蛛丝马迹，尔后分析、推理出嫌疑人的来去轨迹和行为趋向。

表象上看，他们没有刀光剑影，没有冲锋陷阵，只有幕后那一双双狩猎的鹰眼；每逢大案要案，每遇“疑难杂症”，他们偶尔也会现身台前，且可能随队出战，但这也不能改写他们辅助侦查的属性。然而，他们却是打击、揭露犯罪中一支不可或缺的新生力量。近年来，他们运用现代科学技术，在打击犯罪和维护社会稳定中发挥着越来越重要的作用，创造了一个又一个的神话。他们不仅赢得了警界同行的尊重，而且得到了组织和社会的广泛认同。

此番笔者想说的，就是如今活跃在刑侦视频侦查这支队伍中的一名领航员和探路人代表。

从放牛娃到警校生

严格来讲，他不能算是一名科技工作者，但他结合侦查工作实践所做的很多猜想和发现，丝毫不亚于一般专业科技工作者。他就是公安部刑事技术特长专家、“全国公安百佳刑警”、供职于湖南省长沙市公安局刑侦支队视频侦查大队的大队长匡政文。

匡政文出生于洞庭湖西滨，家里祖祖辈辈都是种田人。孩提时代，虽然辛苦，但也能过活，一日三餐不成问题。可不同的是，匡政文自呱呱坠地起，这样的日子没过几天，迎接他的就是厄运和苦难。

匡政文三岁那年，在生产队当会计的爹，为了从生产大队赶往益阳城办事，大清早冒着浓雾骑车赶路时，不慎被一辆大卡车碾压身亡。自此，匡政文的天好

像塌了一般。屋漏偏逢连夜雨。父亲刚走不久，母亲怀着腹中的妹妹改嫁他处，匡政文只好留在匡家与爷爷奶奶相依为命。

苦难是最好的学校。五六岁开始，匡政文便学会自己洗衣、做饭、打柴和喂猪；七岁时开始上学，匡政文的成绩总是名列榜首。

穷人的孩子早当家。十岁时，每逢星期天，匡政文已可跟随奶奶到生产队挣工分得口粮了。

令他一生难忘的是，十三岁那年荒月，奶奶挨家挨户借遍了，也没借回一滴油，于是这祖孙俩一咬牙，便吃了一个星期的“沓锅饭”。

高考之前，匡政文几乎不知穿新衣服是啥感觉。他只是依稀记得，小时候穿得最新的一件衣服应该是七八岁时，替一户人家放了一个暑假的牛，之后，作为回报，这户养牛的大户人家就给他送了一件的确良衬衣。得到这件新衣服，儿时的匡政文甭提有多高兴了，拿回家后，穿了又脱，脱了又穿，一天里不知试了多少回。更多的时候，他穿的总是姑姑们为他准备的旧衣服。

即便如此，匡政文口袋里只要积攒起几个五角一块的零钱，他都会毫不吝啬地花在买书学习上。当积攒的零钱不够买新书时，匡政文便会将目光投向地摊和学校图书室里那仅有的几本旧书。

1994 年，匡政文参加高考，考分超出重本分数线几十分，填报志愿时，匡政文选择了中国刑警学院。

在警校，匡政文学的就是刑事技术，专攻影像技术的方向。以他的聪明和拼搏精神，学业水平自不必说。

警校四年的求学时光眨眼就到了毕业季，1998 年年初，匡政文被指定到长沙市公安局刑侦支队实习。

从影像师到画像师

实习一开始，很多同学就选择去了沿海经济发达城市，而匡政文则顺其自然地来到了故乡长沙。

那时，相比北上广深这样的一线大城市，长沙着实有些相形见绌，尤其是在人才流向上，不可同日而语。对此，打小起即经受过磨难的匡政文绝不会好高骛远，他坚信只要是金子到哪儿都闪光的理儿。岳麓山下、橘子洲头、湘江河畔的长沙，不是故乡胜故乡啊！生在乡村，长在洞庭，怎么说也没有嫌弃自己故乡的理由，再者，他相信明天的长沙会更好。何况，在长沙市公安局刑侦支队实习的半年，他早已从骨子深处认同了长沙，认同了这个战斗的集体。所以在分配时，匡政文毫不犹豫地选择了长沙市公安局刑侦支队，干起了刑事摄影技术工作。

说起刑事摄影，相较于一般的人像和风光摄影，并非技术要求上有多少异同，主要是拍摄对象的不同。因为刑事侦查员手里的镜头，所聚焦的不是嫌疑人就是被害人，不是案发现场就是惨不忍睹的尸体。

对匡政文与大多刑事摄影技术员而言，他和他们关注的，是被摄体的证据特征，尽可能客观真实地呈现被摄体受创部位的庐山真面目。这样几年下来，匡政文像一个辛勤的工匠，提供破案图像证据，配合支队同事侦破和攻克了一个又一个的大案要案，同时也在刑事影像技术方面积累了初步经验。

作为一名技术新兵，从工作职责的角度来说，只要完成好他的影像技术工作就 OK 了，日子倒也过得轻松自在。但匡政文天生就是个“不安分”的人，喜欢寻根究底的人，吃得苦耐得烦霸得蛮的人。匡政文没有陶醉和满足于影像技术这一亩三分地，而是对模拟画像和数字影像技术这样的新型技术开始了探索发现。

世纪之交，支队正好引进了一套数字化视频编辑机。见到这台新玩意儿，匡政文眼前一亮，顾不了那么多，直接把床铺搬到了实验室，从此与它昼夜相守。他白天忙影像工作，晚上就泡在实验室里，一心琢磨着，该怎样才能将模拟视频转换成数字图像？这期间，他还自学了以前从未接触过的 Photoshop 等一批当时很小众的数字图像处理软件。就这样，他在数字化图像技术方面开始了新的尝试。

2001 年 4 月，长沙市雨花区某酒店发生一起麻醉抢劫案。劫匪胆大包天，光天化日下将一辆桑塔纳私家车开走。所幸，该酒店监控录像将犯罪嫌疑人抢车的过程记录了下来，但囿于当时条件，摄像机像素非常低，人像极不清晰，加之那时的“天网”工程尚处于萌芽期，视频侦查全凭观看者的侦查意识和经验积累来作研判。如此，匡政文运用自己在刑侦影像技术方面的多年积累和业余修学，大胆地对录像资料进行了一番数字化处理，进而获取到该犯罪嫌疑人的勉强“人像”。专案刑警们根据这段勉强的“人像”视频，经过一番艰辛的努力，终于抓获了这位名叫李某军的劫匪。

首战告捷，匡政文尝到了由影像技术到数字技术转变的甜头，但他没有浅尝辄止。这年年末，匡政文听说公安部要举办一期全国刑事相貌学暨模拟画像培训班，他便主动请战参加了这期培训班。当时，模拟画像在全国个别地区公安机关开始用于实战，但在湖南还只是传说。作为省会长沙的刑侦部门，没有模拟画像咋行？此次培训，主要是依据东北大学与沈阳刑警学院一位教授合作研发的一套模拟画像软件作平台，学习生成电脑画像。学完了，只能算是入门。刚入门的匡政文面临的头一个问题就是，没有模拟画像软件平台。因为当年这套软件系统很贵，至少也要八万多元的采购价，他不便向领导开口，领导也未必能当这个家。而后经过近两年的努力争取，才终于弄回了这套模拟画像软件系统。得到这套软件后，为了掌握这门新型的刑侦技术，为了湖南实现零的突破，匡政文又开始通宵达旦地对模拟画像苦心修炼。

练兵千日，用兵一时。一起新的血案突如其来。2005 年 3 月初，长沙县发生一起入室抢劫杀人案，某公司董事长家的保姆被杀死在车库里……

其后犯罪嫌疑人于 14 日、18 日、24 日继续实施抢劫杀人，共致 3 人身亡，凶手气焰十分嚣张。

血案一经媒体披露，整个长沙市民都像吃臭豆腐一样咂起了舌头。

根据惯例，时任影像技术刑警的匡政文，起初只是象征性地参与到这起命案侦办中，展开一般性的影像取证保障勘查任务。可抢劫血案一桩接一桩地出现，现场勘查和网技手段等全部用尽后，亦只提取到几个略有价值的鞋印，可初步判定为结伙作案，除此，再无其他证据线索。侦破工作一时陷入僵局，专案组亟须新的破案线索来打破僵局，引导侦破。

专案分析会上，坐在会场一角的匡政文忍不住开口说道：“我学过几天模拟画像，要不，我来试试，看能否打开突破口？”

“这办法不是不可以，不过，咱们省内还从来没有先例啊！”接下来，一个老刑警提出了质疑。

真理越辩越明。随着大家你一言我一语地发言，主持会议的支队长忽然间发现了什么，他打断大家的发言，像个裁判似的果断作出了裁决：“下一步的工作重点，就按匡政文的建议办吧，模拟画像，以像找人……”

模拟画像，以像找人。说来容易做起来难啦！它的前提是首先得有人认识这个人，或者见过这个家伙。于是，专案组重新发动参战刑警，再次进行走访摸排。其间，清洁工、门卫、保安、邻居，全部找遍问遍，结果一无所获。不到黄河心不死，眼看就要山穷水尽时，匡政文一拍脑门儿，猛然想起“交通工具”这个关键词。既然是抢劫杀人，那这帮家伙总不可能完全靠徒步进出凶案现场吧？

设问一经确立，匡政文即不满足于在实验室里坐等同事请来疑似证人例行询问，而是主动邀请另一名同事，下沉到公汽站点、街道路面，开始了大海捞针式的找寻。功夫不负有心人，当他找到第68个案发时间段出车的的士司机时，奇迹出现了。这位的哥在匡政文的引导下，忽然想了起来，他说那晚夜空中飘着细雨，有两男一女三人在千山制药厂附近打过他的车。上车前，倒是没有留意这三个人的样貌，但在行驶途中，他忽然回头看了一眼坐在后排座位上的那一对男女，尤其是对那个男的印象很深——马形脸、短头发、一字眉……

匡政文认真听了这位司机的描述，很快就在电脑软件中绘制了一张电脑画像，尔后，迅速复印出来，分发到每个侦查员的手里。

此前，与长沙隔路可望的湘潭，也曾发生过类似抢劫案件。在接下来展开的大范围辨认工作中，专案侦查员们没有忘记湘潭，当侦查员拿着匡政文的模拟画像请发案点的群众辨认时，有好几位群众一看，都坚称在案发时间段见过此人。

“这真是奇迹，真是神通，公安太神奇了！”一时间，知情群众喜不自禁，赞不绝口。

模拟画像获得重大突破后，专案组以像找人，很快将主要犯罪嫌疑人抓获，经过讯问，犯罪嫌疑人对所作案件供认不讳，并供出另外两名同伙。

毫无疑问，匡政文在这起系列抢劫杀人案中，虽然没有打头阵，但却立下了头功。不久，组织鉴于他对此案的侦破和抓捕起到了决定性作用，毫不犹豫地给他记了三等功。

从画像师到守望者

从警校毕业将近七年，原本想就这样默默无闻做好幕后本分工作，孰料，一不小心就成了长沙刑侦线上的牛人。匡政文立功受奖后，很多不认识他的同事一下都认识他了，很多不认识他的领导也一下就认识他了。鉴于匡政文的一贯表现，2008年，组织上提拔他担任技术大队中队长。虽工作环境没变，但脚下的道路一下变宽了，眼前的视界也一下变得豁然开朗起来。对于所从事的技术工作，匡政文没有止于摄影画像，而是对自己有了更高的要求。匡政文在湖南公安开始萌芽的视频侦查领域，边自学边实践，亦开始展露拳脚。

“砰、砰、砰砰……”

2009 年 10 月 14 日下午 2 时许，长沙南郊公园核心景区突然爆出几声凄惨的枪声。有人用手枪连开五枪，一名李姓男子被枪击身亡。

“10・14”案发后，时任情报中心副主任的匡政文第一时间被抽调到了专案组，主要负责专案内勤工作。但天生不安分的匡政文并没有止于内勤工作层面，而是在一边完成好每天内勤事务的同时，一边琢磨起这桩诡异的案件。

凶手为什么要连开五枪？

是仇杀还是谋财害命？

为何要选在公园下手？

死者身上的钱物分文未动，难道是仇杀？

然而，专案组通过对死者社会关系的走访调查，发现死者并未与人结仇，仇杀的可能被排除。那凶手开枪杀人的动机是什么呢？

匡政文等人在案发现场不远处调取了一处监控探头，也一无所获。原来，这处探头位置不错，但遗憾的是，这个探头正好被茂密的树叶遮蔽了……

匡政文和他的同事们感到一头雾水。

“砰、砰、砰砰……”

2009 年 12 月 4 日 11 时许，就在长沙警方马不停蹄侦办南郊公园枪杀案时，长沙市芙蓉南路再次发生枪击案件。一郭姓男子在芙蓉南路新姚路口农业银行取完钱，刚准备上车时，还来不及感觉风从哪里来，就被持枪者当场爆头，刚取出的 4.5 万元现金也被悉数劫走。之后，嫌疑人迅速逃离现场，人间蒸发。

案发现场留下的，除了尸体和弹壳，就是那枚躺在尸体里的子弹头了。枪弹痕迹检验表明，还是那把手枪，还是那型子弹。

显然，这家伙作案时是进行了踩点的。从现场的情况来看，第一，作案处尽量规避了探头。第二，在农业银行与郭姓男子的停车位之间，有一条足有四五米宽且不规则的人行道台，道台中间不仅花草丛生，而且还栽种有七八棵两三米高的阔叶桂花树。在如今长沙这样一个车水马龙的都市里，此处可谓闹中取静。但这家伙万万没有想到的是，百密一疏，就在离现场三四百米远的长沙铁道学院西门拐角处，有个被一团桂花“簇隐”的监控探头，恰好对准了他来时和逃时的必经之路。尽管他工于心计、善于伪装，也戴上了墨镜和棒球帽，但他来时和逃时留下的那几秒钟的影像，终给专案组留下了蛛丝马迹。为此，匡政文和同事们在实验室里进行了实验，并到案发现场进行了模拟，从而推理出一个初步结论：悍匪年龄大概在 40 岁左右，身高 1.70 米上下，身材中等偏瘦，作案时身穿深灰色夹克，走路呈外八字形，其右腿的步伐频率比左腿快 0.02 秒……

对手又像人间蒸发了，依然嘀嗒的时光却永不停顿，猫和老鼠的纠缠总在无声处。

2010 年 4 月 28 日，古城长沙响晴白日，然而一桩阳光下的罪恶消息不期而至。在雨花区劳动路与古曲路交叉路口的一处草丛里，有人发现了一个疑似装有碎尸的桶子。警方火速赶到现场，确认了这些东西就是人体尸块。毫无疑问，这又是一起谋杀案。

很显然，此地并非发案现场。那么第一现场在哪儿？凶手又是如何将这些尸块运到这里的？

这些问题不弄清楚，破案根本无从谈起。最初承办此案的刑警，都很少想到要借助视频进行破案，当时的湖南警方，真正懂得视频侦查的警察寥寥无几。于是专案组自然就想到了刚调整到刑事技术情报室当副主任的匡政文。那时，匡政文正在全力参与“10·14”枪击案，但新的专案组仍坚持请他协助侦办此案。

“都是自己人，还需要请吗？”不等领导开口，匡政文即欣然答应了同行的请求。

接手后，匡政文根据有限的视频资源，紧锣密鼓地启动了视频侦查工作。当时，尸块发现现场位置偏僻，周围全是建筑工地。匡政文赶到抛尸现场后，调看附近视频发现，在此处十字路口有一探头，该探头拍到了有一名从北向南挑着担子的中年女子，该女子将那一担桶子扔到了尸块现场后，便匆匆走了。

看到眼前一幕，匡政文即刻把这段视频圈上了红圈。同时，专案组的侦查员也在同步调取其他视频，很快，又有一个新的对象浮现在侦查员面前。在距抛尸现场不远的地方，还有一个探头拍下了一个女人的身影，与该处现场探头拍下的

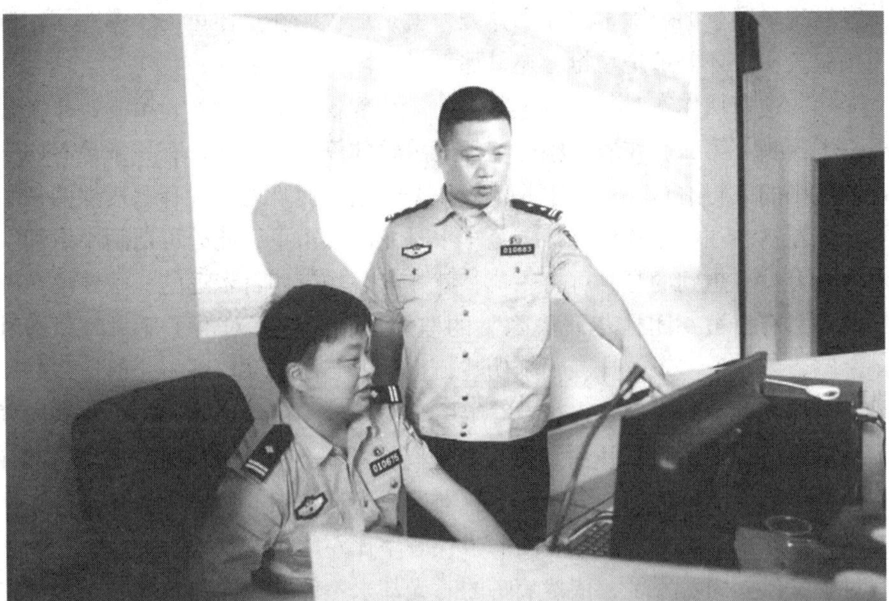

抛尸女人“十分相似”。专案组侦查员们拿捏不准，便找匡政文来甄别。乍从画面上看，两人的确很像。可匡政文还是觉得这两人并非一人，因这两人行走的时间与实地不相吻合。

“不冤枉一个好人，不放过一个坏人。”这是人民警察的办案原则。自打干上刑警起，匡政文就将这一句话奉为至上信念。

为了查清事实，匡政文便带领同事黄昕煦等一同前往实地勘查，并反复做了多次现场实验。结果发现，疑似嫌疑女在视频中的那段路程走了足足四分钟，而匡政文等侦查员在模拟行走时，只三分钟就走完了，而那名疑似嫌疑女肩上还挑着担子呢！这不符合现场的时空逻辑。匡政文随即排除了这个相似的嫌疑对象。

那么，真正的嫌疑人究竟是谁？从何而来？

匡政文虽然发现了那名神秘女子，但仍不敢轻言这名女子就是真凶。最初，侦查员都将注意力放在抛尸现场附近，判定嫌疑人很可能就住在附近，案发的第一现场也应该距抛尸现场不远。于是，侦查员在抛尸现场周围四处走访，但还是一无所获。正当大家感到泄气之际，在抛尸现场路旁，一辆中巴车朝匡政文等人迎面驶来，顿时，匡政文的脑袋不由得“嗡”地一下开了窍，他不禁想到：“兴许凶手就是坐这路中巴车来此抛尸的！”

“匡主任，有点宝吧（长沙方言愚蠢的意思）！光天化日的，有谁如此大胆？”有人提出了尖锐的质疑。

平素里被同事们尊重惯了的匡政文，突然间被如此质疑，当时感觉有点受不了，但转念一想，也难怪同事们会质疑他，因他这个推断太离谱了，绝对有悖刑侦常理。你想想，这大白天的，谁杀人后还胆敢挑起被害者尸块，乘坐中巴来此抛尸？就算脑子进水了，也不可能吧！

然而，有悖常理、脑子进水和太多不可能的事儿，在现实生活中也并不少见啦！破案的过程就是一个不断猜想的过程，就是要排除一个接一个没有可能的可能，最终留下唯一的可能。再说，越是认为不可能的事，有时候暗道和机关就越有可能从此打开。

匡政文受到质疑后，反而淡定了许多，他决意坚持己见。从现场一赶回支队，他立即组织调取了抛尸现场周边的所有视频，遗憾的是，那个时候的视频还很不完善，也不系统，最后，他连方圆五公里之外的所有探头都搜了个遍，却并未发现有那个女嫌疑人的影子。

莫非视频这条路走不下去了？长沙不是成立了公交公安分局吗？不是要求过所有公交车都装上了监控吗？

不死心的匡政文决心另辟蹊径，将最后的视频侦查希望寄托在公交视频上。他来到公交公司，说明来意，找到抛尸现场这条线路，即开始了有针对性的扫描——一台、两台、三台，一遍、两遍、三遍，一时、两时、三时。奇迹说来就来了。一段视频显示：在高桥站台边，一辆公交车的后门边，出现了一个中年女子很吃力地挑着一担桶子，挤上了这趟公交，仔细一看，其眼神还似有左顾右盼之感，这不就是抛尸现场出现过的那个挑担的女人吗？是她，就是她了！

视频侦查取得了重大进展，看来此案侦破在即了，匡政文决定乘胜追击，随即赶往该女子上车的高桥站附近，继续开展视频接力。感谢视频给力，感谢"杨裕兴"。因就在杨裕兴面馆门前的那个探头，正好拍下了该女子从小巷子出来的情形。

是时候收网了。侦查员火速走访这条小巷子里的居民，视频刚一放出，几个老居民一下就认出了这个女人。该女子被抓获归案后，自知罪孽深重，面对提审的刑警，声泪俱下。原来，受害人本是她的情夫，因为感情纠葛和经济问题，加之受害人一次又一次地对她施暴，从而使她最终走上了杀人、分尸这条不归路。

于长沙而言，2010 年，注定是个多事的年份、不安静的年份。除了两起未破的枪击血案，已破的"4·28"杀人碎尸案，眼下，又突然冒出了一个"7·30"爆炸案。

7 月 30 日下午，在长沙市芙蓉区国税局东屯渡税务分局税务大楼会议室，一位领导正在讲话，下属们正在聆听，其时，会议室的人们做梦也想不到，随之而来的将是生离死别。

当钟声嘀嗒嘀嗒着指向 3 时许时，伴随着"轰隆"一声巨响，该局会议室顿时浓烟滚滚，血肉横飞，现场喊爹叫娘，情状惨不忍睹。爆炸过后，感觉自己仍然活着的人们，潜意识里只知道发生了爆炸，却不知是怎么一回事。是战争？是恐怖袭击？还是突发了诸如管道煤气泄漏之类的安全事故？

惊魂未定，现场的人们已无心报警，街面外围的人们有人拨打了报警电话，数分钟后，警车、消防车和救护车一齐呼啸而来。这次爆炸的后果，共造成了 4 人当场身亡、19 人受伤，其损伤程度，绝不亚于一次传统意义上的小股战斗。

毫无疑问，这是一起惊天大案，或是一场恐怖袭击，至少当时不能排除这种可能。

案发不久，湖南省、长沙市和芙蓉区三级公安机关领导和专家几乎同时赶到了爆炸现场，首先按照恐怖袭击的预案程序，迅速展开了侦破工作。

匡政文和老搭档黄昕煦也自然随刑侦现勘人员一同赶到了现场。他们的运气算好，案发现场的视频监控不仅完好，而且图像基本清晰，于是匡政文和同事们在第一时间内调看了税务大楼的视频，尽可能快地寻找可疑目标。很快，匡政文便看到了这样一幕：在爆炸前几分钟光景，有一个中年男子双手端起一只纸箱，从税务大楼外走进了大厅。一会儿，就见他将那只纸箱放到了会议室的后部，随即迅速地离开了办公大楼，不久，这座大楼的三楼会议室就发生了猛烈爆炸……

“此人就是犯罪嫌疑人！”匡政文当即向支队领导和同事们作出了猜想和判断。现场没有人反对。

接下来，在进一步的视频追踪中，又很快发现了犯罪嫌疑人的活动轨迹。视频显示：犯罪嫌疑人是从离案发现场不远的废品一条街出来的，尔后，就轻车熟路地走进了该案现场！专案组据此立即调用警犬搜索，不一会儿便找到了犯罪嫌疑人所租住的出租屋，并确认此处就是嫌疑人制作炸药的窝点。

这个发现意义重大！

经过一番后续工作，视频中出现的制造这起爆炸案的嫌疑对象，身份很快浮出水面：原来，这名男性嫌疑人名叫刘某衡，现年 51 岁，是一名个体私营业主，中等身材偏矮，圆脸，短发；逃跑时上穿白色短衬衣。

嫌疑人身份明了之后，匡政文并没有觉得大功告成，而是脑子里一直追问，这个刘某衡是怎么逃的？此时大概逃向了哪里？

那时，长沙的“天网”工程才刚起步，视频侦查条件十分有限，技术设备也亟须改进提升，在领导没有作出进一步搜索指令的情况下，匡政文决意进行视频追踪……

不久湘潭警方传来信息：“爆炸狂魔”刘某衡在逃亡过程中，途经了湘潭易俗河，并在银行取款时留下了身影。当地警方从视频中发现，刘某衡和一个女的从银行取款出来，便消失在视频之外。据此，专案组认为，刘某衡很有可能在此附近落脚。

湖南警方随即调集数百名特警，在易俗河一带设关守卡，拟围捕刘某衡。定夺之际，为慎重起见，专案组直接命令匡政文赶往易俗河再看视频，匡政文与黄昕煦立即赶往易俗河。当两人仔细辨认了刘某衡取款的视频后，明显地感觉视频上的时间不对，因视频上那一对男女取款是在五分钟之前，而刘某衡取款则是在那对男女出现的五分钟之后。实际上，刘某衡取款时，就只他一人，根本就没有什么女伴跟随，若有女伴，刘某衡可能仍在此地，若仅只他一人取款，则很可能早已逃之夭夭，再进行大围捕已没有了意义。

最后的事实证明，匡政文和黄昕煦的判断是正确的。

湘潭上报的信息尽管乌龙，但刘某衡到过易俗河取款确为事实。刘某衡是在那对男女取款之后取的款，而那五分钟左右的时间差，则是属于人为的阴差阳错。因为前几天，该处柜员机发生过故障，师傅在检修时因一时疏忽，误将时间调快了五分钟。刘某衡取款后很快就离开了易俗河，回到了衡阳老家，在他父亲的坟头上大哭了一场后，随即仓皇逃亡出省。

原来，刘某衡与长沙市芙蓉区国税局东屯渡税务分局一彭姓男子的父亲过节很深，心里早已埋下了仇恨的种子，一直想伺机报复。2010 年 7 月 30 日下午，刘某衡拿着早已伪装好的炸药包，走进东屯渡税务分局办公大楼三楼，并在会议室外观察了彭某的位置。彭某当时坐在靠近门口的墙壁旁。随后，刘便将炸药放在会议室的墙壁旁，尔后迅速离开，依计划实施了遥控爆炸，致彭某等四人当场被炸身亡，并伤及众多无辜。复仇得逞后，刘某衡关掉了手机等通信工具，随后逃离长沙至广西全州。三天后，经湖南、广西两省警方协同作战，犯罪嫌疑人刘某衡在广西全州一出租屋内被警方抓获归案。

这起影响全国的大案之所以快侦快破，除了得益于已然兴起的视频侦查手段外，更重要的是得益于长沙或说湖南初步涌现出了像匡政文这样的视频侦查新锐。对此，时任长沙市副市长兼公安局局长李介德对匡政文留下了深刻印象，并深有感触地说："再不能等了，要向江浙学习，向江浙看齐，再穷再苦也要大干快上'天网'工程，加速培养视频侦查人才。"

"砰、砰、砰砰……"

2010 年 10 月 25 日上午，"魅影枪手"第三次出山。警方和人们不愿看到的一幕再度出现。枪声在长沙市雨花区东二环一段 220 号门前响起，某公司负责人肖某遭到枪击后当场身亡，现场被抢走一台手提电脑。

侦查结果表明，其作案手法与芙蓉南路银行持枪抢劫杀人案完全一致。没有指纹，没有烟头，连头发唾液也没有。

一年多来，匡政文与长沙公安甚至是公安部派遣来的专家一道，做了大量卓有成效的工作，已将长沙的三起枪击命案和此前发生在重庆、南京的同类案件完成了系列串并，但这系列凶案枪手是谁？下一个无辜的人又是谁？下一处案发地点会在哪里？大家都感到束手无策，无不纠结。

公安部派出了第一批专家来长沙指导破案，省委省政府高度重视，市委市政府轮番督导，长沙警方普遍感到压力山大。

专案经营，技术支撑，甚至调集数千人的大学生参与视频筛选的人海战术都用上了，专案仍无进展。

见湖南长沙连续三起枪击案久攻不破，2011 年年初，公安部再度派遣时任刑侦局副巡视员、刑侦专家刘忠义飞来长沙指导办案。刘忠义一到长沙，便来到长沙刑侦支队亲自上案，在了解长沙枪案的来龙去脉后，很快提出了 24 字的侦查思路："抓住不变特征，回头观看视频；去除外在伪装，发现正面图像。"为强化长沙警方的视频侦查力量，公安部专家还建议从沿海发达省份借调来了一位视频侦查专家。

匡政文是个善于学习且肯琢磨的人。他把这看作一次难得的学习机遇，他感到长沙警方太缺视频侦查这方面的人才了，若再不奋起直追，再不与时俱进，就真的落伍了。

视频侦查，说起来是个新玩意儿，其实也是个老办法。像侦办这样重大的无头大案，九九归一，还是只能靠人海战术。公安部的专家和匡政文等人就不信，在长沙现有的探头里，捕捉不到这个悍匪的魅影。

这起案件视频侦查真正的突破，是在 2011 年 3 月 25 日，一名叫丁圣的抽调民警，在检索某天的一段视频时发现，一名疑似悍匪的中年男子在长沙河西阜埠河路天马学生公寓附近买过早餐！因丁圣对此系列枪击案并未全程参与，不敢确认，便叫上身边的其他同事一起辨认，大家都说不像。此时，匡政文闻讯赶来一看，惊呆了：“就是他！右腿步伐频率比左腿快 0. 02 秒，上楼梯先迈左脚，每次走十几米、左拐、上楼梯、上车都会回头……”

发现悍匪魅影的地方就在岳麓山脚。这是匡政文依照刘忠义指导意见，组织近千名民警轮番对封存的海量视频资料进行回看甄别的重大发现。2010 年 10 月 18 日早晨 6 时 15 分，望眼欲穿的悍匪无伪装生活视频，终于出现在岳麓山脚阜埠河路光大银行湖大自助银行大门外。悍匪横过马路后，即到一家早点店买了一份早餐，尔后大步快走，一会儿便消失在镜头盲区……

然而，他是谁？叫什么名字？来自哪里？又会去向哪里？接下来的侦办过程仍是未知。

“砰、砰、砰砰……”

2011年6月28日上午，天心区桂花坪黑梨路一基建工地附近，又有一张姓男子遭到枪击，致头部、腰部负伤。张姓男子当时开的是一辆雷克萨斯，他刚一下车便遭到了恶魔的枪击。

枪还是那把枪，人也还是那个人。一时间，全国各地媒体纷纷涌来，记者们捕风捉影，警方也很无奈，更没有什么权威发布。

视频！视频！还是视频！

面对汹涌而来的舆情和久侦不破的枪击案，市公安局局长眉头紧蹙，表情严肃，决定立即召开局党委会。此次会议前的头一件事，就是将匡政文撰写的一篇《对我市视频侦查工作的几点思考》一文，散发到每位局党委成员手中，并要求每个局党委成员认真学习领会。

没几天，长沙市公安局刑侦支队即破天荒地组建起了视频侦查大队，自此，匡政文便走上了视频侦查大队大队长职位。

面对枪手的潜在威胁以及群众对警方的指责和质疑，匡政文身上的压力更大了！这个恶魔，两年时间在长沙连续作案4起，导致了3死2伤……

有了嫌疑人脱去伪装的模糊影像，匡政文顶住压力，率领他的视频家族，开始乘胜追击。他们通过嫌疑人身影，调取沿线监控，一路追踪到位于岳麓山下的一处网吧。在这处网吧，悍匪曾以一被偷梁换柱弄来的“周某”身份证多次上网，这无疑又是一个至关重要的发现。

匡政文和他的同事们，历尽几番周折，最后通过网吧电脑的摄像头，截取到了悍匪的清晰正面照，自此，终于确定了这个神秘的悍匪就是重庆来的“周克华”。后来，长沙、南京和重庆及全国各地通缉令上“周克华”的照片，就是源自于此。

周克华逃离长沙后去了哪里？

2012年8月，重庆专案组在某电影院发现疑似“周克华”男子。重庆警方对此并没有十足的把握，但也不想错失这次捉拿恶魔的机会。匡政文凭借自己十多年的侦查经验和自信，为电话那头的重庆警方给出了“是”的肯定回答！结果证明，匡政文的判断是正确的。是他对周克华视频影像的进一步确认，最终给重庆警方围捕击毙周克华吃下了定心丸。

多行不义必自毙。周克华自2004年至2012年的8年间，共在苏湘渝三省作案9起，造成了11死4伤，抢劫现金55万余元。然而，再狡猾的狐狸也逃不过猎人的子弹。在公安部的统一指挥下，在刑侦局领导、侦查专家刘忠义的亲自导演下，悍匪周克华最终被重庆警方围捕击毙，苏湘渝系列持枪抢劫杀人案就此告破。

一分为二地看，悍匪周克华让长沙警方吃了不少苦头，留下了不少遗憾，但也积累了很多视频刑侦的实战经验，催生了长沙“天网”工程的大干快上。

周克华窜到长沙作案时，长沙市的视频侦查水平还非常落后。匡政文作为视频侦查组的临时负责人，为了查清犯罪嫌疑人的来去路线、体貌特征，寻找案件突破口，他组织对全市社会面城市监控视频、银行视频、网吧视频、公交车视频、车站视频资料进行了封存调取，先后封存观看视频资料 500 余 T（约 2800000 小时）。每天到深夜 1 时许，专案组会商结束后，匡政文都会守在办公室，裹着一床被子，将当天所有视频关键点重新观看一遍，并将疑点、难点逐一记录备案；天一亮，便开车到现场进行测量、查证，他这一坚持就是三个月，体现出了一名刑事侦查员锲而不舍的专业素养。

在此后该案近三年的侦查过程中，匡政文带领视频侦查组，按照公安部刑侦局领导刘忠义提出的“抓住不变特征，回头观看视频；去除外在伪装，发现正面图像”的工作思路，组织近千名民警昼夜轮班对封存的海量视频进行回看、甄别，终于使案件侦破工作实现了关键性的转折。这一重大突破不仅为湖南公安加了分，而且为苏湘渝系列枪击案的最后侦破作出了应有的贡献。

鉴于此，公安部和湖南省公安厅曾对长沙苏湘渝系列枪案专案组给予了充分肯定。认为长沙公安机关在案发两年多时间里，开展了大量艰苦卓绝的案件侦查工作，先后在多个方面取得了突破性进展，尤其是在视频侦查方面，为最终锁定周克华的真实身份打了头阵，立下了头功。

如今，苏湘渝系列持枪抢劫杀人案早已成为历史。然而，作为千千万万个侦办刑警之一，反思整个侦办过程，匡政文曾多次表示过这样的遗憾：如果长沙的“天网”工程早两年建成，周克华就不可能如此猖獗；如果自己当年的视侦水平再高一筹，周克华也早于长沙落网或被击毙了。

痛定思痛，以匡政文为代表的一批视频侦查先行者，积极为长沙公安和市委市政府的领导建言献策，从而引起了领导的高度重视。自此，长沙的“天网”工程和视频侦查队伍得以蓬勃发展。

后视频时代

“‘天网’必须大干快上，视频侦查不可或缺。”市公安局局长听取了匡政文的建言，誓言有声。此后，他一边亲抓破案攻坚，一边亲建“天网”工程。匡政文也一边参与案件侦办，一边按照“守住点、封住边、控住面、联成网”的网格化布局思路，参与到“天网”建设中来。

“有人说，是周克华案催生了长沙的‘天网’工程；也有人说，是匡政文的一篇调研率先在湖南搞定了视频侦查大队，作为匡政文的直接领导，你怎么看?”采访中，笔者对长沙刑侦支队政委、公安部网技专家曹跃辉抛出了上述提问。

见我提出问题，这位原在隐蔽战线工作了多年的老技侦如是说：“历经‘苏湘渝’系列持枪抢劫杀人案以后，我们深刻感受到视频侦查的巨大作用，紧紧围绕‘破大打多’的职能定位，立足实战需求，全力推动了视频监控基础建设，我们的‘天网’工程业已实现破题，基本上实现了全面覆盖；大力发展了专业队伍，目前我们的视频侦查专业队伍已达600余人，视频侦查手段在全市公安上下已经入脑入心。”

匡政文对视频侦查的执着，不仅体现在大要案件侦办中，同时也体现在日常工作中和创新思维里。多年以前，匡政文就曾发表过多篇层次较高的论文，如《利用Photoshop消除指纹图像中杂乱背景的探讨》《虚拟现实技术在刑侦工作中的应用》等，曾受到过各地各级同行的高度赞赏。初任视频大队大队长时，匡政文通过调研、借鉴、创新等，很快就拿出了一套规范的视频侦查工作机制——《长沙市公安局视频侦查工作规定》。这个规定当年即成为了长沙市视频侦查工作发展的蓝本。

为了寻找捷径，便于配套，形成系列工作链条，匡政文不久又依据这个蓝本，起草了《刑事案件视频现场勘查工作规定》《长沙市公安局视频图像信息采集工作规定》等规范文件，为长沙的视频侦查工作走上制度化正轨铺路搭桥，减少了迂回。

就这样，通过几年的探索，长沙的视频侦查，已然发展成为继刑事技术、技术侦查、网络侦查之后的第四大侦查手段，在社会管理、打击预防犯罪、处置突发事件等诸多方面得到了广泛应用，尤其是重特大案件侦办过程中，成效显著，屡立奇功。但是，它仍不完善，仍不如意。比如，下一步怎样解决量大面广的多发性侵财案件中的支撑作用，如何把视频侦查转型为公安机关的基础性工作，如何走上系统性、常态化、规模化、智能化的应用轨道。对此，匡政文还有他的想法。

匡政文认为，实现视频侦查手段向基础工作转型，不仅是履行公安职能的现实需要，也是科技强警的有力抓手，更是提高公安机关核心战斗力的有效手段。鉴于此，他在阐述转型的必要性和紧迫性时概括出了三点：一是规模化运用视频侦查手段是侦破打击工作的现实需要，二是视频图像信息的深度应用和补漏挖潜的客观要求，三是视频警务是做好新形势下基础工作的必然选择。

匡政文的责任和担当，不只是放眼在长沙市视频侦查上，同时也看到了视频侦查工作的未来！匡政文总结了当前全国公安在视频侦查领域的现状：一是视频侦查理念并未在全国普及，但不久必将普及；二是全国各地并未普遍设立视频侦查警种部门，未来必将全面增设这个部门；三是全国公安院校关于视频侦查方面的教学，只有星星之火，且教材空白，但必将会形成燎原之势。于是，他借助多方力量，联合中国人民公安大学等机构出版了《视频侦查教程》一书。实践证明，他的这一策划和举措，不仅仅只是促成了一册教材的出版发行那样简单，更重要的是填补了全国公安视频侦查领域教材教育上的一块空白……

让我们循着匡政文的思维，再看看他的成绩单。

2013 年，匡政文等依托“天网”工程设计开发出“视频侦查实战平台”。此后，工作室又多次在此基础上组织了对该实战平台的二次三次开发，着重解决了视频图像结构化描述，开发“积分排行”的研判模型，拓展了视频信息与大数据关联应用，加强了案件串并与视频信息共享，强化了视频侦查手段在打击多发性侵财犯罪工作中的规模化应用。

2014 年，匡政文牵头与国防科技大学合作，攻关“基于高清电子卡口的车型智能识别系统”部级科研课题，并通过了公安部的验收。

2015 年，匡政文联合长沙县局、湖南警察学院和相关科技公司共同研发并申请了“一种具有 ARM 后置板的监控摄像机（也称快速布防视频系统）”的国家实用新型专利。

2016 年以来，匡政文协调相关科研公司，正在开展“基于深度学习的视频侦查作战训练系统”“基于 PGIS 的热点研判技术”等部省级课题研究。

繁花满园，只取一朵。

匡政文在工作中发现，“天网”工程传统型的监控视频系统建设成本高，且质保期短，一般的传统型机型至少也要两万余元，且质保期只有五年，尤其是在一些老旧城区、安置小区，以及农村地区的视频建设无法到位，而随着城区“天网”工程渐次推进，很多常见的违法犯罪行为，往往又被挤往这些监控空白地带。比如，翻开长沙历年命案积案史，有三起未破的命案，一起发生在城郊施工工地，一起发生在征地拆迁区域，还有一起发生在宁乡市农村。这三起未破的命案，均属于传统的侦破证据缺失，其他的技术手段无法提供依据，加之又没有监控视频支撑，最终导致了侦查断路。若再采用以往的天价“天网”理念，继续往广大城乡接合部和农村地区推行建设，成本太高，财政难以为继。

能否走与科研单位和厂商合作的道路，在现有的监控摄像技术基础上，设计和生产出一款质优价廉的轻便机型替代现有产品呢?

匡政文开始了新的思考。他很快就联系到湖南警察学院等科研单位，由他自己首先提出需求与设想，然后再一起学技术、一起开展实地调研，在一年内，即成功研发出了一款低成本、高性能的快速布防视频监控系统和主动视频侦控设备，及时应用到“天网”扫尾工程中，不仅解决了现有“天网”监控盲区的问题，获得了实用新型国家专利，而且还最大限度地减轻了财政负担，大大缩短了建设周期。这就是当下在全国各地“天网”中普遍看好的“快速布防视频系统”。

随着长沙视频侦查的突飞猛进，匡政文在长沙、在湖南声名远播，有不少群众经常向视频侦查大队求助。面对群众的需求，只要不违反原则，他和部属们都会尽力相助。2017 年，长沙市救助站了解到匡政文的事迹后，就曾多次求助匡政文。在匡政文的帮助下，长沙街头的很多失踪流浪人员回到了家，这不仅圆了那些离散家庭的梦，同时也减轻了政府的财政负担。

在服务民生领域公安机关应如何发挥出 1+1>2 的效应？在呼应民生需求的同时如何一举甄别筛选出混杂其间的“杂质”？如今，匡政文和他的视频大队又琢磨出了一个新的课题——疑似刑嫌人像识别 App 终端系统。

弱水三千，只取一瓢。

苦难的童年、奋斗的青春、超常的思维、组织的磨砺、智慧的团队和幸福的家庭，就这样成就了“全国公安百佳刑警”匡政文。从胶片影像到数字技术，从软硬件开发到理论编著，从技战法总结到获得国家新型专利，从初出茅庐的新警到视频项目创新专家，匡政文就像一名领航员、狩猎人和猜想者，一路披荆斩棘，在视频侦查领域收获累累硕果。他创新的思维、发展的眼光，为长沙及至湖南的视频侦查工作撑起了一片蓝天，也为全国的视频侦查同行提供了可学可鉴的经验样本。

（作者系中国作家协会会员）

大案追踪

相见恨晚的情人

舒　莎

水面浮尸

腊八节将至，灰白色的天空上，流云缓缓，沅水河畔，寒鸦在碧绿的水中嬉戏，偶尔有一两片枯黄的叶子被冷风拽落，轻轻地吻了一口涟漪，然后不声不响地沉入了水底，惊起前来觅食的白鹭慌乱扑翅。

数九寒冬之际，竟然一夜间开出了一枝只见花却不见叶的“曼陀罗华”来。细长如黛的青丝在水中宛如一根根柔韧的水草，随波荡漾之际似乎在呼唤着什么。皓如月色的冰肌退去了原有的生机，显得苍白而僵硬。寒风踏着沅水的浪花而来，每一步都充满了怨恨，突然间她加快了步伐，愤恨地抽了晨练的人一记耳光，吓得失魂落魄的路人跌跌撞撞地跑到水上派出所报了警。

“警察……警察……警察……”晨练的小伙子像一条被电击中的泥鳅那般，一路滑进了水上派出所。

“你怎么了?”所长老文将他扶起，没想到那个小伙子竟然像是得了软骨症似的，又瘫坐在地上。老文扶了他好几次都没能让他站好，只得一把揪起他的衣服，将他“提”进了值班室。

“那……那个……”

“来，先喝口热水，慢慢说。”民警“超哥”递上一杯热茶，安抚道。

小伙子神情有些呆滞，额发早已被冷汗浸湿，民警触碰他时，他有些害怕，本能地想要躲开。水上派出所大都是些经验丰富的老警，见他这副样子，心中隐隐约约发觉附近出了大事，不出意外，应该是出了人命案。

民警老李的眼睛从警多年以后高度近视了，他侧耳倾听小伙子的呼吸声由急促变为死寂，心中早已明白，这是被吓到了。于是，老李摸了摸鼻梁上的眼镜，眼前还是花花白白的一片模糊，便用手在桌面上摸索。机智的“超哥”拿起保温杯递给他，老李呷了一口茶说：“你是撞见杀人了，还是遇到尸体了?”

小伙子寻着声音，机械地抬起头来，眼眶里黯然失色，看起来整个人的精气神儿都很衰，与他这一身运动装备十分不搭。

“年轻人，不要怕！”老文走过来，拍了拍他的肩膀。

“我……”小伙子猛地咽了几口口水说，“尸体……”他惶恐地望着值班室里的民警，“水面上……水面上……飘着……飘着一具……一具尸体……”

民警们不约而同地双眉紧蹙，齐声问道：“在哪个水域段？”

“在……在客运码头！”

“超哥”一边安慰小伙子，一边给小伙子的家人打电话。另一边，文所正在发动警车，另外两名老警迅速上车赶往客运码头。

早晨6时15分，沅水大桥上的霓虹灯熄灭了，街边的早餐店里炊烟袅袅。疾驰而过的警灯划破了清晨的宁静，反光镜里倒映着老文那张沉闷而焦虑的面容，像极了岸边被寒风扒光叶子的银杏树。老文把警车停靠在岸边，一溜儿小跑地来到码头边，趸船上的住户还没有醒来，他独自上前查看情况。

风，见到有人来了，变得更加肆无忌惮起来，集聚了一股浑厚的力量，像一条抓不着，也看不见的鞭子，凶猛地抽打着寒冷刺骨的沅江，一层层剥开水面，涟漪翻成了波浪，前仆后继的浪花带着腥臭味儿闷头往岸上冲。江水缠绕着了无生趣的青丝，青丝却想要寻找自己的自由。只是，没承想，越是想要挣脱，却越是被缠绕得更紧。

“唐局，我是水上所老文，我们刚刚接到群众报警，说客运码头有具浮尸。现在，我就在现场。”老文站在岸边，正通过电话向局领导汇报现场情况。

“嗯，保护好现场，我现在就派刑侦过来。”

老文交代趸船上的渔民不要摆弄船只，暂时不要下船，在周围设置了警戒线，并安排民警将前来围观看热闹的群众劝离。偶尔有几个不怕事大的人，拿出手机准备拍照。

“老乡，请给死者留下最后的体面，别拍了。”民警走上前去制止拍照，穿黑色棉衣的大哥还好说话，听从劝解便悻悻离去。

“大家快来看啊，河边又杀人咯！”一名中年妇女一边录像，一边解说，引起了民警的注意。

“大姐，您这说得不对啊！”

“怎么不对！”中年妇女盯着手机屏幕，懒得抬起头来看是谁在跟她叫板。

“什么叫又啊？”民警面若苦瓜，嘴里更像是嚼了莲子不去芯那般难受。

“这……十年前，河边不是死过人了吗！”她猛地一抬头，气鼓鼓地瞪大着眼睛。

“不是，大姐，您这表述不对，发出去会引起大家的恐慌。”还没等民警把话说完，她就连珠炮般轰炸起来了。

“哎，我又没有捏造事实。这就是有人被杀了，我怎么发不得了!”中年妇女走近后，推了一把民警。

正在这时，不远处四辆警车齐刷刷地停靠在光秃秃的银杏树下，刑侦大队大队长沉水一鹰率领刑侦的小伙子们疾步走了进来。刚才那番强词夺理的对话，被沉水一鹰听到了，他径直走过去。

“巡特警来两个人，请这位大姐退出警戒线。”

“哎，你凭什么要我出去啊!”

“就凭你妨害公务。”虽说，沉水一鹰鬓如刀削，眉眼如剑，但整体气质是那种温文尔雅的感觉。这一次，他见到手底下的“兵”被人欺负了，强压着一肚子的怒火，每个字都是从牙齿缝里钻出来的，倒让人有些望而生畏。

“警察打人啦!警察打人啦!快来看啊，警察打人啦……”中年妇女使出吃奶的劲儿拼命挣扎，好不容易挣脱了束缚，她居然像个被掀翻的乌龟那般，赖在地上撒泼，还不忘记要抹黑民警来解一解心头那股“被冒犯”的闷气。

“大姐，这就是你的不对了!”

“你还好意思阻挠警察办案，凶手不会就是你吧!”

“别丢人了，走吧。”

周围的群众见状，纷纷指责中年妇女。巡特警队员有了片刻的迟疑，沉水一鹰当即下达命令：“再闹，就拘。”简短精辟，刚毅果敢，大家都被他的这股威而不怒的强大气场给震慑住了。中年妇女被巡特警擒住双手双脚抬了出去。

“下面什么情况?”

“鹰大，要不先把尸体捞起来吧?不然不好勘查。”

“可以。”

打捞师傅用四五米长的竹篙前去试试水深，没想到，整个竹篙差点儿全部被冰冷的江水吞没。因为前面四五米处有趸船阻挡，周围又有载客的船只，漂浮在水面的女尸距离有些尴尬。

侦查组小警石头和小维想用手试试水温，当指尖触碰水面时，宛如被电击那般，打了个寒战。打湿的指尖被冻得通红，手背上的褶皱深陷，伸不直也弯不曲。哆哆嗦嗦的两位小警提了一口气，做了几个热身运动，便缓缓下水。江水如刀，一寸寸地切割着小警那粗糙的皮肤。每往前走一步，他们脸上的肌肉就会抽得更紧一点。

寒冷如冰的江水包裹着脚踝，眼睛眉毛都拧成一团无法分辨了，他们还在艰难地往前走；湿寒的水汽拼命地往膝盖骨里钻，嘴巴噘着早已偏离正常轨道，被风撕裂，露出殷红的鲜血来，他们还在艰难地往前走；鸡皮疙瘩从腰部蔓延到胸口，呼吸也变得困难，他们眯着眼睛，缓慢地滑动着不听使唤的双臂渐渐地靠近女尸。

两位小警顶着草莓似的鼻头准备把女尸带到岸边，却发现江水拍打堤岸时，竟然把女尸的头发一缕缕系在了枯树枝、船只的救生绳索上。

“我去！这头发真的是见鬼了！”石头的嘴里呵出一长串的白烟，脸早就扭成了苦瓜。

“这一根根地解开，要到什么时候去啊？”

“娟姐，能不能用剪刀剪了？”石头不想在这寒彻骨的江水里继续泡着，就想着快刀斩乱麻。

“那个……不行，头上很可能会有线索……”娟姐是一名资深女法医，她远远一望，就发现了，露出水面的头发上有凝固的血迹。So，她用左手托着腮，严肃地告诉他们只能另想办法。

两位小警在刺骨的江水里浸泡了近三个小时，才将女尸打捞上岸。娟姐的短发干练利落，整齐地排列在耳畔，戴好口罩和手套是她多年来的习惯。她打开工具箱，用镊子翻开了衣领，在死者颈部发现了一条长长的伤口。

“死者，女，35 岁左右，衣物完整，上衣口袋里有四张医院的门诊收费单据，颈部有深浅不一的割痕，最长的约 20 公分。从肝温上来看，死亡时间大约是昨天晚上至今天凌晨的样子。”娟姐一边查看尸体，一边解说。身后的助手，拿着手写板正如实记录着。“但，现在天气寒冷，具体死亡时间和其他的，需要做完解剖再出报告。”

民警们把女尸抬上警车，送往了解剖室。

扑朔迷离

上午 9 时许，翻滚的乌云间，漏下了淅淅沥沥的雪粒子，敲打着警车的车窗。顷刻间，雪粒子就变得浓密，细碎的敲窗声变成了粗暴的撞击声。

“这算不算是下雪鸣冤？”

“哎，你不是刚入党吗？还这么迷信。”

“古代，不是也有窦娥冤吗？人家也下雪。”

“能不能靠谱点，那是小说人物哈。”

“你们说，这具尸体在水里泡了一个晚上，从外形来看，这个女人应该是蛮漂亮的。”

“难道，是情杀？”

“一个月黑风高的晚上……”

“收！请不要脑洞开到外太空去。”

“最多，也就是跟情夫关系闹僵了，人家把她给……”

“这倒是情理之中。”

“哎，你们看她衣着，都是名牌啊！”

“搞不好是抢劫杀人。”

“也对，现勘的时候，没有发现她的钱包和手机。”

“那，到底是情杀还是劫杀呢？”

“少废话，一眼就能看明白的凶杀案，还要我们刑警干吗？走，去会议室开会！”沉水一鹰宠溺地拍了拍新警小维的头，催促大家赶紧下车。

会议室里，气氛就像是黑云压城城欲摧那般沉重。之前在车上，思维敏捷、条理清晰、逻辑缜密的小伙子们顿时鸦雀无声了。大家都低着头，或是在本子上写写画画，或是在玩着转笔，或是对着天花板发呆。之前他们说的，都合情合理，可是，真相只有一个。按照哪个方向走，才能以最快的方式找到凶手，赶紧侦破案件呢？谁都不敢打包票，谁也不敢开这个口。

“哦，不好意思。”娟姐的到来，打破了窘境。“我……我和新哥、旻哥一起解剖了女尸，但是由于多种客观原因，目前我们还不能确定具体的死亡时间。”

本以为，法医可以通过尸检得出有利线索，从而协助民警判断这究竟是一场意外，还是有人蓄意杀人。可目前的情况很糟糕，这样一来，办案民警就陷入了浓厚的迷雾当中，找不到方向。

见到士气跌落的沉水一鹰用笔记本敲了敲桌面说：“既然法医这边提供不了有利的线索，那么我们就用传统的方法展开侦查！”

一听到这里，闷油瓶似的民警们迅速抬起了低垂的脑袋。这些年来，公安队伍在不断地改革，警力不足时，民警学会了向科技要警力，在科技的鼎力帮助下顺利地完成了大部分的侦破工作。随着时光的流逝，大家逐渐地把传统的侦破方式给遗忘了。而这，是不应该的。

“白帆带一组人，负责在案发现场周围摸排走访。小凤哥负责调取附近的监控，查看情况。”沉水一鹰在桌前点兵点将，大家纷纷记录下各自的职责。“石头和小维一组，去排查死者的社会关系。”他转过身来，对着娟姐说：“你们法医再努努力，看看能不能通过深度剖析，进一步提取有价值的痕迹物证，推断死亡地点、时间及工具等。”

“没问题，我们尽快。”娟姐知道在案件陷入迷局，没有任何有利线索的时候，空口白牙地表决心，远远不及为一线侦查员送上一份有价值的实践报告来得踏实与珍贵。

警力被一分为三，大家开始各自忙碌。而客运码头出现女尸的消息已不胫而走，一时间小县城里大家都在传女尸的小道消息。可奇怪的是，直到当天下午，死者家属并没有来县公安局刑侦大队认领尸体。

或许，家属是不知道她早已芳魂不在；或许，家属是不想知道她的死讯。

可疑的老公

石头与小维坐在客运码头，想着该从哪里入手。两人抽着烟，直勾勾地望着沅江对岸的凤凰山发呆。脚下，堆满了烟头和槟榔。

“石头哥，这里范围这么大，我们……”小维一边说，一边掏出兜里的话费单，揉成一团想要扔到江水里，却被风吹了回来，他用脚踹了几下，才踹到水里去。

看着纸团被江水包围，浸湿，最后缓缓沉入水底，石头的脑海里突然间闪过三个字——收费单！对了，就是医院的门诊收费单。

“小维哥，你还记得娟姐在初步现勘的时候，在死者的口袋里发现了什么?”石头嘴角扬起45度，眼里迸射出光芒来，他故作神秘，却掩藏不住内心的兴奋与喜悦。

“什么?”小维也想到了，一个“O”字形的嘴型让默契更加完美。“门诊收费单据!”

两拳相撞后，两位小警立即起身，一边电话通知坚守在办公室的同事把单据通过警务通手机拍给他们，一边往医院赶去。在医护人员的帮助下，他们很快就获悉了死者的身份。

“鹰队，摸清楚了，死者名叫赵霞，是本地人。她在电网公司旗下的物业管理公司担任负责人，她的丈夫是电网公司的一名职工，两人现在就居住在距离客运码头不远处的‘豪宅小区’。”石头立即将最新线索传回了命案专案组。

“很好！你们两个继续排查一下死者的社会关系及矛盾因素。”沅水一鹰给石头安排好下一步任务后，走进了刑事技术楼，让小凤哥通过“天网”系统对死者死亡前后的活动轨迹进行定时定位调查。

石头和小维从医院出来，望着对面那栋巍峨的大楼。那栋大楼就是电网公司的办公大楼，碧蓝色的玻璃与金属色的窗沿完美契合，宽阔大气的大厅堪比酒店大堂，淡淡的海盐香薰迎面扑来。保安室在右边，见到有陌生人在门前驻足，三名保安上前来询问情况。

“你们……是来干吗的?”瘦高瘦高的保安先开了口，看样子他的工龄最大，而且比较擅长与人打交道。

石头和小维同时掏出警官证，并对他说：“我们是警察，有一宗案子，需要找你们单位的田泽询问情况。”

“不会是那下面的客运码头的尸体吧？是他情妇还是……”另一名黑胖的保

安立马接下了话茬儿。

“老罗，你去监控室看看，不要打扰警官办案!”瘦高瘦高的保安愠怒道。“我是保安老张，田泽的办公室在七楼，这边走，电梯在正中间，我带你们去。”老张像是一只圆滑的变色龙，面对着两位年轻的民警时，脸上的怒色已经烟消云散，只留下礼貌的微笑。

“那就恭敬不如从命了。”两位小警跟在保安老张的身后，不说话感觉很尴尬，想说话却不知道聊什么。

进了电梯，石头递给老张一根烟，先给他点了后再给自己点，老张抽了一口烟说：“两位警官想问田泽的事情吗?”

“那，老哥您就给我说说呗。”

“嗨，也就是瞎聊聊。”

“不瞒两位警官，田泽人不错，人缘好，两口子都能赚钱，是公司里的模范夫妻。”老张吸了一口烟，烟雾没来得及从鼻孔里吐出来，呛到了咽喉里。他猛咳了几声，眼泪跟着剩下的烟雾一起出来了。

五楼，电梯开了，进来的是另一名职工。一袭瀑布似的波浪小卷搭在肩膀上，魅惑的迪奥 999 填充着丰腴的嘴唇，优雅的香奈儿 5 号瞬间消除了尼古丁的呛鼻味儿；简单可爱的小西装，配上蔻驰手提包十分时尚。

小维暗自在心底嘀咕，电网公司的职工太富裕了，就这身打扮，至少是自己工资的两倍以上。他羞涩地拽了拽自己的衣角，就连石头也不好意思再给老张递过那根黄壳子装的芙蓉王了。

七楼，简约大气的落地窗，楼道里飘荡着香薰的味道，田泽的办公室在最里面那间。

“田泽，我们是警察，有个不幸的消息告诉你。”石头担心田泽一时间难以接受，顿了顿后，接着说道，“今天早晨 6 点钟，有人在客运码头那里发现了你妻子的尸体。”虽然，这不是第一次面对面与死者家属谈话，但石头看着田泽时，心里有种说不出的感觉。

田泽高大帅气，给人的感觉很儒雅，这与他高级工程师的身份十分匹配。获得妻子的死讯，他没有顿时悲泣，而是愣了愣，起身为民警倒水。递水时，他闷闷地说了句：“嗯，知道了。”脸上没有任何表情，语气中也听不出任何感情色彩来。

“小田，要是难受，就哭出来!”办公室的同事说。大家纷纷来到他跟前想要说点什么安慰他，又不知道该说些什么，他才不会那么难过。

“嗯，没事。”田泽平静地回到自己的工位上，把数据以邮件的方式发送出去后，整理了一下桌面说：“走，我们换个地方说。”

石头心想，从田泽的衣着打扮和办公桌上的陈设来看，很显然，他平时并不是一个缄默寡言的人。面对突如其来的家庭变故，他如此平静，是不正常的。他们不是很恩爱吗？怎么面对妻子的死讯，他的情绪没有一丝一毫的波动呢？难道，他早就知道妻子已经死了？那么……他是否就是凶手呢？

离开办公室的时候，小维发现田泽的脚步十分轻盈，就像是刑满释放的那种感觉。而这，让小维的心里不禁一颤。他虽然入警不到两年的时间，但在老前辈的日夜熏陶下，他也拥有了“刑警的直觉”。外表斯文的田泽，肯定包藏着某种不可告人的秘密。

夫妻间的秘密

田泽被带回询问室后，一直保持着沉默。民警也不着急，因为娟姐那边传来了好消息。

“嗨，告诉各位弟弟们一个好消息。死者的死亡时间为今天凌晨 1 时 30 分左右，死亡原因是遭利器割喉。凶器应该是一把水果刀。”

“应该不会有人自己割自己吧？”小维吐了吐舌头。

“听我说完。切口整齐，但有三处割痕，每一处割痕的深浅度都不一样。从割痕走势来判断，不是意外，而是人为。”

“哎呦，姐姐带着好消息来了。”小凤哥笑着说，“那我也来凑个热闹，我这边通过‘天网’也有新的线索。”

“快说，快说！”

“昨天晚上 11 时许，死者从医院出来，走进了旁边的回龙街，然后，你们看这个位置，这个身影是个高个子的男人，他们一起往河边走了。之后，就再也没有看到死者出现在监控视频里了。”

“好家伙！这个神秘男人的背影跟田泽差不多嘛！”石头捋了捋自己的板寸说。

“那还用说，肯定是他！”

“哎！”“嗨！”沅水一鹰挨个儿敲了石头和小维的额头，一副恨铁不成钢的样子，严肃地说：“你们两个！就这样武断？平时怎么教你们的！”

“难道……不是……”

“杀人动机是什么？杀人凶器是什么？光凭一个模糊的背影，怎么就能证明那就是田泽呢？”沅水一鹰的当头棒喝，唤醒了两个经验不足的小警。

“等什么，走啊，去问话呀！”石头拉上还想再嗦一口泡面的小维直奔询问室。

看着他们两个打打闹闹，沅水一鹰宠溺地笑着。警队需要年轻的朝气，年轻的朝气需要经过千锤百炼，才能履行好新时代党和人民赋予的期望。虽然，磨炼的路上会艰险重重，但他始终坚信，年轻的他们可以战胜自己，为这片土地带来公平正义的曙光。

“田泽，别装了。”石头拿来平板电脑给他播放回龙街的那段视频。田泽瞥了一眼，还是不愿意说话。

石头便激将道：“你看看，这身板儿，这走路的姿势，跟你如出一辙。那么晚，那么冷，你们去河边干什么？”

田泽轻蔑一笑，翻着白眼儿。突然间，他的手机响了，来电显示竟然是“亲爱的”。

“哎呀，我去！这是鬼来电哈？”小维蠢萌的样子逗得大家忍俊不禁，没有人想接他的废话。

“笨蛋！这估计是他在外面养的情妇。”石头想要把田泽的轻蔑和白眼儿都甩给小维，好凸显出他的英明神武来。石头当着田泽的面接通了电话，并按下了免提。

“老公哈，我做好了饭菜，等你回家吃呀。”电话那头传来了一阵娇羞软糯的年轻女子声音。也是这个电话，撕开了田泽与妻子的秘密。

田泽知道，他与妻子赵霞的秘密守不住了。

田泽与赵霞是别人眼中的才子佳人，双方家庭条件优渥，婚后育有一个孩子。后来，两人各忙各的事业，逐渐产生了距离感。炒菜时，赵霞叫田泽帮忙关一下窗户，田泽却迟迟不愿意从沙发上起身，走两步到厨房来；出门时，田泽要求赵霞把垃圾带出去，赵霞却佯装没有听见，门口的垃圾都是小区保洁阿姨丢的；出门在外，两人也彼此不留情面，时常因为一些琐碎而生闷气，回到家里又开始冷战，或者是阴阳怪气地数落对方。久而久之，他们也就有了一种丧偶式的婚姻关系。为了摆脱这种困境，于是，他们两人约定，在孩子和外人面前扮演模范夫妻，私底下各玩各的。

其实，田泽早就知道赵霞在外面包养了一个游手好闲的小男朋友，而他也有了自己的第二个家庭。夫妻两人心照不宣，偶尔还会在心情好的时候，互相谈及“另一半”，然后品评他们的缺点。他们以此取乐，乐此不疲，让人听了，心底发怵，鸡皮疙瘩掉一地。

如果说，田泽不是凶手，好像说不过去。

如果说，田泽是凶手，好像也说不过去。

那么，真相究竟是怎样的？

说出了心中的秘密，田泽似乎并没有放松。周围的警察依旧以怀疑的目光注视着他。他就像是一只被拔光了毛的公鸡，有些忐忑，有点担心，还有一丝丝尴尬。他不断地用手梳理头发，掌心的细汗早已打湿了干燥的头发。油腻腻的头发粘在一起，让他看起来有些颓废。

“案发前一天晚上你在干吗?”石头听了田泽的讲述后，觉得他们夫妻两个人有些变态，所以语气变得莫名的严肃。

“我……”田泽用右手的食指戳了戳鼻子，清了清嗓子说：“我在女朋友家里吃饭，然后过夜。第二天早上直接去上的班。”

田泽感觉民警不相信他的话，皱着川字眉说：“那天，那天她做了几样精致的菜肴，我拍了照，发了朋友圈的！下面还有时间和定位。我没有杀她!”

石头打开田泽的手机，发现他没有说谎。但是，朋友圈里的状态基本上尽是自己可见。看上去很安全，却又给人一种凉薄与自欺欺人的感觉。

空手夺白刃

田泽的嫌疑基本上洗脱了。

凶手，极有可能是死者的小男朋友。

“石头，我把回龙街三万多条的视频前后拼接起来，最后发现这个叫张森的人形迹可疑。通过大数据对比，你们猜他是谁?”小凤哥想考考石头和小维，却没想到关键时刻，队友这波超神操作简直太合拍了。

“还用问吗！不就是死者的小男朋友嘛！你是不是傻?”石头和小维异口同声怼得小凤哥半天没有回过神来。

暮冬的晚风寒冷而又嚣张，它猛地揪下河边一棵刺槐的枝丫，连着隔壁的樟树叶一起踹到了水面上，涟漪一圈圈散开。石头和小维在张森家里扑了个空，他们望着沉寂的夜，缓缓流动的江水，不知道该怎么办。

“张森回家、出城的监控都看了一遍，没有任何线索。”小凤哥边操作监控室的屏幕，边给小维打电话。

“哦，好的。我们知道了。”小维因为得不到任何有价值的线索而变得宛如一颗被冰雪冻得发蔫的白菜，奄奄一息。

“哎，小维。你要是他，要怎么做，才能躲避全城的监控外逃啊?”石头给小维递了一支烟。

“我?”小维吸了一口烟，眼皮开始打架，他漫不经心地说：“这年头，想要避开高科技，那就得回归原始。我要是他，我就从江对岸游过来!”

此话一出，如石击水，激起了千层浪花。石头觉得这是小维从警以来说得最经典的一句话。别看江下淹没了整个老县城，只要体力好，游个来回是不成问题的。

“那我们怎么办?”

“我们要不要躲到城南岸边的草丛里，等他一露面，我们就冲出来……”石头左眉上挑，很是得意。

“说干就干。”

午夜时分，大部分的人都进入了甜蜜的梦乡，只有石头和小维还藏在草木丛里，继续喝着西北风。睡意越来越浓，他们上眼皮和下眼皮忙着打架，却又一次次被风无情地割开，他们舔了舔干瘪的嘴唇，继续打起精神来，像极了正在捕猎的狼。

凌晨1时许，草丛对面巷子里的路灯昏黄却没有一丝温暖的感觉，两辆黑色小轿车尾随开过，留下一缕扬尘在空中凌乱。

一辆警车驱散了夜的黑与寒。民警白帆正坐在副驾驶位上，若有所思地撑着下巴。忽然他的右眼扫到一个黑影迅速窜到路边的枯草丛里，他下意识地问自己：那是谁？谁会这么晚了，见到警车就往枯草丛里钻？难道……

白帆十分确定，那不就是悬赏通缉令上面的犯罪嫌疑人张淼吗！说时迟那时快，他立即掉转警车车头开了回去，还没等警车停稳就跳下去，径直跑到草丛边。

这一刻，双方都被彼此吓到了。张淼全身湿哒哒的，看到民警折返，心有余悸，掏出了兜里被江水泡得发寒的匕首，想要把白帆吓走；白帆看到张淼的手里拿着一把匕首对着自己，手心里泛起了细汗。他知道，面前的这个人十分危险，稍有不慎，不仅自己会负伤，而且会让他趁机逃脱，还有可能会继续伤害其他无辜的群众，他没有路可以退。

他们对视了几秒钟后，白帆决定先下手为强。他一个箭步跨上前去，准备抢夺张淼手中那把泛着寒光的匕首，二人扭打在一起。此时，石头与小维听到不远处传来打斗声，赶紧从草丛里跳出来，迅速加入战斗中来。张淼抵死做困兽之斗，张牙舞爪地挥动着手里的匕首，匕首一次次从他们的手腕上划过，袖口处的“POLICE”被匕首划花，纽扣被挑开，而幸运的是他们三个都逐一避开了伤害。

考虑到张淼急于摆脱他们，使出的力气比寻常人大，石头和小维无法将其制服，这样的情况下只能智取。

石头和小维用自己的手臂紧抱住张淼的手臂，张淼奋力反抗，一脚脚踹在石头的小腿上，还不时地用匕首向白帆的胸膛刺去。眼疾手快的小维和石头合力来了一招“横扫千军”，虽然没有把张淼撂倒，却成功地分散了他的注意力，将他手中的匕首打落在地。匕首落地后，石头和小维顺利地把张淼的双手反扣在背上，并将他押上警车……

水落石出

面对审讯，张淼的神情呆滞，目光空洞，眼白早已泛黄，还布满了血丝。

原来，他和死者赵霞是一对相见恨晚的情人，赵霞的婚姻并不幸福，久而久之患了抑郁症，直至他们相遇，她的病情才有所缓解。只可惜，好景不长，最近这段时间，他们总是发生争执，为了琐碎的事情也会大吵一架。

因为患了抑郁症，赵霞潜意识里总是会浮现出有人要伤害她的情景，于是在手提包里放了一把水果刀防身。这让张淼觉得有些反感，却又不好意思开口。

案发当时，赵霞和一位亲戚在县城一家餐馆里吃过晚饭后，就独自一人与张淼从回龙街往客运码头走了过去。途中，赵霞平静而又决绝地告诉张淼，她要在当晚，为这段阴暗的感情画上句号。

与其说张淼舍不得这段感情，还不如说他更舍不得这个财神奶奶。毕竟他所有的日常开销，都是赵霞提供的。本来感情这种事情，就是周瑜打黄盖。可偏偏张淼要一脚踏两船，用赵霞的钱去讨年轻小妹子的欢心。这事被赵霞知道后，这才提出了分手。

张淼一边怒扇自己的耳光，一边虔诚地向赵霞保证："亲爱的，我发誓，以后我的心里只有你一个人！我马上跟她分手！求求你，不要离开我……"

"都说，男人有泪不轻弹。可你呢，动不动就哭，真不要脸。当男人当成你这样，真丢脸！"

张淼纠缠时发现赵霞不为所动，顿时产生了杀害她的念头。他趁赵霞不备时，将她拖入水中，把她的头按在水里，昔日的情人苦苦在水中挣扎，他愤怒至极，无视这条孱弱的生命。赵霞的挣扎力道越来越弱，最后失去了抵抗能力，寒冷的江水迅速从她的鼻道钻进去，堵塞了呼吸……

对此，张淼并不解恨，他翻出赵霞包里的水果刀，因为寒风凛凛，他的手指被冻僵了，第一刀只是轻轻地划开了赵霞颈部的皮肤，紧接着他又对着她的颈部割了一下，第二刀的力度也没有那么重，最后，他用尽全力对着其颈部猛刺一刀，也就是这一刀，彻底地结束了赵霞的生命。

小维在从警日记里写道：江水一次比一次用力地拍打着堤岸，黑夜里狂风怒号，折断了柳树的枝丫，又一脚踹开来，似乎在宣泄着赵霞的哀怨，又更像是在斥责着杀人凶手张淼的心狠手辣……

（作者系沅陵县公安局宣传专干）

高楼窃案

——浙、鄂、湘三省“飞天大盗”覆灭记

刘贤安　向　阳　谢学军

2005 年 5 月，一场篮球友谊赛在湖南省吉首市体育馆举行。球场上，一位身材高大的小伙子身手灵活地左冲右突，几个“大灌篮”赢得满堂彩。这个驰骋球场的篮球健将名叫吴忠流，时年 23 岁。别看他年纪不大，在吉首市却是一个叱咤风云的名人。

吴忠流出生在湘西土家族苗族自治州的一个苗家山寨，在家中排行老三。2001 年 8 月，他拿到了大学录取通知书，但因家贫而放弃了，随后就和老乡到浙江打工。

吴忠流生得人高马大，小时候就喜欢爬树攀岩，练就了攀岩的绝技。2003 年，他参加张家界业余攀岩大赛，夺得冠军，赢得“湘西攀岩王子”的美誉。但攀岩却未改变他打工的命运，夺冠后，他依然到浙江打工。一年后，他竟出人意料地衣锦还乡，在吉首市创办了一家投资公司。喜欢打篮球的他还赞助了吉首市的篮球比赛，并在 2004 年 10 月当选为吉首市篮球协会会长。

在众多的球迷中，吴忠流有一个名叫龙满丽的女“粉丝”，她比吴忠流小 3 岁，中专毕业后进入当地穴湖风景区做导游。当日比赛结束后，她挤到吴忠流身边，主动对他说：“我是你的忠实球迷，名叫龙满丽，你能跟我合张影吗?”

吴忠流抬眼一看，站在面前的龙满丽长相甜美、风姿绰约，他立即答应合影，两人还交换了联系方式。令龙满丽没想到的是，不久，吴忠流对她展开了爱情攻势，经常发短信嘘寒问暖，还邀请她到高档饭店吃饭，每天都送一束鲜花给她……

几个回合下来，龙满丽由女“粉丝”变身爱情“俘虏”，与吴忠流相沐爱河。不久，吴忠流带她回了一趟老家。吴忠流的老家在湘西深山里，家里很穷，只有两间低矮漏光的房子。吴忠流开着公司，怎么家里却这么穷啊？龙满丽心里打满了问号。

在回来的路上，吴忠流对她说："到我老家后，你一定很失望吧？我就是这鸡窝里飞出的金凤凰，我的两个哥哥因为家穷至今没有讨上媳妇，所以我发誓一定要挣好多钱来改变人生！"

吴忠流的一番话让龙满丽对他既同情又赞赏，不由得把头埋进吴忠流的胸前，喃喃地说道："忠流，不管你做什么我都会支持你，我会爱你一辈子！"吴忠流满意地揽住了她……

相恋三个月后，龙满丽与吴忠流开始了同居生活。和吴忠流生活在一起后，龙满丽惊讶地发现，吴忠流在吉首几乎不谈任何生意，除了打球就是进地下赌场赌钱，要不就是与一帮朋友吃喝玩乐。

一天，龙满丽忍不住问："忠流，你做的啥生意呀？"吴忠流立即脸拉得老长，冷声道："男人的事女人最好别管！"

每隔一段时间，吴忠流就要外出，说是谈生意，几天后又匆匆地回到吉首，总能带回来很多钱，有时还有高档手机和首饰。龙满丽不安地问："忠流，你一定要告诉我，你做的啥生意？还有，这些二手手机和首饰是怎么回事？"

吴忠流见龙满丽当了真，故作轻松地说："满丽，你别瞎想，我开的投资公司就是给缺钱的人放贷吃利息，这些手机和首饰是还不起钱的人抵账的。"见吴忠流说得毫无破绽，龙满丽也就放心了。

2008 年 3 月，龙满丽怀孕了。这是她与吴忠流同居后的第三次怀孕，前两次都在吴忠流的劝说下做了流产。这回，她想铁着心生下来。此外她还有一个"心结"：她曾多次催促吴忠流办结婚手续，可吴忠流总以生意忙为借口推托。

这次，当龙满丽再次提出结婚的要求时，吴忠流顿生不悦，说道："满丽，我对你还不好吗？结婚只是个形式，把那钱省下来多好。我正处于事业的上升期，现在还不宜要孩子，再过几年，等我把钱赚足了，我们再安享人生……"

在吴忠流描绘的海市蜃楼般的美景中，龙满丽又一次作了妥协！

龙满丽流产后不久，有一位朋友悄悄告诉她：吴忠流另有了一位"相好"，叫施吉慧，是一家日杂商行的女老板。吴忠流这段时间外出，都带着施吉慧。

龙满丽起初还不相信，因为她为吴忠流付出了真情，她也一直认为吴忠流只会爱她一个女人，现在突然冒出个"第三者"，她是无论如何也接受不了的。但她向吴忠流求证时，吴忠流却丝毫不掩饰，淡淡地说："她是我的生意合作伙伴，我心里爱的是你，我不会出轨的。"

听罢这话，龙满丽心里似刀剜般难受，突然觉得朝夕相处了几年的吴忠流变得陌生起来。

2009 年 6 月的一天，吴忠流开着一辆黑色轿车，来到龙满丽工作的景区，要拉她一起外出谈生意。龙满丽欣喜万分，与吴忠流相恋几年来，吴忠流从来没让她介入过他的生意，她也没多想，立即上车，跟着吴忠流去了澧县。

半路上，吴忠流又带了一个流里流气的小伙子上车，他贼眉鼠眼的样子令龙满丽感到恐惧。她不安地悄声问吴忠流："他是谁啊？"

吴忠流神秘地一笑道："他是我的生意合作伙伴吴志红，很听话的，你不要怕。"一路上，吴忠流与吴志红低声交谈，还不时瞟一眼龙满丽。龙满丽忐忑不安，总觉得吴忠流在刻意隐瞒着什么。

到了澧县后，吴忠流说自己没带身份证，让龙满丽用她的身份证开房间。开好房间后，他们并没有急着去见"客户"，而是在宾馆里蒙头大睡。当天夜里，龙满丽一觉醒来，吴忠流却不见了。她打电话到吴志红房间，却久无人接。他们去了哪儿？龙满丽心悬了起来，久久不能入睡。

凌晨时分，吴忠流回来了，拎着一个鼓鼓的编织袋，满身疲惫。龙满丽紧张地问："忠流，你到底干啥去了？你不会干啥见不得人的勾当吧？"吴忠流对她的问话置之不理，倒头就睡。第二天，吴忠流就让龙满丽退了房。"到澧县不是谈生意吗？生意还没谈，怎么就回去？"龙满丽预感不妙，紧张地问。

吴忠流没有搭腔，吴志红却抢先说："咱们夜间就把生意搞妥了，这次收获真不小啊……"

"你少说两句成不成！"吴忠流白了吴志红一眼。吴志红赶紧住口。龙满丽心里"咯噔"一下，着急地说："忠流，你再不跟我说实话，我就下车！"

吴忠流见龙满丽当了真，这才深叹一口气道："我本来是不想让你搅和进来，我们……就是飞天大盗。"

"忠流哥可厉害了，十多层的高层楼房，他都能攀上去，从来没失手过。"吴志红对吴忠流啧啧称赞。

龙满丽惊呆了，她无论如何也不能将"飞天大盗"与"攀岩王子"、篮球协会会长、投资公司董事长的身份挂起钩来！吴忠流见她沉默不语，拍了拍她的肩膀，说道："你以为生意就那么好做，钱就那么好赚？我做这行也是迫不得已啊。"

听了吴忠流的讲述，龙满丽终于知道了吴忠流的一切。原来，吴忠流到浙江打工后，一直没赚到钱。2004 年 6 月，在浙江打工的老乡吴生龙、石建军与吴忠流相识，当他们得知吴忠流有徒手攀爬高楼的绝技后，想到一条生财之道，那就是怂恿吴忠流专爬高层盗窃。通常，小区里的住户，住在低层的都做了防盗窗，而高层的住户防盗意识较差，很少有做防盗窗的，而且一些高层住户晚上也不关窗户。于是，就给吴忠流他们作案提供了"良机"。在浙江余姚，他们几次作案均得手。可惜好景不长，警方依据吴生龙在宾馆登记的身份证号，将吴生龙、石建军很快抓获。吴忠流闻风侥幸逃脱，带着偷来的钱潜回吉首。后来他得知，自己已被余姚警方列为网上通缉的逃犯。

本来吴忠流想洗手不干了，但过了一段时间，并不见警方的动静，因此胆也大了起来，加上盗来的钱财也花得差不多了，于是故技重演……他吸取在余姚失利的“教训”，作案前用女人的身份证登记住宿。

施吉慧与吴忠流相识于赌场，现年 28 岁，胆大豪放，喜欢豪赌，为还赌债将自己的商店也转让了，并因此离异。正在四处筹钱之际，吴忠流把她发展成为自己的“助手”，每次外出作案，都由施吉慧出面开房间，这样他们就不会在作案地留下登记漏洞。这次出来作案，因施吉慧临时有事，走不开，而吴志红已将“点”踩好了，于是吴忠流就让龙满丽做了临时“助手”。

听完这一切，龙满丽心里五味杂陈，一个相恋了五年多的男友，竟然对自己隐瞒得滴水不漏！她担心地说：“忠流，咱洗手不干了吧，这太危险了，警方抓住会坐牢不说，那么高的楼，万一失手，那后果……”说到这儿，龙满丽已经泣不成声了。

吴忠流沉吟了一会儿道：“我也是为了我们今后过上好日子打基础啊，既然你替我担心，那我就不干了。”得到吴忠流的承诺，龙满丽的心稍放了放。

可时过不久，龙满丽接到吴志红的电话，说吴忠流与施吉慧又走得近了。他提醒龙满丽：“我知道忠流哥爱的是你，可你不能做他的生意助手，施吉慧钻了空子，肯定会影响你们的感情发展啊。”

龙满丽的心揪了起来，经过一番权衡，与其让施吉慧钻空子，倒不如自己跟着吴忠流干，这样自己还能“监督”吴忠流，不让他在歧路上滑得太远。主意拿定，她对吴忠流说：“以后你外出做生意，我跟你去吧。不过我有个条件，钱弄得差不多时就坚决收手！”

吴忠流看了她一眼，心里暗笑，表面应允。龙满丽哪里知道，吴志红打给龙满丽的电话，其实就是吴忠流授意的！

自从第一次在澧县作案成功后，吴忠流又带着龙满丽分别在澧县、桃源、汉寿等地的高层住宅楼疯狂盗窃作案 40 余起。钱来得快，花得也快。每当吴忠流把手头的钱花光后，他就置龙满丽的劝告于不顾，又开始新一轮的疯狂作案。经过一番踩点，他们又将作案地选至湖南常德。

有了龙满丽的参与，吴忠流几乎把施吉慧忘记了。可施吉慧也“爱”上了吴忠流，自然不会善罢甘休。2009 年 8 月 22 日，施吉慧在吉首一家高档宾馆堵住了吴忠流与龙满丽。情敌相见，分外眼红。两个女人话不投机，立即厮打起来。吴忠流完全把自己当成了局外人，看了一阵“热闹”后，才分开两人，说道：“你们两个都声称爱我，你们这么一打架，还不把警察招来？真是不动脑子！我坐了牢，看你们怎么办！”几句话，就让两个女人住了手。

而后，吴忠流又分别与龙满丽和施吉慧谈话，要她们化干戈为玉帛。吴忠流把龙满丽拖到一边悄声说："满丽，我是真心爱你的，与施吉慧只是逢场作戏，但我们现在都不能惹毛了她，她知道我太多事，惹毛了，对我不利啊。"龙满丽含泪点头……

就这样，两个痴情女子，被吴忠流轮换利用。吴忠流先后分别带着她们，流窜到湘鄂接壤的周边县市，疯狂作案数十起。

2009 年 6 月至 10 月间，湖北省公安县等地，以及地处湘鄂边界常德所属的鼎城、桃源、澧县、汉寿、津市、安乡等县市的高层住宅楼，相继发生入室盗窃案件。从 2009 年 10 月 6 日到 19 日半个月时间内，仅安乡警方就接到四个居民小区高层住户 18 起财物被盗的报案，损失总计近 50 万元。

经安乡警方现场勘查认定：盗贼往往在深夜或凌晨作案，作案手段大都采用爬管翻窗、撬网、翻阳台，作案目标大都选在高档住宅区的高层建筑，侵害对象都为现金、手机、手提电脑。

常德市公安局根据犯罪嫌疑人的作案手段及特点，立即向湖南省公安厅作了详细汇报，湖南省公安厅将此案情呈报给公安部。2009 年 10 月，由公安部督办、常德市公安局侦办的跨省盗窃案紧锣密鼓地开始秘密侦查，追捕"飞天大盗"的内部传真秘密发往全国各省公安机关。时隔不久，从浙江、湖北等省公安厅相继传来高层住宅楼被盗的案件信息。经公安部刑侦专家分析判断，决定将湖北、湖南、浙江等高层建筑入室盗窃案并案侦查，命令湖南常德警方尽快破案。

10 月 19 日中午时分，"失踪"了十多天的吴忠流突然回到吉首龙满丽身边，一躺下就呼呼大睡。龙满丽仔细打量这个疲惫不堪的男人，心里久久不能平静……

这时吴忠流的手机响了，是施吉慧打来的。原来，潜回吉首的施吉慧发现自己竟将一部分赃物藏在安乡玫瑰大酒店客房的床铺下忘了带回来。当着龙满丽的面，有火发不出的吴忠流立马起身欲离去。为了不给警方留下证据，他必须尽快去安乡找回赃物。龙满丽死死地抱住了他："要走我跟你一起走！"

就这样，10 月 19 日晚 9 时许，吴忠流带着吴志红、吴海波和龙满丽又潜回安乡，用龙满丽的身份证再次登记入住藏匿赃物的 416 房间。

安乡多个住宅小区多次被盗，早已引起警方的重视，他们布下了天罗地网，正在全县宾馆进行地毯式清查。"警察，开门！"当民警敲击吴忠流的房门时，他从床上一跃而起，掀开床铺，床下藏的手提电脑和 3000 元现金还在。龙满丽被眼前的一切惊呆了，站在一旁一动不动，"赶快把电脑扔到窗台外边！"听到吴忠流的吩咐，龙满丽如梦初醒，忙将手提电脑慌张地放在窗台外隐蔽处。吴忠流整理好床铺，镇定地开了门，这时已过了十多分钟。民警进入房间，"请出示你们的身份证。”想到自己是网上通缉的逃犯，吴忠流谎称自己的身份证放在总台了。“马上去拿!”

吴忠流出门后，乘警察不备撒腿就跑，消失在茫茫夜色中。民警随即从房间内搜出了人民币 3000 元和一部高档手机，又找到藏匿的手提电脑。后经确认，这些都是安乡香格里拉住宅小区刘某失窃的财物。龙满丽说不出这些财物的合法来源，当即被警方控制。正在这时，民警又将踩点后返回宾馆的吴海波和吴志红抓获。

龙满丽归案后，曾一度缄口不语，经过警方艰难的攻心战，龙满丽交代了吴忠流的行动规律以及可能藏身的地方。10 月 21 日，安乡县公安局抽调刑侦人员赶往吉首市，在当地警方的协助下，10 月 29 日在吉首一家宾馆内将犯罪嫌疑人吴忠流抓获。施吉慧闻讯后逃离，目前依然在逃。

结案后，犯罪嫌疑人吴忠流交代了作案的习惯及其规律：分别以两个女人作掩护，驾车在湘鄂地区作案，当晚入住案发地，第二天凌晨悄然走人。具体由施吉慧、龙满丽登记住宿，吴海波驾车，吴志红望风，主犯吴忠流徒手攀爬，入室盗窃。令人惊奇的是，吴忠流脱鞋穿袜，不要任何保护措施，徒手攀登，平步青云，如履平地。吴忠流被抓获后，自知对不起龙满丽，且罪孽深重，几次自杀未遂。

2009 年 11 月 25 日，吴忠流、吴志红和吴海波三人被安乡检察院以涉嫌盗窃罪批捕。鉴于龙满丽有自首情节，在抓捕行动中有立功表现，被安乡县警方释放。应她的请求，这天，她与吴忠流在安乡看守所见面，二人抱头痛哭。最后，龙满丽把身上仅有的 380 元现金交给吴忠流，并对他说：“我决定留在安乡边打工，边陪伴你……”吴忠流全身颤抖着说：“阿丽，我对不住你，都是我把你害成这样!”他眼中噙满了泪水，龙满丽也泣不成声。分别时，吴忠流跪在办案民警面前，愿以死谢罪……

然而，这场裹挟情人“劫富”的游戏，收场为时已晚。“飞天大盗”游戏人生，情伤累累，情终归何处？痴情美人一路痴狂，却不知情路还能走多远，万千痛楚谁人知？

据安乡警方估计，吴忠流团伙在浙、鄂、湘三省涉案金额在 500 万元左右，目前此案在进一步深挖中。侦办此案的安乡刑警指出：当前绝技 PK 在全国兴起，不仅成为电视娱乐的“抢手货”，而且成为许多“高手”劳动致富的手段。可是，吴忠流却利用绝技作案，不劳而获，危害一方，给社会造成意想不到的危害。本案中，高层住户成为其盗窃目标，这是意想不到的，更是十分可怕的，但愿本案能给当今高楼住户敲响警钟!

警营随笔

随警作战实录

舒 莎

暮云叆叇，或许是沅陵县前阵子的雨季过于漫长，好不容易出了一次太阳，反而让晚风为难得有些烦闷。写了一天宣传稿的小狐狸（一女警网名）眼睛有些疲惫，她推开窗户，看到治安大队的警车和私家车排了一排，一股浓郁的蓄势待发之味正在发酵，心中便暗自嘲笑治安民警又要加晚班，幸灾乐祸地换下警服，准备和小伙伴一边嬉闹一边去逛街……

一、逛街，被半道截和

2020 年的春天，没有春城何处不飞花，也没有花气袭人知昼暖，有的只是落花风雨更伤春。这个春天带给了公安民警和医护人员前所未有的挑战，好在大家一起携手打赢了这场疫情防控阻击战。

疫情期间，沅陵公安将疫情防控和主业两手抓，开展了“春季攻势”专项打击行动，而且将宣传稿件上稿量纳入了考核。一时间，宣传民警忙得像沅水之滨的柳絮，紧紧地跟随晓风起舞，孜孜不倦。疫情得到控制后，民警积极配合各行各业陆续复工复产，宣传民警又忙着撰写相关警务信息。眼看着，芍药荼蘼各殿春，才发现春天早已余额不足。

小狐狸和小伙伴们都还没有来得及去添置一款春装，转眼已是微雨过、小荷翻的初夏时节。难得，今天可以准时下班，当然得去逛街吃饭看电影啦！

“听说，现在都是夏款了，我们去看看裙子吧！”

“我在朋友圈发现，新开了一家烤肉店哎。”

“影城昨天就正常营业了，我们要不要一起去看看有没有《姜子牙》啊？”

就在大家讨论娱乐时间的项目内容时，小狐狸的手机不识趣地响了。她看到是主任的号码，犹豫了一会儿，闭着眼睛划过了接听键，从牙缝里挤出一句话来：“喂，我在回家的路上。”感觉自己好无辜，她沮丧地望着昏暗的云层。

“上次，禁捕退捕活动和巡河都是你参与的，今晚治安有个大行动，你马上回来，跟治安联系一下。”主任的语气有些疲惫，电话那头人声嘈杂，估计她又在加班。

“哈？那个……”小狐狸想说，能不能换另一位小伙伴去。可是，一想到小伙伴还要带孩子，就把话给硬咽回去，“嗯，那我，现在就回来吧……”话音刚落，小狐狸的嘴就噘着，一边疾步往回走，一边电话联系治安大队了解情况。

“小狸啊，今晚我们要去五强溪。你先回新闻舆情中心休息一下，晚上 7 点半，我们二楼会议室见。”电话那头，是今晚行动的指挥官——治安大队教导员肖教。

五强溪镇！沅陵县城距离五强溪镇有 132.8 公里，去一趟五强溪镇就相当于去了一趟长沙市。在小狐狸的印象中，五强溪镇不仅远，还山路崎岖，8 字形的山道，一边是悬崖，一边是常年阴湿积压的青苔，老司机在这里都得小心翼翼。入秋后的苦菜界一带会结冰，前几次去跟拍扶贫，大家不是被冰雪困在山上，就是在这里频繁出事故。尤其是那次“脚踏风火轮去扶贫事件”，至今想想，还心有余悸。

尽管怕，也得去。

二、准备，出发！

回到办公室，小狐狸考虑到晚上行动，需要补光拍摄，便准备了两个灯充电。她盯着柜子里的设备发呆，到底是带哪一个小可爱出去好呢？

柜子里依次摆放的是：4K 摄像机、单反和 4K 微单。摄像机电量不易消耗，像素清晰，体型玲珑，但是拿着它容易手抖，而且它的颜色感觉不是很好看；单反除了重，没有什么毛病，晚上行动拿着它可能不会太方便；微单轻巧，画质精细且颜色明艳，只是，它是今年新配的，才磨合了一个礼拜，还有很多功能没有适应。

不知道是想挑战一下自己，还是觉得自己能够轻松驾驭新时代的电子产品，小狐狸最终选了微单。她给微单装上了灯，试了试灯的亮度等级和冷暖色，想着晚上行动，就又换回了警服。

晚上 8 时整，二楼会议室里坐满了抽调的巡特警、派出所民警以及治安大队民警。全局对本次行动做安排部署，小狐狸使用摄像功能录制着每一个细节。

“你们几个，不要穿警服，换便装。”听到要求民警更换衣服，小狐狸立即放下相机三步并作两步跑到四楼换回了便装。

看到她气喘吁吁的样子，大家不由得忍俊不禁起来，肖教笑着说：“不要紧，我们会等你的。”他拉开车门，邀请小狐狸上车。

三、途中，回忆往事

晚风依旧沉闷，小狐狸坐在副驾驶位上，拍摄了反光镜里民警的眼睛特写和掌控方向盘的手部特写，又取了一组沅陵县城街头的夜景。

“小狸啊，我们沅陵县城的夜景美吗?”肖教望着窗外灯火璀璨的景色，意味深长地问了一句。

“当然美啦!”小狐狸回过头去，把刚才拍到的景致给肖教看。“小山城里的霓虹与人流美于皮囊，而入骨的气质与魅力则是为了他们而负重前行的我们!”小狐狸的眉眼轻微上扬，说到“我们”两个字时，音调故意扬起后拖了几秒，配以拍胸的自豪手势。

“我参加工作那会儿，这里还是一片荒废的坟山。老城区虽然破旧，但是烟火味儿十足。”肖教点燃了指尖的烟，深深地吸了一口，在嘴里闷了闷，才一小口一小口地吐出来。“那个时候，什么命案啊、抢劫啊、盗窃啊、赌博啊这些案子频发，还没有现在这些高科技支持，有些偏远村落，警车去不了的，我们就得靠双腿走!”肖教又吸了一口烟，火光一步步往指根蔓延，尼古丁的气味像极了曾几何时的自己……

那一年，肖教还是一名不起眼的区派出所（沅陵县公安局之前除了城区派出所，按照乡镇行政区划划分了几个区派出所）普通民警小肖，发际线还没有上移到头顶，岁月的痕迹也没有在他的脸上留下印记。有的，是那股初生牛犊不怕虎的狠劲儿。

有一次，他和他的小伙伴一行三人，将一名犯罪嫌疑人押解到怀化市监狱后，返回派出所的途中，发现一座小山丘上灯火通明。这里前不着村后不着店，半山腰上的灯火必有古怪！小肖隐隐约约嗅到了这里的不一样，便和同事们悄咪咪地摸上山去。

仲夏的夜里没有星辰和月华，有的是锋利似刀刃的杂草丛生和不惧生死的蚊子。蚊子一路尾随着小肖他们，算好时间，趁他们探头观望时，找准血管的位置，一头扎下去，尽情地吸吮。蚊子知道，警察在观察情况时，怕打草惊蛇，即便是被火烧、被蛇虫鼠蚁咬也不会动弹半分。

透过朦胧的夜色，小肖远远地望着放哨人倚着一棵歪脖子树坐下，点了一支烟，悠闲地吞云吐雾，放松了警惕。不远处的小茅屋里时不时传出一阵阵嘈杂声来，放哨人也不起身过去凑热闹，拢了拢衣领继续抽烟。小肖觉得这里应该是一个临时的赌博窝点。

于是，小肖让同事在原地等候，自己则是匍匐前进，以野草和夜色作为掩护，缓缓摸到放哨人的身后。这个季节，有些野草和树枝被阳光炙烤干了水分，偶尔踩上去容易暴露行踪。小肖就想着一定要避开这些东西，好不容易还差三四米的样子就到目的地了，他的心竟然宛如一头活泼的小鹿在森林里乱窜那般。小肖咽了咽口水，佯装镇定地深吸了一口气。本以为这是最好的放松方式，没想到一个突如其来的、半响的闷屁居然坏了事，惊动了放哨人。小肖急中生智，突然想起上山路上满是坟包，便做了个面目狰狞的鬼脸把放哨人给吓愣住了。小肖见状后，一溜儿小跑冲上去，以迅雷不及掩耳之势的锁喉搭配过肩摔，顷刻间将放哨人放倒在地。小肖用膝盖抵住放哨人的腰部，将其双手反扣。这时，小斜坡下的同事匆匆赶来，给放哨人戴上了手铐。

小肖叫年纪最小的民警留下看人，他自己则和另一位同事悄悄地靠近那间简陋的茅屋。透过稀疏腐朽的木质大门，小肖看到屋里人声鼎沸、乌烟瘴气，桌上满是十元、五十元、一百元的钞票，庄家还在蛊惑大家押大小。这些参赌人员中，大部分都是当地的村民。他扫视了一圈，发现这里没有其他的出口，便示意同事三个数后往里冲。

小肖竖起拳头，缓慢地伸出食指，停顿了两秒，又伸出中指，还没有等身边的同事反应过来，他一脚就踹开了那扇摇摇欲坠的木门，眼里带着煞气，剑眉紧锁在额间，两脚像圆规一样岔开，应声掏出腰间的配枪大声喊道："我是警察，你们都不许动!"

这一喊，当即就镇住了场面。所有人就像被侠客点了穴道一样，动弹不得，把目光都聚集在这个年轻又一身"匪气"的小伙子身上。同事找来麻绳，把参赌人员一个个绑好，看到小肖还是端着枪，就走到他跟前，窃窃私语道："好了，都捆绑好了，保证一个都跑不了，你还举着枪不累啊。"

"我……我手和脚麻了，你先把他们带出去。"小肖的表情早已僵硬，手臂上被蚊子叮咬了几个又红又肿的大包，也没办法去挠挠。

参赌人员都走出茅屋后，小肖因重心不稳而摔倒在地上，竟然还感觉不到疼痛。他艰难地控制着貌似不属于自己的手把枪收回腰间，然后迅速抖动手腕、手臂和腿。远远望去，有点像一条大鱼在地上玩耍，十分滑稽。

三位初出茅庐的小警，三更半夜在半山腰上抓了30余名参赌人员，现场缴获现金六七万元，没有一人受伤。一时间，这个偶然的意外行动，成了沅陵警队不胫而走的谈资。

"肖教，要是那些人一起把你围殴了，你岂不是糗大了?"小狐狸拧开水瓶盖，喝了一口水，感觉这事要是按照常理出牌，那就后果不堪设想了。

"怕什么！我是警察!"肖教深吸了一口指尖即将燃尽的烟，把带着火星儿的烟头扔进了还剩一点点水的矿泉水瓶里，接着说："当年的执法环境不一样，你们年轻人不能以现在的执法标准去评判那个年代。那时，我们人虽小，警察威信和地位却挺高的。那个时候抓人，我们喊不许动，他们就真的不敢动。”

“我们跟着肖教，他好猛的，都这么大岁数了，抓人还是冲在第一位。”小哥哥一边熟稔地打着方向盘，一边用崇敬的眼神透过后视镜观察肖教的表情。

“我们当警察的，就不能在违法犯罪嫌疑人面前㞞。”他突然立起身子，拍了拍小狐狸的肩膀说，“2014 年，那年夏天，我们抓了三四十个参赌人员，人手不够，逮到小狐狸来帮忙搜身。”说到这里，肖教铜铃般的眼睛眯成一道新月，“别人一看，她是个萌妹子，不愿意配合。好在这丫头，最后把他们吓唬住了。”

“哎，哎，哎，我要更正一下哈，我那不是㞞，我是先礼后兵。”小狐狸嘟起小嘴有些不服气，抢着说，“本来赌博不是什么大事，我想着没必要凶神恶煞的。没想到，他们居然敢用语言调戏我，那我就来脾气了。”说着兴趣正浓，害怕晕车的小狐狸竟也敢在高速行驶山路时，回过头去，手舞足蹈地说：“我用尽全部的力气拍了一下桌子，把办公室外的男民警都招呼进来了，这就把他们唬住了，规规矩矩地靠墙根儿站好。”

“赌博，它就是个大事！”说到赌博，肖教的神情迅速变得严肃起来，语气也不像之前那么随和，“你们还年轻，不知道每天有多少人因为赌博而妻离子散，家破人亡。所以啊，我们禁赌一直都在路上，从不敢懈怠。”

一路上，说着说着，不知不觉就过了难熬的苦菜界，穿过了那条狭长的巷子，进入了五强溪镇的乡道。凌晨的乡村，安静得只能偶尔听见几声犬吠，清新的空气拂面而过。此时厚重的云层缓慢地散开，露出了半边月亮。温柔的月光洒在缓缓流动的水面上，让人觉得十分惬意。

四、埋伏，静候最佳抓捕时机

凌晨 3 时许，夏虫开始欢奏战歌，十几辆大车小车鱼贯穿过沿着河水的小路，绕进了五强溪派出所院内。院子里黑灯瞎火，几位民警用手机灯光照明，借着微弱的灯光，局领导和行动负责人将 41 名民警分为 5 个行动小组，并确定了每个小组的负责人。

肖教说第一组负责头号目标人物，肯定会有所收获，将宣传专干小狐狸安排到这里，能够抢拍到最真实的画面。小狐狸与第一组民警迅速上了小车，钻入漆黑的夜色之中。他们从派出所出发，沿着河道，途中遇到了四五个大弯道，民警熟练地来回把控方向盘，轻巧地扭了过去。绕过了第一座桥，往集镇方向驶去。距离集镇不远处的木质房屋就是头号目标人物的家。

等待，是最煎熬的时刻。民警把车泊在头号目标人物家的斜对面靠小山坡处，熄了火，摇上车窗。这个时候，不能玩手机，不敢抽烟，只能借着微弱的月光反复翻看案件信息，紧盯着木屋里的情况。

风，轻轻撩拨水岸边的芦苇，芦苇便随风摇摆，只是多了一层深色的滤镜。偶尔有几只萤火虫飞过，突然被夜色吞噬，倒是让人觉得有些瘆得慌。而此时，另外一组负责人——五强溪派出所的所长老唐则是带着夜视望远镜，时刻向行动组群里播报目标人物的动向。

行动组的群里每隔几分钟就会传来水库大坝附近的情况，或是电渔船急速驶近，或是无证渔民正在下电网。

“领导，第一组就位。”

“第二组就位。”

“第三组就位。”

“第四组到。”

“第五组，请求实施抓捕！”

第五组民警的话在行动群里激起了涟漪，被大家按捺不住的心情差点儿翻成了风浪。民警都想现在就动手，可是命令迟迟没有下达，这就让民警的心躁动不安起来。明明知道嫌疑人就在不远处，却不能着急去抓。这样的感觉，就像生气的小猫咪用小爪爪挠墙那般难受。

“没有指令，请大家坚守各自的岗位！”肖教也是从他们这个年纪过来的，他也明白，违法犯罪嫌疑人就在眼前，却不能上去抓捕的感受。但是，此时并不是最佳的抓捕时机。警察办案，最重要的是固定证据。鲁莽抓人，只会让对方更加警觉，还可能会销毁罪证。那么这次行动的所有准备，都会付之东流。所以，学会忍耐，也是民警的必学课程。

在大家的焦急等待中，黑沉沉的云翻过了夸父山，蛋黄色的一束光点醒了昏睡的大地。小狐狸拿出相机，透过车窗玻璃拍了一张照片。安静的乡道上，没有车辆和行人，路边的篱笆上爬满了夕颜的藤蔓，顷刻间的工夫，开出了一朵朵淡紫色和紫红色的花朵来。原来，已经是凌晨 4 时许了。不一会儿，就听见鸡犬相闻声。

突然间，行动组的群里传来指令，瞬间激起了民警的斗志。原来，凌晨 4 时许，正好是目标人物满载而归的时候，不仅如此，也是餐馆前来收鱼的时间。

“各小组注意：目标人物已经在返航的路上，附近餐馆也派人往一组木屋这边过来，他们驾驶一辆三轮摩托车。他们一旦付款提货，一组就下车抓人。切记，把握好时机！”

“第一组收到！”

天刚擦亮，乡道上就热闹起来，时不时有摩托车、小车和公交车路过，扬起了浅黄色的尘埃。

五、现实，警车的两边

这浅黄色的尘埃，像极了7月28日上午的一缕尘埃。那天，沅陵公安联合农业农村局、畜牧水产局、渔政等相关单位，在沅陵镇太常砂石码头开展非法打击捕捞第一批集中销毁禁捕渔具行动。

那天的凌晨，月亮又大又圆，月光澄莹剔透，宛如一袭银丝织就的薄纱，笼罩着沉睡中的沅水，晚风里也带着些许甜甜的味道，而治安民警还在对接黎明后的专项行动。

破晓时分，思哥是城西派出所的副所长，他刚刚带队出完警回到值班室，想靠在沙发上眯一小会儿，却又被电话铃音吵醒。治安民警告诉他，得提前两小时赶到行动现场，他愣了几秒钟，突然站起来冲到洗手间，用冷水抹了一把脸，带着一身的疲惫和酸臭的汗味出发。

从城西派出所开着4G图传车往太常乡方向匀速行驶。天边有几块乌云，被阳光描出一条条金边，路上的行人很少，风有点凉，早餐店里灯火还亮着。他的肚子咕噜咕噜叫了几声，却不敢继续造次。

7时许，到达目的地后，他把车停靠好，接受县局的视频调度。除了要汇报现场的情况，他还得把现场的视频传输回县局，因为声音和图像是否良好，关系着后续工作的进展。这个不是码头的码头上有两座用鹅卵石铺成的大山，只有临近水边才有那么一条小道可以通行。工人们正在处理渔网、渔具和渔船，他把摄像头对准河边的情况，等待指挥中心的下一项指令。

不远处太常派出所的兄弟起来洗漱，发现他和其他同事在河边，就邀请他们来所里吃个早餐。思哥的五脏庙早已开始敲锣打鼓，听到兄弟的邀请后，他立即转过身去准备往派出所方向跑去。可才迈开两步，他就停了下来。他回头，看了看4G图传车，又望了望小伙伴的招手示意。他咽了口口水，甩了一把汗，心有不甘地说："算了咯，怕局里等下找不到我！"

8时许的旭日凌空，距离行动开始还有一个小时。汗水滴到水泥上，顷刻间就化为青烟，袅袅升起后便不知所踪了。背后的衣服湿了一大片，睫毛间还挂着几颗随时会坠落的汗珠。此时，负责行动外围警戒的巡特警也来了。

派出所的兄弟给思哥送来了一碗香气扑鼻的猪脚粉，思哥瞬间就被感动了。他不停地咽口水，却口是心非地说："这里没有纸，等下吃完满嘴油腻腻的，影响警容。"小狐狸夹着相机，立即从包里掏了一包纸巾递给他，他这才舔了舔嘴唇。为了注意警容，保持良好的形象，他刻意躲在警车的斜侧面，蹲下来狼吞虎咽。这个位置不仅视频里看不到，就连周围的群众也看不见。

而警车的另一边，巡特警开始布置队形。富有朝气的小伙子们昂首挺胸，呈跨列姿势站了一排。远远望去，像极了楼兰古城外那一棵棵挺拔的胡杨树。

此情此景，不得不感叹一句：卿本凡人，奈何为警。

骄阳似火，民警们警服领口被汗水染成了湛蓝色，就像是王子送给小美人鱼公主的矢车菊围了一圈似的。

六、巡河，水面上的渔灯

巡河那天，也是个阳光浓烈的日子。大家的脸上汗如雨下，背上也开出了一片如海水般湛蓝的矢车菊来。

“警察同志小心哪，那里有电！那里有电！”水岸边斜坡处的村民看见民警与农业农村部门的工作人员将快艇驶近水面上的渔灯处，准备拿大剪刀剪断渔灯牵引的电线时，大声呼喊示意要注意安全。

8 月 12 日 9 时许，全局、肖教带着小狐狸去巡河。刚刚经历了漫长的雨季，沅水流域混浊不堪，水面上漂浮着大量的枯树枝和树叶，再不好好治理，后辈子孙恐怕还以为他们的祖先是生活在臭水沟里的呢。

巡查小组一行九人乘坐着执法快艇，从城南码头出发，顺着沅水往五强溪方向进行巡查，重点对水面上停泊的疑似渔船进行检查。同时，对群众进行禁捕退捕相关政策宣传。

“老乡，中央的政策，为了保护好长江流域的生态环境，造福子孙后代，我们得禁渔！”肖教在快艇里远远望见北溶乡河段上有一艘渔船，渔民正在摆弄渔具，便叫人把船湾过去。他左手抓住快艇的扶栏，右手抓紧渔船的船舱边缘处，一脚跨到了渔船上，拿起渔网递给快艇上的渔政工作人员。

“我知道，乡政府和派出所的同志来我家宣传过禁渔的事。我这次上船，就是为了来拿渔网，好交到派出所去。”年过七旬的老汉，在这片水域上打了大半辈子的鱼。作为资深渔民，他比任何人都了解，禁渔的红利与弊端。

靠天吃饭，难免会遇到“天灾”。沅陵县沿水乡镇的村民，大都以捕鱼为生。随着大家伙对鱼肉鲜美的推崇逐渐升温，水产品的价格也呈上升态势。都说，不食三月鲫，可为了赚钱，有些业余渔民只顾着眼前的利益，不顾时间节点，肆意捕捞，导致水里的鱼虾蟹骤减，严重破坏了水域生态的平衡。如此，恶性循环，最终吃不消的还是职业渔民。这次禁渔，反而能够给沅水流域以休养生息的机会。

这是禁渔以来，第一次得到渔民的认同。之前，渔民一听到禁渔，身上的每一个毛孔都在抗拒。后来，乡镇政府和派出所民警、驻村辅警天天上门做宣传工作，这才打消了他们的顾虑。

正午时分，巡查小组途经北溶乡与清浪乡交界处的水域，民警远远地就发现一处水湾中悬空吊着一盏破旧的渔灯，疑似是一处使用禁止的“抬网”方式捕鱼点。他们驾驶快艇沿着渔灯电线的走向行驶过去，在不远处的小山坡上找到了升降渔网的转盘。此时，一名挑着担子的老乡刚好路过，见到了被汗水湿透了的民警，他加快脚步走过来，抹了一把额头上豆大的汗珠说：“这个东西是我们村一村民（已病故）的，后来就没有人管了。”

于是，巡查小组兵分两路，一组人上岸合力转动生满了铁锈的转盘，一张大渔网从水中缓缓升起；另一组人则将快艇停靠在渔网和渔灯的正前方，用大剪刀将渔网、渔灯拆除，并和转盘一同收缴。

七、行动，初战告捷

黎明之后，五强溪镇的乡道上车来车往，第一组的民警们在车里闷得头昏脑涨。一辆三轮摩托车由远驶近，大家赶紧打起精神来。遗憾的是，这辆三轮摩托车并没有在目标人物家门口停留。

太阳的光线直穿云海，斜射到河面上，与两边倒映的青山相互辉映，果真应了那句：半江瑟瑟半江红。民警嘴里的口香糖都嚼成了渣渣，豆大的汗珠顺着紧锁的眉头，坐滑梯似的滚落。

“第一组请注意，目标人物距离你们不到十分钟的样子，请做好抓捕准备!”这条命令一出，民警们霎时精神抖擞起来，大家商量着怎么下车，怎么接近目标房屋。组长警觉地从车里窜到木屋门前，从窗口观察屋里的动静。然后，向小伙伴们挥手示意可以过去。

组长轻轻推开了没有上锁的屋门，屋里一片漆黑，小狐狸打开摄影灯照明，紧跟其后。他们穿过厨房、走廊，来到客厅，客厅两边是卧房。左边的房里没有人，右边的房里睡着一个男孩。

“你爸爸妈妈呢?”民警走进去，语气平淡、语速柔和地问。

“啊?”男孩揉搓着惺忪的睡眼，还没有回过神来。在民警的询问下，他说：“出去了。”

“出去干什么了?”民警们一边询问男孩情况，一边在查找买卖河鱼河虾的账本。

“我……我不知道……”

民警看了看手表，决定留下两个人看守屋子，其他人从木屋后门处的小山坡下去，埋伏在水岸边，等候目标人物。

盛夏的晨风里一半是苦涩，一半是清甜，芦苇在晨曦的光辉下随着水纹左右摇摆。芦苇的深处，是屏住呼吸等待着目标人物上岸的民警。小狐狸把镜头拉近，透过镜头看见目标 2 号人物穿着一双红色的拖鞋，从木船的船舱里走出来，扭了扭腰肢便跳入了没过膝盖的浅水里，随意清洗了脚上的淤泥后，一步步拖泥带水地走进民警的埋伏圈。

风吹草动，当目标 2 号人物走近时，组长并没有突然间跳出来将其按倒在地，而是站起来叫住她。那女人抬起左脚诧异地站在原地，很快就放下脚站稳。她站在草丛里环顾了一圈四周，笑着说："我知道，你们是来抓我的。"

"我们是沅陵县公安局的民警，有个案子请你配合我们回去调查。"组长一边说，一边掏出警官证来亮明身份。

"好，我跟你们走。"女人走到民警身边，举起双手。

"算了。你只是协助你老公搞非法捕捞，再加上你态度良好，就不给你上手铐了。你也不要有什么心理负担和压力啊。"组长示意两位同事，一左一右带着她先上警车。

女人跟着民警往马路上走时，一步一回头望着停靠在水岸边的木船。民警察觉到异样，便走过去查看情况。原来，这个女人的老公，此次行动的头号目标人物就藏在船里。

"你出来，我们知道你躲在船舱里！"组长的语气变得严肃，连在不远处歇息的白鹭都被惊飞了。须臾间，那个看起来老实巴交的男人猫着身子从船舱里钻了出来，嘴角一撇，跳上了岸。他一上岸就被民警给控制了。

路过家门口时，儿子仓皇地从卧室里跑出来，情绪有些激动，红润的眼眶里蓄满了呼之欲出的泪花。他想上前询问情况，却被父亲制止："儿子，没关系的，爸爸和妈妈犯的事不严重。你安心在家！"

周围的邻居看着，自家的孩子愣着，这夫妻俩强挤着微笑。当浓烈的阳光直射到手上的手铐，发出刺眼的光芒时，他们下意识地用手去遮挡。上了警车后，他们不约而同地流下了不知道是对自由的依依不舍，还是不知道该如何向儿子交代的眼泪。

头号目标人物落网后，3 号目标人物竟下落不明。就在这时，希望能够将功赎罪的夫妻二人主动申请规劝同伙投案自首。另一边，其他组的民警正沿着河道搜寻 3 号目标人物。快艇急速穿梭在波光粼粼的水面上，溅起了千层浪花。不远处的竹排上停了三十来只鸬鹚，奇怪的是，鸬鹚的头齐刷刷地望着岸边的草丛，欢快地扑打着翅膀。

搜寻民警感觉草丛里有猫腻，并没有将快艇开过去，而是连线其他行动组的民警，悄悄地从陆路过去查看情况。民警居高临下地从马路边往下坡处的水岸边望去，草丛深处有异动，似乎藏了一个人。

不一会儿，草丛里传出一阵电话铃声，接通后没有多久，一个中年男子走了出来，他往下游走去，把藏在隐蔽处的渔船拉了出来。民警见状，迅速将其拿下。

将人抓获后，巡河组的快艇也开了过来。两名巡特警在小木船的船舱里抬出了两台老式发电机，找到了两根自制的电渔网。船头经过特殊改造，里面有很多翻着肚皮的幼小河鱼，水面上漂浮着零零散散的鱼鳞，它们已经被电死了。

在3号人物的带领下，民警沿着河道很快就找到其他的几只改装电渔船，缴获了四套发电设备和十件非法捕捞的渔具。最后一站，是3号人物的家。

3号人物专门在屋后的乱石堆里，用木头、竹竿和塑料纸围建了一个小型的鱼池，里面大大小小有数十尾河鱼。为了延长河鱼的寿命，他还凿开岩缝，以竹片引泉水养鱼。不远处，搁置着一个迷你公斤秤，秤上用渔网装着六公斤已经晒干的小鱼干。

巡特警队员和民警去捞鲜活的河鱼，河鱼全力扭动身子，甩动鱼尾，十分抗拒，黏稠的鱼液、鱼鳞和水溅了民警一身。或许，这就是它为了生存作的最后抗争吧。

给还活着的河鱼称完重量后，民警抬着它们来到岸边，小狐狸为了抢个镜头，一脚踩空，不幸摔倒，还好在重重地跌落在岩石碎块之前，举起了相机，并大声喊道："大家都别动！"同事见到她摔倒，大步流星地追上去，一把将她拎了起来。她刚落定，就检查相机是否跟着她一起遭殃。所幸，相机完好无损，却因为之前的慌乱，不知道触碰到哪个按键，导致画面都是模糊的。她反复调试聚焦、尝试重新启动，还是没能解决问题，气得她头发都要炸毛了。

"小狐狸，你相机弄好没！我们都要僵了！"抬着河鱼的两名巡特警见她没事便打趣道。

"你们继续下来，我还有手机可以拍。"小狐狸找准机位继续用手机录制着。

民警把鱼抬到了水边，轻轻地把河鱼一尾尾放回水里，清澈见底的河水点燃了河鱼心底对生命的渴望和对自由的憧憬，它们灵活地扭动着身躯，顺着水纹的动向，游向了碧绿色的深处。岸边，还剩下两尾筷子长的小鱼还在不停地徘徊，民警下水把它们往深水区赶，它们也不怕，反而停在了民警的脚边。

"它们是在感谢你们的救命之恩吗？"小狐狸调皮地问，"是不是想要以身相许啊？多放点辣椒。"

"你是童话故事看多了吧！我还田螺姑娘呢！"同事当即掐断了小狐狸的脑洞时间。"这些鱼，被电伤后，再回到自然水域就无法生存了。水压、进食、躲避天敌……这些都会给它们带来致命的伤害。这也是为什么要严禁电打鱼了。"

"那……它们这样，我们不是白救了吗？"

"怎么会是白救了？"一名瘦高的民警一把拉开挡道的小狐狸，边脱鞋挽裤腿边说，"可能是被圈养得久了，变懒了吧。再说了，以后它们肯定会以自己曾经的贪吃贪玩为反面教材，好好教育同类，不要成天只知道吃喝玩乐，不然就会被坏人抓走清蒸红烧。”说罢，捧起这两尾掉队的小家伙，走到了齐膝盖处的水域，弯下腰，缓缓地将它们放入水中。它们停留了片刻，就头也不回地游走了。大家满意地欢送着它们重获新生，也踏上了回程之路。

后来，听农业农村部的工作人员说，只要河鱼愿意再次回到水里，它们就能以最快的速度重新适应。或许，这是真的；或许，这是一个美好的祝福。但无论如何，我们都会全力守护沅陵的青山绿水。